扶贫礼赞

——河北省脱贫攻坚纪实

程雪莉 徐德泉◎著

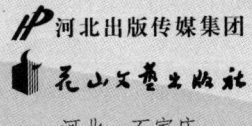

河北·石家庄

图书在版编目（CIP）数据

扶贫礼赞：河北省脱贫攻坚纪实 / 程雪莉，徐德泉著. —石家庄：花山文艺出版社，2022.1
ISBN 978-7-5511-5903-6

Ⅰ.①扶… Ⅱ.①程… ②徐… Ⅲ.①报告文学－中国－当代 Ⅳ.①I25

中国版本图书馆CIP数据核字（2021）第120155号

书　　名：**扶贫礼赞** Fupin Lizan
　　　　　——河北省脱贫攻坚纪实
著　　者：程雪莉　徐德泉
责任编辑：于怀新
责任校对：李　伟　李　鸥
装帧设计：王爱芹
美术编辑：胡彤亮
出版发行：花山文艺出版社（邮政编码：050061）
　　　　　（河北省石家庄市友谊北大街330号）
销售热线：0311-88643221
传　　真：0311-88643234
印　　刷：石家庄众旺彩印有限公司
经　　销：新华书店
开　　本：700毫米×1000毫米　1/16
印　　张：22.75
字　　数：320千字
版　　次：2022年1月第1版
　　　　　2022年1月第1次印刷
书　　号：ISBN 978-7-5511-5903-6
定　　价：68.00元

（版权所有　翻印必究·印装有误　负责调换）

前　言

贫困问题是一个世界性的难题,是国际社会面临的重大挑战。促进发展,消除贫困,是人类孜孜以求的目标,人类为了摆脱贫困进行着不懈的努力。

在中国,消除贫困,实现国家富强,早已根植于中国共产党人的心中。

中华人民共和国成立以来,人民政府始终将消除贫困作为国家发展的重要目标和任务,努力使经济社会发展成果惠及全体人民。我们党带领人民持续向贫困宣战,20世纪80年代中期以来,国家开始有组织、有计划、大规模地开展农村扶贫开发,先后制定实施《国家八七扶贫攻坚计划（1994—2000年）》《中国农村扶贫开发纲要（2001—2010年）》。

特别是党的十八大以来,习近平总书记总揽全面建成小康社会、实现中华民族伟大复兴中国梦的战略全局,把脱贫攻坚摆在治国理政的突出位置,作出一系列重要论述。国家出台《中国农村扶贫开发纲要（2011—2020年）》等减贫规划,我们党把扶贫开发工作纳入"四个全面"战略布局,作为实现第一个百年奋斗目标的重点工作,摆在更加突出的位置,大力实施精准扶贫,不断丰富和拓宽中国特色扶贫开发道路,扶贫开发事业取得了新的显著进展。

2012年12月29日,习近平总书记冒着严寒赴河北省阜平县考察扶贫开发工作,在阜平向全党全国发出了脱贫攻坚的动员令。他要求各级党委和政府要增强做好扶贫开发工作的责任感和使命感，做到有计划、有资金、有目标、有措施、有检查，大家一起努力，让乡亲们都能脱贫致富奔小康。

2013年11月3日，习近平总书记在湖南湘西考察时，首次提出了"精准扶贫"重要思想：扶贫要"实事求是，因地制宜，分类指导，精准扶贫"；要"切忌喊口号，也不要定好高骛远的目标"。随之，中共中央办公厅、国务院办公厅印发《关于创新机制扎实推进农村扶贫开发工作的意见》，相关部委出台《关于印发〈建立精准扶贫工作机制实施方案〉的通知》《关于印发〈扶贫开发建档立卡工作方案〉的通知》，在精准扶贫工作模式的顶层设计、总体布局和工作机制等方面都做了详尽规制，推动了习近平精准扶贫重要思想的全面落实。

2016年，中国发布《"十三五"脱贫攻坚规划》，承诺到2020年农村贫困人口实现脱贫、贫困县全部摘帽、解决区域性整体贫困问题，在拥有14亿人口的中国大地上消除贫困，让中国人从此告别贫困。

这是中国政府确定的国家脱贫攻坚目标。

这是中国政府向全世界做出的庄严承诺。

在第五个国家扶贫日（2018年10月17日）到来之前，习近平总书记曾对脱贫攻坚工作作出重要指示强调，中华民族千百年来存在的绝对贫困问题，就要历史性地得到解决，脱贫攻坚进入最为关键的阶段。他指出，行百里者半九十，越到紧要关头，越要坚定必胜的信念，越要有一鼓作气攻城拔寨的决心。

这是一场伟大历史性的变革之约。

这是一次扶贫脱贫的攻坚之战。

习近平总书记说："我们必须动员全党全国全社会力量，向贫困发起总攻，确保到2020年所有贫困地区和贫困人口一道迈入小康社会。"习总书记发出了"不获全胜，决不收兵"的进军号令。

只要有信心，黄土变成金。

中共河北省委、省政府认真落实党中央、国务院和国务院扶贫办的决策部署，把打赢脱贫攻坚战作为政治职责、为政之要，省委书记、省长亲自抓，分管领导具体抓，领导班子成员"一岗双责"，层层压实脱贫攻坚责任，充分发挥脱贫攻坚"参谋部""作战部"作用。全省建立了党委政府定期研究脱贫攻坚、县乡党委书记脱贫攻坚"擂台赛"、五级书记遍访贫困对象等制度。聚集"三精准""三保障""三落实"，全力以赴抓整改、补短板、建机制、促提升。采取有力举措，选派2.2万名驻村干部开展驻村帮扶，组织34.8万名帮扶责任人，为脱贫攻坚提供了强有力支持。深入推进产业扶贫、科技扶贫、就业扶贫，因地制宜开展易地扶贫搬迁，切实增强贫困地区内生动力和造血功能，加大督查检查力度，严肃查处扶贫领域腐败和作风问题，以信心与决心、使命与担当、决策与落实，在精准施策上出实招，在精准推进上下实功，在精准落地上见实效。

省委书记王东峰强调，推进精准扶贫、精准脱贫，关键要加强党的领导，夯实基层基础，必须健全完善六大体系。健全完善扶贫脱贫登记统计体系，对贫困人口进行全面摸排、建档立卡、动态管理，形成常态长效机制。健全完善信息化网络体系，建设省市县乡村五级信息化平台，完善扶贫脱贫资料信息库，确保对贫困人口的统计和管理服务一人不少、一户不落。健全完善目标责任制体系，严格落实各级党委政府的主体责任、党政主要负责同志的第一责任人责任、有关部门的职能责任和驻村工作队的帮扶责任。健全完善政策落实体系，按照党中央部署，严格落实扶贫脱贫政策，对无劳动能力和致病致残的坚持低保兜底，不断提高保障水平。健全完善组织体系，层层建立专门组织领导机构，党政主要负责同志亲自抓，加强基层党组织建设，选优配强村"两委"班子和党支部书记带头人。健全完善监督检查考核问责体系，把扶贫脱贫工作作为重点工作大督查重要内容，坚决整治扶贫领域腐败和作风问题。

王东峰书记谋划布署，亲自带队深入保定、张家口、唐山、秦皇岛、廊坊、沧州、邢台等地考察和指导脱贫工作。河北省所有贫困地区都留下了王东峰书记的足迹。许勤省长统一指挥，深入贫困村调研，解决扶贫工作的具体问题，将省委、省政府部署层层推动，落到实处。

在具体扶贫工作中，扶贫部门守土有责，各级党委政府主动作为，立下愚公移山志，咬定目标、苦干实干，社会力量积极参与、鼎力支持，贫困地区自力更生、艰苦奋斗，发达地区对口帮扶、积极支援，汇聚成战胜贫困的强大合力。全省坚持产业扶贫、就业扶贫、科技扶贫，一乡一业、一村一品，改革创新农村生产经营体系，加大职业培训力度，有效转移农村剩余劳动力，千方百计增加贫困群众的经营性收入、工资性收入、财产性收入。大力推进易地扶贫搬迁，加强贫困村水电气路暖和垃圾处理、污水处理等基础设施建设，健全医疗、教育等基本公共服务保障体系，增强群众的获得感、幸福感、安全感，确保了如期高质量实现脱贫目标。

时不我待，只争朝夕。河北省委、省政府坚定不移落实中央脱贫攻坚号召，斩穷根，破坚冰，涉深水，真担当。各级政府、扶贫干部与贫困群众万众一心，众志成城，积极开展专项扶贫、行业扶贫、社会扶贫，一起向贫困宣战。

2013年，河北省委、省政府以党的十八大精神为指引，按照举全省之力打好扶贫开发攻坚战的决策部署，坚持开发式扶贫方针，紧紧瞄准贫困群体，以改善基本生产生活条件、增加农民收入、提高公共服务水平为重点，大力推进环首都扶贫攻坚示范区建设，协调推进专项扶贫、行业扶贫、社会扶贫，巩固发展大扶贫工作格局，促进贫困地区经济社会实现更大发展。

2014年，河北省重点培育发展增收产业，加强基础设施和公共服务设施建设，提升贫困人口自我发展能力，3688个贫困村的整体面貌明显改观，为实现全面小康奠定了基础。

2015年，河北省大力实施精准扶贫和片区扶贫攻坚，确保片区外10个扶贫开发工作重点县脱贫出列。

2016年，河北省深入贯彻习近平总书记扶贫开发战略思想，突出精准扶贫、精准脱贫，全方位、多维度的贫困治理在各个领域同步推进。健全政策支撑措施，在易地扶贫搬迁、特色产业扶贫、社保政策兜底、医疗保险和医疗救助、第一书记和驻村工作队等方面取得新成效,确保在打赢"十三五"脱贫攻坚战中取得新胜利。

2017年,河北省出台方案,确定对坝上地区的康保、沽源、尚义、张北、丰宁、围场及深山区的阳原、阜平、涞源、隆化等10个深度贫困县和206个深度贫困村进行集中攻坚。河北省认真贯彻落实习近平总书记提出的"新增脱贫攻坚资金主要用于深度贫困地区"要求,加大财政支持力度,坚持既"输血"又"造血",补短板、促发展,推进深度贫困县脱贫攻坚,支持和保障深度贫困县打赢脱贫攻坚战。

2018年,河北省夺取了扶贫阶段性胜利,在全国扶贫工作考核时,取得了全国前十位的好成绩!

2019年,全省35.4万贫困人口脱贫(超计划2.4万人),实现了1448个贫困村全部脱贫出列。

2020年,河北省取得脱贫攻坚战的最终胜利。全省232.3万建档立卡贫困户全部脱贫,62个贫困县全部摘帽,7746个贫困村全部出列,河北省历史上首次消除了绝对贫困和区域性整体贫困,人民群众的获得感、幸福感、安全感极大增强。

在近年的脱贫攻坚工作当中,全国政协主席汪洋、国务院副总理胡春华先后对河北省脱贫攻坚工作、阜平县骆驼湾顾家台做法和建立健全脱贫防贫长效机制等作出批示予以肯定。全国脱贫攻坚考核评估工作会议、全国旅游扶贫工作培训班、全国"雨露计划"贫困家庭毕业生就业帮扶推进会等在河北召开。产业扶贫、旅游扶贫、干部培训工作等全国性会议上介绍了河北经验。国务院扶贫办主任刘永富先后两次到河北调研指导脱贫攻坚并给予充分肯定。河北人民同全国人民一道慷慨激昂,按照党中央的决策部署,在脱贫攻坚的路上,写下一路壮歌。

脱贫攻坚,使党和人民走得更近、团结得更加紧密;脱贫攻坚,为我们树立了一个时代的精神坐标;脱贫攻坚,我们必将交上一份举世瞩目的答卷。脱贫攻坚,充分证明只有中国共产党的坚强领导,才能消除贫困。

我们历时两年，深入全省脱贫攻坚主战场，走遍全省贫困地区，通过对数百人次的采访，以政治高度、全景视野、河北特色和责任意识，力求用生动的笔触、翔实的记录描写河北全省开展脱贫攻坚的动人历程，深层次反映习近平总书记扶贫思想和党中央扶贫政策在河北大地的落实，展示中国式扶贫对人类战胜贫困的示范性和杰出贡献。

我们在一次次感动中奋笔疾书，将河北省脱贫攻坚的方方面面取得的骄人成绩，涌现出的先进事迹和人物呈现给读者，予以礼赞，让读者看到，河北实现了消除贫困的目标，打赢了脱贫攻坚战，全面迈入了小康社会。

目录

第一章 为了那句誓言 … 001
野菜团子引出一句誓言 … 002
寻找"18岁"的老乡菇 … 006
骆驼湾,红绣球团团光彩 … 009
平石头,扶贫"国家队" … 012
从马兰新村到楼房村,送到了新生活的门口 … 016

第二章 呼唤李保国 … 021
心系群众:哪里穷往哪里钻 … 022
家国情怀:把自己融入党的扶贫事业中 … 027
科技扶贫:把普通农民变成"技术能手" … 031
奋发作为:扶贫路上与时间赛跑 … 036
以身报国:心中无我成就大我 … 040
榜样力量:让精神穿越时空 … 044

第三章 旗手李双星 … 048
贫穷是人生的第一块磨刀石 … 048
危难之处显身手 … 050
扶贫要像医生治病 … 052

没有脱不了贫的群众 …………………………………… 054
　　精准扶贫就得有狙击手本领 ………………………… 057
　　敢为人先的"细胞工程" ……………………………… 059
　　让干部群众心热起来，手动起来 …………………… 063
　　扶贫扶智，培养新型农民 …………………………… 066
　　累死在田间地头也觉得值 …………………………… 069
　　下定决心完成国家扶贫目标任务 …………………… 073

第四章　求"蝶变" …………………………………………… 076
　　寻梦扶贫村 …………………………………………… 076
　　敢教旧貌换新颜 ……………………………………… 079
　　点燃脱贫梦想之火 …………………………………… 081
　　调动群众的力量 ……………………………………… 084
　　引进项目造血扶贫 …………………………………… 087
　　不得不说的故事 ……………………………………… 091
　　村企联姻，携手扶贫 ………………………………… 096
　　为扶贫再次上路 ……………………………………… 098
　　追求新目标 …………………………………………… 102

第五章　拔"穷"根 …………………………………………… 104
　　"穷"根在哪里 ……………………………………… 106
　　如何拔"穷"根 ……………………………………… 107
　　如何发挥党员作用 …………………………………… 110
　　发动群众参与 ………………………………………… 112
　　数字背后的苦与甜 …………………………………… 114

第六章　补"窟窿" …………………………………………… 116
　　选好带路人，补上党支部的"窟窿" ……………… 117
　　筹措资金，补上欠款"窟窿" ……………………… 118

促进村民增收，补上发展产业"窟窿" ·············· 119
　　激发内生动力，补好精神"窟窿" ················ 122

第七章　卷掌斩穷 ······························ 125
　　回村，义务扶贫 ···························· 125
　　调查，刨出穷根 ···························· 129
　　行动，顶一万句 ···························· 131
　　产业，脱贫支点 ···························· 133
　　关爱，冰心玉壶 ···························· 136
　　付出，无须回报 ···························· 139

第八章　小村庄，大梦想 ·························· 141
　　贫穷是藏在他眼里的一滴泪 ····················· 141
　　党需要的时候吃亏也要干 ······················ 143
　　危难时敢站出来替群众撑腰 ····················· 145
　　村民因何把村干部当亲人 ······················ 147
　　小山村建成了国家级示范园 ····················· 148
　　大梦想，打造"全国绿色苹果基地" ················ 152

第九章　太行新愚公 ····························· 156
　　乡愁是藏在他心中的一团火 ····················· 157
　　"回"是对父老乡亲的庄严承诺 ··················· 159
　　党员就得有魄力、有担当 ······················ 161
　　大家富了，才算真正的富裕 ····················· 166

第十章　四十亩滩，就是我的家 ······················ 169
　　十分钟做出的决定 ·························· 170
　　一眼认出了杨明兆 ·························· 171
　　红柿绿芹变成金 ···························· 172
　　第一次开口借钱 ···························· 173

带着妻子一起扶贫 ………………………………………… 174
　　三个哑巴的故事 …………………………………………… 176
　　村里成立孝老敬亲基金会 ………………………………… 177
　　四十亩滩，就是我的家 …………………………………… 177

第十一章　邯郸，春满乾坤 …………………………………… 180
　　"一帮一"扶贫没有旁观者 ……………………………… 181
　　"微工厂"，输血变造血 ………………………………… 186
　　"精准防贫网"创新保障 ………………………………… 190
　　不忘初心永向前 …………………………………………… 194

第十二章　衡水，再次出发 …………………………………… 198
　　农业产业"土生金" ……………………………………… 198
　　阜城如何抓农业产业化 …………………………………… 200
　　什么是阜星模式 …………………………………………… 204

第十三章　张家口，使命之歌 ………………………………… 208
　　提纲挈领，做好全市扶贫顶层设计 ……………………… 209
　　精准发力，突出农业产业化带动 ………………………… 211
　　光伏发电，科技兴农照亮梦想 …………………………… 213
　　生态扶贫，点亮绿色新希望 ……………………………… 217
　　扶贫反腐：哪壶不开烧哪壶 ……………………………… 219
　　六个精准，攻城拔寨脱贫攻坚 …………………………… 221
　　电子商务，走线上攻坚的快捷路 ………………………… 225
　　德胜村，不负总书记嘱托 ………………………………… 226

第十四章　承德，攻坚之战 …………………………………… 230
　　不让一个贫困群众掉队 …………………………………… 231
　　创新承德扶贫模式 ………………………………………… 233
　　打造旅游扶贫名片 ………………………………………… 237

让贫困群众走出困境 ………………………………………… 239

第十五章　沧州，渤海涌春潮 ……………………………………… 241
　　人物篇："两人两牛"的故事 …………………………………… 242
　　产业篇：挖掘脱贫新动力 ……………………………………… 251
　　社会篇：万众一心齐攻坚 ……………………………………… 255

第十六章　环京津脱贫春意浓 ……………………………………… 264
　　造林，塞罕坝让农民吃上"生态饭" …………………………… 265
　　种植，打造特色农业 …………………………………………… 271
　　搬迁，脱贫进入快车道 ………………………………………… 279
　　旅游，成为脱贫新"引擎" ……………………………………… 282

第十七章　石家庄，决战决胜 ……………………………………… 287
　　教育，阻断贫困代际传递 ……………………………………… 288
　　产业，脱贫根本之策 …………………………………………… 307
　　助残，托起希望的明天 ………………………………………… 325
　　驻村，凝聚力量决战决胜 ……………………………………… 334
　　承诺，正在变成现实 …………………………………………… 346

后　记 ……………………………………………………………… 347

第一章　为了那句誓言

聂帅（聂荣臻）曾经流着泪说："阜平不富，死不瞑目。"这件事是福建省委原书记项南同志告诉我的。聂帅的那句话感人至深，我一直铭记在心。项南同志从福建省委书记任上退下来后，当了中国扶贫基金会会长。我当时是福州市委书记。他到福建来找我，希望我支持一下基金会。项南说，有一次他去看望聂帅，聂帅谈到了河北阜平的情况。阜平曾是晋察冀边区所在地，聂帅担任过晋察冀军区司令员。聂帅动情地说，老百姓保护了我们、养育了我们，我们打下了天下，是为老百姓打下的天下，阜平的乡亲们现在生活还没有明显改善，我于心不忍，一定要把老区的事情办好。所以，项南义不容辞当了中国扶贫基金会会长。我是在这样的氛围中耳濡目染走过来的，工作过的很多地方都是老区，对老区的感情是很深厚的。我们对脱贫攻坚特别是老区脱贫致富，要有一种责任感、紧迫感，要带着感情做这项工作。

——摘自《习近平总书记的扶贫情结》

（《人民日报》2017年2月24日）

野菜团子引出一句誓言

20世纪80年代初。晚春。

北京。聂荣臻元帅家的客厅。

演员田华给聂帅讲述她从阜平归来的新收获。原来，半个多月前，田华为拍摄电影故事片《柯棣华大夫》的外景而走进了太行深山。出发时，聂帅专门嘱咐这位当年晋察冀的文艺小战士，到了阜平一定替他给乡亲们问好。今日返京，她第一时间来给聂帅汇报，她明白，眼前这位老帅最关切的是哪些内容。

"老区人民还是那么好，老区人民还是那么穷，您看，阜平人民现在还有人吃这个……"说着，她拿出一个野菜团子，递了过来。聂帅猛地一愣，接过菜团子，久久地凝视着它，半天没吭声，表情沉重，眼眸中隐隐闪出泪光。许久，他才喃喃地说："我对不起阜平人民哪……"

那一刻，他们的思绪一定飞回战火烽烟的太行山上。第二次国内革命战争时期，中国工农红军第24军挺进阜平，在这里建立了中国北方第一个红色政权——中华苏维埃阜平县政府。抗日战争时期，阜平建立了中国第一个敌后抗日民主根据地，被誉为"模范根据地的模范县"，那时，阜平人口不足9万，养活了超过9万人的部队。超过五分之一的阜平人参军参战，5000多人再没回来。聂帅在他的回忆录中曾记，抗战艰苦的春天，北岳区大旱，老百姓三五成群地捋树叶、剥树皮，那些被饥饿折磨的孩子，细长的身子顶着个大脑袋，出去讨饭。他在平山寨北村召开的边区会议上讲到这些的时候，讲着讲着，心中一酸，流下眼泪，会场上一片哽咽声。他发出训令，要求部队不要在村庄附近采摘已经被老百姓当作主食的杨树叶和榆树叶，宁可饿着肚子也不要与民争食。老百姓深受感动，纷纷要求军区收回这个训令，有老乡把泡好的酸菜树叶送到了司令部……有歌谣唱道："精打细算度时光，节约粮食交公粮，子弟兵吃饱打胜仗，支援前线第一桩。"

老区人民为新中国成立做出了巨大奉献和牺牲，而新中国成立快40年了，离首都仅仅240公里的阜平却依然贫穷落后，这不能不使这位共产党人感到难过……

1989年3月，中国扶贫基金会成立，聂帅得悉，特地把会长项南请到家里，请他关注阜平的贫困状况，老帅握着项南的手动情地说："阜平不富，我死不瞑目！"

20世纪90年代初。春寒料峭。

阜平。一个偏僻的小山村。

项南和中国扶贫基金会的几位同志，牢记着聂帅的那句誓言，翻山越岭，开启了八进阜平的扶贫考察。他们走进深山一个村庄，见村里冷冷清清，房屋破旧，只有几个中老年男人在墙边晒太阳。一打听才知道全村共有47人，其中女人只有7人，光棍居多，生活极为贫困。村里人不知道项南是何人，以为县长来了，感到很惊奇。一位老汉问项南："真的是县长来啦？"项南对他们肯定地说："是县长来看你们了。"

项南将自己从家里带来的衣物、棉被和一些钱送到农民手中，有个年纪很大的老人激动地高呼："毛主席万岁！"流着泪，对他们嘱咐道，"你们回京告诉毛主席，说我们的生活很好，感谢他老人家……"项南一时语塞，面对这样淳朴的老百姓，项南一行人不知说些什么好，但更坚定了他们尽最大努力搞好扶贫的决心。

阜平为全山区县，境内地形复杂。阜平县情的特点是老区、山区、贫困地区"三区合一"。阜平周围，贫困县连片，老百姓编顺口溜自嘲："阜平不富，平山不平，灵寿不灵，行唐不行。"这几个县都是国家深度贫困县，交通不便，资源匮乏，发展起来尤为艰难。

项南，这位从艰苦革命岁月走来的福建改革元勋，决定先召开阜平县经济工作会议，扶贫先扶志，鼓舞士气。

开会那天县城气温很低，食堂与礼堂都没有供暖，礼堂四处漏风，到处冷冰冰的。参加会议的县乡村三级干部灰头土脸，情绪低落，对阜平的发展缺乏信心。项南热情洋溢地说："阜平人民在战争年代曾为中国革命做出巨大的贡献，但在新中国成立后40多年仍未彻底解决温饱问题，经济发展在保定10多个县中，排名倒数第4位，我感到很难过。"说到阜平贫困的窘况时，项南针对性地一语道破："我认为山区脱贫致富关键在干部，在县级领导干部能否保持相对稳定，是否有一个好的精神状态，是否有较强的开发意识和商品意识。县里主要领导干部不能6年换5次，县长要有5年、10年干到底的决心，有一个比较长远的打算才行。"

项南讲得很激动，也深深地打动了大家的心，他这番话吸引了与会干部的注意力，项南恳切地说："精神状态是实质，是人生观、世界观问题，如何看待人生的价值，有的人认为人生最大的幸福就是当官，不断地往上爬，今天当处长，明天当个局长，后天当副省长……不断地升官，常常也不敢提不同意见，因为提不同意见妨碍他升官发财。我认为共产党人对人生的价值应该这么看，人最有意义的事情是与困难作斗争，最大的快乐是克服困难为人民谋利益，对人民有贡献……"

项南率领的中国扶贫基金会，利用各方投资，展开帮扶工作，比如搞甲鱼的养殖，年产值一度达2亿多元；后来又治理水土流失，增加了果树收入8000万元；在项南的指导下，阜平先后向北京劳务输出五六千人；帮助阜平建起了一座小学、一座职业培训学校。

"点明一盏灯，照亮一大片。"项南最终要唤起的是广大群众摆脱贫困的信心和决心。除了摸清路子、出主意、想办法之外，剩下的是一门心思到处去"化缘"。故乡福建是他最常去的，他用这句誓言打开了福州的那个高大身影的心中情结。

2012年深冬，从北京出发到阜平龙泉关，之后，从雪域高原，到西南边陲，习近平总书记带着这句誓言走遍了10多个集中连片特困地区。他坦言："40多年来，我先后在中国县、市、省、中央工作，扶贫始终是我工作的一个重要内容，扶贫工作我花的精力最多。""上下同欲者胜。……只要我们党永远同人民站在一起，大家撸起袖子加油干，我们就一定能够走好我们这一代人的长征路。"习近平总书记如是说。

那句誓言，从太行深处传向四方，从领导人传到普通的扶贫工作者，成为整个国家的奋斗目标。

2019年3月，杏花吐白，柳黄初绽。

春风将我们送进阜平县脱贫攻坚政策业务培训会场。

会场里的几百名基层干部群众，一个个腰板笔挺，会场秩序异常肃静。那位北京来的扶贫专家两个小时讲下来，没有人走动说话，也没有人出去打电话。听众精神提振，老师在上面讲得带劲儿。讲什么呢？仔细听听，正讲到精准扶贫的饮水安全。

"贫困户取水时间不超过20分钟。季节性缺水，冬季冻坏了水管，那不行，必须有替代的取水点。这些都解决了，如果有行动不便的群众超过了20分钟怎么办呢？给一家供应一个水管成本太高，这就要细细调查研究，要有具体措施。想什么办法呢？这样的时候要想到一个公益岗位呀。另外一个贫困户也拿到了公益岗位的津贴，不能取水的贫困户也能喝上了水，一下子就都可以解决了……"

听到这里，我们在心中暗暗赞叹！脱贫攻坚，精准扶贫，互相帮扶"不落下一个"，精准到分钟，这一切都不是虚言！一大批扶贫干部都朝着一个目标，朝着一个精确的目标，一步步前行着。

散会后，我们遇到了穿着西装的阜平县委办公室主任王欣。他曾任城南庄晋察冀革命纪念馆馆长，近年也奋战在扶贫攻坚的第一线。他告诉我们，在中国扶贫地图中，河北省阜平县是个特殊的地方。这不仅因为老一辈无产阶级革命家聂荣臻留下"阜平不富，死不瞑目"的遗训、项南先后8次前来扶贫，更因为这是党的十八大后，习近平总书记考察扶贫开发工作的第一站。作为太行深山区、革命老区、贫困地区，阜平脱贫攻坚工作做得好不好，直接关系到中国扶贫的整体形象。阜平是深度贫困县，一共有农村人口19万，建档立卡的贫困人口10.8万，贫困人口占到一半以上，脱贫攻坚任务艰巨。阜平县的党员干部可谓夙夜不懈，转变观念，振奋精神，全力决战，积极摸索出来一套适合阜平县域特点的脱贫之路，方方面面成绩良好，全面脱贫，为时不远。

寻找"18岁"的老乡菇

从阜平县城出发，穿沟过岔，奔向深山。

车窗外，嫩绿的小叶杨不时掠过，她们欢快地向我们招手，再不会担心谁去捋下她们的春装去做酸菜了。我们要找到王欣所说的神奇"老乡菇"，他说，可别小看了这个"小蘑菇"，如今它已经成为阜平脱贫致富的"顶梁柱"。

沿着山路盘桓而上，感受阜平"九山半水半分田"的地貌。想到阜平老乡曾讲到的一个笑话。说当年一个农民卖他家的7块地，他翻山越岭把买家领到了山坡上，一屁股坐在那里，指给买家说，都在这里啦。买家一数，说不对呀，怎么少一块？农民也觉得纳闷儿，四下里找。忽然拍拍身上的土站了起来，原来他屁股底下坐着他家的第7块地！

阜平地少，要靠种玉米、种土豆，无论如何都不能脱贫致富。阜平县领导们都深刻思考过这些问题，积极地寻找出路。经过多次考察调研，充分利用气候、生态优势，阜平县委、县政府将食用菌产业确定为当地农民脱贫致富的新渠道，谋划实施了阜平县食用菌现代农业园区。园区核心区地处阜平县天生桥镇，园区以阜平县嘉鑫种植有限公司为龙头企业，以当地贫困群众为种菇主力军，聘请知名食用菌专家长期驻点现场指导，采用统一建设棚室、统一制作菌棒、统一技术指导、统一品种品牌、统一回收产品、统一销售加工的模式，利用现代化设施设备及先进技术，进行集约化、现代化生产经营。

在2018年秋季的一则新闻报道中，阜平县食用菌办公室副主任刘光东对记者说："产业扶贫，关键在'扶'。实现扶贫产业持续稳定发展，除了要建立起贫困户与企业的紧密利益联结机制，形成稳定增收渠道外，后续发展中的政策扶持，保险保障也很重要。我们探索出了'保险＋贷款'的金融扶贫模式，对每个棚可根据情况贷款5万元到10万元，政府贴息，产品销售如果低于市场价格，由保险公司补齐差价，给想产业脱贫又怕担风险的贫困群众吃了'定心丸'。"

"让产业扶贫'扶'出高质量，一定得让产业发展紧跟市场走向。"刘光东说，"现在我们已经注册了'老乡菇'商标，形成了自己的二维码、条形码和LOGO标识，并开通了阜平县'老乡菇网'，按照全县一个销售出口的原则，阜平县正建立健全鲜菇销售、精深加工、休闲旅游为一体的现代食用菌产业体系，推进食用菌产业高效集聚、高质量发展。"

令人欣慰的是，经过几年摸索，蘑菇产业形势喜人，从天生桥镇千亩荒滩开始，成百上千的大棚已经覆盖了阜平所有的乡镇，其发展速度、发展模式、体制机制等得到了省市党委、政府主要领导的高度评价，也得到了农业部、国家扶贫办的充分肯定。全国产业扶贫现场会在阜平召开，省、市领导来阜平指导工作时，均对阜平县食用菌园区发展情况给予了高度评价。

在那则报道中，我们也看到，刘光东对完成未来的冲刺目标充满信心："下一步，我们将进一步巩固菌菇产业，扩大优质产品生产，实现13个乡镇全覆盖之后，香菇栽培种植总量达到5亿棒，总产值达到30亿元以上，辐射带动全县3.2万农户，其中贫困户1.38万户，人均增收2万元以上，脱贫户都能过上小康生活。"

我们把目光投向河滩：静静排列的大棚，或黑色或白色，在明朗的春光中，如同波浪，连绵不绝，蔚为壮观。

车停色林口食用菌基地。我们打听到81号棚正在采摘，兴奋地奔过去，想去亲手采摘一个了不起的"老乡菇"。大棚口外，木匠口村的周国海正在和几个大妈、大嫂们分拣香菇。我们赶紧抓紧时间询问，年轻精干的周国海对答如流。

"回乡承包几年？"

"3年。"

"承包费多少？"

"10732.5元。"

"年收入多少？"

"十来万。"

"几个孩子？"

"两个。"

年轻人的脸上挂着一丝腼腆的笑，手里飞快地挑选着蘑菇，一刻不停。

看到他们把蘑菇按照形状大小、颜色深浅分类装筐，忙问原因。原来，蘑菇的收购"身价"竟然也按照"年龄"分三六九等！从5毛钱一斤到七八元一斤要差十几倍。最贵的蘑菇从形态、口感上要好很多。我们好奇地问，哪种是最贵的呢？一位正在棚里采摘的大嫂带我们进棚寻找。

在一排排一行行的长满蘑菇的架子前穿行，感觉好壮观哪，和在菜市场的小小箱子里挑选几颗蘑菇是一种完全不一样的感受。最后走到一个架子前，她弯腰指着一个底层菌棒，说："这个蘑菇我刚刚没有舍得摘，再过5个小时摘，就是极品。"我们惊奇地蹲下来，睁大双眼，仔仔细细，转着圈圈观察。这朵香菇圆圆润润，菇伞还没打开，鲜嫩、端庄、漂亮，"真像是18岁的姑娘啊！"我们开玩笑地说："平时在省会市场上买黑乎乎的蘑菇，原来都是'80岁老太太级别'的！"真是又喜又惊，庆幸今天发现了蘑菇的秘密。赶紧细问："石家庄哪里能买到极品？"大嫂摇头说："这些特级'蘑菇姑娘们'都贴上保鲜膜，坐上飞机飞大城市啦，估计你们买不到……"我们不禁有些不平和遗憾。

原来，不仅仅是香菇之间有差别，承包户和承包户之间也有不小的差别呢。每一个承包户的收入都会和"18岁的香菇"大有关系呢。一个大棚的收入高低，除技术、品种、管理之外，和采摘到的一级品也有关系。需要不停地观察判断，按照时段，辛勤采摘，才能提高收入。"勤劳致富"，从来不虚。

即将离开，我们心有不甘：今天一定要买几斤最好的蘑菇尝尝！

去问周国海，不料他说，这里只供应收购基地，不卖。

在离大棚不远的公司收购基地，保鲜运输车进进出出。我们看到，一筐筐的香菇等级分明。货签上写着北京、上海、深圳等大城市的名字，看着这些即将"奔赴"大城市的口感堪比松茸的"18岁的老乡菇"，不觉替老乡们做起了"阜平富裕梦"。

骆驼湾，红绣球团团光彩

2012年12月30日，深深太行，冬雪点点，山风阵阵。

龙泉关下的骆驼湾村，气温达零下十几摄氏度。

贫困户唐荣斌家里的木门和上面贴的福字一样，被时光侵蚀得掉了色。门外寒气逼人，帘子一掀，走进来的是习近平总书记。他说："元旦快到了，我特意来看看大家。"

此时，党的十八大闭幕刚刚过去两周。外头天冷，老唐两口子跟孙子在炕上摆了火盆，添了些炭。总书记盘腿坐上炕，跟他们拉起家常：一年挣多少钱，粮食够不够吃，生火的煤存了多少，小孩上学远不远……

至今，唐荣斌已经接待了来访的多名记者，但每每回忆当时情形，他还是激动不已："当时总书记拉着我的手，问我吃得好不好。那天我家吃蒸土豆，总书记还尝了一块。他还盘起腿坐在炕上跟我们拉家常，真是平易近人哪。总书记是真真切切关心俺们的生活。"

从那一天起，太行山深处的骆驼湾，开始走入人们视野，成为脱贫奔小康道路上的一颗明珠。

走进如今的骆驼湾村，从村头到村尾，全体村民一户不落地翻盖了新房，大多是独门小院，在山湾中依势而建。新房有花格木门、灰瓦屋顶和透亮的玻璃窗子，整个村庄在活泼中彰显着个性，整齐中浸透着古朴。

2019年夏日，细雨点点。我们到达了焕然一新的美丽骆驼湾。

站在美丽的村委会门前，仰望着一棵"大树"，这是一棵光伏发电树。光伏树在青山绿水之间静默着，很和谐，夜晚，它会发出团团光彩。

打通电话，唐超男欢欣地出来接我们。她是河北省农业厅驻骆驼湾的扶贫干部，去年来阜平的时候，我们就认识了这位北京大学毕业的高才生。她已经在阜平找到另一半，男朋友也是省直部门来扶贫的，我们为她在扶贫路上找到爱情而欣慰。

唐超男介绍农业厅扶贫工作队队长刘华格。华格高挑身材,说话爽利,家乡是离骆驼湾并不遥远的灵寿县。后来,我们翻看刘华格的微信朋友圈,不断地发现她帮老乡们卖东西,今天卖蘑菇,明天卖土鸡蛋,村里搞旅游文化节,她卖花花绿绿的一大堆手工艺品。

进到村委会,恰好遇到龙泉关镇的党委书记刘俊亮,他亲自设计了一个小型的村史展,让大家了解村子的前生今世。他指着一张图片上"龙泉关"3个字的牌匾说,当年领袖们就是从这里东行进入阜平。几十年来,骆驼湾村还是整体贫困村,没有一户人家翻盖过新房。要实现整体脱贫,改善人居环境是一场硬仗。近年,县里和乡镇通过精心策划和整体设计,决定以太行民居特色对全村农民住房进行提升改造。经过各种补贴后,村民翻修一座100平方米的新房,一般仅需自己投资4万元到5万元就能完成。这样家家都可以住上梦寐以求的新房了。骆驼湾村共有277户576人,2014年建档立卡时贫困人口189户447人。2017年,骆驼湾村实现脱贫。2019年全村完成民居改造225户,易地扶贫搬迁21户,全村有57户家庭购买了家用轿车。

说起村里新近开发的旅游文化节,依靠良好的自然生态和丰富的旅游资源,把美丽乡村建设、旅游产业发展,都和脱贫攻坚工作结合起来,几位扶贫干部更是滔滔不绝……此时,刘华格带领我们,走过雨巷,一路指点讲解着,山货特产店、望山茶室、年画馆、民俗技艺坊、酒坊、豆腐坊、新民宿……每一户都有着奔向美好生活的新故事。小山村已经成了太行山的"旅游打卡地"。

走进"骆驼湾一号院",就是唐荣斌家的旧院,西番莲盛开在高高的荆条大篓旁,格外精神,屋里陈设依然是当年的模样,墙上悬挂了习近平总书记和老唐一家拉家常的照片。原来,这所旧房子租给县里的公司,稍加改造供游客参观,他们全家早就搬进了新居。遗憾的是唐荣斌老人已去世,他的老伴也到村里新开的一家农家院上班。之前看到中新网的记者采访过老唐的老伴顾宝庆,她给记者介绍说,旧院一年租金收入不少,还把自家承包的四亩地流转出去种植高山苹果，每年租金4000元，年底还能有分红。她每月农家院摊煎饼能挣2000多元工资。"我们家已经住进了新盖的二层小楼，有自来水、地暖，改造了卫生间、厨房，过上了城里人的日子。"记者在这则报道中写道："顾宝庆家昔日破旧的栅栏门，被一座崭新门楼取代，楼前小院内，红绣球花含苞吐蕊，月季竞相开放。"

雨过风停，天蓝山黛。

转过街角，我们来到唐宗秀的家里。2012年寒冬，习近平总书记踏着皑皑白雪来到骆驼湾的时候，唐宗秀拉着总书记的手臂走过黄泥墙的画面，让人印象深刻。

唐宗秀老人用浓浓的阜平话讲述着她和总书记拉家常的情形："总书记看到灶上的锅里正煮着泔水，便拿起泔水瓢，'喽喽喽'叫着小猪崽和俺一起喂。俺当时很惊讶：'您也会喂猪哇？'总书记笑着回答：'我也当过农民，当然会了，我还会很多农活儿呢。'"老人说，从那个时刻开始，她对过上美好生活充满了信心。唐宗秀老人说村里边儿变化可大了，一件事情接着一件事情办，一年接着一年干，扶贫接力不停止。她家的泥土小屋已经变成青砖灰瓦塑钢窗的6间大瓦房，烧煤取暖的火盆淘汰了，取而代之的是空气源热泵，冬天屋里可以达到20多摄氏度。她再也不用靠土里刨食来脱贫，土地流转了1亩，仅土地流转资金就1000多元，还有年底分红、林下经济，现在已经实现了"离地不失地、村民变股民"啦。

雨后的阳光格外温柔，照耀着唐宗秀满满一小院的花卉。硕大的绣球花引人瞩目，粉红的，淡紫的，淡绿的，团团簇簇盛开着，葱茏，饱满，浓郁，艳艳的灿灿的，让人赞叹。这种草本绣球花学名无尽夏，正应了这里景象，脱贫梦已经实现，老百姓的好日子就像这个红绣球一样，枝繁叶茂，红红火火，进入欣欣向荣的无尽夏天。

看了唐宗秀老人的花，接着到邻居韩福来家里看画。

韩福来老人也住着宽敞的新房子，一个人独身生活。他爱好文学艺术，还曾经写了一本小说叫《青泪史》。而今主要画画。我们看到，工笔的大老虎、工笔山水画、工笔人物画挂了满墙。特别是两张时尚的穿着靓丽裙装的现代美女图，也被高高悬挂，让人觉得有一种穿越感。我想，骆驼湾里的这些画代表着他们对美的追求，无论多么贫瘠多么艰难，对美的追求始终没有放弃。

如今搞旅游了，韩福来老人的画已卖得很好了。他说，扶贫工作队对他特别照顾，帮着他卖画，照顾他的生活。接下来还要推介他的农民画，实现他的文化理想。

从韩福来家出来，我们又到了唐云海的家。唐云海46岁，他从1995年就开始出去打工，没有脱贫致富，反倒得了肝炎病。妻子也离他而去，生活非常苦。他有两个孩子，都在龙泉关住宿上学。他因病陷入了极度的贫困。如今，村里搞旅游了，他果断地回乡创业，利用互联网做生意，还在网上认识了一个上海的懂按摩的姑娘，商量着一起开网店。骆驼湾和大上海也能联系在一起了。利用网络联通世界，骆驼湾的人，眼界也开阔了，唐云海志气满满。如今，唐云海肝炎病也治好了，家里边添置了冰箱、彩电、洗衣机，生活完全是城市里的样子，说起话来底气十足。

在骆驼湾村村民李爱民开办的农家乐里，这位年轻人告诉我们："2012年，习近平总书记到我们村调研，提出要在发展旅游业上找出路。我得知这一消息后立即辞去了北京的工作回乡创业，利用政府给父母和自己家的34万元建房补贴，加上自己多年打工的积蓄，开办了农家乐。同时，我还承包了村里的4个食用菌种植大棚。此后，家里收入一步一个台阶地走高，2017年纯收入达到12万元。"

平石头，扶贫"国家队"

暖阳和煦。我们站在平石头村边高高的堤岸上，嗅着清甜透明的空气，观赏一幅美丽的新村图景。

对面的新村正在兴建，一座座设计别致的小洋楼在山坡上格外优雅，听村里人说他们将很快入住。岸下是一个小公园，几个孩子正在园子中央的小广场上打乒乓球，衣服鲜艳，活泼泼的身影在闪亮的光线中跑来跑去。若不是巨大的落差、宁静的环境，我们会忘记这是阜平山村。

走下坡来，转到公路上，竟然看到一个京东便利店！

进店逛逛，得知这个店主叫顾立飞，38岁了，大学生，前些年曾在京东工作过，近期回村创业，在村子里边开店，兼做网络销售。他告诉我们，他的网店比这个便利店销售额大多了！在卖"阜礼"，苹果、核桃、黑枣、花椒，村子里出产的东西都卖。他说，这些都是跟着俺们村主任开的店。村主任是谁？刘强东。

哦，原来这就是传说中的"刘强东村"哪。

急忙检索网络，发现刘强东在其实名认证的新浪微博上亮出一张印有"河北省阜平县平石头村名誉村主任刘强东"等内容的名片，并称："今天终于实现了儿时梦想！还是定个小目标：5年内全村家庭平均收入提高10倍！全村村民全部脱贫！不是用捐赠方式，而是产业方式！"

在网上还看到媒体报道："石头村村委会正式聘请京东集团董事局主席兼首席执行官刘强东为'名誉村主任'。今后，平石头村原本不太好卖的苹果、核桃、香菇等农副产品，将登上京东的线上零售平台，通过京东物流，送到全国乃至世界消费者手中。接过聘书后，刘强东表示，还要通过企业招工方式，让有意愿的年轻人进入京东工作，解决村民的就业问题。"

看来这个"刘村主任"还是真的。

刘强东应该和阜平非亲非故，又是怎样来到平石头村的呢？这其中必有缘故。

带着这个疑问，我们见到了国家机关事务管理局的驻村第一书记赵振兴。

赵振兴说起平石头村滔滔不绝，村里的一草一木、每一户都在他的心里，连这个村从古到今的历史，甚至整个阜平的历史他都掌握得那么清楚。我很惊讶，追问之下，才恍然大悟。原来，国家事务管理局自从国家建立扶贫协会之后，一直对接阜平县的扶贫工作，已经连续21年向阜平县派驻扶贫干部！

啊，他们就是中国扶贫的"国家队"！国家从未忘记，走进北京的领袖们、各个国家机关的领导干部们，从未忘记这个"国家级"贫困县。项南会长若见今日景象，一定欣慰。

"刘强东主任"的疑问豁然解开，是他们将"京东"引进了深山。

回到省会之后的一天，我们看到了2019年6月河北新闻网记者林凤斌、通讯员张雷发出的一则通讯，系统而明晰地报道了国家机关事务管理局帮扶阜平事迹，特转全文如下：

河北新闻网讯：近年来，国家机关事务管理局（以下简称国管局）切实履行中央单位定点扶贫责任，围绕职业教育、电子商务、整村推进、产业扶持、扶危济困等方面持续发力，努力提升阜平脱贫攻坚内生动力，为阜平县真实稳定脱贫、持续长远发展打下坚实基础。日前，该局帮扶阜平模式获评"第二届中国优秀扶贫案例"。

大力发展职业教育，阻断贫困代际传递链条。针对贫困学生打工没技术、创业没思路、务农没出路的现状，国管局确定了"发展职业教育、传授一技之长、带动就业脱贫"的帮扶思路。2013年，联合一汽、上汽、长安、比亚迪四家车企，与阜平县职业教育中心合作创办梦翔汽车培训基地。截至目前，基地共招生3500多人，其中，建档立卡贫困生2000多人，学生就业和顶岗实习年收入3万至5万元，基本达到"培养一人、就业一个、脱贫一家"目标。2016年，联合北京物业管理行业协会等单位，与阜平职教中心合作创办梦翔楼宇智能化培训基地，带动学校现代服务专业群整体发展。截至目前，楼宇智能化、电子商务、酒店服务等专业共招生1300余人，其中建档立卡贫困生500多人。2018年，协助阜平县组建北京·燕太片区职教扶贫协作区，整合区域资源，加强课程互补共建，搭建校企合作通路，惠及包括阜平在内的22个贫困县。

积极争取各类资源，大力建设利民富民项目。国管局积极为阜平县引进富民产业项目，对接京东集团和野谷健康产业集团，大力发展鸽产业。2018年，京东飞翔鸽项目和富硒鸽养殖产业全覆盖项目共投资7018.84万元，按照"国有公司＋专业合作社＋贫困户"发展产业协议约定，向13380户相关建档立卡贫困户分红701万元。引进恒都集团帮扶阜平县发展肉牛产业，为养牛户建立稳定销售渠道。截至目前，第一批肉牛已完成供货，每头比原价提高580元。助力夯实产业发展基础，先后引入或参与促成京东云仓中心、装配式建材产业园、汉夏健康农业等落地阜平，覆盖农业、文化、创意等多个领域，为阜平脱贫攻坚打下坚实的产业发展基础。

零起步发展电子商务，激发经济发展内生动力。阜平县农产品种类丰富，但由于各方面原因，名气小、销路窄、价格低。国管局确定了"品牌带动、促农增收、助农脱贫"的帮扶思路，大力助推电子商务发展。2017年以来，阜平县电商全网销售额约2.3亿元，相关企业通过提供免费技术指导、统一收购销售、员工分红等方式直接帮扶2717户建档立卡贫困户。2017年，国管局帮扶阜平县推出区域公共品牌"阜礼"，联结县内诸多农特产品品牌，构建"阜礼＋"品牌圈；通过建立农产品信息库和农产品生产追溯体系，提升了"阜礼"品牌品质，带动了阜平当地品牌企业发展。积极帮扶阜平对接各类线上线下销售平台，开展营销活动。建设了立体化电商网络，组建了以电商公共服务中心为依托，以企业、合作社、"一村一店"为支撑，以淘宝店铺、微店等为基础的农副产品销售网络。同时，针对不同群体的创业致富需求，组织微商营销、物流配送、农资下乡等培训。截至目前，累计培训2.38万人次，培育网店830余家、微店7200余家。

深入抓好整村推进，打造美丽乡村建设样板。积极选派青年骨干到黑崖沟村、平石头村担任第一书记或者兼任支部书记，驻村帮扶。针对基础设施条件差、产业基础薄弱等问题，先后筹集整合资金1000余万元，改善水、电、路、信等基础设施和教育、医疗条件，发展绿色蔬菜、家庭手工、乡村旅游等产业。2017年以来，国管局重点帮扶平石头村。驻村工作组聚焦整村脱贫出列这一中心任务，帮助平石头村剩余建档立卡76户162人实现脱贫，村贫困发生率降至1.18%。目前，平石头村已经实现整村脱贫出列，并按照建成和谐村、富裕村、美丽村的思路，继续落实乡村振兴要求。积极促进与京东集团的合作，推荐劳动力到京东工作，帮助村民开设京东便利店销售农副产品；协调佳农林果公司、燕之坊木耳种植产业合作社、浩鑫牛肉饲养专业合作社落地平石头村，推动土地流转，探索与相关种植户建立利益联结机制，多种方式实现建档立卡贫困户增收。

从马兰新村到楼房村，送到了新生活的门口

2019年5月，马兰新村和楼房村。

车子在大山的褶皱里绕来绕去，感觉很久了，依然没有到达。

交通不便，让马兰成为深度贫困村，而抗战岁月却是躲避日寇的安全堡垒。马兰可是很有名气的、有着光荣革命历史的小村庄。邓拓带领《晋察冀日报》工作人员一道，在日军"扫荡"中一边打游击一边办报纸，创造了用8匹骡子办报的奇迹，在此办报达10年之久。1943年，日寇对晋察冀边区进行疯狂"扫荡"，19名马兰村民为掩护报社献出了宝贵的生命。邓拓夫人丁一岚在一次随报社突围后生下邓小岚，后被寄养在马兰村附近的老乡家里生活了3年。

如今，邓小岚一直把这里视为第二故乡。

清华大学毕业的邓小岚爱好音乐，有着很高的音乐素养。第一次到马兰的时候，邓小岚想和孩子们一起唱歌，可孩子们一首歌都不会唱，更没有见过乐器。从2006年开始，邓小岚就把家人用过的和朋友捐送的手风琴、小提琴、电子琴和吉他等乐器，送到马兰。为了马兰村的孩子能够学

好音乐，她每年拿出三分之二的工资，来帮助这些孩子。15年来，邓小岚每年往返北京和马兰村十几趟，在大山里培养了200多个学音乐、爱音乐的孩子。"马兰的歌声"被无数媒体关注，还被拍成了纪录片。近几年举办的"马兰儿童音乐节"影响更大，还有外国小朋友来参加演出。她用音乐改变了马兰，用一个人的力量推动这个贫困村庄的改变。

马兰村终于到了。直奔马兰小学。恰逢学校放假，村支部书记孙志胜带领我们走进音乐教室，望着偌大的教室里，时尚的音乐器材，活力满满的孩子们的照片，一时间分不清这里是深山还是北京。

没有见到想见的人，略有遗憾。时近正午，孙志胜带我们到村委会，要和我们聊聊村里的事情。

忽见茶几上一摞子杂志，打开一看，全是养蜜蜂的。原来，孙志胜是个养蜂人。他们养蜂业是北京西城区一家企业对口帮扶，这家企业帮助他们建起了蜂蜜罐装厂，马兰的蜂蜜可以装箱销售到北京。这一项也增加了几十个贫困户的收入呢。孙志胜拿来了账册，一页页翻阅，为我们讲各种提高贫困人口收入的项目，看到册子上退耕还林补贴、公益护林员、生态护林员岗位补贴还真不少，林子丰茂了想必蜜蜂的蜜源多了，蜂农的收入也能增加。

其实，养蜂应该不是单单这样的小循环。听说过一个爱因斯坦预言，他认为人类如果没有蜜蜂的话，只能活过4年。为什么这么说？因为在人类所种植的1330多种作物中，有1000多种需要蜜蜂来授粉，所以没了蜜蜂将会引发食物链断裂的严重后果。人们大规模使用农药与杀虫剂，使得全世界蜜蜂减少的速度非常快。如果没有了蜜蜂，后果也许非常可怕。

不过，马兰花盛开的地方，应该少不了蜜蜂吧？我们问孙志胜。他说，我们这里马兰花倒是不多，这些年不挖山不采矿了，集体植树造林，村里有油松林、洋槐林6万多亩，核桃、板栗种植已成规模，生态很好，这会儿胭脂河两岸漫山遍野的"地木棍儿"花在盛开，蜜蜂们也在辛勤劳动呢。

听起来好接地气的名字，到底是什么样子呢？听到我们疑问，旁边的一位村干部一闪身出去了，俄而便回，手里拿着两枝地木棍儿花。像荆条又像迎春花的枝条，花朵白色，又像茉莉。我们迅速打开微信，用"识花君"小程序来检索，原来名字叫大花溲疏，中国北方很好养活的植物，可以净化空气，果实可以入药。想到今后可以喝到真正的溲疏花蜜，心情顿觉疏朗，高兴地跟随孙书记去看马兰新村。

新村已经初具规模，院子里还在施工，看起来像是一个城市的小区搬进了山坳。

眼前的14栋楼，即将住进23个自然村的2000多口人。走进一间已竣工房间，看到家具等生活用品一应俱全，按时髦的说法是可以拎包入住。参观了一圈，刚要出门，碰见了一位黑瘦的农村大爷，拿着盒尺进来。孙书记介绍说是这家的主人。原来房子早就分到各家，整个的施工过程，都是在各家各户的监督下进行的。村民们知道是给自己家盖房，都很认真地过来看，不用担心豆腐渣工程啦。

黑瘦大爷热情招呼我们，看到空荡荡的房间，又腼腆地说，下次再来就可以坐下喝杯水啦！记得前段时间去灵寿县团泊口村，采访易地扶贫搬迁，当时我们到村民熊发芹家采访。这位家庭主妇活跃而热情，有着好客的山里人的习惯，拉着我们坐在还未打开包装的沙发上聊天。她的兴奋溢于言表，她在为一双儿女规划房间。女儿在外地上学，平时爱干净，向往城里人的生活。她着急把房子收拾好，让女儿喜欢地回到家乡。

她站在新生活的门口，欢欣着，期待着。她和马兰村民们的心情是一样的。

马兰、溲疏、胭脂河、音乐节、蜂蜜，在这些美好名字和美好的期待中告别了马兰新村，前往楼房村。

楼房村已经300多年了，过去是破旧的土房子，而今全部住上楼房，名副其实了。

记得去年参加省作协在阜平搞的采风活动中，阜平县委常委、宣传部长张彦明说起易地搬迁，滔滔不绝，一口气讲了两个小时，说起楼房村，更是如数家珍。他说，楼房村原先7个村庄分布在7条沟岔里，交通不便，如今全部搬到主村，住进楼房。刚刚住进楼房的村民依然穿着大棉袄，暖气一烧，屋里燥热，村民就打开窗户，寒风一吹，又觉得非常冷，于是就找出厚厚的棉"耳罩子"戴上……大家都笑了。玻璃窗口探出全副武装的山民身影，画风比较滑稽。张彦明说，迈进新生活门槛的农民变化非常快，没几天，大家都知道进家穿上睡衣了。

进到楼房村里，见柏油路面整洁干净，一栋栋崭新楼房依山而建，一层层的居民活动广场绿意葱茏，鲜花灿灿，群山环抱，天蓝云白，空气清新，印象中北方农村的影子已经找不到了。

在一楼的村委会里，村党支部书记李喜红喜滋滋地为我们介绍了楼房村的变化。李喜红曾是村里的民办老师，是连续3届的河北省人大代表，被省人大评为优秀村支部书记。

他说，楼房村是阜平县重点推进的第一批31个易地扶贫搬迁集中安置项目点之一，他们村率先交付使用，全村228户、662人都享受到了相关安置政策，做到了不落一人。

李喜红在改革开放之初，就善于抓住机遇，开矿、搞运输队，靠当地的优势发展起来。他在村里坚持实行村务、党务、财务三公开制度，领着村民10年绿化荒山，10年搞基础设施建设，10年搞经济建设，7年搞村庄整合，他用了近40年时间，带领这个深度贫困村走出了贫困，住上了楼房，实现了千年的梦想。

说话间，我们走进了村民李林家中。这位老木匠，过去在外打工，净是给城里人盖房子了，前些年他听说楼房村要启动易地扶贫搬迁项目时，他踊跃报名并积极争取到了村里建筑监理的活儿，高高兴兴给自家盖起了房子。

如今，李林老夫妇住着的房子有100多平方米，3室1厅1卫，户型通透，推窗见绿见山，冰箱、电视、沙发、茶几一应俱全。整个房间被老夫妇收拾得整洁干净。他说："我们的生活比县城还好呢！村民们入住不花一分钱，人均25平方米，而且房子都是装修好的。这还不算，我们水费不掏钱，取暖费、物业费免10年，就电费、燃气费用多少交多少，也不贵。"

想到过去，李林告诉我们，过去土坯房里烧柴火，整天乌烟瘴气的。

能在大山里住上这么好的房子,真是想都不敢想。还是共产党好,想方设法为老百姓办好事……

临别,李喜红郑重地给我们介绍了今后打算,他说如今村子里边除了养鸡、养牛、养蜂、养羊、种植高山苹果等专业合作社之外,正在建设占地800平方米的服装加工厂,还要建设核桃、板栗基地。重点把产业做大做强,让楼房村的百姓生活真正实现"搬得出、留得住、能致富",让老百姓挣钱不出村,过上向往的幸福生活。

返程回石,从车窗里向西眺望,落霞满天。思绪闪回到涞源县易地搬迁的小区,在小区附近的工业园区当中,穿着工作服的张合艳在削土豆、剥洋葱。她是涞源县易地搬迁人员中的一员,所在的公司是冀宝农业发展有限公司。她说,这个净菜加工的生产线工作难度不大,会做饭的妇女们都能干,收入比在老家种地好多了。生活在县城也非常方便,她感到非常满意。涞源县4万多人易地搬迁到县城的同时,在周边建设了高标准的扶贫产业园区。几十家劳动密集型企业入驻,为贫困人口的就业创造了许多岗位。她脸上始终洋溢着笑容……

我们仿佛走进平山县曹土沟村,敬业集团给发展旅游为全村人都建上了新房,村里一派喜气洋洋的新气象。敬业集团从贫瘠的沙土岗上建起了"十里钢城",已经成为全国500强企业,带动15万人摆脱了贫困。当我们来到贫困户曹增明家时,看到名牌地板砖、干净的厨房、安装抽水马桶的厕所,完全刷新了我们脑海里贫困户的样子。忽然,发现他家客厅的沙发上,竟然铺着精美的手工绣品,硕大的牡丹,团团盛开。往日的贫困户今天分明用的是"奢侈品"哪!

我们惊讶地询问,女主人腼腆地告诉我们,她因病致贫,如今住了新房,在一对一精准扶贫项目帮助下,学习了丝带绣。她展开了手里的一幅尚未出售的作品,是一幅静景物画绣品,盛开的向日葵、雏菊,金黄橙红,淡粉深紫,闪烁着生机盎然的光泽,传递着昂扬的情绪,传导着对美好生活的向往……

第二章　呼唤李保国

"名与日月悬，义与天壤俦"。

听——漫山遍野的果林以丰收的名义呼唤他；八百里太行用山高水长的情义呼唤他；大山里的农民以肝胆相照的深情呼唤他；29万网民点亮心灵的感动呼唤他；党中央以"全国优秀共产党员"的荣誉呼唤他；全国人民用"时代楷模"的崇敬呼唤他。

为什么，他让黎民百姓如此拥戴？

为什么，他让学校师生如此尊崇？

为什么，他让社会各界如此称颂？

这一切，源自他不忘初心、一心为民的崇高家国情怀；源自他科技兴农、全心扶贫的使命感；源自他作为共产党员的理想信念和责任担当；源自社会主义核心价值观在他身上的集中体现。

斯人已逝，精神长存。

他是这个时代的精神符号，我们共同呼唤这个人的名字——李保国！

心系群众：哪里穷往哪里钻

1958年，李保国出生在河北武邑县一个农民家庭，1981年，李保国从河北林业专科学校（后并入河北农业大学）蚕桑专业毕业后留校，他踌躇满志从事师道之执。1983年，河北农业大学决定在太行山区建立产学研基地，李保国作为首批课题攻关组最年轻的成员走进了太行山。

邢台县浆水镇前南峪村，是李保国在太行山区的第一个人生驿站。在抗战进入最艰苦的相持阶段，中国人民抗日军政大学总校曾驻前南峪村两年零三个月，这里的每一户百姓家几乎都住过抗大学员。为粉碎日寇残酷的"拉网式大扫荡"，当地百姓与抗大学员一起同仇敌忾，浴血奋战，救国图存，一个个悲壮的抗日故事流传至今。

然而，几十年过去，受制于恶劣的自然条件，这里的人民依然贫困。河北农业大学课题组来到前南峪，就是为了考察建立产学研基地。以研究解决"有雨遍地流，无雨渴死牛""十年九旱不保收""年年造林不见林"的重大难题。

前南峪村土壤瘠薄、干旱少雨，靠天吃饭。留不住水土的土地，种什么都难有收获，从事传统农业的农民基本处于贫困线下。那时的前南峪全村900多口人，就有100多个光棍汉。

"我是农民的儿子，看不得农民受苦……太行人民为中国革命做出了巨大贡献，作为一名党员，有责任、有义务为太行人民脱贫致富做实事。"

在太行这片贫穷而光荣的土地上，李保国带着让太行人民脱贫致富的"初心"，以不懈的勤奋、坚强的勇气、坚定的信念开始奋斗。

后来，李保国妻子郭素萍作为课题组成员带着两岁的儿子也来到前南峪，岳母跟着进山照看孩子。一家4口挤在山上一间低矮阴暗的平板石头房里，一住多年，直到孩子上学。

在前南峪村，李保国和课题组的同事们苦研技术，跟石头山"较起了劲儿"。

为摸清当地山区的"脾气秉性",他们起早贪黑,跑遍了山上的沟沟坎坎。

白天,几个馒头一瓶水,席地而坐吃干粮。夜晚,煤油灯下分析数据,苦思冥想破解之道,鼻孔经常被煤油灯熏得黢黑。

土壤贫瘠、干旱缺水,那就在土和水上下功夫。李保国和同事们以"聚集土壤、聚集径流"为方向,展开对山区爆破整地技术的摸索。

开沟爆破需要炸药。没有钱买,他们只好手工制作,不仅要自行试验原料配比,还要冒险亲手炒制。

炸药用量多少,事关开沟深浅,开沟深浅又关系治理效果。所以,每放一炮,李保国都要仔细测量,记录数据。

有一次,他和同事们在一片山地上安装了几十眼实验炮,随着一阵闷响,炸点连续按计划成功爆破。在大家的欢呼声中,细心的李保国发现有个炮眼没响。"问题出在哪儿呢?得去看看!"他快步走出了掩体。

"危险!"同事们在他身后大声呼叫。

已经走出老远的他停下来,对大家摆摆手,然后继续走向那枚哑炮。四周一片寂静,大家目不转睛地盯着他,心都提到了嗓子眼儿。只见他时而扒开松土查看,时而在携带的数据本上记录。直到他拆除了引信,用动作发出个安全信号,大家这才走过去,这才看到李保国后背的衣服已经被汗水浸透。

基于山势,通过爆破,经反复试验,确定每隔4米开一条宽1.5米至2米、深1米的条状沟,把周围的土层集中充填到沟里。下雨时,雨水会汇流到沟中。就这样,在隆隆炮声中,"山中造地"技术渐成体系。

多年艰苦的观测、爆破、实验,土层加厚了,水留住了,李保国主持的"太行山石质山地爆破整地造林技术""太行山高效益绿化配套技术研究"相继获得成功。搞完爆破整地他又搞经济林,核桃、苹果、板栗等经济林成活率从10%提高到90%以上,林木覆盖率达90.7%,植被覆盖率达94.6%,前南峪成为"太行山最绿的地方",老百姓生活日渐好起来。

李保国在山中一待就是10年,10年治理探索,10年整地植树,战天斗地，艰苦卓绝。他的"聚集土壤、聚集径流"理论开创了太行山区绿色生态发展新模式。按照这种模式改造荒山140万亩，植种经济果林使不毛之地披上绿装，荒山变成了青山。

1996年8月4日，50年罕见的暴雨重创太行山区许多地方，但前南峪村青葱依旧。当年的荒山秃岭，喜获"全球生态环境建设五百佳"提名。

就是这同一场大雨却袭击了岗底村。洪水从山上咆哮而下，瞬间冲垮了护村大坝，200亩田地变成了乱石滩，山上果园里的果树有的被连根拔起，有的被洪水冲得东倒西歪，村办企业厂房被毁，机器埋入泥石之中，整个村庄一片狼藉，惨不忍睹。

时任生产队长的杨景春，当年67岁，长年卧病在床，听到田地被冲毁了，他不想成为孩子们的累赘，夜里悄悄喝农药自尽。岗底村人心惶惶，几近绝望。

在岗底村人遭遇困境时，河北农业大学和河北省山区经济技术开发办公室的专家教授组成科技救灾团，带着党和政府的关怀来到了岗底村。这支队伍正是由李保国带队的。来到岗底村，他在村党支部书记杨双牛的带领下，从山上到山下，从村外到村里，把岗底村转了个遍。

由于他长年在太行山里东奔西跑，风吹日晒，雪打雨淋，李保国黝黑的脸庞写满了岁月沧桑。村民们第一次看到李保国稀疏的头发、皱巴巴的衣服，打着补丁的裤子，一双平底布鞋，咋看咋像个农民，有人背后议论说："怎么，他也是个专家？"

其实，这时的李保国已是赫赫有名的林业专家、博士生导师。

看到岗底村严重的灾情，李保国毅然决然地将"家"搬到岗底村。临行时，李保国对前南峪村党支部书记郭成志说："我得去别的地方，别的山里了。你知道我的脾气，我是哪儿穷往哪儿钻，哪儿穷往哪儿跑。"

像当年抗大学员告别乡亲奔向新战场一样，他挥别了奋战10多年的前南峪，赶往岗底村。

岗底人还记得，这位大教授当年几经转车、自带铺盖卷来到了村里，住的是山上的石板房。

他进村后，为了尽快掌握情况，画了两张图，一张是村民居住图，一张是果园图。200多户的岗底村，180户村民种了大小350多个果园，面积3500亩，从此，哪个果园是谁家的，果树管得怎么样，他都了如指掌。

十年磨一剑，他在岗底村培训村民搞种植，春蚕吐丝，呕心沥血。

终于在岗底，他培育出了被评为"中华名果"、北京"奥运会专供果品"的富岗苹果。而今，岗底村人均年收入3万元，成为太行山区闻名的"首富村""小康村"，彻底摘掉了贫困帽子。李保国成了岗底村民心中的"科技财神""荣誉村民"。

李保国在太行山里把自己变成了农民，所以他的微信名叫"山里人"。一个"山里人"的名字，将他与太行山群众的心贴在了一起。

岗底村有个聋哑人，小名叫杨三群，村里人都称他为"哑巴"，跟着弟弟一起生活。李保国到岗底村时，杨三群40多岁了，啥活儿也不会干，整天跟村里的智障人一起玩耍。那时李保国正带着村民开凿水平沟，每天都在山上抡镐挖土。杨三群跑到山中玩时，见到了陌生的李保国在挖土，于是就捡起小石头扔向李保国，结果让村民发现了。那村民走过去对着杨三群就一脚，骂道："滚一边儿玩去，捣什么乱！伤着教授了怎么办？"

"他这是逗我玩儿呢，又没使劲儿。"李保国说，然后笑嘻嘻地问杨三群，"你叫什么名字？"

"这家伙是个哑巴，他就没名字，别理他。"村民说着又跑过去把杨三群的弟弟叫来，"快把你哑巴整走吧，他在这里向李教授扔石头。"

杨三群五大三粗的弟弟杨钢蛋走过来，朝李保国讪讪一笑："这是我三哥，又聋又哑，别见怪呀！"说着使劲拉着杨三群走了。后来李保国在村里推广苹果套袋技术，杨三群弟弟杨钢蛋手脚笨，怎么也学不会，于是李保国趁人家回家吃饭时，就带着他一个人教，杨三群给买了一瓶矿泉水送来让李保国喝。李保国从这细微的动作中体察到了一个聋哑人的善良，他向杨三群伸出了大拇指，杨三群笑了。交流从此开始，杨三群每逢见了李保国就"哇哇"地"说"个不停。杨三群把李保国当成了自己的朋友，生活也有了自信心，在李保国教弟弟给苹果套袋时，也跟着悄悄学，一天居然能套300多个。后来他学会了帮弟弟给果树喷药，一干就是一大晌。李保国每每见到杨三群就竖起大拇指，杨三群也知道是在夸自己，变得越来越能耐了。有一次，杨三群见果园里干活梯子不够用，他弄来一些木棍和钢筋做成了一架梯子。李保国笑着向杨三群又竖大拇指又鼓掌，杨三群笑得两眼眯成了一条线。

人们常比喻不可能的事时爱说，铁树开花，哑巴说话。虽然李保国没能让哑巴说话，但能干农活儿了。杨三群的故事给了岗底村民们很大信心，李保国更是相信，只要真正关心老百姓，乡亲们没有干不成的事。

在太行山区，哪里贫困，哪里就有李保国的身影。李保国不像个教授，更像个流动工，在前南峪、岗底村做"长工"，又在各地打"短工"；哪里需要，就去哪里，住在哪里。常常是带瓶水、揣几个馒头就上山、进果园了。年均200多天在外、4万公里的行车里程，记录了他以大山为家的生活轨迹。李保国的手机中有将近900个电话号码，其中农民的有400多个。无论何时何地，熟悉的还是不熟悉的农民打来电话，他都会耐心地接听解答。

临城县凤凰岭，曾经满地乱石、荆棘丛生，荒岗一片。1999年，高胜福在这里承包了3500亩荒山准备种苹果，但岭上一无土，二无水，别说种树，野草都不长，典型的不毛之地。每年要给村里交承包费，可没收成怎么行？慌了手脚的刘胜福慕名请来了李保国。李保国来了之后仔细考察了当地地质情况，提出了"挖沟修库"的新办法，"把礓石刨出来，换上土"，并动员高胜福改种省水、易管理的核桃。李保国鼓励高胜福他们说："亲手把荒山秃岭改造成满山是树的绿岭，这是多么美好的事，小伙子们加油干吧！"经过不懈努力，李保国成功选育出我国独一无二的核桃品种——绿岭核桃。为方便采摘，目前，绿岭核桃矮化密植技术已经被太行山丘陵地区农民广泛采用，仅邢台市就种植薄皮核桃60万亩，涉及138个村1万多农户，薄皮核桃年产值超过20亿元。人们说，真是凤凰岭飞出了"金凤凰"。

李保国曾说，他有3个家，一个是永久的，在河北农业大学家属院；

一个是临时的,在几个主要帮扶基地;一个是流动的,在他那辆越野车上。就这样,在35年间,他踏遍了太行地区的山山岭岭。

三个家,三重情,三份爱。

2016年春节前,李保国回到了"第二故乡"岗底村,村民们很是开心,在村里的联欢会上,非得让他唱首歌。从来不会唱歌的李保国无法推托,这时他想到村里好多年轻人为摆脱贫困都外出打工,常年漂泊在外,为挣钱养家糊口受尽了异乡的冷落。于是,他为乡亲们学唱了一首《流浪歌》。

唱歌前,李保国说了几句话,听得在场的人都热泪盈眶:

"这么多年,我觉得自己一直在'流浪',在太行山上'流浪',我'流浪'是为了更多的人不流浪。我希望大家学到技术后,开发好家乡,不要再去外面流浪……"

"流浪的人在外想念你,亲爱的妈妈。流浪的脚步走遍天涯,没有一个家……"

话语充满温度!歌声饱含深情!

家国情怀:把自己融入党的扶贫事业中

"黄河之滨,集合着一群中华民族优秀的子孙,人类解放,救国的责任,全靠我们自己来担承……"70年前激情豪迈的抗大校歌常常回响在李保国耳畔……

家国情怀是中国历代优秀知识分子高度认同的精神归属。在荒凉贫困的前南峪,李保国萌生了"科学报国"的"初心"与种子;沸腾先辈热血、承载世代百姓希望的太行山区,唤起了李保国作为一名共产党员、一名科技工作者的责任与使命——

"带领全国人民奔小康是咱们党正在干的千秋伟业,我参与其中并能做出贡献,不比院士赖","太行山的父老乡亲富起来了,我的事业才算成功"。从李保国这些朴实的话语中,我们看到了一个知识分子的精神归属和生命高度。

李保国的眼睛饱含沧桑,他目睹了太行山区老百姓的贫困,却又有一种不一样的光亮,因为他看到了未来,坚信党、跟着党,祖国必将日益富强。他要把一生都奉献给太行山区人民,把自己深深嵌入在这个国家成长的年轮里。所以,他的目光才那样坚毅动人。

"咬定青山不放松",李保国心中装着的是太行山区所有的贫困农民,他要改造的是整个太行地区。推动农民向知识型、技术型、职业化转变,以"扶智"提升山区"造血"功能,彻底拔去"穷根",是李保国要去完成的课题。

1997年春节刚过,李保国回到了岗底村,他每天起早贪黑在山上转,察看苹果的生长情况。有时他一天要跑50多里路,累得晚上睡觉都上不去炕。村支书杨双牛劝他休息一天,他说:"早一天摸清情况,早一天心里有底儿。"

有天晚上,杨双牛拎着一瓶酒和一包花生米来到了李保国的住处,想陪他喝两杯解解乏。三杯酒下肚,杨双牛说:"李老师,我们岗底村1984年人均收入不足80元,那时候听说日本红富士苹果世界有名,种红富士能致富,就带着全村人治理荒山7800亩,栽种了20万棵苹果、板栗和核桃树,可到现在也没有摘掉贫困帽子。"

李保国说:"根据我的观察,主要是管理技术太落后,影响了产量和质量。在日本红富士亩产可达3000多斤,而你们才1000多斤,北京市场上销售的进口日本红富士苹果10块钱一个,你们的苹果才卖几毛钱一斤。都是红富士苹果,差距可就大啦!"

"那如何管理呢?"杨双牛问。

李保国打开了话匣子,讲了刻芽、扭梢、疏花、疏果、环割、摘心、抹芽、转果等等。杨双牛虽然没有听得太明白,但听得很认真。看到杨双牛的认真劲儿,李保国举例说:"你们村的苹果树主要是负载量太重,如果采取疏花、疏果措施,就能实现年年大丰收。"

杨双牛听得眼睛发亮。举起酒杯说道:"李老师,以后我们村的苹果树全靠你了，我代表全村人敬你一杯！"

两人一饮而尽。放下酒杯，李保国独自轻吟道：

不管祖国多么贫穷，
儿女对她的爱绝不会含糊，
我只要高呼一声——
祖国万岁！
那更强烈的爱在感情深处。

"没想到李老师喜欢诗歌？"杨双牛用欣赏的口气说。

"我其实不懂诗，我曾经读过这首小诗，被诗中这种感情征服了。"李保国停顿了一下，接着说道，"没有共产党就没有新中国。这歌是在太行山唱响的，你是村支书，我是大学老师，但我们有个共同名字就是共产党员。虽然你家就在村里，我家在保定城，但面对贫困的时候，我们的责任是一样的重。"

"岗底要致富，专家加支部。我懂了！"杨双牛顿悟道。

李保国一拍大腿，酒杯一举："干！"

"苟利国家生死以，岂因祸福避趋之"。岗底村党总支书记杨双牛20世纪80年代就率领村民引种红富士苹果，有远见，有魄力，这也是李保国所看重的。这次"煮酒论扶贫"后，两个党员从此拧成了一股绳，带着岗底村人潜心搞种植。那段时间，李保国一次次爬上树梢，向果农演示剪枝疏果、枝接芽接……晚上也不闲着，经常在村委会、在村小学教室，用最通俗易懂的语言给果农做技术培训。

李保国根据岗底村的地理环境特点，量身定做了《富岗无公害优质苹果生产标准》《富岗苹果检验检测标准》和《富岗苹果安全生产质量标准》。参照国内外最先进的苹果栽培管理技术，结合自己多年来的亲身实践，运用"统一、简化、协调、选优"原则，将生产管理过程各环节纳入标准化生产工序，《富岗苹果128道标准化生产工序》创造了苹果种植、管理、生产上的奇迹。

经过10年苦心经营，岗底村富岗苹果因个头、着色、果形、硬度、口感、风味俱佳得到消费者高度认可，市场上供不应求，成了2008年奥运专供水果。杨双牛当上了富岗集团董事长，岗底村实现人均年收入3万元。

爱国，对于我们每一个公民来说是一种生于斯长于斯的深厚情感。它有时如小雨淅淅，有时如长河浩荡，它所滋润的是每一个中华儿女的心田，永恒而卓远。

爱国，从来不是一个抽象的概念，它是我们和这块土地的生命关联；爱国从来不是一个模糊的语词，它需要将个人理想和奋斗融入祖国的进程。

李保国把爱国融入他科技扶贫的生动实践中。他坚持根据生产实际需要开展科学技术研究，他把自己的研究成果在第一时间转化为现实生产力，他把实现农村经济、社会和生态效益协调发展作为事业的重要一环。他用"农技"这把利器，刺向了山区精准扶贫的"主战场"。他用自己在农业领域的先进科学技术及实践经验，用实际行动回答了扶贫攻坚"谁来扶""怎么扶"等关键性问题。他因地制宜，分类施策，精准发力，精准攻坚，他把太行山区生态治理和群众脱贫奔小康作为毕生追求，每年深入基层200多天，让140万亩荒山披绿。他始终牢记自己的誓言、责任和担当，一心为民，不忘初心，把生命和崇高的责任联系在一起，把一腔爱国热情洒在了太行山上。

"如果说60多年前我们党的那场'赶考'是为了保卫好新政权、建设好新政权，让人民群众过上安稳生活。今天，作为一名高校科研人员，我的'赶考'就是要结合实际，做好自己的本职工作。"李保国这样说。

他的"赶考"从太行山开始，以35年永不止息、默默无声地"赶路"践行。无论走多久，他没有离开太行、离开乡亲；无论走多远，他心在太行、情牵太行；无论走多累，他倚着太行、枕着太行；无论事业多么辉煌，他忠诚太行、回报太行……他用毕生所能，实现着一个中国当代知识分子的报国之志，忠实履行一个共产党员的最高宗旨和神圣使命——全心全意为人民服务。

"家是最小国,国是千万家"。这种家国情怀,李保国用扶贫行动进行了诠释。

科技扶贫:把普通农民变成"技术能手"

"我是农民的儿子,见不得穷。""还有许多山区农民在过苦日子,我必须把自己的知识和能力全部贡献出来。""太行山的父老乡亲富起来了,我的事业才算成功。"这是李保国的自我期许,这是李保国的最大理想。

理想是事业的大门,工作是登门入室的旅途。再远大的理想,都要从一点一滴做起。李保国坚持科技扶贫,正是以滚石上山勇于担当的精神,在负重前行的路上给我们留下了他坚持的背影。

2000年至2003年,李保国带着河北农业大学课题组在岗底村搞小流域综合试验,一到下雨天,就要上山测量地表径流,为治山提供依据。李保国在岗底村的山上一共建了5个径流测量点,远近不同地分布在山上,离村最远的有六七里地。每个测量点建有蓄水池,雨水流满蓄水池后要马上放掉,再流再放,一直到雨停。根据降雨量,测算出山坡渗了多少雨水,流走了多少雨水,详细记录一年的变化情况,一个测量点安排一个人负责。有一天半夜突然下起了大雨,李保国带着手电就跑向山上,那天因为有个老师回学校了。李保国就主动负责两个点,两个测量点相距两公里,还要翻过一个山坡。李保国一个晚上来回跑了3趟,把两个测量点的数据都记录下来了。天亮时,村民们看到李保国浑身泥水,知道他晚上观测了两个测量点,就说:"你也太认真了,少观测一个有啥嘛。"李保国说:"测试点一个也少不得,少测一个试验就失真,规划就会失灵,治山就不科学,马虎不得。"李保国不辞辛苦,久久为功,3年测试径流,取得了无数科学数据,拿出了山水林田综合治理方案,创造了治山奇迹。实现了"小雨中雨不出田,大雨来了不出山。暴雨来了不毁地,百年一遇也保险"。

2000年,李保国引进19个核桃优良品种和11个山核桃品种,进行了一次又一次的嫁接组培实验。

他一头扎在核桃林，仔细观察每一棵核桃树的生长。为了掌握核桃开花授粉的第一手资料，从当年3月下旬开始，他每天背一个水壶，从上午10点一直盯到下午4点，中午就在现场啃两个馒头。

"我们不忍心，想替他，让他回去吃个热乎饭，他却说果树的花期一年只有一次，如果错过了，至少要延误一年时间，关键时期必须盯好，结果这一盯就是一个多月。"村民说。

有一天，李保国对苗圃里的核桃幼苗进行人工干预实验，促其芽变，培育新的核桃品种。当他刚把秋水仙素涂刷在芽苞上时，突降大雨，李保国知道，如果不及时遮挡，雨水落在芽苞上，试验就会前功尽弃。他来不及多想，拿起随身携带的雨伞护住了核桃苗。一连两个多小时，他蹲在地上一动不动。大雨过后，李保国站了几次都没有站起来，大雨把他淋感冒了，打针吃药，折腾了3天。

事后，有人对他说："你都几十多岁的人了，身体重要还是树苗重要？"李保国笑着说："感冒3天就治好了，要是树苗被雨浇了，试验工作就要耽误365天，损失可就大了。"

科技来不得半点儿虚假。从30个核桃品种母本、上千个人工干预的叶芽中，李保国终于选出了153个发生芽变的枝芽进行嫁接繁殖。结果成功了42棵。为了方便辨认，李保国找来一副扑克牌，挂在小树的脖子上。每一棵小树的生长情况，他都清清楚楚地做好记录，比人事档案还要规范、还要仔细。他对科研的认真程度，超乎常人的想象，让人们佩服得五体投地。

当年核桃成熟后，李保国从中筛选出3个品种，开始新一轮人工干预，促进发生芽变，再进行嫁接。

经过5年不懈努力，他成功选育出中国独一无二的核桃品种——绿岭核桃，"绿岭"核桃早熟、丰产、皮薄、抗病虫害能力强，各项技术指标国内领先，填补了我国核桃品种的一项空白，先后获得第三届中国国际农产品交易会畅销产品奖、第七届中国国际农产品交易金奖和首届中国核桃节金奖。同时，所推行的"绿岭薄皮核桃矮化密植栽培技术"被认定为国内首创。

李保国先后用10年时间，研究形成了配套的优质薄皮核桃绿色高效栽培技术体系。

如今，绿岭优质核桃在太行山区推广面积100万亩，老百姓直接受益50多亿元，这些技术成果也被河北省丘陵地区农民复制。仅邢台市，薄皮核桃年产值就超过20亿元。李保国是名副其实的"绿岭"核桃之父。

李保国用科技之手点石成金，使昔日的荒山秃岭，不仅变成绿水青山，而且变成金山银山。

"把自己变农民，把农民变自己"——李保国这样说的也是这样做的。

一次下地，李保国的衣服被树枝划了个口子，岗底村杨双牛觉得李保国穿得破破烂烂的，有点儿不像教授，便说："我想给你换件新衣服，你穿多大号？"

李保国说："你省点儿心吧，你把我打扮成上讲堂的教授模样，我咋和农民打交道？"

杨双牛问："这有关系吗？"

李保国非常认真地说："农民不认可你这个人，技术传授就会打折扣。"

李保国就是这样悄无声息地把自己变成了农民。李保国想，要使老百姓脱贫致富，得把农民变成自己，有知识懂科学才行。所以他一有空就给农民讲课传授技术。

有一年正月初五，李保国正在家过年，但他年前定好的是去岗底村讲课。于是他吃过早饭就叫爱人郭素萍给收拾行李，一会儿要去岗底村讲课。爱人说电视里说邢台那边大雪封山了，再说，今天是初五，是"破五"的日子，都说出门不吉利。李保国说："大雪算什么，挡得住火车、汽车吗？破五破五，破了就吉利了，定好的事不能变！"爱人拗不过他，只好给他收拾行李。

李保国从保定坐火车到邢台，再从邢台坐汽车到岗底村，正好上午10

点钟。他见乡亲们都在村委会院里等着，抱歉地说："对不起，让大家久等了！"村干部把他拉到一旁悄声说："山上积雪没化，今天的课就在会议室上吧。"李保国说："讲果树修剪没有果树怎么行，纸上谈兵，大家听不明白。"说完，他从挎包里掏出锯子和剪刀，把手一挥，"大家跟我走，去后山果园里上课！"大家呼啦啦跟着李保国走出了村委会。

来到果园，李保国首先告诉果农苹果树为什么要修剪，再讲什么样的树形应该修剪又如何修剪，然后示范。为了方便记忆，他把修剪技术编成了大白话顺口溜。讲果树修剪要达到通风透光时，他说："修通道，开天窗，树里树外都见光。"讲到培养树形时，他则说："树子角（度），小树旺，不结苹果枝朝上；要想果树能丰产，角度必须要开张。"讲到果树拉枝，他概括为："树枝向上，花少树旺；拉枝水平，生长均衡；拉枝下垂，硕果累累。"

在雪地里一站两个多小时，李保国脚上的棉鞋被融化的雪水浸透了。村干部说："就讲到这里吧，你的脚要冻坏了，就麻烦了。"李保国扫一圈听课的果农，笑着说："大家多数都穿的是棉鞋，都湿了，待遇一样嘛，我怎么能搞特殊。"说完接着讲，直到中午12点，听得果农一个个如醉如痴。

"给农民讲课，不能把给硕士生、博士生上课那一套搬来，得把你的技术变成农民能理解的、能记住的、能做到的东西。"李保国常说。

教农民疏花，他讲得很形象："一棵果树所供给的营养有一定的限量，打个比方，十个馒头十个人吃，一人只能吃一个，谁也吃不饱。如果十个馒头五个人吃，一个人就能吃两个，大家都能吃得饱。"

"农民讲究眼见为实。要让农民接受新技术，必须先做给他们看，再带着他们干。"李保国说。

"今年先试一根条子行不行？"在岗底村村民安小三家的一棵苹果树上，李保国做起试验。一根2米多长的枝条拉下来，第二年结了76个大苹果，没一个小于半斤的。现场观摩后，农民对新技术心服口服。

"要让农民把技术落实到位，必须对农民死盯、盯死。"李保国说。

那一年，疏果的时节到了。李保国在岗底村搞培训，要求一条枝上每隔25厘米留一个苹果。村民杨海堂却打了一个小折扣，每10厘米留一个，为的是一条枝上能多留三到五个果。没料到第二年，苹果树开花少了，结果少了，收入自然也少了。

"俺心里明白，这是疏果不到位造成树负担过大的缘故。不相信科学真是瞎忙。"打那以后，杨海堂老汉严格按要求管理苹果树，再也不敢自作主张。

"乡亲们，要是治理失败，我把工资抵押这里。""兄弟，赶紧雇人疏果吧，工钱我来出。""要是套袋减了产，赔了是我的，赚了是大家的。"一次次，为推广新技术，李保国用自己身家做承诺、做"抵押"。就这样，同样的地，种活了树；就这样，同样的树，结出金果。李保国的担当精神感动着太行山区的农民，所以大家都听他的。

长年累月，李保国和农民摸爬滚打在一起，手把手地教他们操作。

推行苹果套袋技术时，许多村民掌握不好技术要领。李保国要拽住他们的胳膊找角度，捏着他们的手腕找力度，常常是一个多小时才能教会一个人，他从来没有嫌麻烦。

多年来，不管是在田间地头劳动，还是在果农家里吃饭；不管是在村里小广场，还是在村委会的会议室，李保国在哪里，哪里就变成了课堂。在他的培训下，许多果农成了"技术把式"。

果农们都说李保国不仅是他们的"科技财神"，还把他们培养成了"永久牌"的土专家。因为有了李保国手把手的"传帮带"，2010年，仅岗底已有191名果农获得农业部、人力资源和社会保障部颁发的初、中级果树工证书，成为全国第一个"持证下田"的村庄。他们不仅自己能致富，还活跃在山区传授技术。

2006年下半年，李保国去位于长野的日本信州大学做访问学者，那里是富士苹果发源地，拥有一流的果树管理技术，他赶紧让人给岗底村技术员杨双奎办理签证到日本学习，所有费用李保国给掏。

李保国用辛勤和坚持，让科技之光在太行山上大放异彩。

富岗苹果、绿岭核桃、南和红树莓；邢台前南峪、平山葫芦峪……他用科技之手，点亮了一连串闪光的名字。

30多年，李保国举办培训班800余次，培训果农、技术人员9万多人次，把许多农民培养成了专家。这些"农民专家"像一粒粒种子，把科技撒向了大山的各个角落、沟沟坎坎。南到黄河，北达燕山，到处都留下了他们的足迹。

谈及李保国，前南峪老支书郭成志无限感慨地说："我们村民和李保国一家什么关系？比家里人还亲！我从不叫他李教授，都叫保国，这样才亲切。"

奋发作为：扶贫路上与时间赛跑

李保国学历多，学位多，大学就读了9年。有人开玩笑问他："你上大学有瘾，还是读书成癖？"李保国回答说："我是为百姓脱贫致富而读书！"

1981年，李保国从河北林业专科学校毕业后，留校任教。不久就随河北农业大学课题组来到了前南峪村，搞山区小流域综合治理。前南峪村麻峪沟有个苹果园。每次路过果园，李保国总要进去遛一圈儿。听当地人说，这个苹果园虽然每年产量不多，果品不强，但毕竟可以用来换回些红薯当口粮，被村民们视为摇钱树。

李保国上学学的是蚕桑专业，课余时间又自修了果树管理。李保国发现果园里的苹果树没有修剪过，全靠自然生长，咋能结出好苹果呢？当李保国提出为村里修剪苹果树时，村民们满眼怀疑地问他："你管过苹果树没？"

"没有，但我学过。"

"你要把苹果树管死了，让我们喝西北风啊？"

"我拿工资赔！"

"说得轻巧，到时你拍拍屁股走人了，俺们去找谁去？"

空口无凭，李保国拿来纸笔，写下一张字据："李保国承包一百棵苹果树，管好了收入归村民所有，管不好甘愿赔偿所有损失。"

秋后一算账，李保国管的苹果树，亩产竟达到了2000斤，产量比以前提高两倍。事实面前村民们彻底服了。后来，李保国又引进红富士苹果，经他指导管理，经济效益大大提高。周围几个村纷纷效仿，苹果树越种越多，发展成了浆水苹果基地。

李保国出名了，那些种板栗、种核桃的，连种梨、种桃、种杏、种枣的农民都纷纷前来向他请教。李保国想给人家指导，但自己的确不懂，看到失望而归的果农，他下定决心进行"充电"，1986年他报考了河北农业大学果树专业研究生。

那时李保国不到30岁，血气方刚，精力充沛，上学、讲课、科研一肩挑，三不误。经过三年努力，李保国拿到了硕士学位，为帮山区百姓脱贫奠定了基础。凭着扎实的科技知识。李保国在南和县贾宋镇，培育出了红树莓组培苗，种植红树莓两万亩。

进入21世纪，农业产业园、立体种植、有机食品等成了农村经济发展新的增长点。李保国为了满足太行山区农民新需求。2002年他报考了中南林学院（今中南林业科技大学）经济林专业，成了学院年龄最大的博士生。

当时李保国已是教授、博士生导师。有人对他说："你真能放下架子呀，自己都带博士生了，还要去读研究生，也不怕人笑话？"李保国"嘿嘿"一笑："架子是虚的，不值钱，有了本事，让老百姓富起来了，那才是真价值！"

凭着学而不倦的知识分子情怀，李保国积蓄了无穷创造力，磨砺出了披坚执锐搏杀贫困的倚天长剑，熔铸出了四两拨千斤的强大威力。

李保国的价值观发挥作用了，毕业后，李保国一心搞农业产业园建设。

2009年，平山县葫芦峪村刘海涛经朋友介绍与李保国认识，刘海涛想请李保国去他的农业科技公司做技术指导，李保国听说刘海涛在荒山上搞农业科技开发。一听与荒山有关，李保国便欣然应邀前往。

原来在2007年春天,在外创业成功的农民刘海涛投资1000万元,成立了葫芦峪农业科技开发有限公司,从村民手中流转了3万亩荒山荒坡,想进行农业科技开发。葫芦峪为太行低山片麻岩区,石厚土薄,经过两年改造,葫芦峪山坡上虽然新修了梯田,可田里种树树不长,栽花花不开。投进去的大量资金,像泼在沙滩上的水,转眼之间就无影无踪了。刘海涛是做梦容易圆梦难,整日寝食不安,心急如焚。

李保国到了葫芦峪才知道刘海涛就是本地人,在外赚了钱,不忘记乡亲,想帮乡亲们一起过上好日子。刘海涛富了不忘乡亲,让李保国很是感动。

当时正好李保国博士毕业,正想大干一场。来到葫芦峪后,他就像一位冲锋在前的战士,立即投入了新攻坚战。春天,他发掘出上百个地层剖面,采集土样,挨个进行检测化验;夏天,冒雨上山,测量山坡径流,观察雨水对不同坡度的冲击;秋天,研究各处自然植被的性状,用以佐证土样的化验结果;冬天,他顶着寒风,踏着积雪,测量葫芦峪不同地点的气温和落雪情况,掌握了该地的第一手自然资料。

李保国结合自己多年的治山经验,根据当地的自然条件。绘就一张太行山现代农业产业园区蓝图:在山上修路,在谷底修塘蓄水,在山坡造田栽种经济林的整体工程,在葫芦峪全面展开。

炮声隆隆,机器轰鸣。葫芦峪发生了改天换地的变化。冈上坡下,一条条塘坝建成,一个个蓄水池如片片明镜倒映着蓝天白云;一层层梯田,如巨龙鳞片排列有序,梯田里各类果树郁郁葱葱,茁壮成长;漫山遍野的鱼鳞坑里,栽满了樱桃树、黑加仑、大马士革玫瑰花、熏衣草、油用牡丹等果树花草,春、夏、秋三季花开不间断。高效经济林和家禽养殖共荣共生,温室大棚种植、农产品加工销售一条龙。现代化农业产业园终于在李保国指挥下实现,经济效益大大提高。

随着葫芦峪山区现代农业产业园区建成。李保国更加繁忙了,短短几年之间,李家庄农业产业观光园、阜平农业产业园、曲阳农业观光园、唐县农业产业园、易县现代生态农业公园、"小国光"苹果产业精品园、鸡冠山生态经济产业园区、青龙县"国光森林文化观光园"……一个个在李保国精心设计、科学规划下建成了。这些园区像贫困山区里的颗颗明珠，闪现着农业科技的光彩。这些园区的建成，为贫困地区开辟了一条"太行山道路"，使当地百姓不仅脱贫致富，而且奔向了小康。

李保国一直奔波在河北全省各个重点产区和龙头企业间，牵头成立了河北省核桃产业技术创新联盟、苹果产业技术创新联盟，加盟的集中生产区域和大型龙头企业总数均超50个。其中，覆盖核桃产业面积100余万亩，占全省总栽种面积的80%以上；覆盖苹果产业面积30余万亩，占全省总栽种面积的60%左右。

有一种信仰叫使命。李保国为了使命拼尽全力，迸发出生命的无限潜能。

2015年4月，李保国和爱人郭素萍几天之内奔波于武安、临城、赞皇、平山、易县、宽城等地为果农传授果树管理技术。有一天，李保国感到头晕恶心，胸闷乏力，浑身冒虚汗。他自己也清楚，因为太累，心脏承受不了。爱人劝他去医院查查，他怕去了医院医生不让走，说睡一宿就没事了。结果第二天，李保国的症状不但没好，反而严重了，一看不能再动了，只好去了医院。医生说是冠心病前兆，需要住院治疗。住到医院才输了五天液，第六天早上李保国的手机响了，爱人拿起手机看了来电显示，急忙跑到外面接听。电话是绿岭公司李群志打来的，说山东济宁林业局想请李保国给当地老百姓做一次技术培训。

爱人回到病房，撒谎说："李群志问，你在保定没？"

李保国听说是李群志打来的电话，知道肯定有事，再三追问，爱人郭素萍只好说了实情。李保国一把从爱人手里抢过电话就给李群志打过去："告诉济宁的同志，我明天就去！"

郭素萍说："等出院再去吧！"

"核桃树开花授粉期马上就要到了，树不等人哪！"

第二天一大早，李保国和郭素萍开车来到绿岭公司与李群志一同前往济宁。讲了两天课，李保国又开着车赶往几百公里外的青龙县指导小国光苹果的春季修剪。

30多年里，李保国先后完成山区开发研究成果28项，示范推广了36项标准化实用技术，示范推广面积1080万亩，应用面积1826万亩，增加农业产值35.3亿元，纯增收28.5亿元，10万山区人民脱贫致富……

从李保国身上，我们看到一个共产党员将个人生命与时代责任联系在一起时，勇往直前的使命感是如此强烈。

以身报国：心中无我成就大我

竹杖芒鞋轻胜马，谁怕？一蓑烟雨任平生。

李保国为农民提供培训服务从来都是无偿、免费，不收分文，甚至自己垫钱；他培育出多个著名果品，帮助农民和企业育出了大片苗木，自己和家庭没有挣过一分苗木钱；他把自己发明的山地节水灌溉系统专利，无偿送给一家农业灌溉企业，让他们推广出去，服务于民……

在高校科研与市场经济结合日益密切、大学教授与"老板""公司"日渐关联之时，李保国行走如常、心无旁骛，穿行于纷繁嘈杂，不改"农民教授"本色。

作为知名经济林专家，很多企业找李保国合作。他始终严守"约法三章"：业务可做主，钱一分不收，不做一把手。前提是：成果可复制、可推广、可产业化，能带动农民致富。他所扶持、培育的几十家山区开发样板企业创造了可观的经济效益，自己没有分过一份股份、拿过一分红利。

"不为钱来，农民才信你。不为利往，乡亲们才听你的。"李保国说。

他的话，发自肺腑："我始终认为，农业是公益事业。给农民服务是公益，给农业企业服务也是公益。农业企业发展了，在自身盈利的同时，还能够辐射带动周围山区的发展，最终还是对农民有利。"

李保国认定农业是公益事业，他真把农业当公益来做。

1997年，岗底村的苹果树已发展到上千亩。由于结果着色不匀，果皮粗糙，口感不好，李保国决定推广苹果套袋技术。

李保国把套袋技术仔细讲给了村支书杨双牛，得到了他的大力支持。在村里召开果农大会时，李保国详细介绍了套袋的五大好处。

可讲完后，会场上议论纷纷。有的说："苹果套上袋，不见阳光不透风，还能长吗？"有的说："苹果套袋后受损失了谁来赔？"有的说："还没有赚钱就花钱，赔了算谁的？"有的干脆说："谁愿套就套吧，咱可不带这个头。"

主持会议的杨双牛，见大家不太信，说："大家回家跟家里人商量商量，要多少纸袋到村委会报数交钱，统一购买。"

3天过去了，没有一家果农来报数。杨双牛急了，对李保国说："要不要采取点措施？"李保国摆摆手，说："这样不行，老百姓的想法也有道理，你想，没有见过套袋效果，叫出钱买，谁不怕钱打水漂。这事你先别急，我想想办法。"

没过几天，突然一辆大卡车开进了村里，给岗底村送来了16万个纸袋。原来李保国自掏腰包给买来了。杨双牛通过村里广播喊了3遍，虽然不要钱，但纸袋只领走了8万个。果农杨会春，听到广播后琢磨，李保国是教授不会坑老百姓，既然他说套袋有好处，就不妨试试。于是他到村委会领走了400个袋，李保国还亲手教他如何套，忙活了3天才把400个袋套完。袋算是套上了，但杨会春的心还是没放下，时不时就到地里解开套看看，毕竟耳听为虚，眼见为实。

总算等到了秋天，当套袋的果农打开纸袋，果然套袋的苹果外形周正、色泽光鲜，含糖量高、口感好。公司来收购时，特级苹果价格每斤5元多，而不套袋的只能卖到3元钱，还得优中选优才行；一级苹果也能卖到每斤5元，不套袋的只能卖2元，公司还不想收。杨会春一算账，他套袋的一亩地就增加收入3000多元。套袋的果农都增加了收入，而没有套袋的后悔不已。大家说，不听专家言，吃亏在眼前。

第二年，村里决定谁用袋谁出钱，结果统一采购了1800万个，秋天里全村收入900多万元。

一辆普通小车是李保国流动的家，那些年，每年行程约4万公里。除了完成学校的教学任务，李保国几乎天天奔波在路上，上车当司机，下车当劳力。

车上空间不大的后备厢，塞得满满当当。雨靴、草帽、衣服、工具包……中午把后座放平，稍微躺一会儿，缓解一下疲劳。

考虑到李保国长期出差和下乡需要，河北农业大学在很早之前就要给他配专职司机，可他却婉拒了学校的好意。

"还是自己开车好，方便工作，说走就走。何况我天天上山下乡，铁打的司机也受不了。"他顾念着别人的辛苦和感受，却唯独没有考虑自己。

是的！铁打的司机都受不了，但李保国又当司机，又要工作呀！他的眼里只有别人，没有自己呀！

因为常年奔波，生活没有规律，再加上高强度的工作，李保国重病缠身。

早在1998年，他就患上了重度糖尿病，一直靠注射胰岛素维持。2007年，他又被诊断为重度冠心病，75%的心血管弥漫性堵塞，已无法实施常规支架，只能做搭桥手术，国内权威心血管疾病专家建议他保守治疗，卧床休息。可他一天也没休息，不停地奔波在太行山和燕山山区的沟沟坎坎之中，为农民传授果树管理技术。

吃的药他天天带着，从早到晚，总共要吃十几种药。另外，还得打胰岛素，早晨一次晚上一次。

"一般医生讲病情的时候不让患者本人在场，为的是不增加患者的心理负担。但是我们家不一样，我特意叫着他一起听，就是希望医生能帮我劝住他，把工作节奏慢下来。"郭素萍说。

"在家多休息吧，别这么拼命了。"周边的人也纷纷劝李保国。他却说："人活着时要有事干，没事干，不就精神空虚吗？你不知道我在底下跑着有多享受。"

"我阻拦不了他继续拼命，只能跟在他的身边照顾他。出门我一般都带够一周的药量，有时候事儿连成串儿，超过一周了，就得回保定取，然后坐火车再赶回去。"回忆往事，郭素萍悲痛万分。

李保国与生命在赛跑。

2016年2月7日，农历腊月二十九，李保国夫妇从山里急匆匆赶回保定过年。上街买年货时，发现商店全关门了，恍然想起这个年是小年，没有年三十呢，只有跑到亲戚家里吃除夕饭。

过完年，正月初六，李保国和妻子一起到岗底村给果农进行苹果花前培训。而后就在平山、内丘、阜平、赤城、青龙、行唐、前南峪等地奔走。有时一天要跑四五个果园进行技术指导。

3月9日，李保国来到了滦平县进行苹果产业园规划。每次上山的时候，他总是满脸虚汗，嘴唇发紫，气喘吁吁。他无力地对同行的人说："你们先走，我歇会儿去追你们。"其实从2015年冬天开始李保国就感到自己的身体每况愈下，经常胸闷，身上没劲，但他从不告诉别人。学生们见他身体不好，就劝他不要上山了，去医院做个检查，他却淡淡地说："没事，我这是老毛病，歇一会儿就好了。去了医院就像关了'禁闭'，啥事也干不成了。"一连7天，李保国一天也没休息，这山那园的跑个不停。

3月25日，李保国和爱人郭素萍应邀到唐山鸡冠山生态经济产业园和董事长武铁友讨论园区发展规划，并制定了具体实施方案。第二天，夫妻俩又马不停蹄转战到了秦皇岛青龙满族自治县干沟村，帮助驻村扶贫工作组研究制定国光苹果种植核心示范区建设实施方案。

3月31日，李保国来到了绿岭集团检查新树修剪情况。学生陈利英见他又黑又瘦，关切地问："李老师你是不是身体有问题了？"李保国笑笑说："这段时间太忙，整天在外跑，晒的。再说我本来就不白。"李保国见学生修剪得很好，说了几句鼓励的话，转身就要走，陈利英说："你吃了饭休息会儿再走吧。"李保国说："还不到饭点，我先去岗底村看看，在那里吃吧。"说着话，汽车已启动了。

4月2日，李保国在邢台参加了一个项目会。一个月前就想跟杨双牛说岗底村生态大花园的事，一直抽不出时间来。现在到了邢台，离杨双牛近了，就利用吃中午饭的时间在一起研究研究。他们边吃边聊，就太行山生态大花园的中心区、覆盖区、控制区研究出了具体规划。杨双牛看到李保国气色不好，略带怒色地说："你不听医生的话，一天也不休息，难道你不要命了！"李保国却说："那么多农民眼巴巴等着我去传授技术，我实在走不开呀！"

4月8日上午，李保国从顺平赶回保定，召集课题组成员开研讨会，为第二天在石家庄召开的项目验收做最后准备。讨论会一直开到下午3点，李保国开车拉着部分课题组成员直奔石家庄。

4月9日，李保国上午主持完科技项目验收会，利用中午休息时间接待了邯郸市政府派来的一个现代农业产业园区规划小组，提出了具体修改意见。下午，又到河北省农林科学院果树研究所，参加果树节水研讨会。回到保定已经天黑了。晚上9点李保国与南和县制高点集团董事长周岱燕通电话，商议建设红树莓采摘园和红树莓系列产品上市事宜。李保国高兴地说："好，我们很快就能用上咱们自己的产品了。"

4月10日凌晨2时，李保国因心脏病突发抢救无效去世，生命定格在58岁。

大清早，李保国的手机照例又响了，太行山区老乡打来的。手机的主人却无法接听了。

4月12日，成千上万的群众从太行山区、河北各地赶到保定，送李保国最后一程。他们不想告别，而是呼唤他回家呀！

我们再次回眸李保国生命最后的一段时光，在石家庄、承德、张家口、秦皇岛、唐山、保定、邢台，都留下了李保国奔波忙碌的身影。依稀如昨，历历眼前。

然而，李保国的确走了，走得那样突然。但他的精神与太行同在。一座丰碑，一座新时期党和人民的知识分子的丰碑，永远矗立在太行山上。

榜样力量：让精神穿越时空

春蚕到死丝方尽，蜡炬成灰泪始干。

李保国及时把自己的科研成果和实践经验充实到教学内容中，把生产一线的信息作为信号，更新教材，更新讲授内容。他主讲的课程生动、形象，指导性强，备受学生推崇。

李保国对学生以严格著称：每个新招研究生一入学都会接到他开出的3年学习任务清单，每项都有详细要求和明确完成时间表；做实验记录时，要求必须用钢笔，为了更久保存；对论文要求特别严谨，一个标点都不放过……

本着"生产为科研出题、科研为生产解难"理念，李保国把讲台搬到了田间地头。他的硕士、博士生的专业学习、实习报告、毕业论文，都在田野乡间、太行山上完成，没有一人延期毕业。

严格的教学之外，是一个个感人细节——

贫困学生交不起学费，他把刚领的工资全掏了出来；

见到毕业多年的学生，他劝人家买房照顾父母，方便孩子上学，"钱不够我和郭老师给你凑"；

学生夜里1点多给他发去论文，他凌晨4点修改好传回；

他课件公开，研究成果公开，邮箱公开，密码公开，谁都能进，人人共享；

报成果，他把助理、学生往前推："我什么都不要了，以后我就给你们打工……"

"我们都是当面叫他老师，背后叫老头儿。他就是我们的亲人、我们的父亲，我们都是他的孩子。""李老师不仅是知识的传授者，更是我们人生的引路人。"这是李保国学生心中共同的回忆与财富。

"他一直都上着本科生的课，我说你实在忙不过来就象征性地上几次课，剩下的给年轻老师分分。他坚决不同意，说要从本科阶段开始引导，使学生热爱农林专业。"河北农业大学林学院党委书记卢振启说。

李保国带的硕士研究生，七成以上考上了博士，而且全部拿到了国家奖学金。

30多年来，李保国先后承担了57项国家和省级科研课题，大批学生被他"赶"到田间地头，把所学知识与生产实践结合。

学生汤轶伟，在读研究生阶段进行了核桃树枝条伤流规律研究。以前核桃树都是冬季修剪，但这样刀口容易流失养分。在李保国的指导下，汤轶伟经过上千次实验，颠覆了冬季修剪的传统做法，将剪枝时间确定在春季发芽前的20天以内，避免了因剪枝时间不当造成营养流失。目前，这一创新成果写进了教科书。

学生史薪钰，在平山县葫芦峪的山地开发中，从事坡面结构稳定的影响因素研究。在李保国的指导下，经过两年多的实践，取得了当年治理、当年坡面稳定的效果。目前，史薪钰的研究成果已在全省推广。

…………

李保国就像一粒火种，点燃了年轻学子扎根山区、服务"三农"的激情。

郭素萍和李保国团队成员践行着他的精神，足迹遍布河北省30多个市县（市、区），平均每年在扶贫一线工作超过300天，巩固了李保国生前的帮扶成果，还新建示范基地两万余亩。

2019年夏天，在前南峪的一面山坡上，我们遇到了郭素萍老师，她兴奋地告诉我们，眼前的果园已经不是单纯的果园了，应该叫"太行山生态大花园"，是综合生态治理和农林生产完美结合的示范基地了。大花园越建越大，苹果可能越长越"小"。她告诉我们，目前引进的欧洲的一个"小苹果"口感十分美好，很受市场欢迎，种苹果也要"与时偕行"。

传承李保国精神，沿着"太行山上的新愚公"的足迹，河北农业大学26支李保国扶贫志愿服务队、122支服务小队奋战在燕赵大地上。

2018年暑假，河北农业大学人文学院法学专业学生张森森收获不小——她和10名同学参加了学院组织的入村社会实践活动。绘制文化墙、邀请土肥专家讲解山区农村施肥问题……虽然农村条件艰苦，但张森森感觉特别充实，还和附近的村民结了"亲戚"。

"服务内容在不断拓展，吸引了更多年轻学子参与到李保国扶贫志愿服务队中来。"河北农业大学党委书记饶桂生介绍，近年来，学校结合社会实践活动，利用寒暑假广泛开展志愿帮扶活动，学生参与度很高。

研究生服务队赴顺平县、满城区的太行山农业创新驿站，走访贫困村，帮村民解决核桃生产遇到的难题；园艺学院服务队赴顺平神北村，开展果树、蔬菜种植技术培训；资环学院服务队赴张家口涿鹿、怀来县，对葡萄烂棒病、黑豆病等病害进行技术指导；城建学院服务队赴唐县，开展山地测量、产业规划，为山区经济社会发展提供参考……

"我们就是李保国精神的传承人，到基层到一线去，到群众最需要的地方去，把学到的知识和技术送到群众身边。"两年多来，河北农业大学共组织了188支社会实践团队，参与人数达1.6万人，覆盖全省142个县（市、区）。河北农业大学李保国扶贫志愿服务队把科技成果和科技服务送到农民身边，举办讲座培训、现场指导400多场，培训农民2万多人次。

在李保国精神鼓舞下，河北绿岭果业有限公司致富不忘回报社会。该公司向贫困群众低价供应苗木、免费提供技术支持，以高于市场价回收合格的核桃原果，建立起"公司＋基地＋合作社＋农户"的产业扶贫模式，共带动薄皮核桃种植近24万亩，3万名贫困群众从中受益。

脚踩泥土，身接地气，新一代"李保国"们正奋战在脱贫攻坚一线，用李保国精神全心全意把最好的论文写在太行山上，写在河北大地上。

新时代，我们共同呼唤李保国精神，让我们"血中有盐，骨中有钙"，去实现伟大民族复兴的中国梦。

第三章　旗手李双星

旗手冲锋在前，是先行者，
旗手鼓舞希望，引领前进，
旗手宁肯前进一步死，也不后退半步生，
旗手的信念在高扬的旗帜上燃烧。

他是扶贫的旗手，肩扛一面脱贫攻坚的大旗。他带领河北省阜城全县15万贫困人口奋战在扶贫一线。16年来，在阜城县10个乡镇152个贫困村大力发展大棚瓜菜和林果种植24万亩，创造了年销售收入18亿元、人年均增收6000元、使全县6.7万贫困群众摆脱了贫困的奇迹。

他就是现任衡水市扶贫和农业开发办公室党组副书记、副主任李双星。

贫穷是人生的第一块磨刀石

李双星1962年11月出生在阜城县井庄村的一个贫困家庭。上有一个哥哥和两个姐姐，下有两个妹妹一个弟弟。李双星的父亲是一名残疾军人，父亲的生活补贴是全家唯一的经济来源。那年头孩子少的家庭生活都很困难，何况他们家7个孩子，其生活困难可想而知。李双星回忆说，那时农民的生活是"田里流汗水，碗里没油水，胃里冒酸水"，因为平时吃的要么是玉米粥，要么是蒸山药。这样的饭也不见得顿顿都有，在青黄不接的季节，还要去挖野菜充饥。那时一年到头，只有过年的时候才能吃上一次肉。

当时，城乡二元结构的社会背景下，唯一可走的路是发奋苦读，考学才是走出农村、走向城市的独木桥。7岁时，李双星上学了。

俗话说，穷人的孩子早当家。上学的他更加懂事，放学回家就帮父母干活，学习成绩一直在年级里名列前茅。1979年高中毕业，李双星考上了衡水市财贸学校，学习财会专业。考上学，意味着跳出了农门。接到录取通知书的那天，父母非常高兴，破例买了肉，一大家人热热闹闹地庆贺了一番。

两年之后，李双星毕业分配去了县煤炭销售公司当了会计。吃上"皇粮"，村里人羡慕不已，李双星是全村的骄傲，谁家教育孩子读书都拿他当标杆。可不久村里传来说李双星要回乡里的消息。大人们都叹息，说这孩子好不容易当了城里人，哪根筋出了问题要回乡里？这到底咋回事？

因为李双星家9口人有27亩地，自打进城后，家里就少了个壮劳力，每次回家看到父母日渐苍老的模样，看到哥哥弟弟面朝黄土背朝天的劳动情形，他就觉得过意不去。他想父母兄弟们供自己上了学，读书本是想改变家里的贫穷状况，可现在好像是一个人躲在城里享清福一样，他于心不忍，晚上睡觉醒来眼前总是浮现家里兄弟姐妹们劳动的辛苦场面。他感到自己在这个家庭里缺席了，时常心中隐隐作痛。经过几度挣扎，他选择了回乡里工作，想离家近些，好帮助父母们减轻一些生活上的压力。于是李双星主动找组织要求调回离老家较近的大龙乡工作。

到乡里工作，下班休息时他就回家里干农活。那时他家穷买不起牛马，耕田耙地都是靠人力。他节省了几年工资给家里买了一头牛，这头牛成了他家最值钱的家当。

李双星怜农爱农。20世纪80年代的中国农业税还是国家的重要税源之一，乡镇干部的主要任务就是抓税收。农业税、"三提五统"等，都是向农民要钱，本来农民生活就艰辛，李双星作为土生土长的乡镇干部，每每下村去收税时，心里很不是滋味。他总是宽慰村干部、村民们说等国家建设好了，国家富裕了，肯定会补偿农民的。2006年中央取消了农业税，那段时间他心里可高兴了。

　　农民出身的李双星抱着建设农村、报效乡亲的信念，忘我工作。在大龙乡期间，多个岗位他都干过，经过艰苦历练，凭着一心为民的信念，在哪个岗位上他都有出色表现，他的领导能力从一件件的具体事上体现出来，让人叹服。1994年李双星在大龙乡工作时，全县推广大棚菜种植，因为天气灾害和市场销售不力，全县种植户几乎全军覆没，但他帮扶的一个村凭着技术服务到位、市场销售对路而一枝独秀，成了全县唯一没有损失的村。1995年李双星被提拔为大龙乡乡长。1997年调任蒋坊乡担任党委书记。

　　李双星说："只有把握好生命的每一天，满怀热情和信心地去创造，那么你才能有所收获。"

危难之处显身手

　　2002年阜城县被列为河北省扶贫开发工作重点县，随之县扶贫开发办公室挂牌成立。

　　时任县委书记的王锁马和县长吴平意识到，新成立的扶贫办这个机构，权力不大，工作量不小，而且工作标准要求高，周期长，又难出"成绩"。扶贫办主任一职只能挑选懂得"三农"工作，敢闯敢干，不怕吃苦，有奉献精神，耐得住"寂寞"的人才能胜任。

　　谁能担当如此重任呢？县委把全县百十号科级干部过筛子一样选了一遍又一遍。经过反复比较筛选，最终李双星被县委领导看中。当时李双星虽然才39岁，但32岁他就是正科级干部了，已当过两年乡长、五年乡党委书记，有丰富的乡镇基层工作经验。他年富力强，血气方刚，为人忠厚，群众基础好，身上有股子不同常人的犟劲儿，平时工作不像有的人墨守成规，具有开拓创新精神，常常出奇制胜。县委领导们一致认为扶贫办主任一职非李双星莫属。但论资历和能力，李双星应该提拔了，如果仅是平级调动，而且是到一个没钱没权的新部门任职，县委还是担心他有情绪。于是，县委组织部立即把李双星召进城里，县委书记王锁马亲自找他谈话。书记推心置腹地说："双星同志，我们县被省里列为扶贫开发工作重点县，贫困县这顶帽子沉重啊，既然列为贫困县，说明我们县委、县政府经济工作没抓好。然而，列为贫困县又体现了省里对阜城人民的关怀，这也是带领乡亲们脱贫致富的机遇。你是全县最年轻的乡镇党委书记，进步空间很大，按你的资历和能力应该提拔任用才对，但县委考虑你在最穷的蒋坊乡工作多年，懂农村农业工作，而且那些年扶贫工作也抓得相当出色，有扶贫工作经验，眼下提拔你的事想先放一放，希望你把全县扶贫的这杆大旗扛起来，怎么样？"

李双星知道扶贫工作的艰辛，听了书记的话，作为一个有志向、有抱负的血性男人，有什么比领导出于信任和赏识而把自己放在风险极大的领域、冲锋陷阵的位置更为荣幸和自豪呢！

李双星没有多想，掷地有声地说："行！"

没有丝毫顾虑，当着县委书记的面说"行"，有人说李双星夸海口，有人说他是为今后的仕途发展做铺垫。李双星自己心里清楚，他的确不是空口无凭说的，因为人生经历和乡镇工作的经历，早已为他打下了思想基础，扛起全县扶贫大旗，他想这是人生的机遇和挑战。

就是这个脱口而出的"行"字，便将李双星带上了风雨兼程的扶贫路。

2002年4月，时任阜城县蒋坊乡党委书记的李双星慷慨赴任县农业开发扶贫办公室主任。

当时，李双星的老同事老朋友们都为他捏了把汗，有人甚至说他"傻"。面对亲戚朋友的责难，李双星却说："我知道你们都是关心我，为我着想。你们说的问题我早想过，我是从农村出来的，体会到了穷怕了的滋味，我就是想干扶贫的事，扶贫办是一个很好的平台，我要把扶贫当事业干，要带着乡亲们彻底改变贫困面貌，过上衣食无忧的生活……"

阜城县扶贫开发办公室，虽然也算一个科级单位，听起来名头不小，其实，成立之初加上李双星就3个人，连办公的地方都是租来的，但3个人肩负的任务是152个村15万贫困人口脱贫任务，其任务之重、难度之大可想而知。

就这样，在阜城县，人们看到一个矫健的开拓者走上了舞台。当然，舞台上没有追光灯的追逐，因为那不是我们日常所见的充满了掌声和鲜花的舞台，那是一个贫困却又向往致富的扶贫舞台，那是一个能施展才华、实现人生价值的舞台。

天降大任于是人也！李双星当了县扶贫办一把手，引起了众多关注的目光、期待的目光。面对新局面，李双星常常也问自己：你拿什么奉献给父老乡亲？

扶贫要像医生治病

上任伊始，李双星在想阜城县扶贫工作"怎么看？怎么办？怎么干？"，一个个扶贫的问号塞满了脑海。正在他冥思苦想的时候，县里发生了一件轰动性事件。

2004年4月12日，一个中年男子在县政府门口徘徊，门卫以为是在找人，便主动上前询问是不是需要帮助。谁知这男子从怀里抽出一把尖刀，没等门卫做出任何反应，男子对着自己的腹部，一刀刺了进去，顿时血流如注。一位领导刚好看到，于是与司机一起将这男子紧急送往医院抢救。为什么发生这样的突发事件？后来才调查清楚，这中年男子四处筹款建了七个大棚种植蘑菇，由于没有经验，管理不善，最终血本无归。面对巨大亏损，他无力承担，在走投无路时，他认为是政府引导种植的，但觉得政府没有人具体指导过他，觉得找谁也不是理由。无奈之下想到了用自残的方式引起政府注意，以博取同情，看政府能不能给补偿一些损失。

这事件让李双星感到扎心的痛，在同情之余，使他清醒意识到，扶贫工作如果做得不到位，肯定要出大问题。

那天下班，李双星一个人留在了办公室，想起中年男子扎向腹部的那一刀，仿佛就像扎在自己身上，他不禁一个寒战，有一种窒息的感觉向他袭来。他只好出门透透气，边想边走，走向了县城一处高地，放眼望去，万家灯火。那每一个亮灯的窗口就是一家百姓，他再抬眼往远处一望，远处村庄星星点点地闪烁着一些光亮，那就是生他养他的农村。全县近700平方公里，生活着33万农民，他们很多人还生活在贫困线下。他脑海里不断闪现出乡亲们沧桑的面容和渴望过上好日子的眼神……

夜幕下，李双星挺了挺身子，暗暗发誓：扶贫是党和政府交给我的任务，国家有这么好的政策，李双星我要上不愧党、下不愧民、外不愧友、内不愧心，要为老百姓撑起全县扶贫的这片天！

百姓疾苦，县委重托，双重重担压在了李双星肩头。他认识到要想跳得高，脚下必须有坚实的基础；要想搞好阜城全县的扶贫工作，必须深入群众，弄清贫困的现状及成因，才能确定未来发展方向。

李双星意气风发地投入到全县扶贫工作中。为了准确掌握全县贫困现状，他带着两位同事，一边研究学习国家扶贫政策，一边下乡搞调查摸底。他们的足迹踏遍了全县610个行政村。他对各村的自然情况，耕种养殖情况，农民的真实想法，有什么样的需求，存在什么顾虑，都一一做了记录。李双星下乡笔记做了十几本之多。

随着下乡时间越长，与老百姓接触越多，李双星与乡亲们打成了一片。不论李双星走到哪里，哪里都有人与他热心交谈，没有丝毫隔阂，他与农民成了同志加兄弟的朋友。真的是：人熟恭敬少，知己笑谈多。

"下乡镇搞调查确实又苦又累，吃不好，睡不好是常事。但如果不掌握真实情况，扶贫就会成为纸上谈兵，就是搞开了扶贫，那也是盲目乱干、祸害百姓。"通过走访，李双星心里有了全县活地图，哪个村在什么位置、有多少户人家、村里有多少贫困户，全装在心里的。"面对面的交流还有一个好处，既让乡亲们了解了党的扶贫政策，也知道了乡亲们的一些真实想法，拉近了党和政府与老百姓的距离。"李双星回忆起搞调查的那段日子，他无比感慨。

经过对全县乡镇的调查，李双星进行了综合分析研判，他发现缺水是直接影响村民收入的关键因素。

水利是农业的命脉,解决农村用水迫在眉睫。

为此,李双星开始四处奔波,从省、市、县争取扶贫资金,为村民打井。那段时间,李双星每天一身泥一身汗往返于各个乡镇贫困村,亲自寻找勘察水源,选择打井位置,统计钻井进度,解决打井遇到的各种困难。

功夫不负有心人。一眼眼水井出水了,清冽的地下水滋润着干涸的阜城大地,也滋润着阜城贫困村农民的心田。阜城农村缺水问题得到了根本解决。在阜城全县,扶贫办真心实意为群众办好事办实事被老百姓们口口相传,一时间成了乡间美谈。

没有脱不了贫的群众

水的问题解决了,但农民总不能拿水卖钱吧?搞什么才能脱贫致富呢?李双星苦苦思索着。

在李双星调任扶贫办主任之前,县里搞了扶贫项目——"扶贫周转羊""扶贫周转猪"。当时县里用了100多万元扶贫资金买了羊羔和小猪,分配给了全县40个重点贫困村。李双星当时想,先去调查一下,看看这100多万元扶贫资金能收到什么样的效果,养殖是否能在全县复制。

李双星带着扶贫办的同志下乡开展养殖抽查。他来到了倪庄村一户扶贫重点人家。他问老乡:"你的扶贫羊呢?"

老乡说:"死了。"

"死在哪儿了?带我去看看,检查一下因什么病死的。"李双星想弄清羊发了什么病,便追着问。

老乡回答说:"给埋了。"

李双星刨根问底:"埋在哪里了?"

这时,老乡支支吾吾回答不上来了。

原来,这家把500多元一只的扶贫羊以200元的价格给贱买了。李双星又气又恨,这时老乡说,我家老婆生病,穷得实在没办法,不卖不行,没有什么能换成钱哪,说着老乡一屁股坐在地上哭了。

秦琼卖马,杨志卖刀。李双星理解了这家的难处,再也没多说什么。

从一个星期抽查反馈的信息看,全县这样贱买扶贫猪羊及瘟疫死亡的情况不在少数。究其原因,一是农民的确穷,渡不了难关就只得卖了扶贫猪羊;二是农民不懂技术,猪羊生病了发现不了,发现了也没钱请兽医给猪羊看病。李双星说:"这样扶贫,10年都难见成效!必须要因地制宜。"

经历是最好的教科书,李双星曾在基层干了21年,可以说把底下所有职务干了个遍。当乡武装部长时"以劳养武",搞过养殖,鸡、鸽子、猪、兔子都养过。他知道农村养殖这里头风险大,阜城县域一无传统,二无技术,养猪养羊,死上一只,老百姓不就赔透了?他们不敢冒这个险也情有可原。所以给贫困户选项目,得风险小他们才愿意干。

再者他原来当乡干部时,大棚菜这一块儿也熟悉:1994年全县搞大棚种植时,就他负责的大龙乡邓庄村没赔,后来在蒋坊乡当乡党委书记的时候,他又选了一个村搞大棚种植。那时候他平均两周去一趟寿光,就想弄清楚为什么人家的蔬菜产业这么多年不衰败,也就跟山东的客商有了联系。销路他早已经找好了,他不打无准备之仗。

李双星想:老百姓思路毕竟没那么宽,你让种什么他种上了,等卖不了他光坐地头上发愁了。所以还真得把种菜的事想周全。

阜城县扶贫的突破口在哪里?李双星没人可问,他想党和政府把扶贫的旗帜交到自己手上,你作为旗手,都不知道往哪里走,后面人怎么跟。李双星仔细研究了全县水文和种植结构,发现全县基本是以种植小麦和玉米为主,农业结构单一。他分析了当地土壤结构和种植西瓜的传统,发现瓜菜种植投入相对较少,见效快,有市场,农民易学,想来想去,还是种植更稳当。于是他决定把瓜菜种植确定为全县扶贫的主导产业。

说干就干。李双星先是向贫困村的群众发动宣传攻势,在全县40多个村开办了"扶贫夜校",开展种植大棚瓜菜讲座,每天晚上提着个大喇叭走村串巷。

起初听的人寥寥无几,有的人甚至说:少听县里来的人胡吹乱侃,因为地不是他们的,花钱不是花他们的钱,搞得赔了钱,他们照样拿他们的工资,不会分给你一分。家中有粮心不慌,农民种粮才是本分。听到风言风语,李双星不反驳,他想等有一天人家种成了,你自然会种的。为此,李双星的课讲得更加深入,如何利用扶贫资金、如何建大棚、如何进行管理、如何找市场,他把中央扶贫政策和地方扶贫政策说得清清楚楚,讲技术有板有眼,头头是道。李双星干劲一上来,九头牛都拉不回。每天晚上,他和同事起码要辗转给三个村的村民讲课,而且风雨无阻。讲课次数多了,有人听了觉得说得有道理,有人为他这种精神感动了。村民们私下说,人家一个县里领导,每天黑灯瞎火时来到村里给你讲课,拿你钱了吗?没有!吃你饭了吗?没有!图的啥呀,他是真心想帮咱们脱贫致富,过上好日子。老乡们发现李双星没有一点儿"官架子",从不打官腔,平易近人。

李双星讲了一百多堂课,听课的人越来越多,以前那些打麻将、吃吃喝喝的村民也主动来参加听课学习了。

回忆起讲课的日子,李双星感慨地说,不是农民工作不好做,关键是当领导你不能浮在村民上面,要与他们交心,你的手要握着他的手,让他感到你的温度和力度,你的想法才能传递给他,他才能做出响应。

精诚所至,金石为开。老乡们从不理睬,到认同,到支持。一步一步喜欢上了李双星,大家都亲切地称他为"李扶贫"。有的村民在本村没听懂或者没听够,就跟着李双星到下一个村听。李双星的扶贫课成了阜城一景,成了农村家家户户的主要谈资,如果问到谁没有听过李双星讲扶贫课,肯定认为他落伍了。

通过讲扶贫课,李双星悟出一个道理:共产党员在村民贫困的时候要出现在他们面前,去真心实意地帮助他们解决问题,只要有真扶贫的干部就没有不想脱贫的群众。

群众的大棚种植热情被调动起来了,下一步怎么办?

精准扶贫就得有狙击手本领

既然大棚种植被确定为扶贫项目，李双星想自己得拿出狙击手的本领，做到指哪儿打哪儿，而不是打哪儿指哪儿。

为了不冒进，也为了不走弯路，李双星分步走，先找村试点，成功了再铺开，形成矩阵式发展。于是，李双星找到漫河乡前八丈村和倪庄村两村的村干部，打算让他们两个村作为全县大棚种植试点。

"李主任，这个想法很好，就是怕老百姓手头没有建大棚的钱哪，还有技术力量有限，如何解决？"两村主任表达了他们的相同疑虑。

"资金和技术我来帮忙想办法，关键老百姓要支持。"

"老百姓的工作我们来做。"两村干部爽快地答应了。

可事情落实起来，并没有想象中那么顺利。前八丈村民听说要搞大棚瓜菜，很多人打起了退堂鼓。原来有个村民家里亲戚是邻乡的，1994年贷款搞了几个大棚，但由于天气灾害和市场销售等原因，不但没有赚钱，而且还赔了老本。有人用顺口溜总结为：一年欢，二年蔫，三年拆棚运竹竿。经他这么一说，搞得村里人心惶惶。李双星告诉大家：同一件事，方法不同，结果肯定不同，我那时在大龙乡当乡长搞大棚瓜菜就成功了。他说搞大棚种植关键看人懂不懂管理，会不会找市场。

然而，1亩大棚需要4000元的成本，政府补贴400元，资金主要靠贷款，村民们纷纷问：投出去的钱能回来吗？

李双星为了鼓舞士气，拍着胸脯表态说："卖不出去我个人全包！保证大伙收入比种棒子（玉米）翻一倍。"

经过多次动员，加上李双星表态包销，前八丈村总算有18户村民同意参加第一批480亩大棚试点建设。

星星之火，可以燎原。李双星相信只要成功了全县肯定有不少贫困户加入进来。

开弓没有回头箭。李双星暗下决心，只能成功，不能失败。虽然，建大棚他没有出钱，但压力比那些出了钱的种植户都要大。他肩头一头挑着政府的信誉，一头挑着老百姓的收入，这副担子的沉重只有他自己清楚。

为了让农户科学下种、施肥、育苗、松土、育果，李双星从省农科院请来专家，又从全国大棚蔬菜种植基地山东寿光请来技术能手长期驻村指导。李双星更是吃住在农家，给村民讲大棚搭建，选种播种，忙得不可开交。

特别是育上瓜苗后，李双星天天要跑进大棚看几次，关键期，他晚上也去看两次，像伺候月子一样伺候着大棚里的秧苗。

未雨绸缪，李双星看到长势喜人的瓜秧，他又忙着为将来的销路做准备，组织村里年轻人去找市场，做宣传，邀请蔬菜批发商前来参观。

天有不测风云，人有旦夕祸福。有一天家里人打来电话，说妻子癌症复发已送到了山东济南。李双星接了电话，告诉村民说自己去山东考察，要过几天才能回来。临行前千嘱咐，万叮咛，让大家做好大风暴雨防范工作，千万不要掉以轻心。

真是怕什么来什么。他到了济南医院的第二天晚上，电话突然响了，村主任带着哭腔告诉他："李主任，这下村民全赔了，可咋办哪？"

听到这电话，李双星脑袋"嗡"的一下，眼前是化疗中的妻子需要安慰和照顾，远处是村里暴风雨毁坏的大棚和瓜苗。怎么办？最后，李双星硬着心肠把妻子托付给亲戚，当晚驱车赶回了前八丈村。天亮时，他回到村里，看到大棚吹得一片狼藉，柱子西歪东倒，棚膜七零八落，惨不忍睹。那是乡亲们的血汗钱加贷款哪，李双星感到心里一阵阵地发紧。他察看完灾情，宣布：一是赶紧挖坑重新扶正大棚水泥柱子；二是联系农资公司送棚膜；三是联系山东那边送来茄子苗和西红柿苗补栽。

于是大家分头行动，经过两天两夜奋战，把受灾的西瓜苗扶好，缺苗的地方补种了茄子苗和西红柿苗。

忙完救灾工作，李双星觉得自己不能马上离开，还要观察补苗长势情况。于是，他悄悄躲在角落给济南医院的亲戚打电话询问妻子病情，恰好被一个村民听见了，村民告诉大棚种植户们说主任妻子得癌症在济南医院住院啦。大家得知消息后放下手中的活，来到了李双星跟前，也不知说什么好,突然齐刷刷地"扑通"一声跪在了地上,异口同声地说:"李主任,你是我们的恩人哪!"

李双星扶起大家,激动得说不出话来,只有两眼热泪。

短暂沉默后,李双星语重心长地说:"县里成立的扶贫办,就是专门帮助大家脱贫致富的,这是党和政府指导和帮助老百姓的具体方法,我作为县扶贫办主任仅仅是代表党和政府来办事的,在你们遇到困难的时候,理所当然地要这样做,困难要共同面对,大家要感谢应该是感谢党和政府,而不是我个人。"

"李主任,我们明白党和政府没有忘记咱们这些贫困户,我们感谢你,就是不忘党和政府的恩情!"

后来,经过大家精心管理,两个试点村大棚西瓜和蔬菜都喜获丰收,每亩收入达4000多元,补种蔬菜还获得额外收益。阜城大棚瓜菜种植就这样在八丈村和倪庄村打响了第一枪。

也因为那场暴风雨,李双星落下了一个怪毛病——晚上听到刮风就睡不着觉。

随后,三里铺村、许家铺村、后八丈村等贫困村陆续加入了大棚扶贫计划,而且好几个非贫困村也加入了大棚种植行列。大棚种植在阜城县出现了燎原之势。

敢为人先的"细胞工程"

2007年4月,三里铺村被列为河北省扶贫"细胞工程"示范村。"细胞工程"就是向每个贫困户投入2000元扶持资金,直接进村入户,通过周转使用,力争让每一个贫困户都建设一个可持续的生产增收项目,进而激活每个贫困家庭的"细胞"。

如何搞好"细胞工程",李双星想出了"四步"法,"四步"法成了河北全省扶贫的创新之举。

第一步:激活"细胞",让贫困户自选项目自主经营。

三里铺过去是阜城县远近闻名的穷村。人均耕地1.7亩，虽然土壤条件不错，但因为种植结构单一，玉米、小麦是村民们唯一会种的作物，一家一年满打满算收入也就七八百元。当时1000多口人的村子三马车、拖拉机不到10辆，固定电话只有2部。

"手里没活钱，一旦孩子上学、有人生病，就犯难了。"当了13年村党支部书记的史建顺曾为村民脱贫致富大伤脑筋，"我们也不想死等活靠，但底子太薄了，一没有资金二没有技术，想致富比让哑巴说话还难哩！"

刚听说这事儿，村民们都觉得这事好呀，可又不知道自己能干什么，万一干赔了咋办？当时村民的心情很是复杂。

李双星就组织大家伙儿四处参观，近的找附近村，远的到山东寿光，几趟下来收获挺大。

参观学习之后，李双星就开群众会，列出菜单：养羊、养牛、养猪或种植大棚菜、食用菌，让大家选。

三里铺从来没有过那样的场面——全村1000多口人去了700人，各家一个表，看单选菜。最后大多数人选的是种植西红柿。大家觉得这个项目不错，生产技术简易，市场比较稳定。比种植黄瓜技术含量低，比养殖风险小。当年，村里共有80多户报名建大棚。

李双星想：一个贫困户就是一个细胞，共同构成贫困人群这个肌体。解决贫困问题，必须从一个个小细胞入手，通过给他们注入养分，使其产生活力，进而带动整个肌体。在以往的扶贫开发中，我们往往过于关注这个庞大的贫困肌体，而忽略了最基本的细胞单元。一方面虽然投入了大量资金用于基本设施，但贫困户并没有获得持续生产能力；另一方面，撒芝麻盐式的项目投入，也使扶贫资金的效果大打折扣。通过激活这样的"细胞"才能将所有人的积极性调动起来。

第二步：补给"细胞"，让资金在透明的血管中流动。

如何最大限度发挥扶贫资金的使用效益，如何保证像血液一样的资金输到每一个急需养料的"细胞"——贫困户手里？这是李双星一直在探索的课题。

贫困户天天盼着钱能补到手里。李双星跟县里几个部门商量后，最后想出的办法是，不让贫困户拿现钱，而是报账。先叫村民垫一部分钱建棚。棚建好了，县扶贫办来人拿着尺子一个大棚一个大棚地核实。棚做不了假，人也做不了假，建了多大，按标准算应该补多少钱，全部算出来。然后把人员名单和钱数在村里公开栏里公示，7天过后，村民没意见了才算数。跟过去扶贫款一层层拨下来发到村里，村里再分给各人完全不一样。虽然要费不少周折，但大家感到了公平公正透明，大家伙儿一清二楚。

报账环节更是让贫困户吃了定心丸。根本不用担心扶贫款被截留挪用，把建棚时给材料商的订货单送到县扶贫办，由县财政局从账上直接打给对方！报账单不能糊弄，县扶贫办要盖章，县财政局要盖章，主管副县长还要签字。李双星说，层层审，严着呢。

此举，像血液一样珍贵的资金不会被截留、不会出现浪费，扶贫款的分配走的是一条透明的管道，扶贫资金就像贫困肌体生存的血液，准确输送到每一个急需养料的细胞贫困户。

第三步：繁殖"细胞"，让单个项目尽快形成群体效益。

一个大棚就是一个广告，一个大棚就是一所学校。

为了让已经受益于"细胞工程"的贫困户形成自我扩张能力，把三里铺村的大棚做大，李双星制定了"布点、连线、隆带、成片"的发展思路。将一些经营效益好的种植户作为示范户，鼓励他们"一带一、一带多"。两年多时间，三里铺村发展冬暖式大棚170多个，春秋大棚230个，总面积达900多亩，形成了三里铺村特殊景观。

一个小小的细胞之所以能成长为一个强大的肌体，因为它有强大的复制能力。同样，一个成功脱贫致富的贫困户就是一个无声的榜样。它具有强大的号召力，对它的周围有强大的带动辐射作用。示范户对一个产业的带动力量是强制的行政命令所无法企及的。

第四步：培养"细胞"，让贫困户享受政府最好的服务。

李双星认识到这些扶贫细胞的培养，离不开政府的服务。建棚之初，李双星怕村民遇到技术难题，就为村里请来了山东寿光的农技员孟召业。

老孟在山东老家搞过多年大棚种植，他很羡慕三里铺的村民："一建棚就有人给操心请了专家，我们刚开始那会儿完全靠自己。三里铺的人们很虚心，技术提高很快。说不准什么时候，他们也和我一样向外输出技术哩！"

为了对付最常见的白飞虱，大棚使用了"生物技术"，李双星请来了它的天敌丽蚜小蜂。这是技术顾问——河北省农科院副院长王海波博士教给的。

村民祁俊朋说，现在村里有几户已经搞起了大棚西瓜，他想试着在大棚边的地上搞瓜棉套作。

"你们扶贫办还管请技术员？"

"我们一直在做别人看来不应该是扶贫部门办的事儿。"阜城县扶贫办主任李双星说。

李双星还说，村里与石家庄桥西蔬菜批发市场签了协议，在三里铺投资两千万元建一个蔬菜种植、贮藏、加工、批发、销售基地。

细胞的生长离不开适宜的环境，政府提供的优良服务就是细胞长得快、长得好的环境。

三里铺率先富起来了，农民的腰包鼓了，腰杆也硬起来了。过去外地女孩不愿下嫁到三里铺。村里有个小伙子，人长得很帅，但家穷，说了好几个对象，人家一听家是三里铺村的，面都不见就黄了。后来在外省打工的村民给小伙子介绍了一个外省姑娘，姑娘对小伙子也有好感，结果来村里一趟，人家要求跟着她去外省生活才行。他是独生子，眼看没戏了，小伙子家第一批建了大棚，丰收后，盖了房，添置了新家具，又新建了几个大棚。那姑娘从工友那里得知这事后，主动来到了三里铺，还留下来与小伙一起创业。

村里发展了，在外打工的村民纷纷回村搞大棚种植。村里小伙们婚事不愁，连嫁姑娘的陪嫁也发生了变化。村主任史长训的女儿出嫁时，女儿没有要电视、冰箱、洗衣机，而是让老爸把四亩大棚做了嫁妆。

"细胞工程"在三里铺村发生了裂变。

让干部群众心热起来，手动起来

作为扶贫旗手的李双星认为扶贫就像战斗夺取高地一样，拿下一个高地，旗手眼里马上要瞄准下一个高地，才能夺取扶贫的全面胜利。三里铺村大棚种植获得成功后，他的下一目标是许家铺村。

许家铺村位于阜城县城南，距县城不到5公里。全村有286户、850人，耕地2400亩。李双星在最初调研时就看上了许家铺村的优势。一是地理位置优越，是全县离县城最近的一个村庄；二是紧靠交通要道，交通便利；三是地处平原，土质肥沃，人均土地占有量大；四是这个村早年就有种西瓜的传统，而且种植的西瓜个大皮薄，含糖量高，有发展产业得天独厚的条件。

冲着许家铺村这些优势，李双星将这村列为全县第三批扶贫对象，于是他兴冲冲到村里做发动工作。

在全村大棚西瓜种植动员大会上，正当李双星大讲种植大棚西瓜的好处时，村里有个人称"小诸葛"的许洪顺却与李双星唱起了对台戏。

"你讲得津津有味，我觉得怎么不中听，责任田是分给我的，咋能你说种啥就种啥呢？现在婚姻都自由了，我的田我想种啥就种啥，关你啥事？我们祖祖辈辈都种小麦、玉米，你却让我们大面积建大棚种西瓜，老虎就是吃肉的，你非要摁着脑袋叫吃草，不知安的什么心？"说完，一甩手，带着几十个村民愤愤不平地离开了。

李双星第一次遇到这么难堪的场面，村干部们一边道歉，一边派人去找走了的村民回来。李双星接着说："我觉得老许说的也不是没道理，村里祖传耕作粮食作物，常言说，手里有粮心中不慌嘛。但是种粮毕竟富不起来。"

说到这里，人们响起了热烈的掌声。那掌声是一种认同，那掌声是一种共鸣，从掌声中李双星体会到其中蕴藏着巨大的能量，体会到许家铺村集体的力量和信心。

李双星对种植西瓜的可行性，他已经反复考察论证过，他不会因为个别村民的几句牢骚话改弦更张。相反，他要用行动彻底打消那些人的顾虑。许洪顺一个下马威的确给李双星提了个醒，大棚种植西瓜只能成功，不能失败。

李双星下决心，要先让村民们心热起来，行动起来才行。

那一夜，许洪顺翻来覆去没睡着。他觉得自己顶撞了李双星，让人下不了台，人家是县里干部，扶贫是为村民快点富起来，个人又不图什么好处。许洪顺觉得自己的做法不妥。想到这里，他决定第二天去给李双星道歉。

令许洪顺没想到的是，第二天一大早，还没等他出门，李双星就来到了他家里，笑眯眯地说："老许，看得出来，你是个心直口快的人，有想法敢说出来，你这样的人可交。这样，我带你去山东旅游一趟，管吃管住，你去不去？"

许洪顺不知道李双星葫芦里卖的什么药，但是免费旅游可是个美事，许洪顺还以为李双星要给他"穿小鞋"儿，拧劲一下上来了，顺口答道："去，一定去。"

几天后，李双星带着许洪顺和几个村民一同去山东寿光。在寿光的棚菜种植区，许洪顺第一次看到了连成一片的大棚，那场面实在太壮观了。

李双星带着许洪顺走进了大棚，虽然是4月，只见大棚里结满了樱桃、西红柿、黄瓜、茄子，硕果累累，生机勃勃，一派姹紫嫣红，一片繁荣景象。许洪顺想，老家夏天也看不到这等长势的瓜菜。看到这种反差，许洪顺心里暗自叹服，心里有种刺痛感。

观察到许洪顺心理变化，李双星说："老许，别客气，我说的是免费游，这里的东西你也顺便拿，我掏钱。"

现在能吃上这么好的反季节蔬菜，许洪顺动心了，心想这些东西要按老家的价格也花不了几个钱，顺便就摘了几个西瓜、几斤茄子。可等到付款时，许洪顺吓了一跳，惊叹道："就这点瓜菜，收了90多元！"

李双星说："这还贵？这是上门来买的，要是到市场买就更贵了，这些瓜菜还是专供北京的，要在北京买价格更贵。"

许洪顺丈二和尚摸不着头脑。

许洪顺问村民："你们卖这么贵，有人买吗？要这价卖肯定发大财了。"村民说："这样要排队才能买得上，你要不是李主任带着来，还不给你面子零卖给你呢。要说收入嘛，一年就收入几十万，只能说发点小财。"

许洪顺心想，这真是让自己开了眼界。

回来的路上，许洪顺在盘算：这么点菜要了90多元，那10亩地要挣多少钱哪？他想象不出来了。

言传不如身教。李双星让许洪顺亲眼看到了大棚种植的效果。

山东此行，一路上李双星的言行彻底打动了许洪顺。在村里，他逢人就要讲李双星的为人，讲去山东寿光的所见所闻，村里人经许洪顺一宣传，大家都想出去学学赚钱的招儿。

春雨潜入夜，润物细无声。李双星见火候已到，又组织了一些村民去山东寿光参观，有的家是男人先去，后来又带着女人去。通过参观，村民们找到了贫富差距，村民脱贫致富的激情被点燃了。

贫困户们"等、靠、要"的思想改变了，主动开始搭建大棚，而且规模也在渐渐扩大。

瓜熟蒂落，丰产丰收。原来种粮食每亩才收入几百元，现在种西瓜一亩收入上万元，后来注册了西瓜品牌，远近闻名，市场份额越占越大，远销省外。2012年，全村瓜菜收入达到了2400万元。短短5年时间，年人均收入由过去的600元达到1.5万元，增长25倍。

许家铺村富裕了，李双星的"野心"也越来越大了。他想要把许家铺村建成全省示范新农村。

他的这一想法得到了县委、县政府的支持。不久，许家铺村开始了新民居建设。

"楼上楼下，电灯电话"——这是中国农民对城市的向往和期盼。许家铺村过去穷，能吃饱饭，他们就觉得不错了，现在有了崭新的楼房，宽阔的街道，他们能不高兴吗？

2017年春节前，村里第一期新民居工程竣工，全村整体搬迁，家家户户住进了宽敞明亮的楼房。

搬迁那天，许家铺村彩旗招展，鞭炮齐鸣，欢歌笑语。村民们额手相庆，幸福写在了每个村民的脸上。

许家铺村村民们编了一段顺口溜盛赞李双星：

> 双星驾临扶贫办，点燃一盏灯，照亮一大片，
> 瓜农是机动车，他是加油站，
> 没钱买票先上车，没钱借鸡先下蛋，
> 扶贫扶出新民居，地绿楼高天蔚蓝。

扶贫扶智，培养新型农民

李双星扶贫如何做到指哪里打哪里？他为什么有如此高的命中率？带着这些问题，与他进行了探讨。他以许家铺村为例进行了剖析：

第一招：扶贫要选好带头人。许家铺村原来是"露天厕、泥水街、压水井、鸡鸭院"这样的环境，人们的生活是"喝稀饭、拉牛套、合乡并镇都不要；穷的多、富的少、招商没人理、引资办不到"，总结起来有三多："光棍多，穷人多，坏房多。"所以有"距离县城十里路，有女不嫁许家铺村"之说。

人穷志短，马瘦毛长。贫困导致村"两委"班子走马灯似的一茬一茬地换，村民是非多，打架、赌博、缠访闹访事件屡屡发生。

李双星将许家铺村列为扶贫重点村时，恰逢村里原任支部书记因病不能主持工作，他不能看着村"两委"班子瘫痪，于是积极向乡党委推荐了村中致富能手许瑞旺。

当时许瑞旺自己经营着一家轧花厂，年收入十几万，生活无忧，当乡党委找他谈话，想让他出任村支部书记时，他怕分散精力，又想村里很穷

很乱，不好干。于是就推诿说自己没那个能力。

其实，李双星知道许瑞旺的水平，相信他能胜任党支部书记。于是一天晚上李双星找到许瑞旺，推心置腹地长谈，讲党员的模范带头作用，讲党的扶贫政策。特别是李双星说："我这个县扶贫办主任其实也可以看看文件、开开会，坐在办公室批批扶贫款，但我坐不住，全县还有这么多老乡们生活在贫困线下……"

听到这里，许瑞旺心想，李主任完全可以不这样天天往村里跑，工资不照样拿吗？搞大棚，赚钱又不是他的，操心为了谁呀！许瑞旺一下心里像明镜似的，拉着李双星的手说："李主任，我干。"

接下来，许瑞旺参加了村党支部书记竞选，众望所归，许瑞旺高票当选，那年许瑞旺29岁。

火车跑得快，全靠车头带。上任后，许瑞旺召开"两委"班子会、党员大会、村民代表大会，统一了全村人思想。在村里千顷洼治理工程上，筹集20万元打井，让500亩沙地变成了水浇地，在跑办项目时，所有差旅费都是自己掏腰包。他经常请李双星到村里出谋划策，成立了合作社，打造"漫河"牌西瓜、"伊强"牌樱桃和西红柿，其中漫河牌西瓜入选地理标志保护产品，举办了六届西瓜节，每年5月，许家铺村一天就能销售50万斤西瓜。许家铺村西瓜享誉大江南北。

第二招：扶贫要扶志。许家铺村有个叫许玉泉的人娶了三个媳妇都是饿跑的。婚姻的不幸，给许玉泉留下严重的心理阴影，生活的挫败感让他破罐子破摔。听了许玉泉的事后，李双星想许玉泉不算懒人，主要是受到了生活打击而已，要想办法让他脱贫，给村里那些"等、靠、要"的人做个榜样。于是他用扶贫办互助金和无息贷款，让许玉泉建西瓜大棚，首先解决了生活基本需求。2012年让许玉泉用积蓄又建了三个大棚，随着许玉泉大棚量的增加，管理技术的增强，他每年可收入十来万元。

有一天，许玉泉去阜城卖西瓜，过来一个中年妇女买瓜，当时谈好价钱付款时，中年妇女发现钱不够，少了两块钱。许玉泉见人家也不是想少给，而是真没钱了，于是爽快地说："不用给了，拿走吧。"一手把西瓜递给了中年妇女。

接过瓜,中年妇女有些半信半疑地说:"怎么这么大方,真的吗?"

旁边一个和许玉泉同村的村民说:"咋不是真的,你小看他是个卖瓜的呀,他有车、有楼房,有8亩西瓜大棚,还在乎两块钱吗?再说他光棍汉一个,不需要商量,自己做主,你信了吧?"

真是言者无心,听者有意。恰巧这个妇女也是单身,回家把这事给他哥说了,一听卖瓜的是许家铺村,他知道县扶贫办在那里搞试点,现在许家铺村已是县里有名的富裕村,于是哥哥跑了一趟扶贫办找到李双星了解了一下许玉泉,才知道情况属实。后来托人说媒把妹妹介绍给了许玉泉。

许玉泉结婚那天,乡亲们给他写了一副有趣的对联:

上联是:以瓜为媒会女友
下联是:由穷变富结良缘
横批是:扶贫牵红线

李双星说,当一个人树立了脱贫致富的志气,潜力也自然而然就会发挥出来。许玉泉的故事,也给村里有"等、靠、要"想法的人很好的启发教育,现在这样的村民都积极参与了大棚瓜菜种植。

第三招:扶贫要培养新型农民。李双星说:"穷不学穷不尽,富不学而富不长。"他在扶贫时,坚持标本兼治,变"输血"为"造血",加大扶贫的智力投入,搞农村人才培养。

种过西瓜的人都知道,重茬和病虫害一样,从某种意义上说,重茬比虫害危害大得多,如果重茬了,到了西瓜开花结果时,瓜秧就会忽然枯死。为了解决这一难题,李双星带着几个村民,研究了大量资料,经过反复实验,最终他们发现在育种时用南瓜的种子,嫁接后移栽到地里,就不会出现重茬死苗情况。这项技术他通过农村夜校向许家铺村广大村民进行了推广。

许家铺村村民掌握这一关键技术后,育苗大户如雨后春笋涌现出来。

村里育苗大户刘全就是掌握这技术专业做育苗的。他每年要育苗80多万株。他育的苗很有特点，成活率高，长出的瓜沙甜，产量高，价格高。

粗略一算，刘全从育苗到嫁接，再到出售仅用70天时间，每棵西瓜苗卖1块钱，按一半的成本，80万株就能赚取纯利润40万元。

现在，许家铺村有270多户从事西瓜育苗，仅此一项，全村收益可达600多万元。

"不怕千招会，就怕一招鲜"。许家铺村除育苗外，还有一批人外出吃技术饭。

周怀福是村里的种瓜能手之一，他种的瓜品质好，卖价高，在西瓜节上，他家的瓜多次获得"瓜王"称号。通过县扶贫办牵线搭桥，他与邢台市威县、广宗县、巨鹿县的十几个村庄签订了技术指导合同，主要负责指导秧苗定植，花期授粉管理等技术，前后仅4个月，一个月去一周，每月工资2万多元。许家铺村这样的技术能手有十几位，都与外面签订了技术服务合同。这些"土专家"每年要创收百万元。

累死在田间地头也觉得值

这句话是采访时，李双星说的，听起来像发毒誓。

李双星当上县扶贫办主任，已使152个贫困村脱贫，正在扶贫的有272个村。面对如此大的工作量，李双星如何忙碌、如何拼命工作自不必说。

《人民日报》上是这样报道他的：

13年来，他"5＋2""白＋黑"，合起来每年工作400多个工作日，帮助全县152个村发展起稳定增收的设施瓜菜产业，让"穷得叮当响"的贫困农民人均纯收入从600多元提高到5000余元，被评为"中国扶贫开发典型人物"。

的确，李双星从来没有星期天，每天从早上8点工作到晚上10点。这是正常情况，如果他进了村，那就不知道干到几点。

有人说跟李双星站在一起，都能闻到一种"菜味"。平时，他除了必要的会议，其他时间都在各村的菜棚里，心里老想着扶贫的事。有一次在北京听一位专家讲授蜜蜂给梨花授粉的知识，李双星马上想到能不能用蜜蜂给大棚里的西瓜授粉。

回来后，他去蜂场租来了几箱蜜蜂，正值大夏天，他像着了魔一样，带着蜜蜂一头钻进了气温高达50℃的大棚，试验蜜蜂给西瓜授粉。试验结果是一只蜜蜂每分钟能为六七朵西瓜花授粉，后来蜜蜂怕热不干活了，他才结束。为此，他在大棚里硬撑了两个小时，中暑病倒了。病还没好，他又带着蜜蜂进了大棚，经过多次试验，最终找到了一种不怕高温而且干活积极的蜜蜂。

通过试验，果然蜜蜂授粉结出的西瓜不会出现畸形，瓜纹清晰，卖相特好，而且口感极佳。于是第二年他办了多次夜校向全县瓜农推广。蜜蜂授粉还做到了真正无公害，因为有农药或污染，蜜蜂就会死掉。

李双星就是带着这样的感情和热情投入工作的。

蔬菜收获的季节，李双星下班回家总喜欢到菜市场看看各种蔬菜的价格行情，研究蔬菜的价格走向，目的是为以后指导村民种什么菜。虽然不买菜，但总是缠着卖菜的，打听价格方面的事，打听完了觉得不买点菜，对不住卖菜的。有时一买就是好几袋，媳妇在家有时吃都吃不完，有的坏了只好扔了，心疼得不行。劝他好几次不要买菜，他假装没听见。有一次下班买了几大袋，提回家怕媳妇说，他顺手就放在了沙发后面，结果两三天后，媳妇坐在客厅看电视，闻到一股烂菜味，在家找了半天，才从沙发后面发现几袋烂菜，一看早成菜泥了。

这下把媳妇惹急了，去办公室找他。进门就看到办公桌前也有菜，很新鲜。

媳妇说："是你买的？"

他说："不是，是村民们送来的大棚菜。"

媳妇一下明白了，哦，原来他拿回家的菜，都是村民送来的大棚菜。

媳妇临走，就想顺手把办公桌旁的菜拎走。没想到，李双星不同意了。

"你是想放在这里也烂掉吗？"

李双星一本正经地说："拿到我办公室的菜姓公，不能随随便便拿回家吃。再说，这些菜不是吃的，而是宣传品。"听得媳妇一头雾水。李双星见她听不明白，就解释说其他县的农民来取经，我拿这些菜给人家讲解如何种植呢，同时还是宣传我们县菜好的道具。

李双星说实物在手，介绍大棚种植就直观，省去了好多烦恼的解释。那些前来取经的老百姓拿点儿菜回去，尝尝鲜、品品味，说不定犹豫不决的人就果断下决心搞种植了。

小事上见思想见境界。有的人假公济私喝公家茶、喝公家酒，抽公家烟，有的人甚至用公款支付自己子女费用，占公家的便宜没个够，他们与李双星比，差距十万八千里。

对下属，李双星一直有个硬要求，不许说"不知道"。他说，农户不知道，你帮他上网查查，实在不知道，也要说"我查查、我问问"。扶贫办扶贫办，只要是困难群众需要，就是你的事。你想想，老乡登门来找你，得鼓足多大勇气呀。

以前是阜城县最年轻的科级干部，现在又成了年纪最大的科级干部。李双星在县扶贫办主任的位置上一干就是十几年，很多阜城老百姓说，大伙儿是既盼着他提拔，又不愿他提拔，因为害怕他升官走了，就不管他们的事了。

"我主要工作还是在阜城。阜城的乡亲不用担心，升了官，我也还是我，该下村的下村，该管的事，大事小情还是要管到底，我办公室的大门永远向大伙敞开。"

李双星说自己当干部年头儿不短，给老百姓干事不少，可我还是觉得自己亏欠老百姓的。

为什么会觉得亏欠？他说20年前，有一次自己前脚从老乡家里"敛完钱"出来，后脚车就坏到半路上了。有个老乡看见了，虽然他不认识，可人家认识他是乡长，便主动叫了几个人帮着推车，足足推出一公里，累得人家浑身是汗。

"另一次是1998年,车坏的时候赶上下雨,我在车上正发愁呢,路边一位40多岁的老乡隔着玻璃说:'李书记,你别急,我家就是这个村的,我回家开拖拉机给你拉出来!'雨下得哗哗的,我在车上坐着,人家光着脊梁,用拖拉机一直把我的车拖到乡政府。当时扪心自问:凭啥人家帮你拉车,你给人家做啥了?你不就会敛人家钱吗?

"下雨那回,我回到单位,给那个老乡换了一身我打篮球的运动衣。他到现在还留着,已经18年了,走到哪儿往身上一穿,特意跟别人说:'这是李书记给我的。'"

这两件事,李双星一辈子都记得,所以他觉得亏欠老百姓的,决心一定要回报老百姓。

"老牛自知夕阳晚,不待扬鞭自奋蹄。"好多人看到困难群众都有同情心,但往往感叹多于行动。李双星说,人家也不是慈善家,也不是扶贫干部,我不一样,我是扶贫办主任,干的就是扶贫工作,如果做不好,那是失职。为了群众脱贫,再忙再累,心里感到很轻松,很踏实。如果轻轻松松都能脱贫,那党和政府还成立个扶贫部门就没有必要,老百姓还要我们干啥?既然需要我们,说明我们的肩上是有重担的,正因为担子在,就有压力,我就要想方设法做好扶贫工作。

难怪李双星扶贫工作干得风生水起,原来他练就了一套"七心大法",这是他的扶贫秘籍:(1)入户走访,了解贫困户详情及发展意愿——真心;(2)因村施策、因户选定产业项目——细心;(3)外出、本县参观交流——耐心;(4)产业项目动员、技术培训现场会——苦心;(5)试点村先行,一站式示范——精心;(6)对接市场,提前接洽好收购客商——诚心;(7)不断推广新产品,提质、提效、适应市场需求,创新种植模式——信心。

情怀,是我们每个人心中的一方净土。从李双星的扶贫故事中,我们看到他"初心不改"的政治情怀;"衣宽不悔"的公仆情怀;"俯首为牛"的务实情怀;"舍我其谁"的担当情怀;"心似莲开"的清廉情怀。

下定决心完成国家扶贫目标任务

契诃夫说，活着没有目标是可怕的。李双星的目标是2020年实现全县、全市整体脱贫。

采访时，我们无意间从李双星办公电脑里看到了他研究中国城市群的一些资料。这让人感到特别好奇，一个县里的扶贫干部，为什么要研究中国城市群的发展动态呢？他将中国城市分为环渤海城市群、长三角城市群、珠三角城市群、长江中游城市群和成渝城市群。

长江三角洲有3块区域组成：苏中南地区（南京、镇江、常州、无锡、苏州、扬州、南通、泰州8个市）、上海地区和浙北地区（湖州、嘉兴、杭州、绍兴、宁波、舟山、台州7个市），合计15个地市和1个直辖市。长江三角洲地区是中国民营经济最为活跃的地区。民营经济的增加值占地区生产总值的比重超过50%。这里诞生了诸如苏宁、复星、阿里巴巴、吉利、娃哈哈等著名民营企业。长江三角洲地区生产总值约为20万亿元，接近全国GDP的1/4。

珠江三角洲地区，包括广东省9个市（广州、深圳、佛山、东莞、惠州、珠海、中山、肇庆、江门）和香港、深圳两个特别行政区。在经济总量上，珠三角地区生产总值约为10.2万亿元，占全国GDP的比重为12%。

…………

由此可见，李双星的视野不限于一城一地。他想党中央、国务院在全国范围内开展的扶贫惠民政策，是放在全国一盘棋的布局中实施的，通过这些大数据研究，可以寻找城市与扶贫开发的切入点。他说扶贫干部要有高瞻远瞩的眼光，放眼全国的胸怀，博采众长的手段，行之有效的措施，把本地区放在全国才能因地制宜扶贫。

从他给党校、扶贫干部和驻村第一书记讲课的一个课件，我们看到，他对各地致贫原因的分析、不同地区的帮扶思路、十项工作任务及要求、全省扶贫政策和脱贫目标都了如指掌。

这是李双星高人一筹的战略眼光。

十几年艰辛扶贫，李双星先后指导、帮助152个贫困村发展棚菜种植产业，让6.7万名贫困农民人均纯收入由600多元提高到5000多元。一心一意为群众，殚精竭虑抓扶贫，李双星以行动诠释了一名优秀党员干部的价值追求。

如今，瓜菜大棚已成为阜城县农业的一大支柱，阜城县成了全省知名的绿色无公害瓜菜生产基地和国家西瓜、甜瓜体系试验基地。2018年实现了全县脱贫摘帽。

李双星因扶贫荣获了"全国五一劳动奖章""中国扶贫开发典型人物""全国优秀共产党员"称号等十几个奖项。李双星把每个奖项都当成是新的起点，激励着他在扶贫路上迈出更加坚定的步伐。

从最初的农业产业化，到农业联合社；从龙头企业介入带动，再到特色庄园建设，李双星付出很大心血，眼下正在搞股份制扶贫。

李双星在扶贫实践中发现，家里有劳动力的，建大棚、搞种植都可以。但是家中只有土地，没有劳动力的怎么办？李双星想到了"股份制"扶贫。这个项目针对家里没有劳动力的贫困户，扶贫办给每户5000块钱扶贫资金，但这5000块钱不是让老百姓去搞什么项目，而是拿来入股龙头企业，并与企业签订合同。由企业决定农民种什么，收成由企业保底收购，企业再给每个老百姓不少于10%的分红，五年以后，公司再把本金退给老百姓。这相当于给贫困户上了双保险。

为了促进农民增收，还搞了村企合作，采取"公司＋合作社＋基地＋农户"模式，鼓励农民通过依法流转土地经营权、林权入股分红等方式参与项目开发，实现村企合作，互利互赢。

天行健，君子以自强不息；地势坤，君子以厚德载物。

李双星升任衡水市扶贫办副主任后，肩头的担子更重了。李双星说，要实现全面建成小康社会，扶贫工作任重道远，我们依然在路上。谈及阜城及衡水市今后的脱贫工作，李双星说市县扶贫办已制定了《打赢脱贫攻坚战的实施方案》明确了"两个倾斜""三个明显"的攻坚任务。

"两个倾斜"：就是在政策和帮扶两个方面向贫困村、贫困群众倾斜。

"三个明显"：就是贫困人群生活质量明显提升、经济收入明显增加、公共服务明显改变。

同时，积极实施金融扶贫、电商扶贫、社会扶贫、医疗扶贫、教育扶贫、社保兜底政策等多种扶贫方式，不让一个贫困户掉队。

李双星的先进事迹受到了国务院的表扬，全国各大媒体纷纷进行了报道，国务院扶贫办、河北省政府扶贫办下发文件要求深入开展向李双星同志学习的活动通知。李双星牢记使命、勇于担当、夙兴夜寐、激情工作，如一个旗手，行进在扶贫道路上。

旗手奔跑，旗帜飘扬！

第四章 求"蝶变"

　　河北省平山县下槐镇有个村庄叫南文都，地处太行山深处，过去默默无闻。但从2016年7月起，小村的名字经常见诸报端、出现在荧屏、上传至各大网站，可以说是声名鹊起、家喻户晓。短短两年时间，南文都村发生了传奇般的变化，2018年南文都村整村脱贫出列。演绎这个传奇故事的主角，就是石家庄市工商联办公室主任、驻村扶贫工作组第一书记张端树。

寻梦扶贫村

　　目标能焕发工作热情，决心是成功的开始。

　　　　　　　　　　　　　　　　——张端树

　　2016年3月1日，石家庄依然春寒料峭，石家庄市工商联扶贫工作组带着铺盖卷儿和米面粮油进驻了平山县下槐镇南文都村，带队组长是市工商联办公室主任、驻村第一书记张端树，成员有翟硕和牛志林。

　　刚进小村，张端树看到村边的一条沙石公路，每当有大车从村边通过时卷起地上黄土形成了一条腾空长龙，尘土飞扬，弥久不散。公路一边是一条小河，沿着三四里长的河岸是村民倾倒的垃圾，风一吹，垃圾中的尘土煤灰、树叶、塑料袋、废纸屑漫天飞舞，大半个村庄被尘雾笼罩。公路的另一边是村民零搭乱建的猪圈和鸡舍，还有土坯堆砌的简易厕所，猪圈、厕所、鸡舍零乱且多，居然多达几十处。虽然是冬天，但顺风一吹，一股股人畜粪便和垃圾散发的难闻气味扑鼻而来，臭气熏天，让人避之不及。村子里破旧房屋、残垣断壁随处可见，各家生活污水随意排放。就连村委会门口建有一个车库、两个猪圈、一个羊圈和三个厕所，村里书记和村委会主任绕了好几个弯才将张端树三人带到了村委会办公室。张端树想，要是没人带路，真还找不到村委会。南文都村给人的整体感觉是荒凉杂乱，死气沉沉。脏、乱、差是南文都村留给张端树的第一印象。

当天，与村"两委"班子接洽后，张端树请求村支书范明平、村主任范志良带着他和工作组的成员到村里走走，想了解一下村里的大致环境。当时，他们从村西沿着河边公路向东走去，村支书和村主任你一言我一语地介绍着村里的情况，偶尔在道上遇见村民，有的给书记、村主任点点头打个招呼，对工作组的三人要么视而不见，要么只是用眼睛的余光打量一下，眼神中充满了冷漠与隔阂。

在村东头，遇到一个中年人，这人问村主任跟着的这三人是来干什么的，村主任说是市里派来的扶贫工作组，这人冷冷地来了一句："又来了几个葫芦瓢哇！"这人说完就走了。张端树从说话人的神情中感觉到是在用当地土话骂他们，便问村主任刚才那人说"葫芦瓢"是什么意思。村主任难为情地说："没什么，没什么，他是村里有名的炮仗嘴，爱瞎说。"但张端树觉得说话人是话里有话，就刨根问底要村主任解释一下。村主任思考些许，才吞吞吐吐不情愿地说："你们不要见怪呀，农村人说话没水平，不过他不是说你们。"村支书忙打断村主任的话："不说这个，不说这个。"但张端树非要村主任说明白不行，拗不过，村主任才继续解释说："过去村里也来过工作组，但什么事没干，每天走马观花地在村里转转，给村里贫困户也送了一两次米面油，但扶贫时间一到就拍拍屁股走了，所以村里人都叫他们'葫芦瓢'。"意思是说工作组的人像我们村里人舀水用的葫芦瓢一样，漂在水上沉不了底，说白了就是说没给村里干实事。

村支书和村主任一路指指点点，在村外将整个村子大体看了一遍，于是几人返回村里。在村口一墙脚处，见有几个老人正在闲着晒太阳，村主任有些自豪地说，我们村里不富，但长寿老人多，他给工作组一行指着一个坐在小凳上的老人说："这老人家87岁了，你们看不出他这么大年龄了吧？"老人笑了笑，便问村主任去干什么，村主任随口答道："我们带石家庄市里来的扶贫工作组转转，工作组想了解村里的情况。"没想到话音未落，老人提高嗓门说："扶贫，扶贫，每年都讲扶贫，扶了这么多年，根本就看不到希望。"老人一句话顿时让气氛凝重了许多。村支书看到张端树表情有些尴尬，忙解围说："大爷，您歇着吧，我们到别处看看。"于是想带着大家走开。这时，张端树却停住了脚步，蹲下身子，亲切地对老人说："老大爷，过去扶贫没扶好，这次扶贫肯定能让您老人家看到希望啊！"后来，从村主任那里得知，老人叫范海林。这是张端树进村第一天记住的第一位村民。

那天晚上，张端树三人临时住在村委会的一间四面透风、寒气逼人的办公室里。深夜，村子静悄悄的，作为扶贫工作第一书记的他辗转难眠，脑海里像放电影一样浮现着村里脏、乱、差的画面，还有老百姓远远看着他们的陌生目光，特别是范海林老人的话仿佛还在耳边回响，让他感到后背发冷。但他想到自己对老人的承诺，他的心里又像有团火被点燃，并熊熊燃烧起来。突然，他在黑暗中拉亮了灯，从临时搭建的小床上坐起来，翟硕和牛志林见他起床，也从床上起来。张端树说："兄弟们，今天大家也看到了，村里的自然条件很差，特别是老乡们对工作组很不认可呀，我们可是带着扶贫任务来的，该怎么干呢？"翟硕和牛志林异口同声地说："您说咋干，我们就咋干，绝不含糊。"听到两位同事的话后，张端树很是感动，他情不自禁地伸出一只手，翟硕和牛志林紧接着与他的手相握在一起。这时刻，彼此在那间小屋子没有太多的言语，只有手与手之间通过脉动传达给对方以信息，那是信心、勇气与胆识。张端树对翟硕和牛志林风趣地说："三点决定一个平面，三角将构成最稳定的力学关系。桃园三结义能成立蜀中之国，我们三个人要改变一个村庄的命运，我们三结义的未来可还没有命名。"翟硕和牛志林听后，会心领首，相视一笑。一笑是一种认同，如同桃园相拜，那情景正如电视剧《三国演义》插曲所唱："这一拜，报国安邦志慷慨，建功立业展雄才；这一拜，忠肝义胆，患难相随誓不分开；这一拜，生死不改，天地日月壮我情怀。"三个人都互相明白心里想的是什么。此时表白是无力的，只有从相互的沉默中感应。

立志扶贫的决心在寒夜下定，扶贫工作也从寒冷季节开始。

敢教旧貌换新颜

> 扶贫是动词，只有行动才是最好的扶贫。
>
> ——张端树

没有调查了解就没有发言权。刚进村是两眼一抹黑，必须要了解村里情况才行。于是，张端树带着工作组的同志，挨家挨户走访，对村民的家庭情况登记建卡。虽然遇到了多次冷眼，吃了多次闭门羹，有的村民还挖苦带讥讽，但他们总是相互鼓励，迎难而上，毫不气馁，深挖"穷"根。张端树想：村民们因为对过去扶贫有成见，有怨气是必然的，他把村民的怨气当成对自己的提醒和鞭策。在走访过程中，他们看到村民对扶贫信心不足的犹疑，但看到更多的是对富裕的渴望。不到半个月，全村的基本情况工作组的同志们已了然于心了，张端树对村里半数以上的人都能叫得上姓名。

走访掌握的信息是：南文都村全村204户687人，村域面积8700亩，耕地面积仅有580亩，人均耕地0.64亩。全村贫困户64户，204人，约占全村人口的1/3。其中，低保户11户26人，五保户4户4人，贫困发生率为29.4%。

张端树与村"两委"班子开会商议，将64户贫困户划分不同类别和层次，初步制定了扶贫措施。确定了18户为重点扶贫户，主要采取政策兜底扶贫；15户为一般贫困户，主要采取信息、技术、用工上给予政策倾斜照顾脱贫；31户为有自立能力的贫困户，主要采取引进产业，通过务工、个体经商带动脱贫。

在摸排调查中，张端树通过辨析、归纳，总结了南文都村贫困的四大主要原因：

一是人多地少，耕种方式传统，农作物产量低。虽然部分村民也种植了一些花椒树，但规模较小，近几年受花椒价格下滑影响，收入微薄。

二是村民们已经习惯了自给自足的传统农耕生活，与外界接触较少，视野狭窄，将仅有的一点土地看成"保命地"，对土地有依赖心理。

三是以往多次的扶贫基本属于"输血式"扶贫，村民增收得不到长期有效的保障，往往是今年增收来年又减收，今年脱贫来年又返贫，对脱贫致富缺乏信心，导致村民对政府扶贫失去了信任。

四是村民思想相对保守落后，"等、靠、要"观念比较严重，缺少有经济头脑的人指点引导。村民宁愿守着土地受穷，也不愿意通过土地流转的方式扩大规模，形成合力，搞农业产业化经营。

通过摸底调查工作，工作组做到了民意清、村情清、农户家底清、目标任务清。之后，张端树大张旗鼓地在村里召开了"三个会议"：一是召开工作组与村"两委"班子成员思想统一会，纠正村"两委"班子成员思想认识问题；二是召开全村党员大会，统一全村党员的认识，解决党员在脱贫攻坚中如何发挥模范带头作用的问题；三是召开户主代表会，听取他们就南文都村的现状及发展的意见和建议，通过他们把广大群众对精准扶贫的认识统一到政策层面上来。在召开户主代表会议时，张端树当着村民的面拍胸脯说："我们这次一定要让南文都村改变面貌。"

通过"三会"消除了村干部、党员和村民在认识上的一些障碍，基本上统一了村里干部群众的思想认识，也让干部群众看到了扶贫工作组的决心，但村民们还是观望、怀疑的多。张端树意识到要想彻底改变村民对扶贫的认识，光有调查、开会是不行的，得先让群众看到工作组的人不是只说不做耍嘴皮子。于是，他先从改变村容村貌入手，迈开了扶贫第一步。

2016年4月中旬开始，在全村展开整治村容村貌。市工商联挤出了3万多元办公经费，企业捐助了10万元、垫付了600多万元资金，先后拆除土建厕所67座，猪圈70个，车库5个，破旧围墙600多米；完成了2000多米村街道的硬化，并铺装了仿古地砖，沿街进行了绿化，种植了各类花卉；建造了两个具有明清特色的牌楼和景观墙；铺设了供水管和排污管；修建了三座旅游厕所和300多立方米的化粪池；村里装上了100盏路灯，建成了两个共占地6000多平方米的活动广场，还安装了健身器材；对村文化活动室、戏台进行装修完善，对广场和街道进行绿化美化，村容村貌焕然一新。白天看小村整洁美观多了，晚上村里再也不黑灯瞎火，村民生活便利舒适。"我前天从石家庄回来，都找不着家啦！真没想到村子变得这么好！"面对采访，平山县南文都村村民齐三女兴奋地说。

在整治村容村貌时，张端树带着工作组与村民一起干，铲土推车，搬石砌墙，哪里脏哪里累哪里就有他们的身影出现。不拿村里一分钱，没吃村民一口饭，但把村里事当自家的事干，真的是"带着一颗心来，不带一根草走"，每天忙得"一根蜡烛两头燃"进行着生命的双向燃烧。

大手笔、大动作如平地起惊雷，前所未有，让村民真真切切地感受到扶贫的成效，村民认同感、归属感大大提升，与工作组的感情也拉近了，走在村里，村民都亲切地称张端树为张书记。

点燃脱贫梦想之火

> 做好扶贫工作，首先要思想先行，思想有多远扶贫的路才能走多远。
>
> ——张端树

习近平总书记2013年11月3日在湖南考察时强调："发展是甩掉贫困帽子的总办法，贫困地区要从实际出发，因地制宜，把种什么、养什么、从哪里增收想明白，帮助乡亲们寻找脱贫致富的好路子。"在张端树驻进村里后，经常思考习近平总书记这句话的内涵。南文都村的发展出路在哪里？通过调查、类比、辨析之后，张端树和工作组的同志们达成了共识：

扶贫的核心是产业扶贫，产业不发展，经济不活跃，贫困农村将成为死村。只管"扶"不管"富"的扶贫绝对解决不了贫困问题，反而会把群众扶进坑、带进沟、给村民添乱添堵。精准扶贫必须创新性开展，不怕失误，怕的是不改进。精准扶贫的"核心点"是"脱贫"，不能把精力困扰在程序等"手段"上，精力必须花在整户、整村怎么脱贫上。脱贫不等于致富，帮扶不等于救济，扶贫不等于包富，摘帽不等于不扶持，农业产业不等于扶贫产业。张端树认准了只有抓发展，全面脱贫才是硬道理。

凡事预则立，不预则废。为此，张端树经常利用业余时间到山前山后、河边地角转悠，构思他心中的扶贫蓝图，终于一条发展之路在他脑海中形成。

南文都村坐北朝南，山前有条小河叫文都河，文都河发源于平山县顺草沟，流经六亩元、孟家庄、唐家沟、南文都后流入滹沱河上游的岗南水库。全长38.5公里，流域面积为136平方公里，年径流量0.384亿立方米。虽是一脉细流，但长年流水潺潺，由于名不见经传，所以文都河地图上没有标注。南文都村坐落在文都河岸边，依山势而建，村前的山，形似笔架，故叫笔架山，文都河流到文都村形成了一潭深水，远看似一方古砚，得名"砚池"，笔砚两景相映成趣，形成了相得益彰的人文风景，相传先民由地理环境而得到启发，加之又希望后人有文化，便以河的名字给村庄取名南文都村，寓意文化之都。该村村民以范姓为主，据老人们口口相传，南文都范姓村民为春秋战国时期越国宰相范蠡之后，当年范蠡助越王勾践打败吴国夫差后，害怕自己功高震主反被勾践所害，因此携家眷归隐，曾隐居于南文都村躲避战火，其子孙后代遂在此世代繁衍生息，过着日出而作、日落而息的农耕生活。

南文都村人杰地灵，英烈辈出，在革命时期为我党的发展壮大和抗日救亡做出了巨大牺牲和贡献。据离休干部范润泽老先生在《南文都人民的血海深仇》一书中所述：南文都村在1932年就建立了中共地下党支部，1937年建立了农、青、妇抗日群众团体和儿童团，随后建立了村政权。村里青年踊跃参军参战，支援前线，"拥军""优抗"等工作都很出色。抗战时期，全村青壮年参军35人，参加地方各级抗日工作的干部19人。据不完全统计，抗日战争和解放战争时期，南文都村先后涌现出17位烈士，村里至今还留有徐海东将军住所和晋察冀四分区司令部旧址。

南文都村还有一个得天独厚的条件，村子离西柏坡仅3.9公里。西柏坡曾是中共中央所在地，党中央和毛主席在此指挥了震惊中外的辽沈、淮海、平津三大战役，召开了具有伟大历史意义的七届二中全会和全国土地会议，解放了全中国，故有"新中国从这里走来"的美誉，为我国革命圣地之一，是全国重点文物保护单位、国家5A级旅游景区。

南文都村村东，正在建设一条通向驼梁风景区的快速路。驼梁位于平山县西北部冀晋两省交界处，南与西柏坡毗邻，东与灵寿县的五岳寨国家森林公园相连，北与阜平县境内北方最大的瀑布群接壤，西与国内四大佛教名山之一的五台山相望。

有一天，张端树拿出一张纸，在纸上写下了笔架山——砚池——范蠡——烈士——徐海东——司令部——西柏坡——驼梁这些词。这些词串起来，张端树仿佛看到了一条钻石项链一样，这些词就像颗颗钻石在他眼里闪烁着夺目的光彩。

张端树从南文都村的山水人文和相邻的旅游景区中发现了旅游资源的价值，也理出了开发式扶贫头绪。他果断决定要在南文都村搞生态农业旅游项目，让南文都村搭上旅游快车。

南文都村的优势在哪里？守着青山绿水，有人文底蕴，地处红色旅游线上。工商联的优势在哪里？是党和政府联系民营企业的桥梁，是全市民营企业的"娘家"。这两种优势叠加，精准对接，才能产生聚合反应，实现倍增效应。张端树意识到这道理光自己懂了不行，村民们未必明白，必须要给村民讲清楚。

习近平总书记说："治贫先治愚，扶贫先扶智。"于是张端树采取"请进来"的措施，巧借外力，引入新思维、新观念。先后组织市内30家商会和企业的100多位企业老总到村考察，与村干部、村民代表座谈交流，让他们用企业家的思维引导和启发村民。同时还"走出去"，组织村干部、村民代表外出参观学习，开拓村民视野，更新致富观念；先后参观了"定州黄家葡萄庄园""德胜集团""平山葫芦峪生态基地""泓润庄园""拦道石漂流""邯郸馆陶美丽乡村"等项目。通过请进来、走出去的措施，不仅论证了张端树发展生态旅游理念的正确性，也使村民解放了思想，从观念更新上迈出了一大步。

"当时根本不相信他们会住下来，更不相信他们会为村民脱贫致富来回奔波。"谈到第一次见到张端树时的感受，南文都村党支部书记范明平笑了起来，"当时自己在心里犯嘀咕：整那么大阵仗干啥，好像真来干事儿似的，到最后肯定也是给个几万块钱，然后拍拍屁股走人。"

张端树则想："干部群众不理解，我们就一而再、再而三地解释；干部群众不相信，我们就用行动打消他们的疑虑。只要带着感情真做，老乡们肯定会支持我们的。"他正是带着这样的执念，一步一步往前推进各项工作。

从能量范畴而言，精神是精、气、神的总称，是生命体表现出来的一种状态，有精神在，请企业家进村考察，组织村民外出学习，工作组的同志们整天忙得脚不落地。老百姓心里有杆秤，工作组的一言一行，他们都会在心里画钩打叉掂分量。村民们看到工作组进村后不花百姓一分钱，民营企业家来考察时，中午一碗茄丁面的钱也从工作组生活补贴里出；打造农业生态观光园，原本打算半年出规划，工作组和投资企业、河北农业大学专家、村党支部加班加点，用了一个月就制订出来了……工作组用百分之百的干劲儿，用具体行为感化打动了全村百姓，彻底点燃了南文都村村民脱贫致富的梦想之火。

调动群众的力量

扶贫离不开群众，离开群众，就像落地的树叶没了根脉。

——张端树

社会历史首先是物质生产发展的历史，是人民群众创造的历史。张端树坚定不移地走群众路线，相信人民群众的力量。他说："扶贫离不开群众，离开群众，就像落地的树叶没了根脉。"如何才能发挥群众的力量呢？首先张端树从改变自己的身份做起，把村里群众当成"家人"，把群众的困难当作"家事"，把扶贫工作当成"家业"。从"张主席"变成"张书记"，从"局外人"变成"局内人"，从"城里人"变成"村里人"。学着说村民说的"土话"，跟着村民的生活节奏吃住和劳动，拉近了与群众的距离，村民们说："张书记能和我们一起爬山钻林，不摆架子，不擦凳子，有啥说啥，是个实在人，像个农村干部的样子，是个来做实事的人。"

在改造村容村貌时，开工第一天工作组的翟硕手上打起血泡，村支书看到后，认为工作组的同志都是细皮嫩肉的城里人，要干这么重的体力活，怕伤了他们的手，于是去买了三双手套让他们戴，却被拒绝了。张端树说："我们虽然生活在省城，但我的祖辈、父母都是农民，我也是出生在农村，从小在农村长大的，我现在就是咱文都村的人，你们劳动都不戴手套，我们搞特殊戴手套干活儿会被村里人看不起。再说手套用不了几天就坏了，手上的肉磨破了也就是去了一层皮，再说肉是能再生的，怕啥？"在场的群众听了心里暖融融，有人说："真没想到省城来的干部不仅能在我们村里住下来，还与我们一起干这么脏这么累的体力活儿，没有丁点儿娇贵气，我们为自己干还有啥可说的呢？"

那段时间，张端树带着工作组的同志起早贪黑拆猪圈，挖残墙，运垃圾，搬石头，整天灰头土脸，忙一天澡也洗不成，只能热一盆水简单擦擦身子。有时大家忙活一天累得都够呛，不想做饭了，大家就烧壶开水泡方便面，有时甚至啃冷馒头，简单对付。

有村民看到后，心疼地说："这样下去会把身体搞垮的。"张端树总是笑笑说："没事，南文都的水好，空气好，养人，再加上劳动锻炼，身体只会越来越好。"

在工作组的带领下，村"两委"班子成员的思想也悄然发生了变化。刚进村时，村"两委"班子成员对工作组不信任，存在质疑观望、对精准脱贫热情不高的情况。为了改变这一现状，张端树利用各种机会与村"两委"班子成员和党员代表谈心交流，宣传和解读上级关于驻村精准脱贫工作的指示和要求，引导村干部、党员和广大群众支持并积极投身脱贫攻坚。村干部看到张端树带着工作组的同志们与村民同吃同住同劳动后，脱贫的热情被激发出来了，也不再打自私自利的小算盘。

　　修公路时，村会计家的车库正好挡在了道中间，如果不拆除，就得绕着修，既不好施工，又影响美观。通过张端树和村支书、村主任轮番到会计家做工作，会计工作做通了，可媳妇说什么也不让拆。僵持了几天，无奈之下准备绕着车库修路时，会计突然对张端树说："张书记把我家的车库拆了吧。"面对村会计一百八十度大转弯，张端树半开玩笑说："你不怕媳妇骂你吗？"会计不好意思地说："媳妇同意的，怕耽误了工期，对不起工作组和全村村民哪！"

　　原来，会计回到家里给媳妇讲了工作组的同志不拿村里工资，却拼了命一样为村里忙活，媳妇开始不信，说天下哪有这么傻的人。他叫媳妇偷偷到工地上去看看，果不其然，她看到工作组的人一身尘土忙忙碌碌的样子，与村民根本没有区别。会计媳妇既内疚又感动，于是同意拆除自家车库。

　　提到南文都村的"两委"班子成员，张端树打开了话匣子，他说："扶贫工作要是没有村"两委"班子，什么事也干不成。南文都村的"两委"班子成员都是50多岁的人，论年龄都比我们工作组的大，凭体力没有我们工作组的好，但是他们在治理村容、村貌时，干活就像年轻人一样，不怕苦不怕累，大冬天都累得满头大汗，晚上还要与我们工作组一起开会，经常忙到深夜，全心全意为了村民脱贫。"采访村支书范明平时，他感慨地说："工作组的同志们那么辛苦，我们坐不住哇，他们为了谁？在村里没有一分地，没有一间房，没拿一分钱。而南文都是我们的，我们是村里的主人，还是村干部，老百姓脱贫责任在我们哪。"村支委老范因为自己儿子和儿媳都在外地打工，将脑瘫小孙女留在家里让老两口看管。在修村里公路时，因为4月初山里晚上会结冰上冻，混凝土浇筑要抢在中午之前，他便动员媳妇一起出义工，将孩子留在家又不放心，他只好将孙女背着干活。村民看到此情此景无不称赞。

村里公路刚修好转眼已是夏天了,兴建荷花池塘的工作又紧锣密鼓地上马。可村里壮劳力大都外出打工去了,留在村里的都是些老年人、妇女和半大孩子,就是这些老人和妇女主动跑到工地上请求工作组和村干部安排活儿。女人们送混凝土,男人们搬石砌墙,连村里孩子们放了学也到工地做些力所能及的事。男男女女、老老少少,大家争先恐后,干劲十足,劳动的场面热火朝天。烈日下,男人们光着膀子,累得汗珠摔八瓣,却没有一个人叫苦叫累。

最初工作组要求村民出义工,大家都躲躲闪闪,找各种理由搪塞推诿,生怕多干了吃亏,多干一天,就要求发工资才行,跟工作组斤斤计较。后来,只要工作组通知出义工,村民们都踊跃报名参加,有时工作受场地限制,用不了那么多人,村民就要求半天半天轮着干,怕自己落后了让人笑话。

"如今,我们工作组已经由'服务村民、发动村民'向'带动村民、依靠村民'转变。村民们也由一开始的'我们干他们看'到'我们干他们跟着干'再到'他们主动干'。"工作组成员牛志林说。

据统计,在两年的扶贫时间里,南文都村出义工达五千多人次。

引进项目造血扶贫

> 产业扶贫要慎而又慎,不能盲目上马,否则会拖垮了企业,搞乱了农业。
>
> ——张端树

"仰而思之,夜以继日;幸而得之,坐以待旦。"人是需要一点儿精神的,或灌注、或激发、或渐生、或顿悟……张端树作为一名共产党员、扶贫村"第一书记"承担着扶贫使命,整日同扶贫事业相伴,生命之河便一改往日的沉重和抑郁,激越如江河流水,呼啸着奔腾向前。崇高的目标,不断焕发出心灵的活力。面对一个新项目,张端树自我加压,全身心地投入进去，他有一种给个支点就要撬动地球的决心。

绿水青山就是金山银山。张端树对习近平总书记的"两山"理论格外亲切，他念念不忘。经过深入调研，工作组与村"两委"干部最终敲定以引进企业投资，通过整合土地、山林等资源，借势西柏坡红色旅游景区，打造文都河农业生态观光园项目，形成以种、养、休、游、娱为特色的现代综合性农业体，让产业扶贫带动群众脱贫致富。

搞产业扶贫，如剥茧抽丝，每一步都得走好才行。土地流转是产业扶贫关键第一步，是一件难事。当时村民，甚至是村干部都担心，土地流转了，结果项目没搞成，土地却废了，怎么办？面对一些村民的疑虑，工作组连续召开七次村"两委"会和两次党员大会，阐述发展思路，协商流转价格和合同条款。首先动员村干部带头土地流转，其次是党员带头土地流转，最后才是村民。工作组和村"两委"班子成员以"蚂蚁啃骨头"的精神挨家挨户做村民工作，打消村民疑虑。在村民代表大会上，六十多名村民代表一致通过发展产业项目，同意土地流转。

当然，张端树更清楚，不是什么农业产业都是扶贫产业。采访时，张端树说："给村里选开发企业就像给自己家女儿挑婆家一样难，把整个村这么大的脱贫任务托付给企业必须慎之又慎。如果选不好投资企业，项目搞成一个烂摊子，农民土地被破坏荒芜，脱贫就泡汤了，连生存的基础都没了，村民的想法和忧虑不无道理。"为确保产业发展，选好企业成了扶贫工作组和村"两委"干部认识上的最大公约数。为了选好"婆家"，工作组通过工商联网站、微信群等媒介，向全市民营企业家、商会组织、直属会员企业发送《民企助推精准脱贫倡议书》。

扶贫者，人恒爱之；济困者，行善积德。扶贫济困、关注民生，是广大民营企业和非公有制经济人士的社会责任。涓流共汇，足以涌成江河；绵力齐聚，定能众志成城。工作组坚信只要大家携起手来，万众一心，一定能够完成党和人民交给的历史重任。倡议书发出后，企业家们纷纷向南文都村伸出了援助之手，张端树每天要接二三十个咨询电话。

他们通过广撒"英雄帖"，采取"广撒网、精挑选"的方式进行企业

"海选",邀约企业前来参观考察、投资兴业,先后有一百家企业参与了村里脱贫项目考察。"那段时间特别忙,每天都有人过来看,有时候一天就有好几拨人。"回忆起当时的辛苦,村支书范明平感慨良多:"不管天寒地冻,也不管刮风下雨,只要有人来,张书记都陪着去转。无论多难,他们从没向村里提过一点儿要求,要过一分钱。"经过一个多月的考察和专家评估,最终根据企业实力、社会责任感等综合评价,确定河北柏胜农业开发有限公司注资南文都村,主导建设文都河农业生态观光园项目。

2016年4月6日签协议,4月12日签合同,为争取项目尽快落地,工作组、村里"两委"班子与项目方工作人员一道加班加点完善规划,马不停蹄地积极协调各部门办手续、走程序,仅用20余天便完成项目启动前的各项工作。

4月20日,平山县下槐镇南文都村村边河滩地的上空,巨型彩球随风轻舞,高扬起南文都村人脱贫致富的希望。河北柏胜农业开发有限公司投资南文都村农业生态观光园项目在这里签约。项目签约为全村219户村民吃下了定心丸,也开启了项目扶贫的幸福之门。

农业生态观光园项目园区规划占地5300亩,总投资11.78亿元,共分三期建成。建成后,可解决当地富余劳动力就业300余人。可整理土地、绿化荒山3000亩以上,治理河道148亩,改良河谷土地110亩,建设鱼塘50亩,年创造利税6000余万元。6月,该项目分别在"河北省'千企帮千村'精准扶贫启动仪式暨河北省国际经济贸易洽谈会——石家庄市合作项目"签约仪式上作为重点结对帮扶项目正式签约。接着园区项目的启动实施,开创了村企合作扶贫的新模式,使得南文都村精准扶贫进入了一个新里程。

截至2019年,园区建设已完成投资4800余万元,面积3000平方米的生态餐厅主体已完工,投放鱼苗的水源治理达50余亩,加固堤坝1800多米,移栽各类树苗1600余株,大树50余棵,栽植苹果树370亩近18500株、樱桃20余亩近1000株,葡萄园300余亩;硬化园区广场3000平方米,修建桥梁一座、园区道路1600米以及酒窖一座,治理河道2000多米。租赁村民房屋修缮装饰开办农家乐2处,初步形成了"种、养、休、游、娱"一条龙生态旅游产业,初具营业条件。农业生态观光项目全部完工后,将带动文都河流域3个村庄1500多人致富。

在生态观光园的葡萄育苗基地,我们见到了正在忙碌的村民范圈桃,这位46岁的农家妇女聊起发生在自己身上的新变化,高兴得合不拢嘴。"以前要翻一道山,去岭那边的苹果园打零工,每天耗时两个小时不说,打工时间还不固定,每月就挣那么几天的钱。"范圈桃说,在文都河农业生态观光园项目启动之前,除了打零工,她大部分时间都围着自家的一亩七分地转。"风调雨顺的年景,一年能挣个1000块钱,遇到刮大风下大雨,一年的收成就都泡汤了。"

工作组的到来,让范圈桃的生活完全变了样。"企业进来了,土地流转了出去,每年租金收入1500多元;在园区打工,每月工资1800多元;全家5000元扶贫资金入股园区,每年还能从企业拿到10%的分红……现在,俺作为园区的预备骨干,进行了为期一年的培训。接下来,俺就要成为技术员工,管理咱们园区的葡萄园啦。"说起眼前的好日子、讲到未来的好光景,范圈桃脸上乐开了花。

采访得知,范圈桃有一儿一女,儿子在中国矿业大学读研究生;女儿是浙江农林大学大二学生,家里因学致贫,工作组特意优先安排她去园区打工的。因为她家中公婆年老卧床不起,一方面是为了方便她照顾公婆,另一方面也好让丈夫放心在外地打工,2016年年底她家实现脱贫。

农业生态园项目上马后,通过土地流转解放劳动力,村民在产业园区就业,获得工资报酬。项目建设支付村民工资100余万元。引导贫困户以扶贫资金入股园区建设,企业以10%分红回报。下槐镇贫困户入股资金176.1万元,其中南文都村贫困户入股33.4万元,累计发放分红226.96万元,432户1176人受益。

生态园建设中,南文都村民就获得了实实在在的利益。张端树介绍说:"更大的利好还在后面,生态园建成后,按协议约定园区门票收入的30%归村所有。取得收益后,企业每年拿出不少于5%的收益,用于支持村里养老、医疗、文化等公益事业建设。同时,采取'公司+合作社+农户'的模式,进行有机蔬菜种植和生态养殖。农户出土地、合作社负责日常管理，企业出资建设、回收，收益按比例分红，其中贫困户的分红标准高于一般户10%。"

68岁的村民范金林和乡亲们聚在一块儿算了一笔账，一亩土地流转费900元，还能在家门口就业多挣一份钱，好日子就在眼前。工作组帮助村里成立合作社，采取"公司＋合作社＋贫困户"的模式，2017年，64户贫困户已收到红利两万多元。范金林说："真是越算越合适。"

不得不说的故事

同心同德的人互相交流，就好比闻到兰花的香气。

——张端树

前面讲到的河北柏胜农业开发有限公司，张端树每每提到村里扶贫的事总会提及这家公司总经理张宁。

其实，在河北柏胜农业开发有限公司注资南文都村之前，张端树只是知道该公司的掌门人是石家庄市内蒙古赤峰商会的会长。开会的时候张端树仅是与张宁打过照面而已，两人并不太熟悉。一天下午，张端树接了张宁打来的电话，电话里张宁说看过倡议书后，有意投资南文都村扶贫。张端树听后感觉如久旱逢甘霖，喜上眉梢，立即从村里驱车回市里与张宁面谈。

张端树第一次走进了张宁办公室。他见张宁办公室非常简朴，没有奢华装饰，看上去与一般老板的铺排讲究大相径庭，这颠覆了张端树对企业家的常识印象。张宁办公室东墙是一墙书籍，使张端树想到他的博学多才。他本人看上去浑身书卷气，一双眼睛深邃、冷峻，但炯炯有神，透露出企业家的精明，举手投足极其利落干练，显示出他果断与刚毅的性格。给张端树沏好茶后相对而坐，张宁的脸上始终挂着真诚的笑容，专注地望着对方，那么和蔼而有礼节。

这时，张端树注意到张宁的办公桌上摆了尊观音塑像，便好奇地问：“张总别的生意人都喜欢把'财神爷'请到办公室，但你请的是'观音'，这是什么寓意？”"它能随时提醒我，作为搞企业的人必须对社会有所担当。'企业家则要担负社会责任'，这句话让我深信不疑。"张宁回答道。

张端树继续问道："那你为什么想选择南文都村投资呢？"张宁深情地说："我从小出生在内蒙古农村，并在农村长大，深知农民的艰难，现在事业小有所成，也想帮助农村扶贫。老实说，农村是我们每个人的根，我们没有理由不热爱农村，有能力了当然要去建设和改变农村。"

张宁说起话来，条理清楚，实实在在，使人感到很亲切，没有丝毫疏离感。顿时，张端树对张宁刮目相看，也明白了他愿为农村扶贫投资的想法不是一时冲动。接过张宁的话，张端树坦诚地告诉张宁自己也出生在四川农村，从小就吃苦，看到农村老百姓生活困难心里难受。这些年在市工商联工作接触企业家多，而接触农村的事少，这次作为扶贫工作组组长看到扶贫村里的贫困现实很揪心，才感受到中央开展精准扶贫的重要意义。作为党员，他感到这是自己的职责所系，抱定了必须完成扶贫任务的决心。

就这样，你一言我一语地谈了3个多小时，张端树有种俞伯牙遇到钟子期的感觉，两人话语投机，志向相同。通过聊天，张端树看到张宁革图易虑、胸有甲兵决心投资农业的壮志，张宁却看到了张端树杜鹃啼血、春蚕吐丝一心抱定扶贫的宏愿，两人的理想找到了交汇点，碰撞迸发出一团炽烈的火花，最终形成了"致富思源、富而思进、扶危济困、共同富裕、义利兼顾、德行并重、发展企业、回馈社会"的共识。

3月18日，两个志同道合的人一同踏上了去南文都村的路。到了村里，张端树以主人自居，自己下厨做饭热情招待张宁，并带着张宁看了南文都村的山山水水。智者乐水，仁者爱山。南文都村有笔架山有文都河，山水二者皆有，这更加唤醒了张宁的乡土意识。当他看到村里农民兄弟生活还不富裕时，让他顿感脚下泥土的不安与热烈，悲天悯人的情怀油然而生。

张宁感叹道："天上人间，南文都在中间。"

美，是人类的共同意识，可以征服世界。自然美是人类创造现代文明社会过程中很难实现的一种境界。习近平总书记说："绿水青山，就是金山银山。"通过自然美实现经济、社会和人的全面发展，这符合中国自身发展的理念。在南文都村逗留两天，张宁从不了解到深深地喜欢上她，对她有了一份不舍的眷恋……

1996年，张宁成立了金汇岩土工程公司，经过20多年的诚信经营，在地质工程施工行业获得较高知名度，市场不断扩大。但从2014年以后，随着建筑、施工业务的减少，公司市场不断萎缩。"一方面感受到市场的压力，一方面员工还要生存发展，我觉得公司到了转型的时候了，但一直没有看准到底转型后做什么。"张宁回忆。

正当他苦苦寻求企业转型路时，正好得知石家庄市工商联发起了扶贫倡议，这使他在迷茫中找到了出口、看到了希望。于是他才主动联系了张端树。

张宁第二次进村进行项目考察时，他在村里住了一星期。张宁踏遍了南文都村的每一寸土地，他以地质工程公司老总的眼光仔细审视着南文都村的地质地貌，以企业家独具的战略思维分析南文都村的水文、历史、人文和旅游等要素。回忆起过去，张宁说："我觉得南文都村与西柏坡景区仅一山之隔，又地处旅游的钻石线路上，环境质量又好，发展现代农业、乡村旅游业肯定有潜力。精准扶贫是国家号召，发展旅游产业省里有政策，这里有山有水有景色，不正是我应该做的事业吗？"

正在张宁考察南文都村时，央视新闻里播出了一组数字吸引了他的眼球：2016年，中国休闲农业和乡村旅游接待游客近21亿人次，营业收入超过5700亿元。5700亿元是个什么概念，张宁按当时黄金价格粗略换算了一下，可买200万公斤黄金。张宁想，恐怕世界上所有在金库工作的人都没见过，200万公斤黄金放在眼前，肯定是一座让人心跳突然加速的大金山哪！

张宁以企业家捕捉市场的敏锐眼光，为自己投资南文都村确定了三大理由：

其一，自己企业需要转型，这次是绝佳的时间窗口期；

其二，自己有强烈的热爱"三农"回报社会的担当雄心；

其三，南文都村近临西柏坡，有天然的红色基因，同时南文都有山有水，有天然的绿色基因，"红色＋绿色"，这是自然天成的绝配。

正是这三大理由一直支持着张宁到现在。

作为民营企业家，张宁的视野是宽广的，认识有广度、有深度。他说："我国既是农业大国，又是人口大国，发展观光农业旅游前景广阔。一方面我们依靠几千年来所创立的农业文明与现代技术用于农业，用不到世界10%的耕地养育了世界22%的人口，从而为我们发展观光农业提供了实践基础；另一方面，随着城市化进程的加快，城市生活节奏也在不断加快，双休日及节假日的加长，使旅游者的观念在不断更新，他们已不仅仅局限于对自然遗迹和人类文化遗迹的旅游，而是开始向往着大多傍依在各城郊周围具有休闲娱乐参与性的观光农业旅游；再者，观光农业园区给旅游者创造了观光的条件，它的经济效益并不像其他旅游景观一样完全依赖旅游收入，主要还是依赖于以高科技为主的各类优质高效农业。因此，观光农业旅游的生命力强，发展潜力大。"

农村扶贫，从综合经济学角度观察，实质是一个能否有足够的资本或资金作为先决条件，实现土地性能和劳动力价值转化的问题。多方寻找探索，在南文都村的土地上，张宁确定了企业未来的发展方向，村企双方很快商定：共同打造一个以生态开发为宗旨，集科研、种植、养殖、康养、休闲、度假为一体的绿色生态园——文都河农业生态观光园。园区规划占地5300亩，划分为种植、养殖、康养、体验、采摘等8个示范区，项目总投资11.78亿元。

经过紧张筹备，2016年4月20日项目启动仪式后，公司人马迅速进驻南文都村。

根据南文都村的土地条件，柏胜公司创新方法，采取企业出资金、出技术，南文都村成立合作社出土地、出人力，股份制合作、企业化运营、标准化管理、收益按比例分红的方式，发展绿色高效现代农业。村民们看到美好前景，纷纷加入到合作社中，参与土地流转。

进村后，张宁连续几个月驻在村里，与张端树和村"两委"班子以心交人，以情动人，共同商议项目的实施。为把南文都村建设成美丽乡村，柏胜公司自筹资金600余万元，按照美丽乡村的标准，邀请中国乡村建设研究院专家对村容、村貌进行整体规划；将农家乐规划建设与园区整体规划发展结合起来，力争建成特色突出、环境优美、区划合理、功能齐全、宜居宜养宜游的美丽新农村，形成企业、村集体、村民共获益、共发展的格局。一年时间，柏胜公司让南文都村彻底改变了模样。

现在，走进村里，可以看到村民在广场上休闲、健身、娱乐，儿童在健身器材处嬉闹，人们脸上洋溢着喜悦的笑容。

"河北梆子马上就要开场了，咱们赶紧去戏台那儿。"2017年5月9日，南文都村沸腾了，这里人山人海，欢呼雀跃，因为戏剧演出即将开始，这也是张宁送给乡亲们的文化大餐。

南文都村请戏剧演出团队唱大戏，在以往是想都不敢想的事儿。借着村里办庙会的机会，市工商联驻村工作组和村"两委"班子及相关企业特意邀请了戏剧演出团队，从国粹京剧到河北梆子，从传统戏剧到现代歌剧，在村里新建的戏台上连续演出了六天。

"现在村里道路硬化了，文化广场也建起来了，大家伙儿有了娱乐的地方，日子越过越开心！"村民范海明说，虽然以前村里也有庙会，但由于村里贫困，从来没唱过戏。但这次庙会可不一样，三里五乡都聚到了他们村，真是让乡亲们扬眉吐气了一把。

党支部书记范明平说，此次演出不仅丰富了广大村民的业余文化生活，还激发了大家伙儿脱贫致富的积极性。这都是驻村工作组的功劳。工作组来后，带着村"两委"班子改善村容村貌，建设打造美丽乡村，还引来企业，和村里联合建起了现代农业园区，发展起了生态旅游观光产业，村民收入增加了，大家对未来的生活也更有盼头了。

张宁抱定的人生哲学是朱熹的那句话："命为志存。"以产业报国为己任是他的人生抱负。他认为企业做大到了一定的程度，企业家就必须除了关心自己的业务，关心自己的员工以外，还应关心政治、关心经济、关心社会、关心国家发展的事，才能更好地担当起自己的社会责任。

南文都村的变化，使张宁的社会担当精神在这里得到了实践和体现。2017年10月，中华全国工商联合会、国务院扶贫开发领导小组、中国光彩事业促进会、中国农业发展银行联合授予河北柏胜家业开发公司"全国'万企帮万村'精准扶贫行动先进民营企业"奖牌和证书。

这是对一个企业的褒奖，这更是对一个企业家扶贫担当精神的褒奖。

村企联姻，携手扶贫

> 梦想是阶段性的，也是连续性的，继续向前，不要停止前进的脚步。
>
> ——张端树

"天行健，君子以自强不息。"文都村农业生态观光园项目落地以后，张端树又想方设法搭建村企合作平台，创新脱贫模式。以村土地、林场、劳动力为资本，入股园区建设，开拓出一条村企共建、共谋共赢的路子，让大家有奔头，让村民真正得到实惠。

他围绕"工作引导、市场运作、群众主体、企业带动"的扶贫产业模式，着力提高扶贫与市场的关联度，从战略制定、要素提升、健全机制等方面进行产业扶贫模式的创新。

2017年初，为进一步美化村庄环境，提升南文都村整体形象，促进农家乐产业发展，培育新的致富增长点，张端树带领村"两委"班子充分利用村南低洼地带毗邻文都河、水源充足的优势，采取企业出资入股、村企合作开发的模式，计划改造修建一个荷花池塘，用于种植荷花与养殖甲鱼、泥鳅，为村民创收；同时，与文都河农业生态观光园整体上形成生态旅游观光的景观带。

为此，张端树再次发动石家庄市多个商会和会员企业积极参与该项目开发，共筹集资金65万元，其中石家庄以岭药业20万元，河北365网络科技集团10万元，仁爱养老服务集团10万元，石家庄市江苏商会10万元，台州商会5万元，温岭商会5万元，临海商会5万元。项目由南文都村负责提供土地和基本规划，企业负责筹集建设资金和生产经营资金的投入，双方各占股40%和60%。经换算，石家庄以岭药业占股9.94%，河北365网络科技集团占股4.97%，仁爱养老服务集团占股4.97%，石家庄市江苏商会占股4.97%，台州商会、温岭商会、临海商会各占股2.49%。通过公平协商，开发合同很快签订。

2017年4月26日荷花池塘开工建设，卡车、铲车、钩机等机械开进了施工现场，这里没有开工仪式，只有机械发动机的轰鸣声响彻云霄，在太行山间、文都河边久久回荡。清理垃圾废物、回填养殖土、建造围堰、加固堤坝、修建观景亭、安装监控照明各项工作有条不紊地推进。共清理积存垃圾废物和开挖土石方2万余立方米，兴建围堰、加固堤坝总长990米。9月30日，建成了三个总面积约22亩的荷花池塘景观带。

后期投放甲鱼、鲤鱼、泥鳅等鱼苗近6000斤，安装了视频监控系统，加装了围堰护栏，设计建造了凉亭景观、栽植了荷花。初步计算，仅种植和养殖每年可得利润90余万元。在产生经济效益的同时，通过开设垂钓、划船、采藕等休闲项目，开办农家乐、特色农产品商店等消费项目，打造集生态旅游、绿色养殖、休闲娱乐于一体的综合产业项目，与南文都秀美乡村景色、生态观光园景区相辅相成，今后将与革命圣地西柏坡、驼梁景区连成游线，必将吸引大批游客驻足观光、旅游休闲。

春暖花开时，三个荷花池塘，水波荡漾，像三颗璀璨的明珠镶嵌在南文都村。站在池塘中的观景亭处，环顾碧波，放眼远山，有种"凭栏远眺玉生烟，湖光山色映百园"之情。南文都村不仅有山水风光的画意，又多了几分都市生活气息。

看到村里的变化，村民范海明决定结束在外面漂泊打工的日子，他说："村里一天一个新变化，这里春天能吸引游客，在家门口就能就业，工作组真是好样的！"

以企业为主、合作社参与协作的运营模式，发展现代农业旅游园区、荷花池景观等项目，让南文都村实现村、民、企三方共赢，让曾经脏乱差的小山村变成了鱼肥水美、花果飘香的美丽乡村。

南文都村通过扶贫蝶变，实现华丽转身，也许外面的人感受不到，但村里人能感受到。

有个网名叫"华二仔"的人在自己的博文里写道：

我的家乡在石家庄平山县南文都村，那是一个闭塞的小山村，从去年开始，工商联来这里扶贫开发，我的小村变了，变得不像是我小时候的样子，我看着村里的巨大变化，很是欣喜。常年在外，回家次数越来越少，那些破的、旧的地方变了样，只存在我的记忆里，可是我的童年在这里，我想记下它们来，趁着我还记得。也许，有一天，我也会忘记，这是我们村之前的公路：光秃秃的，没有大家见过的那么宽，基本上可以说是城市街道的一个单向路那么宽。而现在，它变得宽广，犹如林荫大道。

村子里面有一条主街道，我们叫作后街，现在全铺上了仿古砖，我竟然是这次过年回家才发现，这条后街贯穿了我们整个村，真是一个神奇的发现。

村子变了样，我想要把她记下来，用我的力量去回忆她。

想到村子里的每一处变化，我都想要哭，那些记忆仿佛在昨天，却又似乎已经远去……

我的村庄将来会变得更美丽，我憧憬着美好未来……

为扶贫再次上路

面对村里扶贫工作，我多想能像千手观音一样多长几只手，多做一些事。

——张端树

工作组在帮助南文都村造血扶贫的同时，巧借外力，帮助村民解决实际困难。先后组织石家庄宜宾商会、南安商会等与村里的贫困户结成帮扶对子，解决了12户贫困户子女小学到大学的全部学费，为村里刚毕业的大学生提供就业岗位，对五保户和负担较重的贫困户提供捐助。

工作组多次组织民企开展"送温暖"等活动，看望慰问贫困户。2016年，工作组引导企业、商会累计到村捐款捐物20多万元；2017年"7·19"洪灾期间，多次引导民企参与平山县北冶、合河口、蛟潭庄、土楼村等地的抗洪救灾及物资援助，受到当地干部群众的肯定和赞誉；积极与36524、汉迪等电商平台协商洽谈，借助现有渠道，帮助村民销售土鸡蛋、粉条等土特产。同时，引进了"好乡亲365"电商服务站，极大地方便了村民的日常生活。

2017年8月18日下午，时任全国政协副主席、全国工商联主席王钦敏一行来到南文都村调研产业扶贫和"千企帮千村"活动开展情况。

王钦敏一行参观了南文都村扶贫成果展示，了解了"旗帜电商365"党建工程进老区和南文都村"好乡亲365"农旅基地开展情况，实地察看了荷花池塘项目和文都河生态农业观光园项目建设情况，对石家庄市"千企帮千村"和精准扶贫工作提出了明确要求。

王钦敏一行察看了南文都村"旗帜电商365"工程三大阵地——新农民讲习所、文化宣传广场和"好乡亲365"电商服务平台，听取了河北365集团董事长于树忠关于电商平台与基层党建融合发展、创新发展的汇报。王钦敏十分赞赏基层党建运用"互联网＋"模式、拓展党建工作功能的做法，特别提出：（1）电商跟基层党建结合是个不错的形式，要利用好电商企业的优势，送文化下乡，送科技下乡。要利用电商加强基层支部及非公党建的凝聚力，发挥支部的堡垒作用。（2）电商的发展很快，现在物流可以用无人机送货，无人机能驮三四十斤重东西，效率很高。（3）电商的工业品下乡，解决了农村市场的假冒伪劣问题，贡献很大。（4）电商可以收购农产品在网上卖出去，比如南文都村的葡萄、核桃等等，可以带动脱贫。

张端树和驻村工作组成员无论是天寒地冻还是盛夏酷暑,始终以村为家,激情工作,他们真扶贫、扶真贫,不搞扶贫"盆景",不搞花架子,而是开创性地引进项目,以"绣花"的精神真抓实干。2017年,南文都村人均增收3500元,贫困户人均增收3000元,村集体年增收6万余元,顺利完成整村脱贫出列任务。

几次采访,看到张端树忙得不可开交。笔者想,作为个体生命,张端树也是一个有血有肉的人,理应有常人的生活,然而,迫于工作之重,每日张端树总是处在高度紧张的工作状态。在村里采访时,不管是村"两委"班子,还是村民、张宁公司的员工,谈起张端树无不为他的领导才能和扶贫工作赞叹不已。

"如果没有一颗炽热的爱心,你的话就不可能温暖人;如果你没有真诚的爱心,你的笑容就不可能自然而长久……"这是张端树对扶贫工作的感受。

业高为模,身正是范。在张端树的带领下,工作组、村"两委"班子、村民、张宁公司职工,都表示愿追随张端树在扶贫中大干一场。在村里只要张端树一号召,大家奋袂而起,如水赴壑,雷厉风行。张端树说:"人这一生总要干几件有意义的事,扶贫工作虽然苦点儿累点儿,但只要干出名堂来,让人民群众满意,我觉得就最有意义。"平朴的话语中,闪烁着一个共产党人何等崇高的思想和情怀!

张端树的扶贫热情也感染了石家庄市的全体干部,25名机关干部"一对一"帮扶南文都村63户贫困户,由单位领导带领全体机关干部每月开展"走亲"活动,围绕不同主题开展入户走访、政策宣讲、慰问谈心、帮扶成效回访等亲民活动,三年来单位帮扶责任人共入户走访600余人次,充分发挥了精准扶贫助手作用。

正是由于扶贫工作组的辛勤付出,石家庄市干部的积极参与,南文都村脱贫工作才取得了如此骄人的成绩,同时得到了各级领导的认可和赞誉。

南文都村扶贫工作组被省委组织部评为"全省精准脱贫先进驻村工作队",组长张端树被评为"全省优秀驻村第一书记",被授予"全省脱贫工作先进工作者"荣誉称号，并被人力资源和社会保障部、全国工商联合会评为全国"扶贫'十佳'先进个人"，组员都被评为"全省优秀驻村工作者"；获得"2018年河北省脱贫攻坚奉献奖"。

2019年6月，张端树被中组部、中宣部授予第九届全国"人民满意公务员"，受到习近平、李克强等国家领导人的接见。

工作组的事迹先后被中央电视台、《农民日报》、《河北日报》、河北广播电视台、新浪网、河北新闻网、《石家庄日报》等多家媒体报道。

张端树和工作组的同志们坚定"以人民为中心"的扶贫信念，坚持因人因地施策、因贫困原因施策、因贫困类型施策，让南文都村老百姓情愿、主动、自信、坚定地走上了脱贫致富的道路，实现了南文都村全村整体脱贫。这让我们看到了"精准扶贫"改变了生活质量，凝聚了人民与党同心前行的巨大力量，让我们看到了一个共产党员艰苦奋斗的担当精神。

2017年11月，南文都村的村民们听说张端树这个工作组扶贫时间将到期，搞得村民们忧心忡忡，村"两委"班子、党员和村民代表联名写信给市委组织部请求将工作组留下，要求张端树继续担任扶贫村第一书记。

"咬定青山不放松"。2018年，根据全市扶贫工作安排，前期扶贫干部将轮换回原单位工作，可张端树想南文都村项目扶贫工作正在发展中，他主动请缨留在南文都村继续带领老百姓致富，2017年已替换到扶贫工作队的王奎君、许奉华，也表示愿意继续跟随张端树在南文都村扶贫。在平山县200多个驻村工作队中，张端树是唯一没有轮换的第一书记。这次扶贫工作为期3年，这意味1095天他们将与大山为伴。

2019年5月，新华社和中央电视台的记者在南文都村采访。范来生是贫困户，因为残疾，工作组特别关照他，当时，工作组正请了工人给范来生盖房子。那天，张端树要外出办事，于是先去范来生的家看了一下盖房情况，检查完，临走时，张端树礼节性地给范来生说了声"再见"，转身就走了。正在与记者聊天的范来生忽地站起来，追出门外，当时记者们不知发生了什么情况也跟着追出来，只见范来生边追赶张端树边大声地喊："张书记，你可不许走。"

后来才明白，范来生以为张端树真要回市里工作了。当时记者捕捉到了这个细节，在2019年5月13日央视《焦点访谈》节目中播出了。正如节目中记者所说，扶贫干部只有为老百姓做了实事，他们才如此真心挽留。

追求新目标

> 扶贫不只是物质上的，还有精神上的，两者统一，才是真扶贫。
>
> ——张端树

2018年，张端树一边抓村里企业发展，同时开展了"传承好家风"活动。他认为扶贫要将物质与精神统一抓，才是真扶贫。

"传承好家风"活动开展以来，村里村外悄然发生了可喜的变化，村民随地丢垃圾的习惯改了，婆媳吵架的少了，邻里关系紧张的也改善了，就连以往好吃懒做的个别人也没脸蹭吃蹭喝了。

"以前，垃圾到处丢，现在村里环境越来越好，大家谁都不好意思乱丢垃圾了。"村民封雪红说。

南文都村村支书范明平说："生活水平提高了还远远不够，只有村风净化了，邻里和谐了，孝老敬老的好家风回来了，我们村才能称得上是美丽文都、幸福文都！"

经过一年"传承好家风"活动开展，2019年1月24日，全村开展了"传承好家风"评比活动。上午，随着大喇叭的广播，村民陆续聚集到村委会。根据候选人名单，南文都村民们选出了心中"好家风"模范家庭。

经过投票、唱票、统计，主持人宣布齐国霞、范素山、范召军等6人代表家庭获得了"孝老敬老楷模""环境卫生标兵""勤劳致富能手"光荣户称号。人群中响起了雷鸣般的掌声。

评上"孝老敬老楷模"的范风琴落了泪，她认为这是村里人对自己的认可。她说近年送走了两位老人，现在还有两位老人，自己和家人一直尽最大努力,"把自个儿认为最好的给他们"。

获得孝老敬老楷模的齐国霞是一名倒插门女婿,他无微不至地照顾着妻子的养父,甚至放弃外出打工的机会,仅在附近打零工。说起齐国霞夫妇,村民们竖起了大拇指。

张端树说,临近春节会组织商会、企业给村民赠送米面油等年货,年底一并评选先进。他希望村民钱包鼓的同时,精神也有新变化,这样日渐富裕的南文都村"才会是美丽的南文都、幸福的南文都"。

美丽乡村不仅需要环境整洁"外在美",更加需要文明尚德"内在美"。南文都村"传承好家风"活动的开展正是以一种"内外兼修"方式,打造建设美丽乡村新样板。

新时代,新气象。一个个新的扶贫目标已经确定,一张张新的蓝图正在绘制。目前,张端树正带领全村利用闲置的山沟、坡地,筹建若干个家畜散养基地,养殖鸡、鹅、猪等。为抓好精神文明建设,还建成了一个文化长廊,展示南文都村的文化。南文都村集甲鱼养殖、荷花种植、垂钓采摘于一体的生态旅游项目已建成,形成了种、养、休、游、娱一体,村民人均收入已达7000多元,村集体年增收6万多元,全村整体脱贫。

习近平总书记说:"撸起袖子加油干!幸福生活是靠干出来的。"采访时,张端树说:"我有信心、有决心,让南文都村变得更加富裕。"

"长风破浪会有时,直挂云帆济沧海"。我们有理由相信张端树决不会辜负人民的期待,将扶贫工作善始善终、善作善成,在未来的扶贫路上走向辉煌。

南文都村的明天会更加美好。

第五章　拔"穷"根

> 脱贫攻坚已经到了啃硬骨头、攻城拔寨的冲刺阶段，所面对的都是贫中之贫、困中之困，采用常规思路和办法、按部就班推进难以完成任务，必须以更大的决心、更明确的思路、更精准的举措、超常规的力度、众志成城实现脱贫攻坚目标。
>
> ——摘自习近平《在中央扶贫开发工作会议上的讲话》
>
> （2015年11月27日）

桑干河与泥河湾像坐标的两轴，从空间上定位了马圈堡村的地理位置。

唐代诗人雍陶有诗《渡桑干河》这样写道：

南客岂曾谙塞北，年年唯见雁飞回。
今朝忽渡桑干水，不似身来似梦来。

由于历史原因，两岸过度砍伐森林，植被被严重破坏，造成了水土流失，使桑干河失去了昔日一水向东、奔流不息之象。桑干河再也无力滋润两岸土地，养育沿河而居的子民。桑干河流经张家口市阳原县境内，更是流量锐减，变成了一脉弱水，时断时流。这使阳原县失去了得天独厚的自然资源，难见"春种一粒粟，秋收万颗子"的丰收景象，也不见"风吹草低见牛羊"的昔日盛景。

由于桑干河断流，地下水位猛降，马圈堡村深受其害，土地变得越来越干旱贫瘠。马圈堡村地处贫困山区，仅凭村民之力难以改变恶劣的自然环境，只好靠天吃饭，日子越过越穷。因此，马圈堡村成了县里的重点贫困村，贫困人口占了全乡的近一半。

马圈堡村的贫困引起了各级政府的高度重视，自2015年起村里就进驻了不同层次的扶贫工作队，县、市、省都有，修路、打井、盖蔬菜大棚，种植经济作物，采取了各种帮扶措施，但因为扶贫干部的批次较多，轮换较快，扶贫成了"沙滩流水难到头"。2018年是攻坚之年，根据省里扶贫要求，县委、县政府给乡里和村里下达了2018年脱贫出列的死命令。2018年3月8日，河北省高速公路管理局宣大管理处和省委党校组成的新一拨扶贫工作队自带铺盖卷悄然进驻了马圈堡村。工作队成员有：

魏伟，宣大高速管理处监控指挥中心主任兼党支部书记、高级机电工程师，驻村第一书记；

马占海，宣大高速管理处阳原养护工区高级房建土建工程师，工作队队员；

亢海力，河北省委党校正科级干部，工作队队员。

说实在的，对"贫困"这个词的理解，三位扶贫队员以前只是停留在书本上、电视上，可从到了马圈堡村那天起，他们就有了新的深刻体会。因为他们看到村子里垃圾遍地，还有部分人住在原始简易的窑洞里，窑洞里蛛网横结，时光蒙尘。村里鸡鸣犬吠，无车马声，这与他们工作和生活的都市相比，简直就是天壤之别。表面上看村民有吃有穿，悠闲自在，但离现代社会文明富裕有相当大的差距，蒙昧落后，与时尚潮流格格不入，恍若隔世。

在惊叹震撼之余，作为扶贫工作队第一书记的魏伟更感肩上责任重大，他像屈原发出天问一样，连发扶贫之问。

"穷"根在哪里

刚进村，魏伟和队员除了看到过去工作队留下的一堆登记表格外，其他都是两眼一抹黑。魏伟想，要想脱贫致富，必须先搞清楚村里贫困状况、贫困原因，真正找到穷根在哪里。他想先从调查研究入手，于是决定工作队分头行动，挨家挨户调查。由于村子面积太大，村民居住分散，他们便一人买了一辆自行车，像习主席肯定贵州省扶贫做法那样："一看房，二看粮，三看劳动力强不强，四看家里有没有读书郎。"经过近一个月时间走访，随着每天一组组数据汇总，掌握了马圈堡村的基本情况。

马圈堡村全村有634户1652人，党员103名，村"两委"干部7人。村庄共有土地1.1万亩，其中林地3500多亩（主要种植扁杏），耕地5000多亩，河滩地3000多亩。村民经济收入主要依靠种植和养殖，种植结构以玉米、黍子、谷子和绿豆等杂粮大田作物为主，种植结构较为单一，加之平均年降水量350毫米左右，水土保持极差、土地贫瘠、干旱严重制约了农业种植发展，村民过着靠天吃饭的日子。村民养殖以分户散养为主，不成规模。2016年新打的4眼机井（过去有4眼），但由于管理不到位、相关手续不全，一直没有正式装机使用。村里基本没有工业，手工业基础也差，农业基础建设落后。

习近平总书记在中央扶贫开发工作会议上讲道："精准识别贫困人口是精准施策的前提，只有扶贫对象清楚了，才能因户施策、因人施策。"村里的自然情况摸清楚后，魏伟开始对贫困人口进行精准识别。

据统计，马圈堡村现有建档立卡贫困户392户，1024人。魏伟带领工作队与村"两委"班子、包村干部通过入户调查、精准测算，发现有的户已经具备退出条件、有的户不符合贫困户标准，后经县、乡政府共同甄别，最终确定了174户贫困户462人。

当新评出的贫困户公示后，真是"一石击起千层浪"，那些非贫困户想到今后可能得不到政策帮扶，找到魏伟和工作队成员吵闹。魏伟和队员们搬出调查的账本，上面清楚地记录着贫困户居住条件、就业渠道、收入来源、致贫原因等，一户一本台账。那些退出贫困户的人看到台账上的数据后，自己比对贫困户建档立卡条件，有的当场认可了，有的虽然不说，但心里服了。村里人说，没想到这次工作队把贫困户的家底搞得一清二楚。

通过摸底调查，大家认识到，马圈堡村致贫原因，主要是自然条件恶劣，环境相对闭塞，村民观念陈旧，文化水平低，缺乏劳动技能，"等、靠、要"思想严重，前几批扶贫工作队建好的农业设施管理使用效率低下，所以马圈堡村扶贫整体起色不大。现实让魏伟进一步认识到：这些村民之所以跟不上步伐掉队的主要原因，还是观念上的巨大差异，具体说，既有先天的元气不足，也有后天的营养不良，如果一味地给予他们救助，说不好还会导致揠苗助长，欲速则不达，到头来，扶不起。

村里情况掌握了，贫困人口摸清了，下一步干什么？魏伟发出了扶贫第二问。

如何拔"穷"根

有一种信念，关乎生命的价值；有一种价值，可以在大地上闪光。

"扶贫干部要真正沉下去，扑下身子到村里干，同群众一起干，不能蜻蜓点水，不能三天打鱼两天晒网，不能神龙见首不见尾。"习近平总书记的话时刻在魏伟耳边响起。魏伟每天带着队员马不停蹄地奔波着，向市、县跑资金、跑项目不敢有一丝懈怠，总想尽快找到扶贫的方法。然而村"两委"班子与工作队总给他两张皮的感觉，你说干什么就干什么，从不发表太多意见和建议，认为扶贫是工作队的事，好像与村里没多大关系。偶然一件事改变了村干部对他们的看法。

2018年4月4日，马圈堡村上空阴云密布，下午突然下起了鹅毛大雪。长期在高速公路上工作的魏伟对雪情比较敏感，心里在想高速上遇到这么大的雪怎么办，所以当晚觉也睡得不踏实。半夜时，魏伟起床上厕所，看到村部院子里白茫茫一片，雪光异常刺眼，他开门径直走到雪中，发现地上积雪有1尺多厚。大雪把他的思绪从高速上拉回到村里，突然，他想起村里200多个土窑洞，有100多个还有人住在里面，安全隐患很大。于是，他回屋急忙叫醒了两名队员，通知村干部一起到住窑洞的村民家中察看，将所有窑洞住户全部检查一遍，当晚临时安置了10多户。魏伟他们顶着寒风，在雪中，一直忙到4月5日上午雪停，一宿没睡。第二天又忙着指挥村民除雪，并开始对全村危房进行了修理加固。过了几天，村民安置好后，魏伟想起老支书李富先生病还在县里住院，便买了营养品去探视。见面时还没等魏伟开口，老支书说："你们雪中抢险的事我都知道了，刚来看到你们几个都年轻，觉得不是来村里干事的。这件事让我对你们有了重新认识，你们真的把老百姓的事当自己的事办，办得好，好后生！"

老书记已干了30多年了，他是退伍军人，脾气大，威望高，村里他谁都镇得住。刚到村里时，老支书对魏伟他们很不看好，与他说话，爱搭不理。连魏伟给他打电话，都不接听。其实，这次到医院来看望他，更主要的是想与他搞好关系便于开展工作。

听了老书记的话，魏伟心里热乎乎的，于是接过老支书的话说："我们是扶贫干部，来这里扶贫，扶贫就是我们的本职工作。村里的事，就是我们自家的事，要把村里的事搞好，更离不开您的支持和指导。"

"我看到你们为村里发展跑县里、跑市里，想争取资金搞项目，的确也对。但我作为村里书记觉得不是滋味。比如现在村里的光伏发电，入户费（就是把争取来的扶贫资金入股到企业给贫困户分红）这些都是国家给的钱，作为农民不种地等着国家投资分红，我觉得脸上没光啊。农民应当以种地为本分，种好粮食，把大棚种好，才能真正增加收入，要靠劳动致富。"

村支书的话，让魏伟茅塞顿开，是的！光去争取资金，不符合中央的扶贫精神，要从根里解决问题，要有自己的脱贫办法。

老支书出院回到村里后，魏伟把他请到办公室与工作队进行商量，想办法把"两委"班子拧成一股绳。他明白"首要任务是，握紧的拳头才有战斗力"。任何一个地方，只要拳头强了，还有什么困难不能克服的？与老支书意见统一后,他又找"两委"班子成员谈心,气顺了,"两委"班子人人都把心思集中在村里脱贫攻坚上。俗话说:"人心齐泰山移。"魏伟坚信肯定能改变马圈堡村的落后面貌。

与村"两委"班子关系密切了,魏伟抓住机会多次组织召开"两委"班子会、党员会、村民代表大会。那阵子,每天晚上村委会都有干部在一起商量如何脱贫致富的事,"点灯夜谈"成马圈堡村的一道"风景"。

经过讨论、分析,村里发展思路渐渐明朗起来。工作队和村"两委"班子积极拔"穷"根。

一是"对症"施策,从解决村民最为关切的水利基础设施建设入手,协调县、乡政府改善水利设施、完善使用手续,使水浇地面积扩大一倍,达到2000多亩,有效地促进农业增产增收。二是充分发挥交通行业优势,打通了村里的"断头路",既便于蔬菜的种植、运输和销售,也方便于百姓的出行。三是加强产业发展。通过单位关系、社会关系,甚至动用个人关系多方联系,多方跑办,与村"两委"班子和村民代表进行多次沟通论证,建设蔬菜大棚和交易市场、光伏发电等产业项目。四是在种植结构转型问题上与村"两委"班子和村民代表进行多次沟通交流,将合作经济发展作为产业扶贫的基础因素,积极动员并协助村"两委"班子与农产品企业进行接洽,了解农业市场行情,根据市场需求和价格波动情况有目标地进行种植和销售。

在改造贫困户危房时,通过测算需要资金太多,从上级争取的资金有限,但危房又不得不改造,怕雨季又遇险情。最后会议决定,各户需要出部分资金,绝大多数都愿意,但有的人说自己没钱,有的人则希望工作队找上级要钱。面对这种情况,魏伟找来一些人做工作:"古人说得好,吃自己的饭,自己的活儿自己干;靠人靠天靠祖上,不算是好汉。还是自力更生,自己投钱投劳动。"一开始,一些人公开对魏伟说:"眼下扶贫,不是说上边有的是钱投入吗?不用白不用,你们工作队抠起我们来了。"魏伟听了便解释说:"上级投入了,但也不能全给你投入哇,如果完全靠政府大包大揽,没有发挥我们的主观能动性,那还叫扶贫?那是救济，一辈子只知道拿救济，还算过日子？天上不会掉馅饼，政府的支持和关心不是要让你变成懒汉，不是让你一味地等、靠、要，给你支持，你就要去努力奋斗。"后来在魏伟和村"两委"班子的坚持下，危房户们有钱的出钱，有力的出力，顺利完成了危房改造97间（包括新建51间、修缮46间）。

村民刘桂兰，已是73岁的老太太，4月4日下大雪那天，工作队发现她住的窑洞裂口了，都能看到天了，当晚把她安排到了村委会，现在给她新盖了36平方米的新房，老太太住进去，看到宽敞明亮的房间，干净的燃气灶具，激动地说："没想到，我这么大岁数了，还能住上这么好的房子，感谢共产党，感谢工作队呀！"从刘桂兰手舞足蹈的兴奋劲可见她的话，发自肺腑，真真切切。

2018年是脱贫之年，魏伟感到压力太大，脱贫是必须要交的答卷。魏伟见村"两委"班子的积极性发挥出来了，他想到的是如何调动村里党员的作用。于是他发出扶贫第三问。

如何发挥党员作用

2018年7月1日，在马圈堡村委会大院里，30多名党员列成方阵，面向鲜红的党旗，庄严宣誓：

> 我志愿加入中国共产党，拥护党的纲领，遵守党的章程，履行党员义务，执行党的决定，严守党的纪律，保守党的秘密，对党忠诚，积极工作，为共产主义奋斗终身，随时准备为党和人民牺牲一切，永不叛党。

宣誓声震耳欲聋，那场面庄重宏大。在场的人个个都心跳不已，为之动容。

这天魏伟组织了行动方便，没有外出打工的30多名党员，举行了庄严的重温入党誓词仪式，同时还请来了100多名群众参加。当党员宣誓完毕，魏伟亲手给每位党员戴上了党员徽章。这时围观的群众掌声雷动，经久不息。

魏伟向在场的党员说："今天，我们在党的生日里，举行重温入党誓词活动，目的是要大家牢记党的宗旨，给大家戴上党员徽章是要在今后在群众中亮身份，随时提醒自己是共产党员，要在群众中带头发扬共产党员的先锋模范作用……"

重温誓词仪式结束后，老党员徐鹏哭了。他上前拉着魏伟的手说："魏书记，今天宣誓让我找到了40年前入党的感觉，今后我这把老骨头都要交给党，党叫干啥就干啥。"

重温入党誓词之后，村党支部健全了党支部工作规章制度，"三会一课"都能如期举行，党组织的战斗堡垒作用和党员先锋模范带头作用得到加强。作为村里第一书记，魏伟不仅带头讲党课，还请了宣大管理处领导、乡领导讲党课，魏兴光处长来村里亲自给党员们讲党的扶贫政策、指导召开民主生活会。通过系列党课活动，彻底点燃了党员的脱贫梦想之火。在村里大棚维修、安装路灯、修建文化广场、修缮村委会、建戏台、升国旗等工作中，党员个个带头，不辞辛苦，不谈报酬。

为改变村民精神面貌，7月初建成了全县第一个新时代农民讲习所，市委宣传部和县委宣传部专门组织了揭牌仪式。不到半年时间内，工作队先后进行了五次集中讲习，内容包括危房改造政策、社保和低保政策、贫困户政策、农业种植常识、医疗政策等，还举行了数十次流动讲习，用通俗的语言宣讲，受到了广大百姓的喜爱，也受到了市委、县委宣传部的认可，被市委宣传部确定为市级重点讲习所，魏伟个人也被评为市优秀讲习员。

讲习所发挥了移风易俗作用，通过讲习活动，党员村民爱党爱国感情增强，形成了一股巨大力量投入到了脱贫攻坚之中。

榜样的力量是无穷的。现在走在马圈堡村，党员们都戴着党员徽章，党员的行动在马圈堡村还发挥了潜移默化的作用。过去一帮小青年三五成群在村头小酒馆欠账喝酒、赌博、打架斗殴的治安案件时有发生。孙飞就是这样的人，34岁了，过去整天好吃懒做，游手好闲，节日都不在家陪父母。采访时，他说看到村里党员重温入党誓词后，看到党员那劲头好提神，他就想重新做人了，现在他到附近的煤窑打工、到建筑工地当建筑工。韩玉花，整天只知道打麻将，搞得夫妻不和，家人怎么劝，也改不了，她看到党员参加了义务劳动，被感动了，觉得自己年纪轻轻应该劳动致富，把家里生活过好。现在她去了村里的私人作坊做皮毛加工，每天能挣好几十，感受到了劳动的幸福与快乐。说到过去，她都后悔得流泪了。

发动群众参与

在马圈堡村采访时，刚巧遇上了高速公路管理局宣大管理处处长魏兴光、副处长段海军来村里指导扶贫工作，魏兴光说："或许没有参与扶贫的人永远也不会理解，为什么脱贫攻坚这么难？贫困对象很多时候也不明白，为什么非要帮我们脱贫？祖祖辈辈习惯了的日子，为什么在这个时候来个天翻地覆？正是这种观念上的反差，使脱贫工作变成了硬骨头，有着巨大挑战性。所以，让管理处苦心、基层苦力、扶贫对象还苦恼……"

在聊天的过程中，才知道宣大管理处作为一个基层扶贫责任单位真是做足了功课。按照省委、省政府坚决打赢脱贫攻坚战的精神，为确保攻坚之年全村脱贫，宣大管理处成立了驻村精准帮扶工作协调领导小组，按照"一把手"负总责的要求，由处党委书记、处长任驻村精准帮扶工作协调领导小组组长，设立了驻村精准帮扶工作协调领导小组办公室，设置了兼职联络员。同时宣大管理处对照机关科室的岗位职能，分设了外部联络、资金保障、协调策划、基建落实、机电设备、党建及精神文明建设、宣传报道和后勤保障八个工作组。建立了协调领导小组定期会议制度，每季度必须召开一次协调领导小组工作会议，各工作组分别汇报本季度的工作开展情况。每半年召开一次协调领导小组现场办公会，实地考察、确定问题解决方案及重点工作思路。为严格落实帮扶单位责任、完善社会参与机制，组织各级干部帮扶贫困户，实现一帮一全覆盖，全处78名干部与全村392户贫困户结成了帮扶对子。为保证结对帮扶工作的科学性，避免出现"冷热不均"现象，具体帮扶内容由驻村工作队报请处党委同意后统一部署，各结对主体要按照部署主动作为，坚决完成好精准帮扶任务。同时建立了结对帮扶奖惩机制，强调对于在结对帮扶过程中表现积极、成绩突出的集体或个人，由处党委进行通报表彰，并作为评先评优、优先入党、选人用人上的优先考虑条件；对无故不完成结对帮扶任务的，要向直接责任人进行问责，并直接取消该单位、部门及当事人的年度评先评优资格。

做好管理功课，还要落实好具体帮扶。在最初的帮扶过程中，机关里好多干部总是给贫困户买些东西送去。久而久之，不给东西贫困户就不见扶贫干部了。于是，宣大管理处坚持扶贫与扶志、扶智结合，给贫困户讲明社会主义不养懒汉的道理，让他们知道扶贫不是给钱给物，帮助他们解决脱贫过程中的具体问题，送东西更多的是送农具、送种子、送技术、送政策、送信念，让他们从被动脱贫到主动脱贫。宣大管理处与扶贫工作队和村"两委"班子共同研究后，独创性地开展了"微心愿"帮扶机制，就是贫困户急需什么，帮他解决什么。

任志和王文林两家，2018年改造危房后，需增加供电管线和照明灯，如果找人干费用1000多元，工作队找来管理处的电工帮助安装了电缆、节能灯、开关等，直接省了人工费，他们总共就花了400多元材料费。两家人都高兴地说，宣大处的技术人员给安装，不仅省了工费，安全更有保障。

任思70多岁、李树林80多岁，无劳动能力，所以帮他们解决生活上的实际问题，帮他们收割、打场、收藏粮食并修理院墙。

徐永富，50岁，过去总是伸手要东西、要钱，后来做思想工作，鼓励他自己劳动脱贫，看到他家农具不好，就只给他送铁锹、铲子、镰刀和种子等。

孙香娥，40多岁，因夏天家里农活太多，忙不过来，孩子上小学，放了假还要带孩子去地里，一是怕孩子出事，二是没时间辅导孩子作业。看到她家的情况后，工作队开设了暑假辅导班，做作业、看动画、学国学，现在孩子变得学习好了,也听话了,懂得孝敬父母了。

"微心愿"活动,切切实实解决了贫困户和村民的具体生活生产问题,深得民心,成了马圈堡村扶贫的工作亮点。

村"两委"班子按照村民意愿给省高管局和宣大管理处分别送了锦旗。送给高管局的锦旗上书写着:"好政策得到好落实,好领导带出好队伍。"送给宣大管理处的锦旗上写着:"吃水不忘挖井人,脱贫不忘宣大恩。"两面锦旗,不是表扬,是马圈堡村民对脱贫攻坚工作的肯定和支持,更是扶贫干部与贫困户水乳交融的一种和谐体现。

群众是历史的创造者和书写者。在河北省高速公路管理局精心指导下,宣大管理处作为扶贫主体责任单位,敢于担当,不仅发动了全处干部参与,还发动了扶贫村群众参与,让贫困村民真正摆脱了贫困,走在了致富的路上。

数字背后的苦与甜

宣大管理处驻村扶贫工作队自2018年3月驻村以来,始终坚持以党中央和省委、省政府坚决打赢脱贫攻坚战的决定要求为行动指南,始终秉持精准扶贫与美丽乡村建设并行原则,在处党委正确指导和县、乡、村三级党组织的鼎力支持下,因地、因人、因时,多渠道、多层次、多形式开展帮扶工作,夙兴夜寐、激情工作,顺利完成了国家脱贫验收,实现了整村脱贫。

脱贫攻坚是一张摆在共产党人面前的"赶考"答卷。2018年宣大管理处扶贫工作队完成了这些答题:

修缮水利设施、疏通渠道,使2000多亩土地实现了井水灌溉;

为贫困户改造危房97间(新建51间、修缮46间);

丰富改造了80多亩蔬菜大棚,为贫困户增收9万多元;

安装太阳能路灯13盏、监控系统11路、LED屏2套;

新建了新时代农家讲习所和文化书屋、道德讲堂;

打造了阳原县东南部最大规模农业品种植和交易市场，占地40多亩，为今后发展农产品种植、加工、运输和销售打下坚实基础；

向县、乡申请护林员（兼管防火）和巡河员（兼管卫生）38名，实现每户每年可增加3000多元稳定收入，也保护了环境、减小了安全隐患、提升了全村的综合管理水平。

全村166户436人目前全部顺利脱贫出列，马圈堡村实现整体脱贫摘帽。

数字是枯燥的，但数字的内涵是丰富而厚重的。对于宣大管理处扶贫工作队，数字里凝聚了他们多少心血、智慧，包容了他们多少悲与喜、苦与甜！也正是这些看似枯燥的数字，彰显了脱贫攻坚年扶贫工作队员们的气魄、激情与梦想。

看到全村脱贫了，以前的老书记李富先觉得自己年事已高，决定辞去党支部书记的职务，把位子让给更年轻的人。他说："看到这次派来的工作队员工作如此给力，我可以放心养老了！"

这批扶贫工作队期限为3年，还有脱贫保稳的许多工作要做。

笔者忘不了在马圈堡村采访的那些日子，时时处处能看到扶贫队员们、村干部和党员群众人人不甘示弱，个个黾勉有为，我们被脱贫后大家表现出来的朝气与活力、精神与气质，那种无处不在的"生命流"所感染，仿佛走进春天的原野，满眼是万木争春、千枝竞发，更为扶贫队艰苦创业、乐于奉献、忘我拼搏、开拓进取的团队精神所感动。

马圈堡村整体脱贫，凝结了工作队和村民的创造，燃烧着奋斗的激情。马圈堡村像一艘经扶贫而修复了的大船重新起航了。魏伟正以船长的身份站立船头，稳操舵把，指挥马圈堡村远航。

第六章 补"窟窿"

在河北省丰宁县境内有一个村叫窟窿山村，小村坐北朝南，村名因村前南山上有一巨大窟窿而得名。据说离村几十里开外的后山上也有一巨大窟窿，两窟窿遥相呼应。因此，村里流传一种说法，说村里人的财运都经两个窟窿流到了外地。

这本是迷信谣传，但过惯了穷日子的村民，也信以为真，认为只要出生在窟窿山村的人肯定会受穷，这是命运安排。久而久之村民观念固化，穷不思变，就甭提脱贫致富了。所以，窟窿山村成了"国字号"贫困村。

2018年初，河北省高速公路管理局高速公路路政总队扶贫工作组进驻了窟窿山村。

驻村工作组长、第一书记赵宏伟带着两名队员，对全村164户410人进行了摸底调查，共甄别登记建档立卡贫困人口83户209人。调查得知该村有27名党员，党支部却只有两名支委，党支部书记竟然空缺长达一年之久。赵宏伟认为这是窟窿山村最大的"窟窿"。于是，决定脱贫攻坚，从选补党支部书记这个"窟窿"开始。

选好带路人，补上党支部的"窟窿"

"帮钱帮物，不如帮助建个好支部。"鉴于村中盘根错节的复杂关系，增补党支部书记是"牵一发而动全身"的事。为此，赵宏伟慎之又慎，简直可说是煞费苦心做足了功课。他先是旁敲侧击，不动声色地走访党员和村民，倾听他们的意见和建议。经过几天走访，村民心中的党支部人选浮出水面，即现任支委乔宝春、周广禄两人，还有村民认为应是致富能手的王守义，周广禄任支部书记的呼声略高一些。党员和村民意见征求之后，赵宏伟以第一书记的名义又分别找了三人谈话，通过谈话，发现三人都有当党支部书记的想法，但周广禄在党组织建设和党员管理以及如何带领村民脱贫攻坚上更有想法，更有见地，并且更多想法与赵宏伟观点趋同。

3月18日，赵宏伟组织召开村党员大会，凡是没外出打工的党员都如数到齐了，这次会议主要任务是换届选举产生党支部书记。会上先是学习习近平总书记《在中央扶贫开发工作会议上的讲话》精神，让党员们明白脱贫攻坚是一项重要的政治任务，选好村党支部书记对全村脱贫摘帽具有重要意义。

接着，选举议程开始，赵宏伟开门见山地说："同志们，窟窿山村现在村'两委'班子不完整，这个大家都清楚。根据乡党委和上级扶贫领导意见，窟窿村要尽快选举配齐村'两委'班子，根据扶贫工作组通过民意调查，通过党员大会选举并报请乡党委，产生了四位党支部委员候选人，他们是乔宝春、王守义和周广禄……"会上对乔宝春、王守义和周广禄等四位支委候选人的情况进行了一一介绍，并进行现场投票选举。结果乔、王、周三人都高票当选，进了支委会。

其实，在调查阶段，经权衡党员和群众意见，大家都认为周广禄有担任党支部书记的能力，都倾向周广禄当选。于是赵宏伟提出了举手表决的办法。

经过举手表决，周广禄当选。赵宏伟当场宣布周广禄为新一届党支部书记，并报上级党组织备案。

此刻，与会党员们响起了热烈掌声。

掌声代表一种认同，代表一种共鸣，那掌声是从窟窿山村内部响起的春雷，给了党员力量和信心。

党支部书记补上之后，根据省委提出的村书记、村主任一肩挑的战略部署，通过选举周广禄既是党支部书记又是村主任。在周广禄的带领下，"两委"班子团结协作能力明显提高，"三会一课"制度得到了落实，党支部还请了省高速公路路政总队队长丰海龄、乡党委书记程秀东、第一书记赵宏伟讲党课，使党的脱贫攻坚政策得到了彻底的贯彻落实，全村党员党性和奉献精神得到激发和彰显，村民们看到了希望和未来。

补好党支部这个"窟窿"后，赵宏伟又积极谋划补上村里第二个"窟窿"。

筹措资金，补上欠款"窟窿"

窟窿山村是河北省高速公路管理局路政总队唯一扶贫村，总队队长丰海龄多次到村里调研指导工作，为掌握实情还在村里住过。领导的认真负责态度和脚踏实地的务实作风，给赵宏伟这个第一书记不小压力。面对压力，赵宏伟主动作为，挖空心思想办法。

进村不久，又一件难事就让赵宏伟遇上了。有企业向村里催要光伏电站建设工程款，还有村民讨薪。对这事，村民怨声载道，有的说扶贫扶贫，是越扶越贫，村里以前穷但不欠账，现在倒好，把我们扶成债主了。有人说，人家扶贫一年两年就走了，搞点儿政绩好当官。更有人煽风点火：谁知道这项目花多少钱，乡里县里人与工作组是一条心，吃亏的只有老百姓。

原来，上批扶贫工作组在2017年，利用产业覆盖入户资金作为启动资金，投资建设了165千瓦光伏发电站。当时启动资金有了，后期准备从银行贷款，当时县扶贫办承诺贷给县财政扶贫贴息贷款。然而，由于县政府与银行在贴息上达不成协议，贷款根本跑不下来，如果停建将给村里造成无法挽回的损失。窟窿村的光伏发电项目建设后期就只好欠着施工企业的钱和村民工资上马，不管怎么说总算建成了，但留下了债务。到2018年，光伏电站还有99.75万元工程欠款。

眼看村民对欠款有看法，如果不及时解决，企业催债、村民讨薪，窟窿山村的窟窿肯定是越来越大。

新官不能不理旧账。2018年窟窿山村是列入丰宁县脱贫出列计划的村庄，脱贫出列有要求，出列村不能有欠款。这事让赵宏伟着急。于是，他风急火燎地跑县扶贫办争取支持。

那时刚来不久，赵宏伟还不清楚跑办资金的套路。那天，他急匆匆赶到了丰宁县扶贫办，他想这么大的事，应该找扶贫办主任才对。由于没有接触过扶贫办的人，他更不认识扶贫办主任，于是向门卫打听主任来没有，门卫说没来。于是他就在扶贫办门口站着等主任，过一个人问一个，谁都不是主任。结果问到一位工作人员时，人家才告诉他，扶贫办主任是一位副县长兼任，县长平时在县政府大院办公。为见扶贫办主任让他在寒风中站了3个多小时，于是他又匆匆忙忙去了县政府，总算找到了扶贫办主任。后来多次前往县扶贫办，找主管扶贫县长，协调相关部门，终于在5月的丰宁县扶贫领导小组会上决定给窟窿村解决70万元，7月钱到村里账户，才支付给企业。剩下的29.75万余元，最后经乡村两级研究，从光伏发电收益中分期支付。

赵宏伟到了窟窿山村后，跑市里、跑县里、跑乡里争取资金支持，他更多的时间在山里跑，村民说他就像只"钻山豹"，他一直在主动寻找窟窿村的"窟窿"。他想调查了解越多，自己脱贫思路才会更明晰，因为只有发展产业才能保障村民增收。

促进村民增收，补上发展产业"窟窿"

2012年12月，习近平总书记在阜平县考察扶贫开发工作时讲道："要真真实实把情况摸清楚。做好基层工作，关键是要做到情况明。情况清楚了，才能把工作做到家、做到位。大家心里要有一本账，要做明白人。要思考我们这个地方穷在哪里？为什么穷？有哪些优势？哪些自力更生可以完成？哪些需要依靠上面帮助和支持才能完成？要搞好规则，扬长避短，不要眉毛胡子一把抓。帮助困难乡亲脱贫致富要有针对性，要一家一户摸情况，张家长、李家短都要做到心中有数。"赵宏伟牢记习近平总书记的话，窟窿山村到底怎么发展，赵宏伟觉得每天除了吃饭睡觉不想，其他时间满脑子就是它。

窟窿山村位于丰宁满族自治县西北40公里，属于接坝地区。窟窿山村全村面积3.69万亩，其中耕地只有1700亩，森林覆盖率42%。主要致贫原因是生产资源匮乏，山地贫瘠荒芜，历来没有特色产业，村民年龄大缺少劳动力，收入主要靠散户养殖和外出打工为主。贫困户两眼向上，"等、靠、要"思想严重，缺乏自主致富的信心和勇气。赵宏伟深知，贫困就是"贫血"，供血不足就是造成贫困的主要原因。如何带着村民和贫困人口致富？他提出发展产业要求：最能体现窟窿山村农村特色，最符合窟窿山村自身实际，最有科学性和可行性才行。

精准扶贫不是急救式扶贫，也不是简单登记造册，没有一套完整的产业扶持，不能形成致富的长效机制，脱贫工作始终只是浮于表面，难以落到实处。为此工作组四处奔波学习借鉴先进经验，先后到隆化管梁村、大屯村实地考察，同乡、村"两委"班子多次召开专题会议，探讨如何依托本村的生态环境，最终确定先发展光伏发电和旅游集贸市场两个脱贫项目。

首先做好光伏发电产业，对现已建成300千瓦和165千瓦两座光伏发电站，加强管理，促进两电站正常运转，确保清洁能源在扶贫中发挥作用，用足用好国家补贴优惠政策，保障为贫困户每年每户增收3000元。

其次，2018年4月8日召开窟窿山村党员代表大会，表决通过了"公司＋村集体＋贫困户"模式，成立嘉恒能源有限公司，工作组协调保定中泰新能源科技有限公司与扶贫村签订项目合作协议。成立腾鸿旅游开发有限公司，运营旅游集贸市场。所有建档立卡户全部入股，按照扶贫标准实施股份盈利分红。引入公司机制，一方面充分利用村闲置资产拓宽集体经济的收入渠道，另一方面强化集体经济制度保障，确保村集体扶贫产业项目高效运营，真正完成扶贫由"输血"到"造血"的功能转化。

扶贫，要怀有感情。

扶贫，既要怀着感情去开展工作，也要在工作中与群众建立深厚的感情。扶贫要直接面对群众打交道。窟窿山村的群众，大部分文化程度较低，加上地处山区，信息闭塞，思想观念上比较保守，很多工作开展并没有想象中那么顺利，特别是有些群众的思想工作难做，但这些贫困户的家庭情况却又实在艰难，每当这个时候，就要工作组的同志怀着感情，把群众当亲人，耐心去解释沟通，帮助解决实际问题。

旅游市场立项之初村里老百姓热情不高，对项目涉及的土地置换、申请扶贫贴息贷款工作不配合。鉴于这种情况，工作组深入老百姓家中挨户进行沟通，取得了群众的信任与支持。

旅游集贸市场顺利完工，项目总投资85万元、占地5100平方米，由县政府统一进行招标。目前市场地面硬化，30个摊位全部已完工，安排了30多人就业。每逢周六，附近几个乡的老百姓都带着各自生产的农副产品到市场来卖，吸引了过往游客和S244省道这条旅游黄金线上的过往司机购买。旅游市场的兴起，同时带动了整个村农家乐相关产业的发展，为村民拓宽了生财之道。

地处高寒山区的窟窿山村，山中盛产艾草，村民岳桂刚通过在承德学习后，充分利用艾草的驱寒药用价值，自办了艾草用品加工厂，主要生产坐垫、护腰、护膝等产品，工作组积极帮助他销售，赵宏伟以小视频的形式在河北综合广播上做形象代言宣传，帮他打开了销路，为他的小厂增收近4万元。为充分利用好自然资源优势，工作组与他沟通后，扩大生产规模，吸收村里15名妇女到他的厂里就业，促进了村民增收。

为了全力保障扶贫工作组做好产业扶贫工作，真正啃下脱贫攻坚这块硬骨头，省高速路政总队党委上下总动员，驻村工作组一线攻坚。总队系统81个党支部对窟窿山村81户贫困户进行慰问帮扶，发放慰问品，价值

1.92万元。仅2017年，高速公路路政总队利用"一日捐"资助村里现金16万元，捐赠物资29万元。总队党委强有力的组织保障，为工作组高质量完成精准扶贫工作提供坚实的后盾。

"山重水复疑无路，柳暗花明又一村。"在自然资源极度匮乏的情况下，赵宏伟以炼石补天的勇气，坚持产业扶贫，使窟窿山村老百姓嗅到工业文明之花的芬芳。

激发内生动力，补好精神"窟窿"

赵宏伟一点一滴地付出真情，就像一位地地道道的中医，针对贫困顽症，始终注重"把脉、对症、处方、预防、处治"每一个环节，把一腔扶贫热血挥洒在窟窿山村的土地上。但贫困户的现状让他隐隐约约觉察到：一些贫困户仍然存在这样的认识：扶贫工作队是党派来扶贫的，如果不把贫困户扶起来，说明工作任务没完成。客观上存在衣来伸手饭来张口的心理，这种欲壑难填的依赖思想要彻底消除，可能要比消除贫困本身困难得多，如果贫困群众始终处于被动，裹足不前，恐怕在"断奶"之后，能不能真正摆脱困境仍然是个问号。

对此，他带领党支部积极开展党的知识教育，在支部讲党课时，集中学习了《为人民服务》《愚公移山》《纪念白求恩》，系统学习习近平总书记关于精准扶贫的论述，给党员补精神之钙，长志气和骨气，提高党员对脱贫攻坚的认识，激发群众的内生动力，自觉脱贫致富。

赵宏伟这样教育别人，自己也是这样做的。为了窟窿山村群众过上好日子，他妻子说他"嫁"给了窟窿山村，"嫁"给了大山。赵宏伟的儿子参加高考，他也不能在家陪伴儿子。有天深夜，一阵急促的电话铃声把赵宏伟惊醒。见是妻子来电，估计是有急事儿，不出所料，妻子在电话里焦急地说孩子高烧40℃，住进了医院还高烧不退，病情不明，要他赶紧回来照顾。赵宏伟如雷轰顶，脑袋都觉得大了，心里乱成了一团麻。因为正在建旅游市场，事情多，走不成。他爬起床在屋子里来回踱步，腿脚像生了锈的铁柱，步履沉重。他用理屈的口吻说："媳妇，我这里正在建旅游市场，工期紧，实在走不开。再说我也不是医生……""啪"的一声，妻子生气地挂了电话。

家是人生的港湾，为了给更多的贫困户建好港湾，赵宏伟却顾不上自己的港湾。事后，他说起这事时，很是轻描淡写："孩子和扶贫都重要，但我只能顾一头，既然来做扶贫，就只能放下另一头的事。"话虽简单，但足见他的情怀和担当。

赵宏伟带着扶贫工作组扶贫，是在完成一项特殊的攻坚任务——补"窟窿"。窟窿山村真的"窟窿"很多。2018年，他们还干了这些事：

5月，驻村工作组积极协调，对村街道两侧进行绿化，共种植水蜡7000株、金叶榆80棵、紫叶李80棵，价值3.48万元。

7月，在总队党委的大力支持和协调下完成窟窿山村户户道路通硬化工作，以十年不落后为标准，总共投入16.1万余元，完成了全村1168米巷道路面硬化，道路建成后惠及全村164户，极大方便了群众出行。

9月7日，协调县文化局到村进行了一场以"增强脱贫内生动力、文化扶贫攻坚先行"为主题的文艺演出。这次文化下乡演出，由于节目接地气、内容新颖、结合农村实际，获得了贫困村广大群众的一致好评，满足了贫困村群众的精神需求，极大地激发出贫困村贫困群众脱贫致富的信心和决心，做到了把党的扶贫脱贫政策以文艺演出的形式送到贫困村贫困户心中。

10月17日，国家扶贫日，当天联合乡卫生院为全村所有群众免费体检，为群众节省体检费用1.8万元。

10月23日，组织协调承德市医院5名医疗专家为窟窿山村群众开展义诊活动，从事肾内、心内、骨科、外科等病症诊治，接诊79人，为群众免费发放了治疗心脏、肺、泌尿、腰椎颈椎、骨科等各科疾病的药品，价值1.1万元。

11月，协助建设完成村卫生室，改善村内医疗卫生工作；同时在危房改造工作中，对符合条件的4户贫困户根据政策新建了住房，对2户老旧房屋进行修缮。

11月14日，给全村发放170台收音机，总价值22180元，希望他们能及时收听到党的扶贫好政策好消息，主动勤劳致富。在冬季来临时，给35户贫困户送去御寒毛衣62件，运动鞋10双，价值2860元。

12月19日、20日，对全村所有住户进行走访，送上食用油、面粉163份，价值2万余元，以此提升群众对扶贫工作的满意度。

2018年底，经国家扶贫验收，窟窿山村实现了整体脱贫。目前，村里已形成了光伏发电为龙头，旅游市场为支柱，艾草加工为特色的产业结构，村里贫困户年增收达5000元以上。

脱贫攻坚，河北省高速公路管理局路政总队工作组拿出了绣花精神，精准是他们脱贫攻坚的唯一"靶向"和终极目标。以精神为经，产业为纬，在高寒地区极端恶劣的自然条件下，给窟窿山村的党员和村民补上了脱贫奔小康的志气，给村里经济发展补上了元气。2020年，"窟窿"将在中国特色社会主义新时代化为一片美丽云锦，给世界一种别样的惊艳，窟窿山村必将见证消除贫困的中国方案和中国智慧。

已是春天，水绿了，山青了，窟窿村真的变样了！春天的早晨，赵宏伟正在研究窟窿山村如何搭上冬奥会快车，搞"旅游＋扶贫"，整天忙得像个地地道道的农民。采访时，看到一轮红日从东边升起，把赵宏伟高大的身影拉得很长，随着移动，他的身影紧紧地贴在了窟窿山村的道路上，村民的房屋上，田地里……

第七章　卷掌斩穷

卷掌村地处太行山深处，是国家级贫困村。2015年，村里150户410人，其中55户132人为贫困人口，当时，村集体账户上只有85元。2016年脱贫攻坚之后，现在全村实现整体脱贫，村集体收入达到了500多万元。

有村民说："这两年村里的变化比过去几十年加起来都多。"

74岁的贫困户张兰香说得更形象："我活了70多年，穷了70多年，是这几年扶贫才让俺的日子好起来。"

沧海桑田，地覆天翻。卷掌村的嬗变，听起来像神话，感觉有谁给施了魔法。

谁？是谁给卷掌村施了魔法？又是如何施的魔法呢？

回村，义务扶贫

卷掌村是平山县下口镇的一个行政村，村子四面环山，悬崖峭壁，过去只有一条蜿蜒的小路通向山外。村里虽有1.1万多亩山地，耕地面积却只有220亩，人均半亩，土地贫瘠。如果风调雨顺，村民种地还能糊口；如遇天旱，村民只有东借西凑度日。这村是典型的靠天吃饭的村子。

由于自然环境恶劣,信息相对闭塞,造成了村民见识缺乏,观念保守,穷不思变。村民经常为一棵树一把柴争争斗斗,吵吵闹闹。因为村里遗留问题,有人带头到镇里县里上访告状,搞得镇里、县里干部见了卷掌村的人都绕着走。村干部走马灯一般换了一茬又一茬,有的上任后杂事缠身,还常常有人找碴儿,失去了信心,干着干着撂挑子,不仅没有带领村民致富,而且搞得村民怨声载道,遗留问题多如牛毛,村民人心也渐渐散了。卷掌村落了个不好的名声——问题村。

村子不好管,没人愿意管,村民们只好各自为政,大家先后尝试种药材、建果园、办硅砂厂、养牛、栽核桃、种花椒……看上去各开财路,热火朝天。然而,由于没有技术支撑、不懂经营管理,外加销路不畅,几年下来,大多数人血本无归,村集体收入为零。经历失败教训,村里党员和部分村民清醒了,认识到村里没有"能人"带头,什么事也搞不出名堂。怎么办?村里有名的"意见领袖"王先海提出来一个建议,请李玉法回村。

李玉法何许人也?李玉法1982年出生,是土生土长的卷掌村人,从小学到中学就是学习尖子,是村民们教育子女读书的榜样。谁家孩子学习不好,就会说:"你看看人家李玉法多有出息!"李玉法的确有出息,从小学到中学,学习成绩总是名列前茅,高中毕业就考上了河北师范大学,成了卷掌村第一个本科大学生,而且他高中毕业时就加入了党组织,是村里最年轻的党员。大学毕业后,李玉法在省会石家庄工作几年,后来毅然决然地辞职下海,创办了自己的公司。他凭着敏锐的市场嗅觉,广结善缘,长袖善舞,把公司经营得风生水起,日子过得红红火火。李玉法秉承山里人的纯朴厚道,不忘家乡养育之恩。村里的父老乡亲有大事小情到了石家庄只要找他,从不拒绝,他不仅要千方百计帮忙,有时还管吃管住,照顾有加。他家成了乡亲们在石家庄的办事处。

李玉法心里时刻惦记着乡亲们,有时回到村里他都要到处转转,看看那些孤寡老人。郭明子是村里的五保户,从小看着李玉法长大,每次回去,李玉法都要抽空去老人那里看一看,帮助老人收拾屋子,看到老人的衣服被褥脏了就拿回家洗洗,老人的指甲长了他就给老人剪指甲,还给老人刮胡子，一年四季，他对老人的照顾从来没有间断过。前些年他联系了石家庄的公益组织给村里安装了路灯，方便了乡亲们晚上出行，大家更是念念不忘，感激不尽，都说他是卷掌村的好后生。

2015年冬天，有一天中午，王先海从村里赶到了石家庄找李玉法。李玉法见到王先海忙问："老王，有什么事需要我帮助，尽管说呀！"

"没事，没事……"见到李玉法，王先海有些不好意思开口。

"没事，那我请你喝酒，有事你就说话，我要能帮忙的准帮忙。"李玉法一边说，一边起身就要拉着王先海去饭店。

"吃饭不急。"王先海把李玉法拉回座位上，接着说，"不是我自己个人的事。"

"不是个人的事，那是什么事？"

"我们村里几个党员和村民代表商量后，想请你回村里当村支书，带着大家致富。你是本事人，一定能带好大家的。"

卷掌村当时的乱象李玉法早有耳闻，又想到自己的事业正在发展壮大阶段，听到王先海的话，李玉法一时也犯起了难，只好说："这事我先考虑一下。"

那天晚上，李玉法失眠了。自己走出了大山，走出了贫穷的小山村，现在小有成就，虽然算不上大富大贵，但小日子过得殷实无忧。然而生他养他的父老乡亲们，还过着面朝黄土背朝天的清苦日子，特别是他想起村里那些孤寡老人孤苦伶仃的样子，心里就隐隐作痛。他还想起了老父亲送他上大学时的情景，当走到村口，他回过头对父亲说："等我得了出息一定回来，带着乡亲们过好日子。"

一边是自己的事业需要发展，一边是乡亲们期待的目光。李玉法举棋不定，深深陷入了两难境地。

卷掌村的乡亲没有闲着，为了请李玉法回村，村"两委"班子去找镇领导出面帮忙。听到村里的党员和村民形成了如此民意，领导们非常赞同，觉得这是个好办法，于是，镇长给李玉法亲自打了电话，邀请他回卷掌村带着乡亲们致富。镇长还特邀李玉法见面谈谈。

当要请李玉法回村的消息传开后，舅舅彭先海专门跑到镇里找领导说："你们让玉法回来，是把他往火坑里推。"其他知己的亲戚也劝李玉法，如果有心可以为家乡办个好事，人们都会说好。如果真正回村，干得再好也会有人说不好。

2015年12月20日，李玉法回到下口镇见了镇长。见面少了些客套，镇长单刀直入地说："你是地地道道的卷掌村人，村里的情况你大概也了解，就不详细介绍了。我主要是给你说说镇里为什么想请你回来。我们是基于这几方面考虑的：第一，现在村里干部、党员和村民代表觉得你是村里走出来的第一个大学本科生，有知识有文化，你在市里闯出了路子，有出息了，他们认定你是村里的能人；第二，听说乡亲们去市里找你办事，你大小事都不厌其烦地给他们帮忙，他们认可你是个热心肠人，为人厚道。这两条可以说明，这是民意。第三，镇政府认为卷掌村的父老乡亲们不是好吃懒做，而是他们缺文化、缺的是有个好的'领头羊'式的人来带头，你是当年在中学就入党的党员，党员是模范是先锋，党员就要有担当精神，从我们的了解，你具备这样的品行素质。所以，我们才下决心请你回村，当然也是给了你一副重担，我们镇党委相信你能挑得起。"

那天，李玉法和镇长交流了很多，镇长言辞诚恳，情真意切，从养育之恩，说到不忘初心，句句话直逼心窝，使他心里滚烫滚烫的。镇长的话再次点燃了李玉法的理想之火。

其实，作为村里第一个学生党员，作为村里出来的第一个大学本科生，李玉法在接到大学录取通知书那时就暗自下过决心，等学有所成，一定要改变村里的落后面貌。这些年在外打拼，目的也想为村里做些什么。

面对镇长和乡亲的良苦用心。李玉法当着镇长的面表态："回去，带着大家实现脱贫！"

一言既出，驷马难追。2016年1月，李玉法回到故乡卷掌村。下口镇党委任命他为村党支部第一书记。其实名为第一书记，可没有工资，是义务扶贫。

见李玉法真的回村了，村民们打心眼里高兴，更多的是怀着希冀。曾当过十来年村干部的李顺来写了11页的材料专门交给李玉法,第一句话是:"玉法呀,你为什么回来蹚这个'浑水'呢?不管怎么说,你回来了,就没有退路了,你就得带领大家蹚出一条致富路来,我们对你寄予厚望。"

前路迢迢,李玉法也在想:父老乡亲们,我拿什么奉献给你们!

调查,刨出穷根

时隔多年,再次回到家乡,贫穷依然像生了根一样长在这里。"要把这穷根斩断。"李玉法暗暗发誓。

但是真正工作起来,才发现村里的事鸡毛蒜皮,婆婆妈妈,千头万绪,杂事缠身。为全身心投入村里的工作,李玉法只好狠心撇下妻子和两个年幼的孩子,从石家庄搬到村里。回到村里的头几个晚上,李玉法怎么也睡不着,可开弓没有回头箭,于是,他写下了一首诗给自己加油打气:

别妻离女返故乡,披肝沥胆战太行。
卷掌成拳会有时,敢叫众生享安康。

卷掌村的穷根长在哪里?如何才能斩断穷根呢?面对熟悉而陌生的故乡,李玉法冥思苦想找方法。他想起习近平总书记说过:"不了解农村,不了解贫困地区、不了解农民尤其是贫困农民,就不会真正了解中国,就不能真正懂得中国,更不可能治理好中国。"这话让李玉法大开大悟,他觉得自己虽然出生在卷掌村,但很少干农活,其实不懂农民和农村的一些事,要让卷掌村致富,他得重新了解和认识它,才能做到实事求是,因地制宜,精准扶贫。于是李玉法决定先搞一次调查,把村里的整体情况摸清。

李玉法不分白天晚上挨家挨户走访,哪家有人去哪家,他想搞清楚每个家庭有几口人、有什么特长、多少亩地、贫困程度、主要经济收入来源,打算干点什么……一边走访,一边征求村民的意见,他像声呐雷达一样收集村情民意,他清楚眼下更需要的是沉着与冷静,思考和分析。上任一个月时间,他跑遍了整个村子,掌握了村里的大概情况,摸清了村民的思想脉络。

自然条件恶劣是最主要原因,人多地少,靠天吃饭,村集体没收入;其次是村里的劳动力迫于生计基本都外出打工,留守在村里的就是老人、妇女和孩子,种地为生;村"两委"班子也不健全,人心分散,连开会商量事都难。

村里情况基本掌握后,为了凝聚人心,他组织召开了一次特别的党员大会,日期定在1月30日,农历腊月二十一,这时外出打工的很多人都回到村里准备过春节了。卷掌村有党员22人,他挨个通知,除了卧病在床的2人,其余的都参加了。那天,会议在村党员活动室召开,李玉法对党员们说会议开始前,我们先重温一下入党誓词。他背对大家,端端正正地站在墙上的党旗下,举起了右手,党员们先是一愣,接着齐刷刷站起来,跟着李玉法庄严宣誓。

整齐而响亮的宣誓声,在卷掌村响起。

别开生面的会议开场,从每个党员脸上可以看到除了震惊还是震惊,铮铮誓词仿佛使党员们听到了党的召唤。

重温入党誓词之后,李玉法谈了村里的情况,说了自己的想法,讲了党员如何发挥带头作用,他隽思妙语,谈笑风生,没有一句重复,没有一句卡壳,句句都是说的掏心窝子的话,也说出了全村党员的心声。

"那我们怎么干呢?"李玉法深思熟虑,腹有良谋,胸有成竹,随之把话锋一转,"卷掌村出路在哪里呢?党已经给我们指明了方向,那就是脱贫攻坚!"说到这里,他手向前一挥,把巴掌狠狠向下一砍,"我们要把村里的穷根斩断!"

别看是一个村里的党员大会,会场上所有与会党员听得连一声大气都不敢喘,连一声咳嗽都不敢响,静静地听着李玉法讲话,会场上静得连一根针掉到地上都能听得见。

如猛雷轰顶,石破天惊!大有"风萧萧兮易水寒,壮士一去兮不复还"之概。所有党员无不为之动容。每个人心里的一团火,瞬时被点燃,个个心潮澎湃，热血沸腾，整个会场涌动着一股激情，李玉法从那种氛围中感到一股股力量从每个党员的内心深处迸发。当他讲完，伴随而来的是雷鸣般的掌声，那掌声是一种认同，那掌声是一种共鸣，那掌声是从卷掌村内部响起的第一声春雷，卷掌村脱贫攻坚的希望像熊熊烈火一样燃烧起来！从掌声中李玉法体会到其中蕴藏着巨大的能量，体会到卷掌村党员的力量和信心。

自此之后，重温入党誓词也成了后来卷掌村召开党员大会时开场的一种固定仪式。

也正是这次党员大会召开后，村民看到了李玉法让党员们站出来了，都说日子有盼头了。一时间，村民口口相传，赞叹有加。群众脱贫攻坚的积极性也调动起来了。

击鼓三通，铁板铜琶，从此，李玉法唱响"大江东去……"

行动，顶一万句

俗话说，说一筐话，不如干一件事。为了凝聚人心，李玉法从市里请了专家在村里开设了"道德讲堂"，主要讲解感恩励志、孝老爱亲的道理。讲了几次，听的人是越来越多，乡亲们听后心里越来越亮堂，村民见面也变得亲切了，整个村有了一种大家庭的感觉。春节前，李玉法通过自己的社会关系为村里的贫困户拉了一些赞助，给村里70岁以上的老人和贫困户每家送去了过年的慰问品——米、面、油，一共32户。

搞道德讲堂、送慰问品，让村民们心里暖和起来。李玉法趁热打铁，为把乡亲们的感情距离拉得更近一些，在2016年春节后，正月二十五，他在村里举办了"饺子宴"，包饺子的原材料要求每个人自带。李玉法怕"饺子宴"办黄了，于是自己先拿钱备了食材，就是空手来，也有饺子吃。令他没想到的是，村民们你拿面、我拿肉，家里有什么就拿什么。包饺子时，大家干得热火朝天，亲如一家。当日的"饺子宴"独特之处在于吃，吃饺子时，每个人面前摆着一双长52厘米的筷子，自己用筷子几乎吃不到嘴里，只能用筷子喂别人。当大家发现"秘诀"后，人们你喂我一口，我喂你一口，其乐融融，不亦乐乎。

用长筷子吃饭的创意来自一个寓言故事：一个人到天堂和地狱看了看，发现天堂和地狱的生活是一样的，每次吃饭都得用长长的筷子，只不过天堂的人互相给对方喂，大家都吃上了饭，生活很幸福；地狱的人只顾自己，用很长的筷子却吃不到自己嘴里，结果饿得瘦骨嶙峋。

聚似一团火，散开满天星。饺子宴让村民们吃出了感情，增进了友谊，拉近了距离。李玉法说，互相喂饺子可以让人懂得感恩，愿意付出。"饺子宴"除了吃出喜庆、热闹、融洽，还要吃出寓意、文化，令大家懂得用自己的双手才能创造美好生活。

2015年11月27日，中央召开了扶贫开发工作会议，习近平总书记发表重要讲话："脱贫攻坚已经到了啃硬骨头、攻坚拔寨的冲刺阶段，所面对的都是贫中之贫、困中之困，采用常规思路和办法、按部就班推进难以完成任务，必须以更大的决心、更明确的思路、更精准的举措、超常规的力度，众志成城实现脱贫攻坚目标。"号角吹响，各级党委、政府积极响应，全国脱贫攻坚战役打响。2016年2月，石家庄市裕华区农工委驻卷掌村工作队长、第一书记刘博来到了卷掌村扶贫，听到了李玉法是回村义务扶贫，深为他的行为感动。"脱贫既是乡亲们的期盼，也是组织交给的任务，卷掌村的老百姓就靠咱们了！"刘博的一句话让李玉法心头一热。两人情投意合，一见如故，从此，两个"第一书记"携手打响了卷掌村的脱贫攻坚战。

李玉法领着刘博和工作队的同志走遍了村里每个角落，两人经常为工作交谈到深夜，把他前期调查的情况详细交底，共同探讨如何带领村民脱贫致富。为了更深入地了解村里情况，他们与村民打成一片，帮村民上山砍柴，和村民一同搓玉米、推碾磨面、开荒种菜……工作队在最短的时间成了"卷掌人"。动人以行者，其感方深，他们用行动换来了村民的信任。

在了解村情的过程中，他们发现，由于过去村里水井储水量小，人们吃水是定时开定时关，村民要定点储水。为扩大井的容积，增加蓄水量，李玉法、刘博三番五次跑县水利局，争取技术和资金支持，后来争取了3万元启动经费，组织村民自力更生打井，很快建成了蓄水量达50立方米的水井，维修了全村输水管道，让村民们家家户全天候喝上了自来水。接着多方筹措资金，硬化了村里的道路，安装了太阳能路灯，帮助贫困户重建、修补房屋。为了清除卷掌村的"视觉贫困"，李玉法和刘博想尽各种办法，积极联系社会资源，粉刷美化了街道两侧墙面，建起了内容生动的文化墙，对村里进行整体美化。与移动公司联系，建起了村里的信号基站塔，村民们打电话再也不往高处跑，想坐着打就坐着打，想躺着打就躺着打。经过三个多月的努力，卷掌村旧貌换新颜，漫步在卷掌村，干净整洁的街道，让人仿佛置身于诗情画意之中，很难想象这里曾是一个"灰头土脸"的村庄。

行动，能顶说一万句话。李玉法和刘博同吃同住同劳动，与村民一道摸爬滚打，令村民称赞不已。有村民说，李玉法、刘博和工作队的同志们，不拿村里一分钱，不吃村民一口饭，把村里的事当成自己的事干，我们有什么理由不努力脱贫致富。

人心凝聚，梦想之火点燃。

产业，脱贫支点

2016年4月，习近平总书记在安徽考察时指出："要脱贫也要致富，产业扶贫至关重要，产业要适应发展需要，因地制宜、创新完善。"经过深入研判卷掌村的村情之后，按照习近平总书记的要求，李玉法和刘博连续召开了几次党员大会和村民代表大会，确立了"以旅游开发为龙头，以特色种植为支柱，光伏、风电为支撑"的发展思路。

想脱贫，就得发展产业、成立组织。可一提到交股金，大家都往后缩。原来，数十年来为了脱贫而进行的种种尝试都失败了，乡亲们没有信心，也怕赔钱。"这个钱只能用来生钱，绝不会赔了。"李玉法在广播里向乡亲们承诺。人陆陆续续地来了，你一百元，他二百元……最多的五百元。经过苦口婆心的引导，后来一共收到了股金1.06万元，钱虽然不多，却是乡亲们沉甸甸的信任。合作社办理注册手续、刻章等钱全是李玉法和工作组垫付的。李玉法和刘博寻思，"卷起手掌是拳头，卷掌村是杂姓村，最需要卷起手掌，握成拳头"，于是合作社就叫"平山县成拳农业专业合作社"。卷掌成拳也提炼成了村庄文化内涵核心。

没有在农村待过的人不知道村里办事有多难，村里大事必须走民主程序，召开村民代表会，但是一些村民代表在平山或石家庄打工，回村不方便，也影响收入。李玉法、刘博提前到石家庄或平山等村民代表一下班就接上大家回村，晚上开会，第二天一早上班前再把大家送回上班地点，不耽误大家打工挣钱。

"绿水青山就是金山银山。"习近平总书记的话点醒了李玉法和刘博。

卷掌村是个四面环山的山村，位于太行山深处。村内抬眼处就是雄奇壮美、巍峨峻秀的山脉。沿村内田间道进入东沟，再爬上海拔千米的槽子水，只见地势开阔，植被茂密，非常美丽。沿着崎岖的山路爬来爬去，只见四处皆景，最后沿着悬崖边往前走，看到一棵从大石头中央长出的五叶枫，不远处两座高峰之上即是鬼斧神工的巨型天生石拱桥。再往前走不远，悬崖边上有一个天然的平台，此处观赏天生桥角度最佳。胆子大的人还可继续往前走，甚至爬上天生桥，走到山的另一边。伫立桥上，好似站在云层之上，下临万丈深渊，云托桥，桥载云，云烟翻滚，令人惊心动魄。天生桥所在的槽子水曾是卷掌村的自然庄之一，一直以来都有人在此居住、生活。后来由于交通不便，这些居民便搬到山下生活。

天生桥下西侧不远处是山中百米长洞——黄龙洞。黄龙洞洞口出露于三栈之下（专家从整个山脉划分，属三栈，当地人从卷掌村山脉划分，称二栈）的悬崖，相当隐蔽，不是有人引领一般很难发现。据老人们讲述，古时黄龙洞里面曾有黄龙庙，附近多个村庄的村民经常祭拜，也有过庙会。在天生桥西面山顶还有当地最高峰杀九坨，可以观日出，还可以看几十里外的岗南水库，甚至更远处的黄壁庄水库。

天生桥、杀九坨属于卷掌村，黄龙洞属于其他村落，不过卷掌村也是黄龙洞的庙主之一。

靠山吃山，但卷掌村的山是"养在深闺人未识"呀，没名气，哪来人来看呢。但李玉法与刘博想从山中搞点儿什么。又怎么搞呢？他们想到请专家考察一下卷掌村的山。

李玉法联系母校河北师范大学资源与环境科学学院黄华芳、王健教授帮扶卷掌村挖掘、考证旅游资源。两位权威专家考证并出具了专业意见："卷掌村天生桥诞生于250万年~100万年前，目前桥顶海拔高度1053.75米，桥高120米，宽5米，自厚9米，跨度160余米，横跨于绝壁之上，下临深渊，异常壮观，是我国北方罕见的喀斯特地貌景观。"

专家的考证，媒体的纷纷报道，揭开了卷掌村天生桥神秘面纱，把这一巧夺天工的大自然杰作展现在了世人面前。

卷掌村沸腾了，村民们笑了，卷掌村因为天生桥成名了，成了人们亲近大自然的理想之地，吸引了许多人想前来一览胜景。随着天生桥的声名远播，李玉法和刘博搞旅游开发的梦想有着落了。

没有钱开发，那就先让人们进村看自然景观。村里依托青山绿水开展农家生态旅游接待，选了一些户做试点。李玉法和刘博带着大家到市里五星级酒店参观，主要是开开眼界、增加服务意识。买床单被罩得400多元，有村民不解："咱们这儿山高路远的，谁来呀？"

一听这怀疑之声，村民梁兰英说："书记说怎么干，咱们就怎么干！"李玉法向大家承诺，不敢保证挣多少钱，但是一定保证大家不赔钱，最后我们兜底。

回来的路上，李玉法给大家打着"防疫针"：不管别人怎么说，遇到什么困难，都不要放弃。"孩子呀，只要你不放弃，我们就不放弃。"檀栓林大娘说。

李玉法给村里争取了先后赴广东、福建的乡村社区参观学习名额，食宿费、路费全由培训方提供。为了多一个村民开阔眼界，李玉法自己没有去。其中，王春丽、李春林去广东。但是临出发前，王春丽、李春林两人打了退堂鼓。他们连石家庄也很少去，怕找不回来了。几经周折，联系了那边的朋友接送站才得以顺利成行。

10户旅游接待人家选定，接待能力达30人。游客慕名来了，有的是看到媒体宣传，有的是李玉法与刘博通过微信向朋友们推介的。旅游开发的梦想实现了。2017年，投资上千万元的旅游路在卷掌村建成，石家庄怀特集团也积极在卷掌村进行旅游开发，绿水青山真的要变成了金山银山。

"我家的农家乐去年才开始，一年就有5000多元的收入。随着景区的开发，我相信会有越来越多的游客到这里来，所以我打算今年再把房子收拾收拾，让游客住得更舒服、吃得更开心。"韩文彦说。

产业扶贫，风鹏正举。卷掌村靠扶贫政策，引进了光伏发电，使贫困户每年增收3000元。引进特种辣椒种植项目，完成土地流转28亩，每亩每年租金400元，合作种植27亩，签订保价每斤1.2元的回收协议，初步形成"公司＋合作社＋农户"的经营模式，现在辣椒种植年产量达到了16吨。与石家庄市槐底村达成村产玉米面4.5万斤、粉条6万斤的长期供销协议，为卷掌村成拳合作社每年稳定增收3万余元。引进并促成平山县政府与国家电投石家庄分公司签订了8亿元的风电项目合作框架协议，实施范围包括卷掌村在内的多个乡镇。

卷掌村的变化和事迹相继得到了新华社、中新社、《人民日报》、《中国教育报》、《河北日报》、《燕赵都市报》、《石家庄日报》、《燕赵晚报》、河北广播电视台、石家庄电视台、河北新闻网、长城网等新闻媒体的广泛报道。据不完全统计，涉及卷掌村的各种原创报道100余篇，卷掌村成了"网红村"。有村民给习近平总书记写信反映李玉法的事迹和卷掌村的变化，李玉法的事迹得到了国家信访局肯定。2017年8月3日，国家信访局给卷掌村全体村民发来回信："得知你们村去年底顺利实现整体脱贫，我们感到由衷的高兴。希望你们在党和政府领导下，巩固脱贫成果，继续苦干实干，用自己的勤劳双手，创造卷掌村更加美好的未来。祝愿乡亲们日子一天比一天更好！"

关爱，冰心玉壶

脚下粘有多少泥土，心中就会沉淀多少真情；脚下土地有多深，对它的爱就有多深。李玉法深情地眷恋生他养他的卷掌村。他认为村里的老人是一个乡村的财富，村庄里的孩子是未来和希望。在扶贫的日子里，他倾注了多少心血和汗水！

孝道是中华民族的传统美德。卷掌村60岁以上的留守老人70余人。"有劳动能力的年轻人大都外出打工了。"李玉法说，留守村民中，子女在外有营生手段的，还能贴补家用，基本生活能够保障。而那些孤寡老人以及病患家庭，日子就比较难过。为进一步改善老人的生活，李玉法、刘博多次与河北省荷花公益基金会、石家庄市报恩社会工作服务中心协商，2018年底，卷掌村新建"60敬老餐厅"，村里60岁以上的老人吃上了免费早餐。

"60敬老餐厅"就餐集中在村民活动中心，这是村委会专门将村里红白喜事所用的场所腾了出来，作为餐厅的主要场地。"60敬老餐厅"由本村新成立的老年协会运营，驻村社工给予指导，以"60敬老餐厅"为载体，让留守老人不再孤单，卷掌村养老互助的发展已经迈出了第一步。

老爷子韩三毛，75岁。年轻时就与老伴离异，儿子现在已经成家，常年在市里忙工作，很少能回来探望他。虽然韩老爷子身体还算硬朗，平时也能下地干活，性格也颇为开朗，但视力和听力都不太好。对于能享受到免费早餐，老爷子特别开心。"以后都有人照顾我们了！"老爷子一个劲儿地感慨。

71岁的五保户王长命，终身未婚，无儿无女，独身一人，很多时候比较孤独，村里的活动也参与较少。能和大家一起热热闹闹吃顿饭，还能有人陪着聊聊天，老人特别欣慰。还有老人卢明，他紧紧攥着社工的手说："我活到这么大，还是头一次听说有免费早餐，而且还让我享受到了，真不知道咋形容我这心情，感觉特别温暖！"八旬老人高玉海也在一旁开心道："村民之间联络感情的同时又把饭吃了，真好！"

少年强则国家强，李玉法深谙个中道理。卷掌村的许多孩子没有走出过大山，他们没有听说过地下还能跑火车……他们想在省会石家庄找个城里亲戚，感受城市的学习、生活。

得知他们的愿望，李玉法和刘博发起了"山里娃找城里亲戚"活动，经媒体报道宣传，得到了许多社会人士的支持和帮助，在石家庄为卷掌村的14名孩子找到了"亲戚"。2017年8月18日，来自卷掌村12户家庭的14名孩子来到了石家庄。在志愿者和爱心家庭的带领下，山里的孩子们参观了科技馆、博物馆，坐地铁、参观河北师范大学，逛动物园、看儿童剧……触摸这个城市，和城里孩子一起找寻童年的快乐。

那天，听说孩子们来科技馆参观后，河北省科技馆的工作人员不仅非常欢迎，而且还在当天义务为孩子们讲解，让他们度过了难忘的一天。另外，在得知部分山区孩子没有身份证后，河北省博物院也决定在当天为他们专门开辟一条"绿色通道"，并祝愿孩子们能玩得开心。

值得一提的是，为了给这些山里的孩子们留下一段美好的回忆，小鲸鱼海悦儿童剧场主动邀请孩子们到剧场做客，他们为山里的孩子们及爱心家庭带来一场精彩的亲子互动剧《爸爸在哪儿》。工作人员表示，这些孩子们的梦想都很淳朴，其中有些对于城市的孩子们来说都是再普通不过的事情，可对于山里娃来说，却只能是奢望，所以他们也希望为孩子们留下一段美好的回忆。演员们当天的演出更加用心，也更加精彩。

一些爱心企业家的支持同样让人感动，河北金诺康药业的董事长顿艳涛在得知活动的消息后，特地捐助了6000元的善款，希望这笔钱能让孩子们多去一些地方游玩，吃得好一些。正定悟心公益社的志愿者们也捐助了部分费用，并在活动期间为孩子们提供志愿服务。省会公交一公司和五公司的志愿者也主动联系组织人，免费提供了车辆，带孩子们在省会好好转了转，看了看省会这些年的发展成果。河北师范大学资源与环境科学学院安排在校的学生带着孩子们参观学校，并专门安排了两个实验室，让孩子们领略高校的氛围。

"帮山里娃找亲戚"，还有许多城市家长和山里孩子愿意参加这个活动，李玉法表示，他们会逐步扩大活动覆盖范围，让更多的山里孩子和城市孩子受益。

爱在继续。现在节假日山里孩子和城市孩子可以相互走亲戚，一起玩耍，体验城市生活和农村生活，平常可以书信交流往来，他们会有一个不是亲戚但比亲戚还要亲的玩伴……对于孩子们如何相处，家长们如何交往，都有专业人士进行培训和辅导。

卷掌村的孩子们在各种活动中，增长了见识，培养了自我管理能力，看到了祖国的繁荣昌盛，增加了爱国主义情怀。

付出，无须回报

李玉法回村义务扶贫，他的事迹感动着社会各界，2018年他荣获"感动省城十大人物""中国网事·感动河北2018年度网络人物"称号。这是社会对他的肯定和褒奖，但他经历的辛酸和奉献无人知道。

带着一颗心来，不带一棵草走。李玉法回村后放下了市里的事业，没有了任何收入。为了扶贫，他这两年加油、高速收费花出的钱变成了一张张收据，厚厚一本。为了家庭生活不受影响，过去专职带孩子的爱人武素彦把小女儿送到了幼儿园，开始上班。她每天早上7点先把小女儿送到幼儿园，然后在7点40分把大女儿送到小学，再赶到保险公司上班。下午再接大女儿、小女儿回家。柔弱的妻子挑起整个家庭重担。有时想孩子了，用手机视频一下，李玉法总两眼泪水。唐僧西天取经历经九九八十一难，李玉法一点也不少，他为卷掌村的事磨破了嘴，跑断了腿，他却舍不得休息一天……

卷掌村，在短短两年多时间里"卷掌成拳，勠力攻坚"，摘掉了国家级贫困村的帽子。这一巨变，离不开两位第一书记刘博和李玉法的无私奉献。在卷掌村脱贫攻坚战场上，两人齐心合力、排除万难带领乡亲们致富，践行着共产党员的初心。2018年6月他俩完成扶贫使命。

脱贫后的卷掌村村民为了表达对党中央脱贫攻坚政策的感谢，致信国家信访局，汇报了卷掌村的最新变化。国家信访局收到信后，于2018年12月13日给李玉法发来回信："得知卷掌村在党中央惠农政策的支持下，成了'网红村'，脱了贫，过上幸福的生活，为大家感到高兴！相信在党和政府领导下,卷掌村乘着乡村振兴战略的东风,继续苦干实干,村子会建设得更加美丽富饶,乡亲们的日子定会越过越红火!希望您继续努力工作,为卷掌村的发展再立新功!"

李玉法扶贫受到国家层面的肯定,备受鼓舞。他没有忘记初心和使命。经过思考,他发起成立了卷掌村回报家乡理事会,继续参与卷掌村扶贫乡村振兴工作,并带动了更多的在外卷掌村人一起回报家乡。

果戈理说,如果有一天,我能够对公共利益有所贡献,我就会认为自己是世界上最幸福的人了。李玉法说:"虽然我放弃了自己的事业,但我为乡亲们做了些事,我的幸福就是看到乡亲们脱贫。"

刘博曾经填过一首词《如梦令·卷掌扶贫》:"太行深处人家,轻烟扶摇成线。青纱笼丰年,天桥红叶即现。且看,且看,指日卷掌成拳。"过去的梦想,现在已变成了现实。

今天我们已经看到卷掌村人,个个都与李玉法一样抱定"卷掌成拳"的信念,他们用拳头将贫困砸得粉碎,迎接属于他们的富裕生活和美好未来。

第八章　小村庄，大梦想

2019年2月24日，石家庄市举办的"时代楷模——全市脱贫攻坚先进典型事迹报告会"在电视上播出后，石家庄市行唐县东安太庄村党支部书记刘金国的事迹在社会上引起强烈反响。一石激起千层浪。刘金国获得"国家脱贫攻坚奋进奖"，人们才发现，刘金国居然到国家机关做过报告，是河北省唯一获得如此殊荣的人物。一个贫困村的党支部书记何以成了社会焦点？刘金国究竟做了些什么？

贫穷是藏在他眼里的一滴泪

刘金国1957年出生在行唐东安太庄村，家里兄弟四人，还有一个姐姐。在他的记忆中无论父母如何辛苦劳作，家里总是缺衣少食。小时候在青黄不接的季节，家里吃树皮、野菜、米糠，就是野菜、米糠也不是每顿都能吃得上。儿时的刘金国经常饿得两眼直冒金星。他的印象中所有的劳动就是为了一个"吃"字，但就是吃不上饱饭。

在饥饿中刘金国度过了他的童年。7岁时刘金国上学了，他学习特别刻苦。看到辛苦的父母，刘金国总想为他们做些什么。

有一天，母亲给他1毛7分钱叫刘金国到集上买1斤食盐（当时食盐1

毛7分钱1斤）。走在路上，他突然想要买盒火柴回家，因为家里穷没钱买煤，每天生火做饭后，母亲都是将炉子熄灭，怕多烧煤，用火的时候再生，费事极了，生火次数多，自然用火柴就相对费些。但是，1毛7分钱只能买1斤盐，哪来2分钱买盒火柴呢？（当时火柴2分钱一盒）仔细琢磨，他想了一个省钱的法子。

到了集上，刘金国去盐摊上每处只买2两盐，2两盐要3分4厘钱，按算术"四舍五入"法则，就只给3分钱。1斤盐分5次买，刚好省下2分钱，省下的2分钱便买了盒火柴。当时刘金国高兴极了。

回到家里，把盐和火柴交给母亲时，母亲却重重地给了他一耳光。母亲以为火柴是他偷来的，因为她给的钱只能够买1斤盐。后来他向母亲做了解释，但母亲眼里闪着泪花还是严厉批评了他不应该耍小聪明，占别人便宜。当时他好委屈。

这事让刘金国刻骨铭心地记在了心里。一耳光使他后来学会了勤俭节约、堂堂正正做人。

上到初中后，家里依然穷。因为家中几个孩子都上学负担太重，两哥一姐都辍学在家挣工分补贴家用了，家里总算坚持供他上到初中毕业。经历过贫穷的刘金国觉得贫穷就像藏在他眼里的一滴泪水，时刻提醒他要为改变自己的命运而拼搏。

刘金国初中毕业时17岁，20世纪70年代，在村里也算知识分子，他有幸被招进了镇办企业当了车工。每月有二十几块钱的工资。除了必需的生活开销外，他统统拿给了母亲。

然而家里生活条件并没有多大起色。后来，由于工厂生产的产品质量不好，市场销路渐渐萎缩，工资是厂里卖出产品了就发，没卖到钱就不发。再加上刘金国学的是车工，厂里有人说南方都用数控车床了，虽然刘金国没见过数控车床是个什么样儿，但他心里清楚数控车床肯定先进。可是厂里没钱买数控车床，他望着自己使用的老旧车床深感落寞无望，但又改变不了现实。

当时已进入20世纪80年代后期，中国改革开放了，各项政策也活泛了，当了5年车工的刘金国毅然决然地辞去了工作，他做通两家走得比较近的亲戚一起出钱，合伙买了3辆汽车搞运输。时逢物流业兴起，不几年，刘金国的运输做得风生水起，一个月收入1万多元，成了乡亲眼中的能人。

跑运输，刘金国尝尽了酸甜苦辣，因为常年在外，逢年过节才能回村里一趟。刘金国心中关于故乡的各种记忆——乡情、亲情、友情时不时在梦里刺痛和唤醒他沉睡的心。可为了生存，他只能让这些记忆萦绕着一起前行。

党需要的时候吃亏也要干

东安太庄村地处行唐县南桥镇东北一隅，是太行山脉与华北平原相交处，地势呈西高东低，属低丘陵地貌。全村400来户，1300多口人，历史上的东安太村村民沿河而居，种庄稼从不抽井水浇地，全是河水灌溉。但自2004年以来，随着地下水位下降，大沙河断流，沿岸2000亩田地成了靠天吃饭的"闹心田"。由于缺水，村西的丘陵山地也变成了荒山，夏天雨水多，杂草猛长，秋天看上去衰草连天。村东干涸了的大沙河吸引了不少外地人偷沙，因为沙中含铁，偷沙带吸铁成了一种产业，把整个村搞得尘土飞扬，乌烟瘴气。河床上大坑连小坑，有的坑深达数十米，不仅破坏了水源，还危及村民人身安全。非但如此，村里的道路也被挖沙的车辆碾轧得坑坑洼洼，老百姓出村都难，民怨沸腾，但又无可奈何。老百姓埋怨村干部不管，村干部说老百姓不齐心，同外地人一起偷采沙子，以致干群、党群关系紧张，各类矛盾层出不穷。为此，有一次，几十号村民聚集到县政府上访，中午吃饭时，上访村民冲进县政府机关食堂拿起碗就吃饭。有的还到省里多次上访，有的甚至上访到了北京。东安太庄村是全镇有名的乱村、穷村、信访大村。虽然村干部走马灯似的换了一茬儿又一茬儿，但始终没什么起色。

镇干部在村里调研时，许多老百姓说："村里缺的就是'能人'，刘金国有本事，有倔劲儿，让他回来领着大伙儿一块干吧。"按照乡亲们的意愿，镇领导多次登门动员刘金国回村任职。

对此，刘金国推辞过、犹豫过，他怕干不好丢人。有一次，镇党委书记亲自找到他说："你当初入党时怎么宣誓的？你自己富了，村里的事不闻不问，作为党员合格吗？你又土生土长在东安太庄村，你有钱了过上了好日子，可老乡们还是那么穷，你就不嫌丢人？"

"是呀，东安太庄村是我故乡，养育了我，自己富了，不能忘了根儿，我有义务回报家乡的养育之恩。我是党员，党的宗旨就是为人民服务，党需要的时候，就得站出来，吃亏也要干！"当着镇党委书记的面，刘金国表了态。

刘金国一向不服输的劲儿再次被激发，他最终选择了回村。可村里的亲朋好友们千个万个不理解："放着好好的生意不做，放着安逸的日子不过，偏要回穷村里瞎折腾，你受这份罪图个啥？"

面对质疑和责难，刘金国没有退缩。2006年，刘金国放下自己干得红红火火的生意，作为村里的能人被镇党委从保定"请"回东安太庄村。在支部改选时，高票当选为村党支部书记。

"东安太庄是个烂摊子！"刘金国虽然对此早有耳闻，但当选为村党支部书记后，他还是被村里的乱劲儿，搞得有点儿措手不及。作为南桥镇17个村中最乱的一个村，各项工作排名倒数第一，村委会没有办公室，还欠着一屁股外债，多达40万元，当时村会计手中仅有50元活动经费。村里的承包地到期收不回来，该交的承包费拖着不交，外地人在河道吸铁采沙……

面对环生的乱象，刘金国召开了村"两委"班子会议，经研究决定马上开展几项工作：其一，修好出村的公路；其二收回承包地，追回拖欠的承包费，补发村民的工钱；三是重新发包沙滩地。

当会议精神向村民传达后，刚上任没几天的刘金国就接到陌生人的恐吓电话："两天内让你脑袋搬家，趁早别蹚这浑水。"打电话的人都是外地口音，一查电话号码，都是虚拟的空号。甚至，有人给捎口信，说如果刘金国一定要重新发包荒滩地，不让采沙选铁，就打他们家孩子。有的村干部劝他说，不行给镇里通报一下，等等镇里给拿个主意，不要整出了事。刘金国的"倔"脾气，在南桥镇十里八乡是出了名的。对于少数人的恐吓和威胁，他这次又犯起了倔——非得整治一下这股歪风邪气不可！他对村干部说："别怕，要怕事，我就不回村里来当这个村支书了！"

危难时敢站出来替群众撑腰

上任伊始，刘金国召开村"两委"班子会、党员大会、村民代表大会，一起认真研究脱贫致富思路和步骤。终于，把大家思想集中起来了。

定出调子好唱戏。思路顺了，调子准了，演员齐了，锣鼓响了。

万事开头难。新官上任的第一把"火"，刘金国就"烧"到了承包土地上。土地发包那天，有人组织纠集了一伙人恶意哄抬承包价格，甚至扬言"让你包不成"。

面对嚣张的一方，刘金国毅然站了出来："为了村民大家，今天我非要把承包搞成不可。"贫瘠的荒滩地合理的承包价应该在300元左右，而那些准备承包后采沙选铁的人却以每亩1000元的价格哄抬，想的就是让别人承包不起，最后由他们承包采沙选铁赚大钱，还要继续玩耍赖不给承包费的花招。刘金国和村干部们看透了这些人的阴险伎俩，丝毫没有让步，明确说承包地只能用来耕种，他向有意承包的村民保证："怕事，不敢担当，我就不当这个干部。放心，如果大家包了地不能耕种，我个人赔偿。"正气终于战胜了邪恶，所有荒滩地得以顺利发包。

打铁趁热。借着荒滩地顺利发包，刘金国又带领村"两委"干部，赶走了那些采沙选铁的不法人员。

为了筹集资金，刘金国对村集体的成材林进行了公开拍卖，再次遇到了几乎与荒滩地发包同样的阻挠，一群别有用心的人为了低价中标，好从中谋取暴利，在竞标现场一再宣称他们已经买下那些树了，说谁再买，花了钱连片树叶也甭想弄走。关键时刻，刘金国再一次挺身而出，与对方针锋相对，以一名共产党员的无所畏惧赢得了现场真正竞买者的信任，并以35万元中标，大大高出标底12万元的价格。

通过公开承包荒滩地和拍卖村集体成材林，共筹得资金45万元。刘金国说到做到，一次性偿还了多年乡亲们为村里修渠、补路欠下的工钱和村干部的工资。铁腕人物，铁腕治村，一下子稳定了村民不满情绪。乡亲们对刘金国的态度由最初的质疑、不配合变成了感激、敬重。

说一千道一万，不如踏踏实实地干一件实事。多年来散了的民心开始重新聚集起来，因为村民们亲眼见证了一位敢把身家性命置之度外而为村里、为村民办事的党支部书记，一群一心一意维护村民切身利益的村干部。

要想富，先修路。当时，村南出村的沥青路路面损坏严重，一下大雨，既泥泞又积水，经常出现车辆经过陷进去就出不来的情况，让村民们愁肠百结。为了修路，刘金国三天两头往县交通局跑，项目批下来后，村里配套拿出4万元修路款，建成一条长1500米、宽4米的出村水泥路，方便了村民出行。

历史上的东安太庄村系大沙河沿岸村，河岸的庄稼从来不用浇水。自2004年以来，随着地下水位下降，沿岸2000多亩良田变成了靠天吃饭的"闹心田"，老百姓的生活还是没从根本上改变。刘金国说："为了让乡亲们能种上庄稼，有饭吃，打井兴水，吃亏也要干。"当时，村集体没钱，刘金国带头从家里拿出1万元，村"两委"班子其他7名干部每人5000元，筹得4.5万元，找来专业打井队，在村东打了四眼井，铺设1000多米防渗管道，先期解决了500亩土地的浇地难题。之后，刘金国找林业部门争取到6万元退耕还林资金，又打了6眼井。再通过水利部门农田基本改造，争取帮扶资金17万元，打井五眼，铺设5000多米防渗管道，50米一个出水口，建扬水站5座，彻底解决了2500亩河滩地和南、北岗坡果园的灌溉问题。此举，不但节约了水源，更让群众降低了生产成本：以前浇地，1亩地一水要20多块钱，现在只要2块多，是以前的十分之一。

作为县重点扶持的贫困村，自2006年以来，刘金国和村干部们争取到各类扶贫资金400多万元，打机井、硬化路面、铺防渗管道、建扬水站……一件又一件实实在在的好事，让乡亲们看到了希望。街道硬化了，路灯亮起来了，村委会办公室、会议室建起来了，村民文化广场也有了……说到村里的变化，有村民说："以前是俺们村的姑娘抢着朝外村嫁，现在是外村的姑娘抢着朝俺们村里嫁。"

村民因何把村干部当亲人

刘金国为人厚道，乐于助人，对村子里每位老百姓都能做到公平公正。2015年10月，村民王少存3岁的儿子王梓宁查出患有嗜血症，需要进行骨髓移植治疗，医生说需要几十万元的治疗费，无疑使这个本就不富裕的家庭雪上加霜，一家人整日以泪洗面。无奈之下，王少存打算放弃给儿子治疗。村支书刘金国看在眼里，急在心里，主动为王少存申请了低保，并向镇党委进行了汇报。时任南桥镇党委书记盖进良、镇长杨永刚和刘金国一块来到王少存家中，每人给他捐助了1000元钱，刘金国说："赶紧给孩子看病，有什么困难大伙都会帮你的。"在刘书记的鼓励和劝说下，王少存有了信心，决定给儿子去做手术。随后，刘金国开始四处奔走，为王少存家募集捐款，在刘金国的努力下，11月6日，南桥镇全体干部职工、东安太庄村全体村民，为王梓宁举行了捐赠活动，刘金国在捐赠仪式上又拿出500元进行捐赠，仅一上午就为王梓宁捐款7.8万元。之后，刘金国又去找县里的干部，找财政局，发动更多力量来帮助王梓宁，不到一个月的时间，就筹集捐款近12万元。刘金国的大公无私、大爱无疆，不仅解决了王少存的燃眉之急，也坚定了他生活的信念，更让他感受到了党和政府的温暖，挽救了一个家庭。如今王梓宁病情已基本痊愈，和正常孩子一样过上了幸福的童年。

当时有村民劝刘金国说："当年你竞选支书时，王少存还游说别人不要选你，你真是宰相肚里能撑船，大量啊！"

"村干部只有把村民当亲人，村民才把你当亲人，做人要将心比心。"刘金国平静地对村民说。

在东安太庄村刘金国做事坚持的原则就是公平公正，做到了一碗水端平，才赢得了村民的尊重和信任。

2014年的一天，刘金国开着车和村委会委员刘保平、刘国才一起去林业局和县残联跑项目，回来的路上与一辆逆行的轿车相撞。三人都受了重伤。听到消息，村党支部副书记刘建珍和数百名乡亲纷纷赶到出事现场，看到已经变了形的车窗，怕鲁莽的救援伤着了刘金国，大家只好含泪鼓励他坚持住。刘金国当时觉得自己已经不行了，用尽了最后力气，把跑办项目的进展告诉刘建珍，话没说上两句，就昏迷了……

救援人员费劲把他们救出后，全村老少一起又追随救护车，一起来到了医院，整整一宿，村里数百名乡亲始终陪着他的老伴守在急救室的门外。他在医院住了27天，也是大伙轮流照顾。

当他出院后，架着双拐去扶贫办时，扶贫办主任仝香忠眼里落泪了，他说："你不要命了，打个电话也行呀，需要啥材料我们会去找你的……"

小山村建成了国家级示范园

采访时，当问到刘金国一生中最难的是什么，他说他最愁最难的是琢磨怎么带领大伙共同致富。

当时，土地承包出去了，道路也修好了，拖欠村民们修渠补路的工钱也给了，村里人心稳定了，然而村民还是在过穷日子。每当晚上想起这些刘金国就睡不着觉，凌晨三四点钟就起床，不好打扰别人，就一个人骑着摩托车在村外到处转，他在村四周的地里转了不知多少遍。有时那成片的光秃秃的荒坡岗在他眼里幻化成一片绿油油的庄稼，有时又成了一片瓜果，有时又变成了一片树林，树上挂满了一张张钞票……荒坡岗在他眼里千变万化。

有一天凌晨，他仿佛突然看到了树上挂满了果子，果子就像金蛋一样饱满，刘金国心里一闪亮，金蛋就是钱哪！要把荒坡变成摇钱树，乡亲们才能富。但如何让荒坡变成摇钱树呢？

如果说当初重新发包荒滩地、赶走非法采沙选铁人员和公开拍卖村集体的成材林，考验他的更多是勇，那么利用这荒坡岗找到一条适合东安太庄人共同致富的门路，考验更多的则是他的谋。刘金国清楚要治好一个村，有勇无谋，就意味着失败，甚至是一败涂地。

"君子生非异也，善假于物也"。谁都不是三百六十行的全才，刘金国搞运输赚钱，但要想将荒山变成摇钱树，也不是喊声"芝麻开门"就能成的事。要想成功就要懂得并善于借助他人的力量。同时对涉及全体村民切身利益的事情，更需慎之又慎，不能有一丝马虎。对此，刘金国有着清醒的认识。

于是，2008年春天，刘金国走进县林业局的大门，请林业局的技术人员帮忙出招。谁知说来说去，又说到了种植苹果。

这时候的刘金国对村里的情况已经非常熟悉，知道前几年村里有不少人种植苹果，但因由于品种退化卖不上价钱，苹果树陆续被砍光连根都刨净了。再提发展苹果的事，无疑反对者居多。但是技术人员接下来的一句话，又让他动心了：请国内一流专家，种植优质苹果。做到人无，我有；人有，我特。多年在外跑运输，这个道理，刘金国懂。技术员还介绍顺平、石家庄矿区等地的优质苹果亩产纯收入达到了上万元，甚至四五万元后，刘金国差不多已经拿定了主意，唯一的疑虑就是村里的土壤条件是否合适。

在县林业局有关技术人员的帮助下，全国首席苹果专家孙建设和他的技术团队被请到了东安太庄村。苹果栽培对土质要求有七项最优环境指标，现场勘察化验，认定东安太庄村土质富含六项指标。东安太庄靠近养殖小区，如果有机肥源充足，适合利用"苹果矮化砧宽行密植高效栽培"技术，种植"双矮化三优"（优良砧木、优良品种、优良配套栽培技术）苹果。

专家向刘金国等人通报了有关情况后，又微微一笑，说："你们这地方土质看来没问题，但不一定能弄成。首先是道路不行。其次是你们干部热情再高，老百姓也不一定认可，不一定栽树。"

专家说得含蓄,陪同专家前来的县林业局有关领导,因为和刘金国是熟人,所以就直接对刘金国说:"金国,你就当说说,算了吧,弄不成,别弄了。"

刘金国听懂了专家和林业局领导的话,但他不想错过机会,当场与县林业局的有关领导达成了君子协定:"领导,你只要帮我们做好技术保障,村里的事你放心,我负责。"

刘金国回到村里立马召开村"两委"班子会,村干部做了分工:他负责做村民的解释工作,其他干部每人跟一台推土机,修路。

短短的一个月后,村南村北山坡上沙石路全部修通。再次受邀而来的专家孙建设看罢惊讶不已,激动地说,周围3个村加起来2万余亩荒坡,可以成方连片规模发展,这在全国也不多见。并当场表态:你们将作为我们今后在河北的唯一基地,全力扶持。

刘金国向全村通报了专家的建议后,正如他所预料的,吃过"苹果亏"的村民们强烈反对。

"刚砍了苹果树,又要种苹果树,凭吗让我栽呀,你能保证比种粮食强?"

刘金国第一次召开全村苹果种植动员会,大部分乡亲打起了退堂鼓。

"想致富没门路,有门路不敢迈步。这时候,如果我们村干部光说不练,喊破嗓子也是白搭。"

刘金国只好挂图作战,下定决心背水一战,决战决胜。

他和7名村干部统一思想:带头干!一名村干部包两个生产队,一家一户做工作,他向村民保证:"村集体无偿给修路、打井、扒坡整地,免费提供树苗,全程提供技术指导。"

同时,租用客车带领群众到外地参观学习,请来农业大学的专家教授向村民介绍国际、国内市场对红富士苹果的需求及效益,讲解富士苹果的栽培技术。

老百姓常说,耳听为虚,眼见为实。为了让村民彻底转变"种苹果不行"的一己之见,村集体组织群众代表到顺平、前南峪、石坊等地的优质苹果基地免费参观，用事实说话，用当地果农的经济收益提振村民种苹果的信心。

刘金国一心为民的热情和执着，感动了有关单位领导和专家，为帮助村里发展苹果种植，省果树研究院无偿为村里配套了价值40余万元的实验设备，河北农业大学为村里无偿配备了割草机、打药机、开沟施肥机、旋耕机、弥雾机等机械化苹果专用设备。

爱心单位的帮助，权威专家的支持，特别是外出参观的所见所闻，让大部分村民彻底打消了顾虑，拿定了种植优质苹果的主意。

2009年，全村300户种了700多亩富士苹果。

2010年，村里建起了国家现代苹果产业体系综合实验楼，专家定期来免费为果农授课，通过学习，东安太庄多数人不仅可以科学地管理自己家的果树，还常被其他村的果农请去当把式，增加了收入。

并不是贫穷落后的村庄缺少走集体化道路的条件，而是他们最有组织起来的愿望。全体村民共有的农业合作化是发展方向，单打独斗没有出路。在党支部的领导下，把单打独斗的村民组织起来，抱团发展，相互取暖，才有希望，才能实现脱贫。

同年，村"两委"牵头，成立了行唐安太苹果种植专业合作社，果农家家户户入了社。"合作社对果树进行统一管理，为种植户提供管理技术，指导种植户科学施肥、用药、浇水和防治病虫害。"刘金国说，他们探索出"六统一"管理方法，即统一修剪、统一施肥浇水、统一疏花疏果、统一套袋、统一病虫防治、统一采摘，从而确保了苹果的品质。

"为种出地地道道、原汁原味的无公害苹果，合作社统一组织进行人工除草，不用除草剂；使用的肥料是牛粪、生物有机固体肥、灌根肥和叶面肥，不但提高了土壤的有机质含量，还均衡了微量元素。这样一来，苹果的质量安全就得到了保证。"刘金国说。

"西边开花，东边结果。"有了好的产品，更应该有一个响亮的品牌。2011年的时候，邻村西安太庄已经注册了一个"安太"苹果品牌，由于该村缺乏致富能人带动，注册的"安太"品牌并没有起到作用，西安太的苹果种植技术含量、苹果的口感等方面都已经落后于同期起步种植苹果的东安太庄。刘金国觉得"安太"品牌不能废了，而且这个品牌寓意也好，也符合自己的东安太庄使用，后经镇政府领导协调两个村的相关人员，东安太庄村就从西安太庄村把"安太"苹果商标买了过来，并迅速依托"安太"品牌打开了市场销路，壮大了"安太"品牌。

2012年，东安太庄村苹果基地被省林业厅列入省级观光采摘果园、被农业部确定为国家首批水果（苹果）标准化果品种植示范园，并获奖金50万元。同年，"安太"商标被河北省工商局评为河北省著名商标。2013年，全村已种植苹果2800亩，"安太"苹果经省产品质量监督检验中心检测，全部达到无公害要求。2014年9月，"安太"苹果在第十八届中国（廊坊）农产品交易会上荣获金奖。2015年9月，在京津冀名优果品擂台赛上喜获"果王"称号。如今，在村南国家现代苹果产业体系综合实验楼上，还建起了一个观光台。站在台上环顾四周，高品质的标准化果园一览无余。如今的苹果基地，已经成为村民发家致富的"绿色银行"。

"俺们刘书记真不简单，他不仅是合作社的'发起人'，更是乡亲们致富的带头人。"村民王六子说。

而专家的账让村民看到了更美好的前景：从正常情况来看，果树进入盛果期后，可持续40年，每年亩产在7000斤左右，亩纯收入最少在万元以上，如果管理到位，市场行情好，最多可达3万元以上。

大梦想，打造"全国绿色苹果基地"

"国家一共在全国选了50个地方作为优质果品实验基地，河北省3个综合试验站，俺村的这个国家现代苹果产业体系综合实验站是其中之一，石家庄市仅东安太庄村才有，省果树研究院无偿配套了价值40余万元的实验设备和检测仪器，并长期聘请多位苹果种植管理的专家教授作为该站的岗位科学家。"

谈起苹果产业的发展，刘金国信心满满。

"我们新建了一个机械化设备库，充分利用河北农业大学无偿配备的割草机、打药机、挖沟施肥机、旋耕机等机械化苹果专用设备，现在苹果管理全部实行机械化。"

为了追求和保持安太苹果的天然、绿色、环保、健康，刘金国组织成立了苹果种植专业管理技术员队伍。按照标准化生产工序，什么时间整枝，什么时间打杈，什么时间施什么肥，什么时间铺反光膜，什么时间套袋，专家教授亲自到村里现场指导讲解，保证苹果品质。2018年，安太庄苹果基地顺利通过了省农业厅、省财政对水果标准园的考核验收。刘金国按照专家建议已经找专业人员设计、制作了"安太苹果"精品盒，分为六个、八个、十个装的多种包装，"我们这是全新品种，是要论'个'卖的！"村民们自豪地说。

2018年2月，习近平总书记在四川凉山考察脱贫攻坚工作时强调："打赢脱贫攻坚战，特别要建强基层党支部。"

刘金国认识到党员是一个村发展的先锋，平时积极组织党员认真学习，将党的路线方针贯穿到村里的各项工作中。村党支部组织委员刘永强说："刘金国做事特别讲党性原则，始终保持党员队伍的纯洁和活力。全村账目公开，有事从来不藏着不掖着，花一分不光让每个班子成员知道，也都向老百姓公开。从不独断专行，每回村里有大事都和干部商量，开党员村民代表会商量。2012年，2019年，村'两委'班子换届，原班子连选连任。"

党支部建设加强了，党支部更有活力，战斗力也增强了。

2016年，刘金国把眼光投向村东的大沙河，大胆建设"沙河水乡"景区，在沙河沿岸栽植桃树700亩，梨树600亩，村西北建起了成方连片的核桃林1740亩，形成了环村经济林带。2017年投资338万元的30个名优果品暖棚开工建设，现已建成14个暖棚。暖棚里，黄瓜、青椒长势喜人，现在已销售到了曲阳、定州等县市，村民打工又多增加了一份收入。眼下已形成了以该村为中心，以苹果、桃、梨、核桃、白草莓等果品为主的万亩优质林果种植长廊。

"现在村里果树种植达5500亩,人均4亩多,在全国名列前茅,2017年年底,仅苹果一项,全村人均纯收入将突破4000元,村里剩余的43户贫困户全部脱贫出列,实现贫困村摘帽。"刘金国信心十足地说。苹果产业不仅鼓了村民们的"钱袋子",还带动了村里旅游业的发展。

如今,苹果树成了乡亲们的"摇钱树",通过发展苹果产业,村民们抱上了"金饭碗"。2018年该村谋划的容量500吨的冷库已建成,苹果保鲜有了保障。10家农家乐开始营业,建起了以住宿和餐饮为主的美丽乡村旅游接待中心,发展起了乡村游。

为了让村里的妇女在家门口就业,刘金国主动跑办为村里引进了投资18万元的"家庭手工业"项目,建起了服装加工厂。还与正定县萌宝儿服装公司合作加工生产童装,优先吸纳本村建档立卡贫困户和留守妇女到车间务工,每月人均工资达2000元。

村民不仅要富裕,村里还要"净洁美"。刘金国带领村"两委"班子与驻村工作组着眼省级旅游示范精品村打造,实施了"三清一拆"行动和"四美"活动,如今,全村大街小巷全部实现了硬化、亮化、绿化、美化。昔日的垃圾场正在华丽转身为特色鹅卵石村民休闲养生公园。同时,该村立足特色鹅卵石资源优势建起了工艺品加工厂,京赞线至安太庄珍果园等四条主干产业路全面开工,为该村经济发展增添了新动能,引领该村大踏步地走上了脱贫致富的康庄大道。

沧海桑田,翻天覆地。如今的东安太庄街道硬化了,路灯亮起来了,村委会办公室、会议室建起来了,村民文化广场也有了,村里养老院建成了,老百姓的钱袋子鼓起来了……一件又一件实实在在的好事,让乡亲们看到了东安太庄村的美好未来。

刘金国一个小小村支书正带领他的村民,用实际行动践行了党的群众路线,一步步把东安太庄村打造成了全国有名的"绿色果品基地"。

桃李不言,下自成蹊。由于工作突出,刘金国2006年以来连续10年被行唐县委、县政府评为"优秀共产党员""综合治理先进个人""十佳百颗星"代表;2010年至2012年,被石家庄市委、市政府授予"市劳动模范"荣誉称号；2015年被国家旅游局授予"中国乡村旅游致富带头人"；2016年荣获"全省脱贫攻坚工作奋进奖"。2018年，在全市"时代楷模——全市脱贫攻坚先进典型事迹报告会"上，他向全市汇报了他的脱贫攻坚先进事迹。

> 放飞梦想，迎难而上，
> 放飞梦想，不管山有多高水有多长，
> 放飞梦想，暴风骤雨挡不住奋飞的翅膀，
> 放飞梦想，给世界奇迹和希望，
> 放飞梦想，坚定信念成就辉煌。

根据镇党委决定，2019年将东安太庄村、西安太庄村、南安太庄村合并成了一个大村，成立了安太庄村党委，刘金国当选为党委书记，继续他的"大梦想"。

潮平两岸阔，风正一帆悬。我们有理由相信大安太庄村在刘金国的领导下，将迎来更加美好的明天。

第九章　太行新愚公

先秦时期，列御寇写有寓言《愚公移山》。

太行、王屋二山，方七百里，高万仞。本在冀州之南，河阳之北。

北山愚公者，年且九十，面山而居。惩山北之塞，出入之迂也，聚室而谋曰："吾与汝毕力平险，指通豫南，达于汉阴，可乎？"杂然相许。其妻献疑曰："以君之力，曾不能损魁父之丘，如太行、王屋何？且焉置土石？"杂曰："投诸渤海之尾，隐土之北。"遂率子孙荷担者三夫，叩石垦壤，箕畚运于渤海之尾。邻人京城氏之孀妻有遗男，始龀，跳往助之。寒暑易节，始一反焉。……

愚公移山只是一个寓言故事，愚公本无其人。然而，愚公精神却在中国大地闪耀着神性的光芒，穿越两千多年历史烛照着我们。

今天，河北省灵寿县南营乡车谷砣村党支部书记陈春芳以愚公精神劈山修路。他移了一座山，这座山叫贫困；他修了一条路，这路叫脱贫致富路。

乡愁是藏在他心中的一团火

车谷砣村地处太行山深处，是国家级贫困村，陈春芳生于斯长于斯。20世纪五六十年代，因为没有通向山外的路，村里人去陈庄赶集，得翻山越岭，一路羊肠小道不说，还得途经几处悬崖峭壁，随时面临坠落悬崖的危险。村里人因路步履维艰，因路而胆战心惊。那时，赶集的人得早晨天不亮就从村里出发，到集上匆匆忙忙办完事就得往回赶，要不然天黑了还回不到村里。因为穷，赶集的人走到村口就把鞋脱了放在包里，光着脚板走山路，因为怕山路上的石头把鞋磨坏了。快到陈庄集上时，怕人笑话，又把鞋穿上。回来时，一出集市走上山路，又把鞋脱了，再光着脚回到村里。贫困就像周边大山一样，压得村民喘不过气来。

20世纪80年代，村里好不容易修通了一条沙石路。有一次，乡工委副书记刘志功开了辆130汽车来村里检查工作，车一停下，村里人就像看到了"西洋镜"，奔走相告，一会儿就聚集了几十号人看稀奇，把汽车围得水泄不通，有的人用手摸摸车头，有的人摸摸车灯，有的则在旁训斥："手贱，摸坏了你赔得起吗？"听说村里来了汽车，还有几个老头儿、老太太步履蹒跚地也来了。因为刘志功的姥姥是车谷砣村的，论辈分他还得叫这些老头儿、老太太舅舅妗子。其中一老头儿拍着刘志功的肩膀说："外甥，能不能让我们坐坐你的车，长长见识？"刘志功为不扫老人的兴，便招呼司机："你拉着他们去转悠转悠！"

司机就叫了几个胆大的老人坐上车，拉着他们到村外的黄土梁上转了一圈，也就是五分钟的车程。因为是沙土路，汽车一跑，黄龙飞天，这一来回，几个老人个个已是灰头土脸，但下了车大家高兴得不得了，逢人便说："哎呀，我坐汽车啦，汽车跑得风快，真带劲儿，这回算没白转这世人。"

路，一直困扰着车谷砣村村民，对路的向往就像一个美梦萦绕在他们心头。

陈春芳17岁那年，走出了大山去镇里上高中了，走出大山，他才知道世界太大太大。山外的路不仅比通往村里的路宽，而且平坦，都铺上了柏油面，油光锃亮。当时，陈春芳经常做梦都梦见车谷砣村修了条柏油路。

1989年，陈春芳高考没能如愿，家里还有两个妹妹上学，也没钱供他复读，于是他去了灵寿县城在建筑工地上当小工、当电工。后来又到石家庄的一家运输公司当售票员。1995年，他看到公司里内蒙古、山西的一些年轻同事辞职经营起了煤炭生意，他也辞了职，但因为没钱，做不了煤炭生意，只好给别人当起了煤炭装卸工。卸煤很辛苦，有时他一天要卸几十吨甚至上百吨煤，但他总是咬着牙干，凭着一身力气，两个月下来居然挣到了5000多元，那可是他过去一年的工资。陈春芳不像别的年轻人，有了钱就大吃大喝，他连一件新衣服都没舍得买。考虑到经常有人叫他卸煤联系起来方便，于是他就到一家手机二手市场买了一部手机，有了手机，生意就多了。陈春芳是个有心人，他把给卸过煤的司机、老板的电话都存在手机里。与做煤炭生意的人打交道多了，他从中发现了商机。待到有单位招标买煤炭时，他就参与进去，通过手机里存下的电话号码，挨个打，问对方的价格，筛选价格低、质量好的合作方。他就这样靠低价、靠诚信、靠服务与多家公司建立起了业务关系。后来他与人合作在阜平县城经销煤炭，挣了钱，他又在灵寿县城开了家煤炭经销部，专营民用煤炭生意，逐步在灵寿站稳了脚跟。

2005年，陈春芳与几位朋友共同出资买了18亩地做煤场，业务量扩大，他的生意做得风生水起，一年能挣100万元。为了这份家业，他累得患上了心脏早搏、高血压等疾病。

陈春芳是个热心人，平时村里父老乡亲来县城办事总会找他帮忙，他总是尽心尽力。

有一天，村里有个叫高金妮的老人家到县城医院看病，找陈春芳帮忙。老人家怕陈春芳家人认为找他就是为了花他的钱，见面先说："不用花你的钱哪，我们在村里也不懂县医院的事，你带着我办一下手续就行。"结果挂完号，高金妮让医生检查了一下，医生告诉说，身体有些异常，需要做CT进一步检查。老人忙拿出用破手巾裹了好几层的小包，跟陈春芳说："你看我带了这些钱呢，花不完！"打开一看，都是5毛、1块、5块、10块的，还有一堆1毛的镚子。数了老半天，共129块6毛钱，100多块钱在村民眼里就是很多钱哪！陈春芳当时眼泪就禁不住地往下掉。老人哪里知道，单做CT就要180块才够。老人的病不能不看，陈春芳不能让老人难堪，笑着对高金妮撒谎说："婶子，我医院里有熟人，看个病找找他们就成了，用不着花钱，把你的钱收起来。"陈春芳说完，就去了交费窗口。一上午陪老人家做几项检查，开了处方，拿了药。高金妮老人家至今都不知道自己看病的钱全是陈春芳给出的。

陈春芳虽然在县城住上了楼房，开上了小车，自己也富了，但现在车谷砣村依然贫困，4个自然村，69户人家，一共204人，村里的年轻人都外出打工，剩下的都是老人，人均3分地，过着靠天吃饭的日子。

金窝银窝不如自己的草窝。陈春芳的根在车谷砣村，魂在车谷砣村。高金妮老人看病的事，像一根针一样扎着他的心。他常常想：我拿什么报答我的乡亲？

"回"是对父老乡亲的庄严承诺

车谷砣村地处太行山深处，在抗战时期，由于这里山高谷深，位置偏僻，植被茂盛，成为晋察冀边区的后方基地。当时，边区印刷厂、中国银行、后方医院、白求恩医疗队、抗大二分校都驻扎在这里。陈庄歼灭战后，冀五团100多名伤员在村里疗养3个多月。日寇"大扫荡"时，村里群众掩护过伤员、县区干部、军区首长及家属多人。那时，村里老百姓家里哪怕只有最后一把米都要拿来给伤员吃。陈春芳从小听着这些故事长大，20年前就入了党。

村里老百姓也不是没有想过脱贫致富。2006年，外地一客商看中了车谷砣村山清水秀，便集资在村里搞旅游开发，村里没钱入股，只好出劳力投入建设。由于进村的路太窄，许多机械设备进不了村，开发商在集资几千万元后，卷钱跑路了。修的半拉子所谓的工程，除了占用了耕地外，都成了乱石堆。村民们连一分钱的工钱都没拿到，这伤透了村民的心。从此，人心散了，党支部再也没有号召力和凝聚力了。

有一次，村里一个老党员到县城找陈春芳办事，聊起村里的事，痛心疾首地说："车谷砣村，打工的打工去了，老人们老去了，没有一个小伙子能娶上媳妇，村里再没后人。不久车谷砣村就成了空村、死村。再不建设，以后就真没了。"

陈春芳听了老人的话，感到揪心的痛。他暗自动了回村的念头。可是，他家在村里是独门独姓，再说自己的事业正红红火火，又腾不出手。

2011年底，有位党员到县城看病，对陈春芳说："明年初，党支部要换届选举了，你心肠好，有能耐，咱们村需要你这样能挑头干事的能人带着大家干，肯定有奔头的，要不然村里人就走光了。"

没过多久，村里又来了几名老党员，劝陈春芳说："你能干好自己的事，就能干好村里的事，我们这些老党员都看好你、信任你，老区人要有骨气，难道党这么多年白培养你了？"

听到老党员的话，陈春芳看到了车谷砣村人心思变的决心，从老党员身上看到了他们对党的忠诚，他仿佛听到了党的召唤。陈春芳不再犹豫，掷地有声地说："回。"

一个"回"字，从此改变了陈春芳的命运。

采访时，当问到他最初为什么下决心要回村时，陈春芳想都没想地说："我一个人干好了，富我一家；回去把村子搞好了，二百来口人都受益。我是车谷砣养大的，不能忘了这片山山水水，忘了父老乡亲。"

渴望的眼神，破败的村庄，令陈春芳难以释怀。

2012年初，他回村参加了党支部改选。当时村里有22名党员，换届选举大会召开当天，到会19人，17人投了他的赞成票。乡党委考察后，任命他担任车谷砣村党支部书记。

为了车谷砣村更好发展，他又请回了在县城一家运输公司当销售经理的李建设回村参加村主任选举，李建设也高票当选为村委会主任。

为了弥补企业合伙人，他决定不撤出180万元股金，也不再参与分红，企业合伙人看到他壮士断腕、死心塌地要回村里，谁也没有难为他。

从此，他把家抛给了妻子，企业交给了合伙人。

党员就得有魄力、有担当

刚上任，为凝聚村民思想，改变村内现状，陈春芳多次召开党员会、村民代表会，组织党员、村民代表到平山、赞皇、阜平、房山、正定等地考察，探索发展出路。由于集体没有收入，外出考察期间所需一切费用均由陈春芳垫付。人心齐、泰山移。陈春芳的努力终于把全村老少乡亲们的劲都拧在了一起，最终统一思想，制定了"共同参与、共同谋划、共同发展、共同致富"16字发展总思路。

陈春芳首先把解决四个自然庄吃水难、行路难等民生问题摆在了第一位。上任后，他带领村"两委"班子垫资铺设饮水管道4000多米，将山泉水引进了每家每户；为方便村民夜间出行，村"两委"班子垫资1.5万元给村内安装了19盏路灯；为解决学校房屋破旧问题，陈春芳带头集资7万多元，在村内新建了50平方米的学校；为美化村内环境，在陈春芳带领下，村内大力开展环境大提升整村推进工作，拆迁路边厕所和猪圈27个，建设垃圾池和公厕各5个，清理残垣断壁5处，清理垃圾500余方，改造提升农家院10个，建设村民文化广场1180平方米，村容村貌焕然一新。

近水知鱼性，近山识鸟音。车谷砣村地处太行山深处，这里虽然土地贫瘠，但山场广阔，沟深林密，清泉长流，植被丰茂，是优良的避暑胜地、天然氧吧。车谷砣村历史悠久，迄今保存着五代后周时期的千年茶树、明代长城、炮台和清代四合院；车谷砣红色文化深厚，抗战时期是聂荣臻元帅、白求恩大夫曾经战斗过的地方，留下了永不磨灭的红色印迹。车谷砣村与五岳寨、驼梁景区在一条黄金旅游线上，有得天独厚的自然资源和人文资源，具备发展旅游产业的先决条件。当下旅游正成为方兴未艾的朝阳产业，养生和旅游又是人们向往和追求的生活方式。陈春芳想，如果利用好了车谷砣村的这些条件，开发旅游产业，必将能带动全村父老乡亲脱贫致富。

由于灵寿山中土地富含铁矿石,许多村特别是村干部因为卖山采矿一夜暴富。采访陈春芳时,问他上任后为什么不像其他村一样靠卖山采矿挣大钱、挣快钱,为什么非要选择开发旅游这么一条艰难的路来走。他非常憨实地说:"刨山?挖矿?他们把老祖宗留下来的绿水青山糟蹋成什么样子了?十年、二十年都恢复不了,千古罪人哪!富了的只是极少数,苦的还是咱老百姓。乡亲们选咱,那是信任咱。咱可不能干那损人利己的缺德事。"

做旅游开发,必须保护好环境。可是在陈春芳上任之前,有外地人就私下买了村民的山地非法开了三个矿点。陈春芳带着村干部上山,想尽一切办法阻止私人开矿。有位南方的老板提着钱到他家说:"只要让我们开矿,你算入干股。"他严词拒绝。见陈春芳软的不吃,就来硬的。有天晚上,那人带着几个身上有刺青的壮汉趁夜色摸到了陈春芳家里,当时只有陈春芳老母亲在家,一伙人就恐吓说:"再不让我们采矿,小心你儿子命就没了。"等陈春芳回家,受到惊吓的母亲哭着说:"他们弄死了我不算什么,可你是家里的顶梁柱,你要是有个三长两短,一家人怎么过呀!你不干行吗?"陈春芳只好耐心安慰母亲,说:"不用怕,这是共产党的天下,他们不敢怎么样。"用了好半天,才让母亲安定下来。

村里老党员说:"春芳这孩子自从当了这个支书,受了不少委屈,没少得罪人,可是他从来没有抱怨过什么,他的好乡亲们都记着呢,好人一定会有好报。"

人们常说,一朝遭蛇咬,十年怕井绳。车谷砣村由于以前搞旅游开发没有成功,陈春芳再提议时,遭到了很多人的质疑和反对。有人当面对他说:"旅游开发搞不成,千万不要搞,到时赔了夫人又折兵,不好给村民交代。"

陈春芳心里清楚,搞旅游开发弄得成或弄不成,关键在党支部,在村班子,在党员。村里虽说有22名党员,但他们大多在60岁以上,平均年龄都在65岁以上,除了几位年轻的在外打工,其他人连县城都没去过。他们见识少,学习少,思想保守,不愿接受新鲜事物,缺乏创新的勇气。党员大多还是贫困户，更别说带头致富了。没有超常思维，就没有超常发展。这些党员没有这样的素质，但是他们吃苦耐劳，有奉献精神，在村里人眼中，他们人品好，辈分高，说话有人听，这是车谷砣村的宝贵财富。陈春芳想先得改变党员的思想，提高他们的认识，增强他们的信心，让他们真正发挥好带头作用。2012年3月5日，他自掏腰包，组织党员到西柏坡革命圣地重温入党誓词。十几名老党员感慨万千。随后，他带着大家去了平山平岭村。

平岭村也是与五岳寨、驼梁景区相邻的一个村庄，比车谷砣村还小，可这些年，平岭村搭上了五岳寨和驼梁景区旅游的快车，全村搞旅游脱贫致富了。当天，党员们走到村里的家家户户，听人家讲如何做旅游发家致富的故事。在回来的路上，大家纷纷议论：平岭村与我们车谷砣村条件差不多，人家行，我们也行！驱除了党员心中的阴影，又发动党员一起做群众工作，全村上下燃起了创业之火。

在西柏坡重温入党誓词后，陈春芳将每月5日定为党员重温誓词日，每月都雷打不动地坚持。同时还将每月25日，定为村"两委"班子工作总结会日，会上班子成员要分别述职，要对当月做的工作进行评议，检讨工作中存在的不足，开展批评和自我批评，总结和交流经验，迅速提高了村"两委"班子的工作能力。每季度最后一个月要请领导讲党课，把党支部建成了坚强的战斗堡垒。

车谷砣村，山高、路险、崖陡、沟深，只有一条长9.75公里的山路通往外界，路基狭窄，路面宽3米多，路况差，急弯多，大型车辆难以通行。许多投资商对村里的风景及深厚的文化底蕴非常感兴趣，且都有合作意向，但是都被这里的交通状况吓跑了。一位省内某旅行社负责人的话道出了大多投资人的心声：车谷砣村很有开发价值，但仅修一条进山路，加上前期投资就得两个多亿，这两个亿还不如存到银行划算！路，成为制约旅游开发的"瓶颈"。

"要想富，先修路。"这句老话一遍遍在陈春芳的脑子里"转圈"。道路不畅是招商引资的"短板"，但是一旦把路拓宽了，道路顺畅了就会变"短板"为优势，就能把握选择合作伙伴的主动权。于是，陈春芳做出了一个令所有人难以置信的决定——不等不靠，自己修路。

村里的老干部、老党员知道后，语重心长地对陈春芳说，修路是好事，我们全力支持，但千万要记得，别量不回米来再丢了布袋。陈春芳理解老干部、老党员们的担心，也知道修路面临的风险，但他还是坚定地说："这是村里的唯一出路，我不去蹚，谁去蹚。万一失败了，损失算我个人的，如果成功了收益是全村的。"

话是这么说，可村里没钱，没钱怎么办？自己垫。在村"两委"干部会上，陈春芳和大家制定了集资标准：一百元起步，上不封顶。集资不计利息，不定还款时间，村里有了钱还你；没有钱，不能为难村里。陈春芳带头拿出5万元，村委会主任李建设不甘落后也拿出5万元。就这样，村"两委"班子成员你一万元，我两万元，硬是筹集了18万元，有了劈山修路的启动资金。

之后，陈春芳又瞒着家人，用县城的房子作抵押，贷款30多万元作为修路的后续资金，村"两委"班子成员也都把每年的工资捐出来用于修路。他们白天鏖战在修路战场上，晚上利用休息时间，走街串巷，深入到户，做群众工作，争取群众的最大支持。

为保证修路质量、加快修路步伐，陈春芳带领大伙始终奋战在修路第一线，每天坚持工作11个小时。雇不起外边的工人，他们就发动党员、入党积极分子带头，以每人每天30元的补贴出工。由于长期高负荷的工作，加上睡眠不足和工作压力大，陈春芳患上了上呼吸道感染，医生要求住院输液，但他的心始终在修路一线，就恳求医生让他把液体拿到工地挂在树上，边输液边指挥。当娘的心疼儿子，劝他回家边输液边休息，陈春芳却无论如何都不肯，老人家只能在家偷偷地抹眼泪。

为最大限度地保证修路人员安全，在修路人员休息期间，陈春芳亲自带领村"两委"班子成员加班排险。有个叫狐仙洞崖的地方，高40多米，岩层厚15米左右，只有先打眼爆破才能削除崖头，后期才能开通公路。这里山石大、裂纹多，容易塌方，造成危险。陈春芳把大绳拴在山顶大树上，固定好后再拴在自己腰间，吊在半空中，用杠子和钢钎排险，直到当日施工爆破无险为止才收工回家。爱人担心发生意外，劝他让别人吊在半空排险，他却把爱人训了一顿说："别人上去就不危险哪？都是上有老下有小，我是支书，这种危险的事儿就得我先上。"为了不耽误第二天施工，他们经常利用晚上时间对主要路段进行排险，一干就是大半夜。面对遇到的实际困难，陈春芳坚定地说："再大的困难我们也会克服，为的就是早点为乡亲们打通这条致富的路。"村民们被他们的真诚所感动，纷纷主动参与到道路建设中。

陈春芳把发展旅游业、带领乡亲们致富当成了自己的毕生的事业和义不容辞的责任。为此，他几乎把家当成了旅馆，天天不是在外边找资金、谈项目就是在工地抓工程。有时候饿了就在路边吃半斤炒饼，渴了就在山中找来山泉水喝，困了就把车停在路边躺会儿，自己贴着车贴着油，从来没有跟村里报过一次账。有一次下大雨，父亲忽然头晕动不了，陈春芳正要开车拉父亲去县医院检查，却接到了一个电话，有四个游客在山上迷路，通知他找人上山营救。陈春芳丢下父亲拔腿就走，边走边告诉母亲先找村里医生看看吧。第二天早晨，陈春芳回到家，父亲一只眼已经看不见东西了，他赶紧把父亲送到县医院，后得知父亲得了脑血栓，已经错过了最佳治疗时间，导致了父亲一只眼失明。即使这样，在老人住院期间，陈春芳让媳妇和妹妹照料父亲，他又返回了村里。妻子不止一次跟他抱怨说："为了这个村，你到底还要不要这个家，要不要你的妻儿老小了？"提起这件事，这个山里汉子就眼圈发红。

"再大的困难我们也会克服，也会担当，为的就是打通村民的脱贫致富之路。"陈春芳说。

为了修好这段出村的路，陈春芳他们劈山消除急险弯5处，拆除涉及4个行政村的路边房屋52间780平方米，门市、小房53处880平方米，猪圈、厕所66个，赔偿树木710棵，赔偿农户土地53.7亩，给农户发放赔偿款300多万元，修建石块结构护路墙体5.1公里，疏通河道2处，有效改善了交通状况。

经过两年6个月29天的鏖战，车谷砣村终于打通了201省道至车谷砣村长9.8公里、宽8米的通村道路。

道路的问题解决了，陈春芳开始在打好手里的"旅游牌"上做文章了。一天，他走到一个叫"手把崖"的位置，站在两山对峙之间，突然想到了毛主席《水调歌头·游泳》中"截断巫山云雨，高峡出平湖"这句经典诗句。于是邀请水利专家到现场实地考察，最终确定在两山中间间距40米处做坝基修建拦水大坝。项目确定后，由于资金少，工地不通路，建材运不上去，有意承包的工程队到现场一看，都扭头就走。陈春芳看在眼里急在心里，再次做出一个令所有人都为之震惊的决定：不伸手、不求援、靠双手、自己干。他们再次靠着愚公移山的精神，开始了大坝建设。水泥、沙子是靠十几个人沿着羊肠小道一袋一袋背上去的，晴天几身汗，雨天汗加水，除了吃饭睡觉，一天10个小时在工地上干。为既节省开支又不耽误工程进度，村里分别花3800元和800元买了一辆旧三轮车和旧搅拌机，修好后8个村民硬是艰难行进近1000米扛到了工地上。靠着这股子在困难面前不低头的拼劲，经过一年的努力，一座14米宽、20米高的主坝和5米宽、7米高的副坝终于完工，一座容积15000立方米的"高峡平湖"，像明珠一样闪耀在深山峡谷中。现在这里不仅成了村中一景观，而且村民还在湖中养了鱼，山中冷水鱼受到市场欢迎，给村民增添了一条创富之路。

大家富了，才算真正的富裕

栽下梧桐树，引得凤凰来。车谷砣村用自己的努力换来了翻天覆地的变化，吸引了各方投资商主动寻求合作，许多游客也慕名来到村里游玩。为进一步加大招商引资步伐，建设以旅游为主业的美丽新农村，陈春芳摆脱小农经济思维，及时引进企业模式，成立了灵寿县大砣山旅游开发有限公司，建立了现代企业组织和制度。面对诸多主动抛过橄榄枝寻求合作的投资商，陈春芳及"两委"一班人经过慎重选择，最终决定与正定县塔元庄村建立了战略合作关系。陈春芳又将整个沟域中黄土梁、南枪杆、团泊口三个贫困村和南寺村纳入车谷砣旅游开发成员村，创造性成立了沟域旅游开发和产业脱贫联合党总支，并按照一村一品、一庄一特、一沟一景的建设思路，打造总投资21.5亿元的"中国·车谷砣全沟域生态旅游度假区"，通过"村'两委'＋合作社＋农户＋旅游开发公司"的"四位一体"合作经营模式，让全体村民入股，带动沟域各村庄共同发展，在小康路上不落下整个沟域里的一个人。

中国·车谷砣全沟域生态旅游度假区，也是国内首个以"康养"为主题的景区。目前，村内茶王庙重建工程、水宴山宾馆和三拱石桥主体已经完工，一期6000平方米生态式停车场、沿河观赏步道、迎宾大道、红色旧址维修、新民居建设和仿古文化街等工程有序推进，初具规模。

在发展旅游产业的基础上，陈春芳还为村内谋划了野生猕猴桃种植、野生韭菜栽培等产业。为此，他还多次往返农科院请教农业种植专家，学习猕猴桃栽培技术，逐渐取得了成功。村内2000余亩的猕猴桃产业带已经初具规模，并成为村民脱贫致富、后续发展的支撑产业。

陈春芳的无私付出和优秀的领导才能赢得了乡亲们的信任，让他们看到了脱贫的希望。每当问他是什么原因能让他顶住压力、放弃事业，甘愿为家乡建设尽心尽力，他总是说："我们共产党员的辛苦指数，决定了父老乡亲的幸福指数，脱贫致富这是一个共产党员的职责。"在他的带领下，村"两委"班子团结一致，努力工作，得到了领导们的一致好评。车谷砣村先后被确定为革命老区重点村、农村面貌改造提升重点村、石家庄市农村集体经济股份制改造试点村、河北省美丽乡村建设重点村、市级精品旅游示范村、石家庄市历史文化名村、壮大农村集体经济试点村。

车谷砣村正在发生着一场翻天覆地的变化，宽阔的停车场、华丽的宾馆、楼台水榭、村民文化广场，一些都市元素出现在车谷砣村。眼下，拥有40多个商铺的商业步行街规模初具，正在进行装饰装修；八层带电梯的居民楼建设进展迅速；茶王庙景点由原来的50多平方米，扩建到1500平方米，主体已经基本完工……村民有入股收入、打工收入，土地流转收入，人人有活可干，这个曾经闭塞、落后的小山村生机焕发，人们的生活水平蒸蒸日上。

2018年，陈春芳荣获"全国脱贫攻坚奖奋进奖"。

不忘初心，方得始终。面对金色奖杯，陈春芳的脸上洋溢着灿烂的笑容。他说："获得全国脱贫攻坚奖，是党和政府对我的肯定，我感到非常自豪。但是，这对我来说只是一个起点。"他表示，接下来，他将再利用三至五年时间，全力打造车谷砣旅游品牌，预计3年内，车谷砣村村民年人均收入将达到2万元。

有陈春芳这样的"领头雁"，车谷砣村明天必将更美好！村民生活将更加幸福！

第十章　四十亩滩，就是我的家

从张家口市区出发，经过两个多小时车程，我们来到了阳原县四十亩滩村，准备采访河北公安警察职业学院驻村第一书记孙国亮。

村民把我们带到了孙国亮的住处。当时，门口坐了五六个人，像在开会，听说要找孙国亮，大家目光齐刷刷聚焦到一个人身上。此人瘦瘦的，皮肤黝黑，身着一件褪色的外套，里面的衬衣领子皱巴巴的，衣袖裤管高高挽起，浑身上下到处是泥土，像刚下地归来的老农，看上去非常扎眼。这人正是孙国亮，与我们想象中的警察形象相去甚远。围着孙国亮的这几个人是一个电影剧组，他们要以孙国亮为原型拍电影。

听说拍电影，笔者不禁脱口而出："您这是不是为拍电影化装了？"这话引起了人们哈哈大笑。

原来，孙书记接到县委宣传部通知，说我们要来采访，特地从蔬菜大棚回到了住处，剧组也跟着过来了。

孙国亮伸手想与大家一一握手，但伸出手才发现满手都是泥巴，于是不好意思地缩了回去。他拍了拍手上的泥土，我们的采访就此开始。

十分钟做出的决定

2016年1月29日，孙国亮突然接到了学校领导打来的电话："国亮，现在省委组织部要求今天得报三个人的名单上去，去张家口扶贫，现在实在抽不出人，想叫你去。"还没等孙国亮回答，领导又在电话里说，"忘了，你们办公室主任病还没好，又把你抽走了，办公室谁管哪？算了，我找别人吧。"领导放了电话。

孙国亮马上把办公室的同事叫在一起，对他们说："领导想抽调我去张家口扶贫，以后办公室的工作各负其责，有事电话商量，坚持一段时间，主任病好了，就来上班了。大家行不？"

"行是行，可你的右手骨折了还没好，张家口那边那么冷，不好养伤怎么办？"

"是呀，扶贫可不是一天两天的事，嫂子能放心吗？"

同事关切地提醒，孙国亮摸了摸右手上的石膏，对同事说："这东西硬，能顶得住，不用怕。"

最后，同事们说："我们工作上遇到不懂的事，就给你打电话请示，您放心吧。"

于是，孙国亮拿起电话，对领导说，他已安排好了办公室的工作，决定报名去扶贫。做出这个决定，前后不到十分钟。

回到家给爱人说了要去张家口扶贫的事，妻子怨他没跟她商量，流下了委屈的泪水。孙国亮知道这更多的是爱和担心，他只好说这又不是上战场不用怕。

2016年2月25日（农历正月十八），对于孙国亮和其他两位工作组队员徐军、王鹏来说，是个难忘的日子。"当天，在全省第一书记出征仪式后，省委组织部派大巴把我们从石家庄送到了阳原县辛堡乡。"孙国亮说。

春寒料峭，去辛堡乡道路的两旁白茫茫一片，雪光异常刺眼。孙国亮说："一下大巴，冻得人瑟瑟发抖，在辛堡乡大院中，刚刚站了一会儿，我的手和脸就被冻红了。"

有人看了看温度计，说当时温度为零下31℃。

一眼认出了杨明兆

真是无巧不成书。在辛堡乡逗留的短短两个小时，孙国亮遇见了从警校毕业而且是自己教过的学生，现已在乡派出所工作。孙国亮说要去四十亩滩村扶贫，能不能从户籍系统把村里人的资料给打印一套，方便以后了解村里情况。学生见老师这等苦心，笑笑说："在不违反原则情况下，我尽力照办。谁让您是我的老师呢！"

就这样，派出所给孙国亮打印了一套四十亩滩全村人的相关资料，在资料上还带着照片。拿着这套资料，孙国亮如获至宝，在去村里的路上，他不停地在车上翻看资料，记着每个人的长相和名字。

辛堡乡是离阳原县城比较远的一个乡，交通不便，而四十亩滩村，又是辛堡乡比较偏远的一个村。虽然是2月份了，道路两边还是皑皑白雪，尽管车里开着空调，依然感到寒气逼人，从乡里到村里车子走了一个多小时。下午3点多，他们来到了四十亩滩村。

四十亩滩这个村子不大，坐北朝南，一条叫壶流河的小河从东绕村流向西边，形成了"U"字形，将村庄半包围，如同黄河上著名景点乾坤湾的缩小版。

由于村里路不好走，也不知道村里安排工作组住什么地方，于是孙国亮他们把车停在村口，准备下车问一下。但大冷天，村里基本上没人出来。孙国亮正想去敲一村民家的门时，不远处走过来一个人，他急忙上前询问。

当他走近这个人时，他突然觉得见过这人，脑子里闪现出资料上这人照片。他惊喜道："你是不是叫杨明兆？"

"对，你是干什么的？你怎么知道我的名字？怎么没见过你？"

"我们是省里派来四十亩滩扶贫的工作组，麻烦你带我们见一下村干部。"

"好吧。"杨明兆带着他们三人,找到了村支书杨兆秀。杨支书又带着他们到了给工作组安排的驻地。

晚上,三人支开三张铁架子床,床冰冷冰冷,三人睡下了。孙国亮盖了两床被子,还是冻得打哆嗦,困极了睡上一会儿,过一会儿又被冻醒了。

扶贫第一天,孙国亮和两名队员度过了一个难眠之夜。

红柿绿芹变成金

四十亩滩村子不大,132户,338人,其中贫困户79户;人均不到2亩地,一年一季种玉米;青壮劳力大都出去打工,剩下的只有百十来个老人和孩子。

村庄贫穷的直接后果是居住人口流失。从1998年开始,四十亩滩村人口开始集中外出打工。"年轻人穷,不好找媳妇,无奈只能出去打工挣钱,短短七八年全村近百名年轻人外出打工。现在村里50岁的汉子都算年轻人。"75岁的杨兆秀回忆过去的日子,用得最多的字眼就是"熬",他说,"在这个地方,活一百年跟活一天一个样。"

杨兆秀还说:"电视上看到不少比我们村环境还差的村庄,通过发展产业都富了起来。我们非常着急,也与大伙一起商量着发展产业。可没人能引进项目,也没处找启动资金,改革开放都几十年了,我们村除了粮食够吃外,没有太大的变化。"

到村里的第二天,孙国亮就开始走访贫困户,并组织村"两委"班子成员、党员、村民见面会。

为了掌握第一手资料,孙国亮在村干部的带领下,用了两个月时间,和村"两委"班子走遍了村里的每家每户,了解乡亲们的所思、所想、所盼。为了方便与村民交流,他还学了一口当地方言。为了寻找好的脱贫项目,孙国亮从生活费中挤出钱,带着村干部到保定、邯郸各地参观学习。经过考察,孙国亮紧紧把握辛堡乡万亩现代园区建设的有利契机,依托村民有种植露天蔬菜的传统，借助成立四十亩滩贫困户合作社平台，以建设大棚产业作为实现生态旅游规划切入点，实现村民"土地流转得租金、大棚打工挣薪金、产业盈利分股金"的脱贫"三金"梦想，先把贫困帽子摘掉。

很快，孙国亮的想法得到了县、乡、村的重视。2016年4月11日大棚项目批下来了。

2016年5月，流转村民土地120多亩，他带领大家建起了一期20个大棚。

2016年秋天，一期20个大棚和露天种植的蔬菜喜获丰收。红红的西红柿、碧绿的芹菜都卖出了好价钱。当年年底，全村79户贫困户每户分得了64938元股金，其中23户贫困户共拿到了土地流转金30979元；27户贫困户中的38人在合作社挣得薪金69831元。

掘到第一桶金后，孙国亮看到了大棚蔬菜给村民们带来致富的希望。2017年春天，孙国亮又带领大家建起了二期15个大棚。

孙国亮说，2017年，四十亩滩村的村民的股金、土地流转金、薪金"三金"几乎翻了一番。

乡亲们实现了"三金"梦想，因地制宜发展种植产业，让贫困村子有了造血功能。

第一次开口借钱

说起建大棚，孙国亮讲起了第一次开口向人借钱的事。

一期建20个大棚，总投入要70万元，除去政府的扶贫专项资金，还有20万元的缺口，可四十亩滩村是贫困村，账上没有一分钱。这下可难坏了孙国亮。

"招标公告贴出去一个多月，没一家施工企业愿意垫资干。眼瞅着赶不上最后一季种植了，我当时急得大把大把掉头发。"孙国亮心急如焚，到处找人，四处碰壁。

为了尽早将大棚建成，半辈子没有借过钱的孙国亮开始打电话向人借钱。

"我是个特别不愿意麻烦别人的人，更别说张口借钱了。打电话之前我打了腹稿，但是电话接通之后嗓子就跟噎了棉花似的，发不出声来，最终才结结巴巴说出借钱的事。"孙国亮回忆起第一次借钱的经历，依然记忆犹新。

为了村里的大棚建设，他还把给孩子上大学的6万元钱拿了出来。"跟我媳妇说这个事的时候，她当时就急哭了，问我这钱拿出来孩子上学怎么办。不过抱怨归抱怨，最后她还是把钱拿出来了。"谈起这段经历，孙国亮说他到现在还觉得愧疚，非常感谢妻子和儿子。

努力最终换来了收获。2016年5月6日，大棚开工了！大棚建成后，孙国亮一头扎了进去，跟村民们一起在大棚里劳动。夏天的大棚，温度高达40℃，孙国亮一待就是一天，驻村扶贫两年，孙国亮瘦了40斤。

"9月30日，我们开园卖出了第一批菜，杨书记从菜商手里接过钱，哗哗点的时候，他招呼了一声，说这是咱们合作社第一笔钱……"谈起合作社挣到的第一笔钱，孙国亮眼眶都红了。

讲起孙国亮，村民们纷纷争着说，前年下暴雨，孙书记带着大伙给大棚盖雨帘，不小心重重摔在地上，腰上的旧伤复发，疼得动不了。村民去扶他，他跟人家瞪眼睛："不去放帘子，来扶我干什么！把我扶起来菜能丰收吗？"看着孙国亮一身泥水，扶着腰，慢慢挪回住处，很多村民都哭了。

"孙书记把菜当命根子，帮助村里种菜比我们干自家营生都仔细。为了让白菜能多卖一毛钱，大冬天他和我们一起到集市上去卖，脚都冻伤了。这菜要是种不好，都对不起孙书记。"村民刘仲平说。

孙国亮把村里的事当自己的家事一样，赢得了村民的信赖。

带着妻子一起扶贫

在村里采访时，我们见到了孙国亮的妻子董晓娅，问她为什么来到了扶贫村的。她说："看着老孙一天天消瘦，比自己生病还揪心。"董晓娅说着话，泪眼婆娑，喉头哽咽，停了停，继续说道，"在家时，每次与他视频我都会哭，他们三个大男人住在不挡风的大屋中，除了两张嘎吱作响的上下铺，一个又做饭又取暖的铁炉，啥也看不到。特别是冬天，人在屋里一说话，嘴边还冒着气，穿着羽绒服，鼻子冻得通红。"

"孙国亮腰不好，挨冻受寒是大忌。"董晓娅心里琢磨着，与其自己在家担心，不如搬到村里与扶贫工作队一起住，这样至少能让他们按时按点吃口热饭。

其实孙国亮的妻子董晓娅多年前就下岗了，还动过两次手术，一直在家休息，因为夫妻恩爱，因为想帮孙国亮一把，就在他们家儿子公派留学后，董晓娅带着行李来到四十亩滩村，开始了夫唱妇随的扶贫生活。

在四十亩滩村委会里十几米长的条桌上，排列整齐的扶贫档案，就是董晓娅的"代表作"。为了这些档案，孙国亮两口子不知熬了多少夜。孙国亮打眼，董晓娅穿线，她说自己在四十亩滩村把一辈子的针线活都干完了。

夏天，孙国亮每天早晨4点准时去大棚干活，一干就是一天。董晓娅不理解："你快50岁了，腰又不好，大棚里有工人，你为什么还要天天去？"孙国亮给媳妇算了一笔账，"雇个带班的，一年工资就要4万元，雇个男劳力，一年又是两万元。我一个人既带班又干活，这一下就能节约成本近6万元，省下的钱就是合作社赚来的。"

听完孙国亮算的这笔账后，董晓娅也常常去大棚帮忙。有人夸她能吃苦，她淡淡地一笑说："我多干一点儿，他就少干一点儿。"

第一书记与村民同甘共苦，妻子与丈夫同甘共苦。看到孙国亮一家这样真心诚意地为村民谋利，四十亩滩村的人哪能不动情。"孙书记一家舍家贴财帮助四十亩滩村百姓脱贫，如果再不积极配合还能算人吗？"

四十亩滩村，从来没有像现在这样团结、奋进。蔬菜大棚临时需要帮忙，大伙随叫随到，绝不偷懒。

三个哑巴的故事

在四十亩滩村采访时,我们见到了孙国亮的学生安海斌,他是阳原县公安局副局长。因为他知道老师腰不好,右手骨折过,有严重的关节炎,从平原来到高寒地区,从冬天有暖气的屋子搬到村里,他老是放心不下,自打老师来村里扶贫后,他基本上是每周六日要来一天看望老师,一是帮老师工作上的一些忙,二是照顾一下老师生活。

采访那天,安海斌带着妻子一同来到了四十亩滩村。于是他给我们讲起了老师的一些故事。

村里有三个哑巴,分别叫盖光军、杨德龙,还有个杨生荣。三人虽然不能讲话,但他们看到孙国亮带着乡亲们致富了,就特别亲。有一次,孙国亮在大棚里拾了一车垃圾,刚把车推到垃圾点,突然接了一个电话要去处理个急事,孙国亮放下垃圾车就跑回村里去了。盖光军和杨德龙看到了,于是就过去把孙国亮车里的垃圾倒了,还把车推回来了。这事令孙国亮非常感动。孙国亮说:"人心都是肉长的。其实,你只要对村民好,村民就懂得感恩。"

据说,每次孙国亮外出回到村里,这两人都要上前一人挎着孙国亮一只胳膊,亲切得不行,但他们为什么这样做,却永远是个"谜"。

是呀,只要付出爱,人们就会用爱回报你。

杨生荣虽然不会说话,但他是三个哑巴中唯一能写字的人。有一次,省里来了工作组检查工作,杨生荣拉着工作组的人,拾起一块石头,在地上写下"孙国亮"三个字,接着竖起了大拇指。工作组的同志们高兴地笑了,说:"铁树开花,哑巴也要说话了,四十亩滩好日子来了!"

安海斌讲起这些故事,自己很激动,他的话语里充满了对老师的敬佩之情。安海斌说,三年多来,他每次来都想带着孙老师去化稍营的温泉泡泡,帮他治疗一下关节炎。可孙国亮总是忙得不可开交,每次他都是带着希望来,带着失望离去。

村里成立孝老敬亲基金会

村民的日子一天天好起来，孙国亮听有的老人说，孩子们再也不给养老的钱了。通过深入了解，这里有两个方面的原因：一是有的老人怕摘了贫困户的帽子，得不到村里照顾；二是有的孩子的确觉得老人们有钱花了就不给老人钱了。孙国亮想，大家生活富了些，但道德不能滑坡。于是，2017年，他决定成立孝老敬亲基金会。

"我们村也脱贫出列了，我们的产业基础也有了，接下来我们继续发展蔬菜大棚，让大家持续增收，我们村的村风、民风要再上一个台阶，特别是孝老敬亲，要成为常态。我们经过充分的酝酿，向乡里做了汇报，村里开了代表会，成立下咱们的孝老敬亲基金会。"孙国亮正式向全村的年轻人发出召唤，号召他们为父母献上自己的孝心。

为了使大家积极参与进来，经村"两委"班子讨论通过，凡是把钱放到基金会的，每月村里补助10%的利息。这一下调动了大家的积极性。

当孙国亮刚宣布完孝老敬亲基金会成立后，杨兆秀为岳父母缴3000元、杨兆稳五个儿女为其缴3000元、杨兆明女儿为其缴3000元……一张小小的白色卡片上详细地记录着四十亩滩孝老敬亲基金情况，子女们手里拿着钱，依次排着队等着在卡片上签上那光荣的名字，屋内场面异常热闹，小小的村委会在这个寒冷的冬日暖意融融，老人们双手插着袖筒，脸上无不笑意盎然。

孙国亮表示，全村举行了"比一比、晒一晒"活动，还相继开展"好婆婆妈""好媳妇""好夫妻""好儿女"评选活动，以此来推动全村精神文明创建再上新台阶。

四十亩滩，就是我的家

2017年春节前，孙国亮所在学院党委收到四十亩滩村18名党员和村民代表的联名感谢信。信的结尾写道:"2017年,村里的脱贫攻坚任务依然很繁重,如果在此时更换第一书记有可能影响到村里工作的连续性,希望能将孙国亮这样的好书记多留一段时间,让全村百姓顺顺利利奔小康。"

与其说是感谢信,不如说是挽留信。看着18个红手印,孙国亮决定留下来,继续扶贫工作。

"看到挽留信的时候,我很感动,两年的相处,我们跟百姓也积累了深厚的感情,我想为村里做点儿什么,为百姓做点儿什么,这也激发了我的热情。"孙国亮说。

再次回村的孙国亮以更大的热情谋划全村的发展大计:村里大棚蔬菜搞起来了,紧接着向无公害生产迈进;改善生活环境,全村街巷道路硬化;开展村民启发教育,对无劳动能力的贫困户,要建立保障机制……

"脱贫只是开始,巩固任重道远,接下来我们的首要任务就是要巩固脱贫攻坚成果,确保贫困人口脱贫不返贫。"说起未来的规划,孙国亮充满了激情,仿佛身上有用不完的劲儿,"我们计划继续扩建蔬菜大棚至65个,柴鸡养殖、光伏电能等多产业模式同步发展,开展生态旅游,还要给四十亩滩村培养一支带不走的队伍。"孙国亮谈到四十亩滩村的未来,信心满满。

2018年蔬菜丰收,大棚菜收益达70多万元,除了给村民分红、还借款之外,盈余20万元。2018年年底,全村79户建档立卡贫困户全部摘掉了"贫困帽",村民年人均收入由2015年的2600元上升到8000多元。

也许,在不少人眼中,单靠聪明才智、人脉关系、丰厚财力,也能让一个贫困村成功脱贫。可事实上,在不少贫困地区,最大致贫原因不是地理气候,不是教育基础,不是历史欠账,而是精神上的"贫困"。常言道,用真心才能赢得真心。如果一名扶贫干部不能把心放在扶贫工作上,就难以带动贫困户实现精神上的脱贫。哪怕是投入再多的精力、物力、人力都无法实现长久性的富裕,其中关键,在于一名扶贫干部能否把帮扶地当"家"看。

人们常说,背井离乡是一种苦。可自孙国亮的笑脸上,却感受不到苦的味道。这几年，孙国亮和妻子回石家庄的次数屈指可数，当我们问孙国亮想不想家时，孙国亮说，四十亩滩，就是我的家！

"安居乐业，长养子孙，天下晏然，皆归心于我矣。"安居与乐业息息相关，而把扶贫工作当家业看，也许就是孙国亮给其他扶贫干部带来的最为宝贵的经验。

从孙国亮身上我们感受到把扶贫工作当家业，其实并不难。来到村里要多为村民干好事干实事，多了解村民，多走村民所走的路，感同身受地体验，能把脚下的每一寸土地当成自己的地来耕耘，把村民的每一间房当成自己的来建设，把手上的每一份工作当成为自己"谋生"的事业，没有克服不了的困难。

从孙国亮的笑脸上，我们能感受到一名共产党人的幸福与乐观，为了人民过上美好生活的奋斗目标，我们需要更多的孙国亮。

第十一章 邯郸，春满乾坤

邯郸是人杰地灵的一方厚土。7000年前孕育了新石器早期的磁山文化，战国时期为赵国都城，汉代与洛阳、临淄、南阳、成都共享"五大都会"盛名。当我们用文化的眼光回眸历史，犹见战功卓著、品德高尚、勇敢善战闻名于诸侯之间的赵国政治家廉颇；曾经多次不辱使命，从事外交活动，尤以"完璧归赵"的故事被历代传颂的蔺相如；战国名士，胆识过人，以三寸不烂之舌说服楚王派兵救赵的毛遂……真是：日月轮回，沧桑尽看，故国余韵生辉；历经春秋，魁星高耀，风流人物可歌。

"东风好作阳和使，逢草逢花报发生。"往事越千年，我们的目光穿过时间，看到邯郸已抖落历史尘埃，焕发出绚丽多姿的时代风采。然而，因邯郸市地处太行山革命老区，几乎占总面积二分之一的山地丘陵地区自然条件恶劣，基础设施落后，生活条件艰苦，还有许多人生活在贫困线下。2014年，邯郸市贫困人口多达38.92万人。2015年习近平总书记在中央扶贫开发工作会议上强调："我们要立下愚公移山志，咬定目标、苦干实干，坚决打赢脱贫攻坚战"；"确保到2020年所有贫困地区和贫困人口一道迈入全面小康社会。"这是我们党向全国人民作出的庄严承诺,更是吹响了脱贫攻坚冲锋号。邯郸市积极响应党中央号召,一场脱贫攻坚战迅速打响,市委、市政府带领全市人民,人人奋袂而起,个个黾勉有为。扶贫如一场催生万物的春风,席卷邯郸各个乡镇,吹拂到贫困农家。

在春风满面的四月,笔者深入邯郸的乡村采访,所到之处都能感受到扶贫的创新和创造,所见所闻都让人情不自禁地感动和赞叹。

"一帮一"扶贫没有旁观者

过去,逢年过节,邯郸市与全国各地一样,要对贫困人口进行"送温暖"活动。2013年3月,邯郸市把对困难群体的逢年过节"送温暖",转化为"一帮一"长期帮扶机制,市里成立了"一帮一"推进办公室。

"一帮一",力量有多大?"一帮一",成效又如何?我们不妨听听下面的故事。

"一帮一"领导带头,市委领导走进了农户家中

"听村干部说,市里领导要来我家里,起初以为就是扶贫的领导来慰问慰问,压根没想到是市委领导,那是我见到的最大的官,当时很激动,心里非常感谢,市委领导能来我家本来就很意外,让我更没想到的是还与俺结了对子,帮我脱贫,心里真有种说不出的感动。那是2013年4月4日,我永远忘不了这一天。"王培云说。

王培云的丈夫2012年因病去世后,家里欠下不少外债,她既要照顾婆婆,又要供养两个孩子上学,而收入仅靠几亩薄田和打零工,日子十分紧巴。

结对子之后,市委领导每年数次到她家,商讨脱贫办法。通过联系贷款和技术帮扶,王培云建起了蔬菜大棚。为了脱贫,她每天早晨五六点钟赶到大棚干活,第一年挣了两万多元。

王培云还告诉我们："市委领导经常打电话了解大棚蔬菜情况，如果来了我家总是先钻进蔬菜大棚里问我技术上有什么不懂的，有没有虫害，需要什么帮助，把我的大棚当成自己的家一样，上心得很！"说到这里她开心地笑了。

看得出，王培云的笑是发自内心的，她现在建起了3座蔬菜大棚、1座食用菌棚，家里盖了8间新房，屋内干净整洁，冰箱、电视、洗衣机等电器一应俱全，如今彻底摆脱了贫困。从昔日的贫困户，到发展大棚蔬菜的种植能手，她富了不忘乡亲，亲自带领乡亲种大棚。短短几年，王培云的生活竟然发生了这么大的变化。

试想：要不是"一帮一"活动，王培云哪有今天的好日子！

时任市长王立彤到邯郸任职第一时间，就与曲周县东刘庄村贫困群众程凤章结成了帮扶对子，并及时到程凤章家中走访对接，帮助谋划致富路子，其他市委常委和市级领导都经常到自己的帮扶对象家中，走亲戚，解难题。

以身作则，领导干部向各级干部树立了榜样；以上率下，全面推动了全市干部积极响应参与"一帮一"活动。时任曲周县委书记郭新耀帮扶祁运海参加技术培训，实现再就业。时任峰峰矿区区委书记牛颖建帮扶残疾人安兵山建起了家庭超市，在旅发大会时，超市火爆家乡响堂水镇。

自"一帮一"活动开展6年多来，邯郸市75名市级领导、1400多名县处级干部走进帮扶对象家中，了解他们的生产、生活情况，帮看病、助上学、跑贷款、谋划致富项目，带动全市2.9万名机关干部"结穷亲"、帮脱贫，先后与7万多个贫困家庭结成了帮扶对子，把"送温暖"变成了一户一策，精准"滴灌"。省委政策研究室调研邯郸做法之后，撰写了《"一帮一"帮出精准赢民心——关于邯郸市持续开展结对帮扶精准脱贫的调查与思考》的调研文章，肯定了这一做法："一帮一"既帮助了农民脱贫致富，又锤炼了干部作风，锻炼了干部队伍，一举多得，值得推广。

针对"一帮一"活动涉及人数多、规模大、范围广等特点，邯郸市及各县（市、区）均成立了推进机构，制定了帮扶活动管理、结对轮换管理办法，要求帮扶干部一人一档，每年至少走访帮扶群众4次，记录帮扶对象信息、帮扶内容及成效、帮扶对象评议意见等。"一帮一"成了邯郸广大干部的一种自觉行动。

"一帮一"量身定制，为贫困户精准谋划脱贫项目

魏县北皋镇北街村村民王桂芬以前做小本生意，却接二连三地失败了，原本富有的家庭，一度陷入了贫困，有人说她是"败家子"。2017年4月，北皋镇干部蒿要领与王桂芬结成帮扶对子。刚开始，她认为干部们下来就是走走形式、做做样子，让她没想到的是蒿要领三番五次地到家中与她一起谋划脱贫项目。50多岁的农村妇女，到底能干什么？蒿要领分析了王桂芬以前小本生意失败的原因，认为她获取市场信息的渠道有限，缺乏对行业的分析和判断力，最好是做看得见摸得着，不需要太多文化的事。有一天，蒿要领又去了王桂芬家，正赶上她在家中用一台小压面机做面条。看到王桂芬老练娴熟的操作，蒿要领说："大姐，能不能投资一个面条加工厂，专做面条？"

"做面条？这个能行吗？"

"我看你准行，看你有技术基础，面条是家家户户的主食，不需要太多文化和技术。"

于是，蒿要领帮助解决了面条加工资金和设备。当年6月，面条厂投产，销路并不顺畅。蒿要领看到这情况，心里也急得要命。有一天，蒿要领从电视节目里看到了关于加工果蔬面致富的故事后，便鼓励王桂芬大胆尝试。蒿要领建议不加任何添加剂，试着生产了果蔬面、刀削面、面片等十多个品种。果蔬面条果然大受市场欢迎，很快打开市场销路。

王桂芬加工的面条不仅卖到了魏县县城，就连北京、石家庄都有客户订购。不仅自己脱了贫，还带动12户贫困户就业。

"去年（2018年）卖出面条30多吨，挣了十几万元，今年销量翻了一倍。"王桂芬信心满满地说，前不久还注册了商标，现在订单忙不完，准备再开一家分厂。

邯郸市委副秘书长、市"一帮一"推进办公室常务副主任于新中介

绍，瞄准贫困户需求，邯郸"一帮一"活动坚持精准发力，为贫困群众量身定制脱贫计划。

精准识别明确"帮扶谁"。通过推荐、公示、复核、审定等程序，从有劳动能力、致富意愿和帮扶空间的建档立卡贫困户中确定帮扶对象。对丧失劳动能力、智障、生活不能自理等没有帮扶空间的贫困家庭，主要由政策兜底保障基本生活，不列为帮扶对象。

精准选派明确"谁来帮"。把选派范围确定为各级有帮扶能力的机关干部，对自身较困难、在特殊岗位担负特殊任务或参加工作不满一年的，不做硬性帮扶要求；夫妻同为机关干部的，尽可能统筹考虑。在选派机关干部基础上，动员企业主、爱心人士等参与，扩大帮扶主体。

精准施策明确"怎么帮"。根据贫困群众致贫原因，因户制宜开展政策、思想、创业、就业、技术、资金、助学、助医等方面帮扶。脱贫项目选择上，宜种则种、宜养则养、宜手工则手工、宜就业则就业；针对帮扶对象实际困难，有病治病、有学助学、有灾救灾。

精准轮换明确"继续帮"。结对帮扶原则上一帮三年，困难群众具备一定致富能力、达到脱贫标准的，按照帮扶群众认可、基层组织同意、扶贫部门审核等程序才可解除。对脱贫后仍需帮扶或非高标准脱贫户，可继续帮扶，做到群众不脱贫、干部不脱钩。

"一帮一"重在扶志，激活脱贫内生动力

广平县小魏庄的宁来书，五十来岁，父母双亡，孤身一人，自幼患小儿麻痹症，肢体四级残疾。多年来靠哥哥资助生活，总感觉自己生活在歧视的眼光里。

采访时见到宁来书，他在广平县平固店镇商业街中段的一间电动车修理门市内，正忙着给一辆电动车补胎。

2015年，县残联干部陈景霞与宁来书结成了"一帮一"帮扶对子。陈景霞第一次上门了解情况，就看到宁来书自暴自弃，对生活没有一点儿信心。当陈景霞问他对生活有什么打算，他叹气说："过一天少三晌，一个

残疾人，能有什么想法，能吃饱饭饿不死就不错了。"

陈景霞不承想第一次登门就吃了"闭门羹"。

宁来书孤苦伶仃的样子，悲观失望的情绪，让陈景霞感到揪心不已。于是，她只要没事就来到宁来书家中问寒问暖，除了带给他米面油这些生活用品外，还帮他解决生活中的急需问题。与他敞开心扉交流，给他讲张海迪的故事，有一次还带着全国举重冠军一块去，给他讲如何树立人生目标。领着宁来书去烈士陵园参观，学习先烈的精神。精诚所至，金石为开。后来宁来书不仅不反感陈景霞来到家里，而且还喜欢交谈了，并说想干点儿什么事，自己养活自己。

宁来书到底能干什么？搞养殖？种植？陈景霞都想到过。可宁来书的身体绝对不允许，怎么办？这事一直困惑着陈景霞。

有一天，陈景霞又去了宁来书家中，正好一个邻居叫宁来书帮忙修理一下自行车，拆卸、换配件，打气，上油，宁来书一连串动作做得非常流利，很快就将自行车修好了。陈景霞心头一震，心里想：有了。于是她对宁来书说："你手这么巧，现在农村电动自行车越来越多，开个修理门市一准挣钱。"陈景霞的话说到了宁来书心坎上。宁来书眼睛一亮。那一刻，陈景霞看到了宁来书充满希望的目光，宁来书对生活充满了信心。

回到单位，陈景霞火急火燎为宁来书联系了一家免费职业培训学校。宁来书学到了技术，陈景霞又忙着为他从镇上的商业街租赁了门脸。然而，开门市买工具需要五万多元，宁来书却只有几百元钱，于是陈景霞毫不犹豫地帮助跑银行、去信用社，帮他协调了6万元贷款。贷款需担保人，陈景霞说："我做担保人。"为了减轻宁来书的负担，还帮他申请了残疾人贷款贴息和残疾人自主创业补贴。

"过去生活看不到希望，是陈大姐帮俺找到致富门路，让俺挺起了腰杆！"宁来书一边忙着手中的活计，一边信心十足地说，"现在每年能挣三万多块钱，往后的日子更有盼头了。"

两年多时间，宁来书不但还清了贷款，还娶了媳妇。

宁来书说："靠党的好政策，让我遇到了陈大姐这样的好人。"宁来书的确懂得感恩，凡是残疾人到他这里修电动车，一律免费，谁要想学技术，他也免费教。

"结对帮扶，关键是激发群众脱贫内生动力，增强造血功能。"于新中介绍，"一帮一"不搞包办代替，而是通过转变思想观念、提振发展信心，引导群众靠双手脱贫致富。开展"一帮一"活动以来，邯郸各级帮扶干部找准自身能力与群众需求结合点，因户制宜开展帮扶，使贫困家庭具备了一定的自我生产、自我发展、持续增收能力。

"一帮一"像一场春风，带着春天的激情与梦想吹拂着邯郸的乡村，真可谓：春风朝夕起，吹绿日日深。

"微工厂"，输血变造血

鲁迅先生说："其实地上本没有路，走的人多了，也便成了路。"

邯郸市委、市政府抓扶贫工作，有勇有谋，肯干实事，勇于担当。他们深知脱贫攻坚只有出奇招，创新思维和举措，才能创造奇迹，实现跨越式发展。通过对全市农村调研，把脉农民就业情况，市委、市政府果断提出在农村建设"微工厂"，将扶贫"输血"变"造血"，使全市出现了村里建厂、家门口就业、贫困户脱贫的生动局面。

我们来到邯郸魏县沙口集乡刘屯村。这家微工厂是魏县建的第一个"微工厂"，厂长是个30多岁的小伙子，名叫韩海超，他1997年在保定白沟打工，学会了箱包制作。2017年听说村里要建"微工厂"，毅然辞去了在白沟的工作回到村里上班，因为他有技术，又有箱包订单业务渠道，便承包了"微工厂"当上了厂长。现在厂里有工人40人，其中25人系贫困户。村民张芳61岁，在村北住，她每天要接送孙子上下学，再到厂里工作，工作时间完全自己掌握，计件算工资，她说这样每月能挣2000多元。韩秀明是村里的贫困户，得了腰椎间盘突出，家里种了一亩地，因为有病不能外出打工，村里办了微工厂，他也进厂当了工人。因为他行动不便，便安排他做箱包修剪线头的活。韩海超说，厂里缝纫工一般每月都能拿到

3000多元的工资；现在厂里只接一些来料加工的活，等技术成熟了，还要生产自己的品牌。

见到第一家"微工厂"生产的繁忙场面，随同采访的邯郸市扶贫开发办公室宣传处处长张向前向我们介绍说，邯郸是一个农业大市，农村大量留守妇女等"半劳力"除了做家务和农忙时干点儿农活外，大部分时间无事可做、无钱可挣。如何让这部分人就地就业增收成为脱贫攻坚中的现实问题。一方面，留守"半劳力"想打工出不去，另一方面，发达地区许多劳动密集型企业人工成本增加、"用工荒"加剧，有活儿没人做。怎么办？人出不去但工厂可以"搬"进来。通过大量调研发现，农村有部分返乡人员在家中从事箱包、服装、毛绒玩具等来料代加工，进行家庭作坊式生产，但受场地影响发展很困难。也有些人员想回乡创业，苦于没有场地而不敢回来。基于此，邯郸市创造性提出利用扶贫资金建设"扶贫微工厂"，以利用农村闲置土地、闲散劳动力等资源建设村级"扶贫微工厂"为重要抓手，采取"政府出资、外部援建、村级所有、引企入驻、就业增收"方式，送项目到村、送技能到户、送就业到人，发展乡村经济，增加集体收入，带动群众就业，成功走出一条群众增收、集体增益、企业增效、产业增强"一举四得"的"产业＋就业"扶贫路子。

思路有了，那么"微工厂"建设的系列问题如何解决，摆在了市委、市政府面前。根据贫困村发展、贫困户清单，咬定"精准"二字，坚持"政府主导、因地制宜、互利共赢"三原则，定向"喷灌"、定点"滴灌"，努力探索拔除"穷根"、战胜贫困、致富奔小康之路，2017年6月市扶贫开发领导小组制定了《关于建设扶贫微工厂促进就业扶贫的实施意见》，对建设"微工厂"提出了刚性要求。

"微工厂"如何建

如何才能建好"微工厂"，一是组织帮建。各县（市、区）党委政府主要负责同志亲自抓，分管负责同志全力以赴抓，制订建设方案，加强统筹协调，简化审批程序，提高办事效率，确保了项目快审批、快开工、快建设；统筹安排使用财政扶贫资金、整合后的涉农资金和"政银企户保"金融扶贫资金，捆绑支持"扶贫微工厂"建设和企业生产经营；保障供电、供水、排水、道路、消防等配套设施建设，为企业生产提供安全便利条件。二是政策助建。对贫困群众，"扶贫微工厂"在同等条件下优先安排贫困群众就业，支持群众以到户扶贫资金直接入股企业，如果自带缝纫机等加工设备到"厂"打工，还可享受到设备购买价最多百分之百的补贴。对入驻企业，在用工时原则上贫困群众不得少于10人，并占总用工人数30%以上，每吸纳一个贫困工人，且连续用工一年以上，每年补贴500元，连补3年。对贫困村，由村集体创建"扶贫微工厂"的，实行全额补贴，所形成的资产归村集体所有，可以向外租赁给生产企业。三是规范统建。全市统一"扶贫微工厂"建设参照标准，科学设定建设的位置、大小、规格等，一般不小于300平方米，科学规范，富有特色，并与美丽乡村建设相协调，坚决不能违法占地，坚决不上污染项目。各县（市、区）立足资源禀赋、产业基础、交通区位、人力资源等本地实际，紧贴市场需求，按照经济实用、快捷高效、优质安全、绿色发展的要求，有序开展"扶贫微工厂"建设，实行统一规划、统一标识、统一验收、统一扶持。

"微工厂"如何才能做到因地制宜

结合各贫困村实际，邯郸市提出"宜建则建、宜改则改、宜租则租"的灵活建设原则，催生了三种建设模式。一是"新建"，先建后补。针对没有集体资产、无条件为加工企业提供生产厂房的村，经村申报、乡审核、县审批同意后，可在村集体土地上新建"扶贫微工厂"，统一制作并悬挂"扶贫微工厂"图标，实行"村建、企用、乡管、县补"，享受"先建后补"政策扶持。魏县沙口集乡刘屯村，利用村内废弃坑塘，建成两座二层"扶贫微工厂"，总面积1600平方米，先后为四家服装加工企业解决生产场地，吸纳160余人就业，其中贫困人口50余人。二是"改建"，变废为宝。鼓励乡镇或村集体利用闲置校舍、厂房等集体资产、资源，按需求进行改（扩）建，盘活资产，并统一悬挂"扶贫微工厂"标志，并实行

"村建、企用、乡管、县补",享受"先改后补"政策扶持。大名县埝头乡东马陵村将废弃厂房经过改造建成"扶贫微工厂"从事服装加工,面积达到3000平方米,村集体增加了收入,贫困户在厂务工达30余人。三是"租用",挂牌转化。对租用民房或其他厂地的加工点,凡是带动贫困家庭就业10人以上的,经验收达标后接受统一管理,就地挂牌转化为"扶贫微工厂"。位于广平县的河北金广源有限公司通过贫困村十里铺乡陈固村"两委",租赁村内空闲宅基地建设箱包加工微工厂,占地1400平方米,就业人数41人,其中建档立卡贫困人口16人,实行计件工资,月工资2000元左右。

"微工厂"解决了多少问题？给贫困人口带来多少利好？

邯郸市"扶贫微工厂"从谋划到试点再到推广建设,始终坚持市场导向,优化利益连接,实现了群众、企业、集体、产业互利共赢,切切实实享受到了"扶贫微工厂"带来的多重利好。一是贫困群众"零距离"就业。"扶贫微工厂"把城市大企业的加工车间"搬"到了村里,为"半劳力"贫困群众在家门口打工挣钱创造了机会和门路。贫困群众除了平时下田干活、进厂打工外,可借助扶贫资金、加工设备等入股,享受"股份合作"扶贫政策,每人每年可获得不等的分红收益,实现了经营性收入、工资性收入增收。馆陶县房寨镇房寨南村丁翠银在本村"扶贫微工厂"打工,月工资2000元左右,加上入股分红,年收入可达2.5万元左右。二是入驻企业"零风险"经营。"扶贫微工厂"多为在外创业务工人员回村开办,以订单式生产为主,其产前投资、产中技术及产后销售等高风险环节几乎全由提供来料的大企业承担,加上有一定的经营经验和用工购机享受补贴、农村用工成本较低,生产管理几乎是"零风险"。魏县院堡镇院西村张红林,依托与威海幸星电子有限公司建立起来的稳固关系在村边开办了属于自己的"微工厂",日生产家电连接线2000条,现用工80余人,其中贫困群众40余人。按熟练工计件,月工资每人2000元左右,如果相同规模在威海办厂,人均月工资在4500元以上,仅此一项,每月就节约开支20万元,再加上贫困用工补贴每人每年500元,40人又可拿到补贴2万元,刨除租金花费,还有部分结余可用作扩大再生产。三是农村集体"零投资"发展。"扶贫微工厂"虽由村集体建设,但建成后由县扶贫资金全额补贴,形成的资产归村集体所有,对外租赁可收取租金,按建设面积300平方米的标准,一处"扶贫微工厂"租给加工企业,每年可获益万元以上。凡建设"扶贫微工厂"的贫困村,基本上村集体每年有2万元以上不等的租金收入,村内硬化、亮化、美化等公益事业建设有了资金来源。四是乡村经济"零基础"突破。"扶贫微工厂"的建设也对各县(市、区)打造"一乡一业""一村一品"扶贫产业格局起到了积极推动作用。在"扶贫微工厂"发展较早的魏县沙口集乡,乡村党员干部带头招商引资,积极为有投资意向的加工企业牵线搭桥,先后引进箱包、灯饰、服装、毛绒玩具、电子元件等加工项目31个,新建、改建"扶贫微工厂"4000余平方米,初步形成了"大屯、刘屯、集东服装加工,岗上箱包加工,北辛庄灯饰加工,河沟、郑二庄毛绒玩具加工"竞相发展的生动格局。"扶贫微工厂"的迅猛发展,带来了外地客商的不断增多和当地群众收入的不断增加,带动了交通运输、餐饮服务等相关产业的发展,乡村经济一片生机。

路是人走出来的。2019年,全市已建成595个"扶贫微工厂",覆盖393个贫困村,共带动就业4万人,其中1.5万贫困人口实现家门口就业增收。

万丈高楼平地起。劳动创造了世界,创造了文明,只有劳动才能脱贫致富。在邯郸各个"微工厂"里,都能看到辛勤的劳动者,我们有理由相信他们的明天更加美好。

常言道,耳听为虚,眼见为实。走进邯郸市各县贫困村的"微工厂",到处都能听到机器作响,一片繁忙的工作场面;一车车满载产品的车辆走出了村庄,奔向了致富的远方。邯郸大地上呈现出一派欣欣向荣的景象,过去的贫困村庄到处充满了祥和阳光。

"精准防贫网"创新保障

春和景明,阳光普照。我们在魏县德政镇大寨乡村采访时,走到了王革喜家。王革喜近年来患上了糖尿病并发症。在石家庄省二院、邯郸市医院等医院多次治疗，几次住院花光了家中积蓄，2017年就花去医疗费3万元，在医保报销后，自付部分还有近万元，这让本不富裕的他变得一贫如洗。但他不属于贫困户，享受不到扶贫的优惠政策，这可愁坏了王革喜。此时，镇里的扶贫干部领着太平洋保险公司的王太志来了，经过入户核查、评议公示等程序，王革喜获得防贫保险金9000元。加上他家两亩地每年收入4000多元，当村里保洁员每年还可收入8000元，企业入股分红每年1500元，他没有因病而致贫。

王革喜自己并没有买保险，保险公司为什么要为王革喜报销医疗费用？这受益于邯郸市防贫创新举措。

2014年，邯郸市建档立卡贫困人口为38.92万人，2015年减贫8.9万人，新增贫困人口7696人，返贫767人；2016年减贫20.2万人，新增贫困人口47480人，返贫2305人。两年间，新增贫困人口55176人、返贫3072人，共计58248人。如果不采取有效措施控制贫困增量，扭转一边脱贫一边返贫致贫的被动局面，就无法实现"小康路上一个都不能掉队"的目标。2017年邯郸市委率先在全市脱贫攻坚大会上提出了"未贫先防"理念。邯郸市各级政府在抓好精准扶贫精准脱贫、减少贫困存量的同时，按照市委要求，积极探索精准防贫机制，用改革的办法防贫堵贫，控制贫困增量，从源头上对贫困发生筑起了"截流闸"和"拦水坝"。

设置1.5倍线，框定防贫人群。邯郸市采用框定的方式确定防贫对象，重点针对处于贫困边缘的非建档立卡的低收入户和非持续稳定脱贫户两类人群（即"两非"人群），以上年度国家贫困线的1.5倍为基准确定收入标准，将当年家庭人均可支配收入低于标准的农村人口纳入防贫范围，不事先确定具体对象，只设认定条件。针对因病、因学、因灾致贫返贫分类设置防线和设立救助标准，实施医疗、教育、灾害特别救助。当监测对象发生可能致贫返贫现象时，按程序确认后，以自付费用或损失超过救助标准时，超出部分分段按比例实施救助。同时，针对失业致贫返贫问题，组织有需求对象参加各类劳动技能培训或安排公益性岗位、"微工厂"

就业；针对因婚致贫返贫问题，倡导文明新风，制止大操大办，抵制高价彩礼。

邯郸精准防贫在创新中推进，在推进中创新，不断创新和完善机制，形成了"群体式参保、基金式管理、社会化经办、阳光化操作"的新模式。

以人均50元标准集体参保。群体式参保就是以县为单位，按农村人口10%左右的比例框定防贫人数，以每人每年50元的标准，投入专项资金购买防贫保险服务。基金式管理就是将防贫资金以基金形式存入防贫专户，根据防贫需要拨付，余额结转下一年度。社会化经办就是采取政府购买保险公司服务的形式，通过保险公司专业人员和完善的运行机制，认定防贫对象；政府按年度防贫救助总额的一定比例支付保险公司经办服务费用，并建立相应激励和约束机制。阳光化操作就是规范防贫对象认定流程，一方面是自上而下筛查，各县定期通过医保、教育、民政等部门数据筛查防贫对象，另一方面是自下而上申请，当农户因病、因学、因灾等出现致贫返贫风险时，可申请防贫救助，有关部门对筛查和申请情况，通过入户查勘、评议公示、认定备案等程序后进行救助。

邯郸市在创新中创新，不断摸索更加优化的防贫办法，引入社会化机构参与防贫，多数县（市、区）引入商业保险公司，以投保形式进行防贫，形成了"政府主导、社会经办，框定人数、总额投保，个户申请、政保联审，约定盈亏、年度核算"的模式。

防贫效果显著。主要体现在以下几个方面：减少了贫困增量。从邯郸市馆陶县、魏县两个精准防贫工作试点县情况看，2017年底贫困人口动态管理过程中，经过认真识别，馆陶县新增贫困户、返贫户均为零，魏县新增贫困户42户、同比下降98.6%，返贫户35户、同比下降86%。2018年，邯郸市共救助防贫对象1538户、1515.61万元，避免了4000人返贫，其中18个县（市、区）返贫人口为零。

促进了相对公平。在建档立卡识别贫困人口时，一些在贫困边缘的农村低收入户被卡在了标准之外，虽然与贫困户家境相差不大，但不能享受优惠的扶贫政策，难免形成社会矛盾。建立防贫机制后，这些人群在发生困难时，能够及时得到防贫救助，不至于陷入贫困，促进了社会公平。

节省了综合成本。防贫不事先确定对象，非贫低收入户不建档立卡，减少了大量工作成本；少量的投入，针对了全部农村人口，如魏县投入400万元防贫保险，开展工作以来支出不到200万元，保险基金结转到了下年，减少了大量资金投入；实行社会化经办，保险公司按照合约进行审核理赔，减少了大量行政成本。

增加了更多实惠。在防贫工作中，为"两非"人群带来了更多的直接实惠，群众看病、子女上学支出超线部分和受灾损失超线部分，有关部门或保险公司在第一时间及时将救助资金送到群众手里；因市场因素、自然因素造成家庭收入明显减少的，有关部门及时启用储备资源进行产业和就业支持。可以说，精准防贫为"两非"人群建立了更多实惠的保联防线。

健康是事业之基，幸福之源，有人说，一位健康的贫民比一位多病的国王幸福。魏县东代固村村民高连所因患肺癌住院治疗，医疗费总额近19万元，刨除农合、大病医疗等报销后，个人自付费用仍达7万多元，老高获得防贫保险金53700元。有了这项措施保障，老高通过治疗身体好起来了，重新树起生活信心。

未贫先防，扩大了扶贫面，聚集"因病、因学、因灾"关键环节。张勇家因下大雨，住房塌了，经过保险公司现场勘验后，获得了2.9万元，还给送去了9袋大米9袋面粉。看到老张高兴的笑脸，我们心里也感到无比温暖。

国务院扶贫办对邯郸市精准防贫工作给予充分肯定；新华社、中央电视台、人民网、新华网、《河北日报》等媒体进行了专题宣传报道。作为未贫先防试点县，魏县书记卢健还被请到上海浦东干部学院做专题报告，向全国扶贫干部介绍了魏县经验。

防贫"截流闸"和"拦水坝"是党和政府为刚脱贫群众和收入不高群众建成的安全防线，是架起的感情桥梁，保持了党和人民群众的血肉联系，带给贫困群众的是希望和梦想。

不忘初心永向前

金杯银杯，不如老百姓的口碑。在邯郸我们看到扶贫干部不是"走马观花"，而是下足了"绣花"功夫。邯郸的扶贫干部用深厚的为民情怀为民办实事，在老百姓心中树立起了良好形象。

在魏县德政镇大寨乡村采访时，见到了专管扶贫工作的副镇长牛坤，她家住在邯郸市里，家中孩子才4岁，虽然镇上离邯郸市区也就一个多小时车程，但她已几个月没有回家了。她说很想孩子，可每天要忙着入户调查，动态掌握全镇贫困人口的情况，帮助解决村民的具体问题，忙得一根蜡烛"两头点"。当我们笑着问她，这样忙得老不回家，老公有没有意见，她笑了笑说："不怕，我们县长说了，扶贫干部就得冲在一线，了解实情。哪个家里闹离婚，我得叫他忙得没有签字时间，肯定离不成。"

看似一句笑话，足见牛坤作为一名扶贫干部付出之多少。

无独有偶。在广平县采访时，县扶贫办主任郑金国讲起了前任主任郑贵章的故事。

2009年10月15日，在广平县委督查室领导岗位工作了11年的郑贵章调任县扶贫办主任。2016年11月16日，郑贵章因长期过度劳累倒在了办公室，脑干大面积出血，躺在医院的病床上，昏迷不醒。

郑金国带着我们走进了一间办公室，里面陈列着三个金光闪闪的奖杯：2013年，全省扶贫开发综合考核第一名；2014年，全省扶贫开发综合考核第一名；2015年，全省扶贫开发考核同类县第一名。

"郑贵章刚到广平县扶贫办时，广平县在全省行风评议（包括扶贫系统）中排名倒数第一。经过几年的不懈努力，就夺回了三个全省第一的奖杯。"郑金国无限感慨地介绍说。

三个奖杯承载着郑贵章的八年扶贫的光荣与梦想，三个奖杯无言地诉说着扶贫干部郑贵章两千多个日夜的坚守和奋斗。

地处黑龙港流域的广平县，1994年至2010年是国定贫困县，2011年后是省定贫困县。郑贵章考虑更多的,是那些仍然生活在扶贫标准线下的老乡,怎样与全国同步进入全面小康?

广平县四镇三乡169个行政村30万人,主要靠35万亩耕地生活。一次下乡调研,郑贵章敏锐地发现,个别贫困户存在"恋贫"思想,认为戴着贫困帽"放心";更有部分贫困户存在"等、靠、要"思想,"蹲着墙根晒太阳,等着政府送小康"。

2011年,广平县摘掉了国家级贫困县的帽子。随后,在广平县委、县政府的大力支持下,郑贵章带领县扶贫办同志,通过实施科技扶贫、金融扶贫、教育扶贫等八种精准扶贫模式,有效激发了贫困村、贫困户的发展动力,扭转了广平县扶贫开发工作的落后局面。

郑金国说,胜营镇马宋固村是郑贵章接手的第一批扶贫村之一。2011年时,村里人均收入只有700多元。2012年麦收刚过,郑贵章就带队去村开动员会,他从"一亩园顶十亩田"的道理开始,给村民讲政策,为解除顾虑,他给村民"打包票"——赚了钱是你们的,赔了钱用我的工资顶。在郑贵章的推动下,当年年底,马宋固村就建起60多个大棚。

30岁的郭强彬是十里铺乡南小留村的农民,也是郑贵章一手帮扶下走出贫困的大棚专业户。当时郭强彬去找郑贵章,想让他用扶贫资金扶持他种牛奶草莓,经过了解,看到郭强彬的确是想干事,于是郑贵章就给了扶贫资金和技术支撑,郭强彬便联络几户贫困农民,拿出全部家底,很快建起九座长88米、宽12米的大棚,种植牛奶草莓。

2013年11月中旬,气温骤降,正值草莓开花时节,娇嫩无比的草莓在单薄的塑料大棚里冻得不轻。"如果不能及时给大棚披上棉被,不仅将错过销售的黄金期,还可能颗粒无收。但当时找银行贷款已经来不及了。"郭强彬心急如焚,就又找到了郑贵章。"第二天,他就给我拿来了5万块钱。正是因为有了这笔钱,我的两个大棚才没有蒙受损失。事后才知道,这些钱是郑贵章向亲戚朋友借来的。"

如今,十里铺乡南小留村在郭强彬带领下,村里人都开始种大棚蔬菜,人均收入过万元,成了远近闻名的富裕村。

早出晚归，追赶太阳！

郑贵章先后组织2万多贫困群众参观学习，解决了大量资金、技术难题。全县设施农业，从零零散散的几十亩发展到了2.9万亩，一年两茬儿变一年四茬儿，亩均增收8000元。

2013年，广平县率先建立乡镇扶贫工作站；2014年，建立村扶贫工作室。这一经验做法被新华社《国内动态清样》刊发；以合同联结、合作联结、股份联结、劳务联结为内容的"四个联结"扶贫模式在全省推广。

2016年是广平县精准脱贫的攻坚之年。

这一年，广平县把机制创新作为推动脱贫工作的关键，成立了县脱贫攻坚会战指挥部和县扶贫增收攻坚指挥部。

这一年，广平县在7个乡镇全部成立了扶贫工作站，在37个贫困村建立扶贫工作室，县乡村三级联动强势推进。

这一年，全县参与扶贫工作的机关干部2400多人，37个贫困村派驻工作组，开展帮扶慰问2万余人次，送技术上门3000余人次，帮扶发展致富增收项目1000余个。

根据县委、县政府的安排，广平县实施十天工作法，建立了微信平台，加大巡查力度，推行了抓好问题清单和整改清单的"两个清单"措施。立足于"高限定位、打造特色"原则，广平县明确提出，37个贫困村要按照美丽乡村标准推进软硬件建设，以此提升扶贫工作整体水平。广平县采用了现代农业、旅游、科技、电商、家庭手工业和龙头带动六种扶贫模式，并通过工作队联村包户帮扶、机关干部"一对一"结对帮扶、民营企业和社会团体对口帮扶，以精准施策促精准脱贫。

郑金国给我们打开了一个塑封开裂的文件夹，在一张张A4纸上记录着郑贵章的工作日志。日志上清清楚楚记录着他每周都要办的扶贫的事，并一一列出，办结一件就勾掉一件；没有办结的，则累积到下周，并写明原因。这样的扶贫工作日志，他记了8年，共有600多页。这是郑主任8年来工作的写照，也是全县扶贫八年来的奋进足迹。

"1. 最美帮扶人材料报市扶贫办；2. 整合涉农资金表报市扶贫办；

3.2013—2016中央财政扶贫资金报市办；4.市扶贫和农业开发办指导贫困退出工作……"这是郑贵章病倒这一周所办的事项，标注时间是2016年11月14日至18日。

8年，600多页。这些日志从一个县里扶贫微观视角，形象地展示了中国脱贫攻坚大决战的进程与成就，以及"后扶贫时代"中国农村转型发展的基本态势，其实也是真实地讲述了脱贫攻坚的中国故事。

8年中，魏县累计减少贫困人口9.06万人，贫困发生率下降至1.62%，农村人均纯收入从2009年的4338元，增长到2015年农村人均可支配收入9684元。

采访时，我们准备去医院看看昏迷中的郑贵章，但被郑金国拦住了，他说，去了家属会伤心。

郑金国说，虽然经历了两次开颅手术，郑贵章仍处于昏迷状态。他的妻子赵文华说："他没事，只是太累了！这几年，他说梦话都是扶贫的事儿，睡一觉就会好起来的。"

为了唤醒父亲，大儿子郑俊杰每天贴在父亲耳边宣读"扶贫快报"。这个，老郑爱听，他的嘴唇嚅动几下，流出两行热泪……老郑的泪花，表达了他对扶贫工作无限牵挂！

郑贵章累倒了，但他昂扬奋进、脱贫攻坚的精神是不会倒的。

是的，一个年富力强的人，为了扶贫事业倒下了谁不会伤心呢！我们不能与郑贵章交流，但我们的心与他相通，他崇高的担当和奉献精神永远激励着更多的扶贫干部。

2018年，邯郸全市贫困县脱贫，他们脱贫攻坚的创新之举，通过媒体向全国传播，邯郸的做法证明了消除贫困的中国方案之正确，我们有理由相信中国政府向世界作出消除贫困的郑重承诺一定能实现。

采访结束，告别邯郸，天空晴朗，和风徐徐。太阳当头，阳光普照，万道金光抚吻冀南大地，那么亲切，那么温暖。

第十二章　衡水，再次出发

　　衡水市位于河北省东南部，地处华北平原腹地，这里土层深厚，质地多变，但以轻壤土为主，部分为砂质和黏质。土壤矿物质养分较为丰富，但有机质、速效氮、磷养分缺乏，易受旱、涝、盐碱化威胁，历来以种植业为主，已成为京津石三地蔬菜主供地。这使衡水市坚定了走农业种植产业化发展扶贫道路。这是衡水扶贫再次出发。

农业产业"土生金"

　　2019年2月26日下午2时，衡水市武邑县各村第一书记、村党支部书记400多人，准点齐聚衡水市御苑假日酒店三楼会议室。会议室里座无虚席，这时会场主席台前方两块显示屏同时亮起，闪现出"衡水市2019年产业扶贫培训班"字样，主讲人健步走上主席台，自我介绍道："我叫李双星，是市扶贫和农业开发办公室副主任，担任这次产业扶贫培训班主讲人。"针对武邑县的这次培训是衡水市举办的第四批农业产业扶贫培训班。

　　农村如何实现土地集约化改革？农业如何实现供给侧发展？农民如何从打工收入到产业化生产增收？农村小麦、玉米、大豆主要农作物种植特点分析——主讲人滔滔不绝的讲解像磁石一般吸引着全体与会者，此时，会场像考场一样鸦雀无声，听课的人全神贯注，个个像接受战前动员的战士似的，神情庄重，充满了战之必胜的信念。整个会场只能听到做笔记、拍照的些许声响，凝重的气氛让人感受到有一种莫名的巨大力量渐渐聚集起来。

通过分析，结论浮现：农村要是没有产业就不能实现乡村振兴；种地产业化照样能实现"土生金"。

习近平总书记强调："发展产业是实现脱贫的根本之策，要因地制宜，把培育产业作为推动脱贫攻坚的根本出路"；"要把发展生产扶贫作为主攻方向，努力做到户户有增收项目、人人有脱贫门路"。衡水市坚持精准扶贫、精准脱贫基本方略，扎实推进扶贫产业发展，2018年制定了《衡水市关于加快推进产业就业扶贫工作的指导意见》，市政府成立了衡水市产业就业扶贫工作领导小组，采取了长短结合、多重覆盖、多点支撑等多项措施促进了扶贫稳定增收。各县（区）紧紧依托当地经济优势，结合农业供给侧结构性改革，大力调整县域种养结构，通过发展特色种养产业直接带动贫困群众增收；积极发挥农业龙头企业和专业合作社的带动作用，通过资产收益方式带动贫困群众增收；根据企业生产需求，大力发展订单农业，以价格保障带动贫困户增收。在发展光伏扶贫和资产收益扶贫项目的基础上，注重激发贫困户内生动力，大力发展特色种养、林果、旅游、电商等扶贫产业。全市蔬菜种植面积达140万亩，其中设施瓜菜80万亩；建设扶贫奶牛养殖基地55家，建设肉鸡、鸭养殖小区50个；发展优质大豆13万亩，高粱4万亩，密植梨2万亩，旱稻5000亩；全市农村电商网店超过2.5万个，贫困县全部建立实体特色馆，阜城县、武强县已被正式列入国家级电子商务进农村示范县项目；全市共发展光伏扶贫电站219.18兆瓦，其中集中式电站120兆瓦，村级电站41.7兆瓦，分布式电站57.48兆瓦。全市评选认定产业扶贫园21个，培树产业扶贫样板村144个，全市直接带动贫困户的龙头企业和农民合作社分别达到122家和833家。通过开展红高粱文化节、河北—广东农业产业化联合体订单签约会、菜王争霸赛、京津冀蔬菜产销对接会等一系列活动，突出抓好农产品与市场对接，提升产业扶贫质量和效益。

以前,全市有武邑、武强、饶阳和阜城四个国家贫困县,枣强和故城两个省级贫困县。2017年,武邑、饶阳、阜城和枣强退出贫困县行列,完成3.98万贫困人口脱贫,479个贫困村出列。2018年,武强和故城县退出贫困县行列,完成了2.5万贫困人口脱贫,153个贫困村出列。至此,衡水市六个贫困县全部摘掉贫困县帽子。在刚脱贫的这些县中,有的贫困户虽通过帮扶已实现脱贫,但这些群众中存在无生产技术、无发展资金、无劳动能力(或较弱),只有零散耕地的人,如何保障这种"三无一有"的农户持续增收,确保脱贫不返贫,致富奔小康,成为各级政府亟待解决的问题。2019年衡水市坚持"驰而不息,久久为功"的扶贫理念,修订了产业扶贫规划,旨在巩固脱贫成果,解决"后三年"(脱贫后三年稳定发展期)问题。

通过对自然资源结构研判,结合阜城县创建"六位一体""八统一分"机制与阜星公司卓有成效的扶贫带动,决定在全市推广"阜星产业扶贫"新模式。

阜城如何抓农业产业化

阜城县是河北省国家扶贫开发重点县,全县10个乡镇610个行政村,农业人口29.64万人,耕地68.8万亩,人均耕地2.3亩。贫困家庭的农业收入占总收入的80%左右,面临着发展产业无门路、无资金、无技术、无市场、无服务"五无"问题。为解决上述问题,让贫困群众积极主动融入产业发展,实现持续稳定增收,阜城县因地制宜采取措施,做好土地文章,让耕地实现最大限度升值,探索推行了"六位一体""八统一分"产业扶贫模式,"外"聚合力,"内"增动力,形成活力,精准发力,带动贫困户以地生财,使农民脱贫增收奔小康得到有力保障。

要解决贫困群众"五无"问题,实现产业大规模高效发展,阜城县找准各方发展利益共同点,激活了各方内生动力,培育形成了贫困群众积极参与、可持续发展的"六位一体"产业发展平台。

政府组团发展。有效整合了贫困群众、政府、企业、合作社、银行、科研院校等六方优势，形成了以政府为主导、农户自主参与经营、龙头企业引领、合作社为纽带、科研机构支撑、金融机构资金保障"六位一体"运行机制。建立了扶贫、农业、金融等各部门参加的农业产业化联合体发展领导小组，从组织发动、耕地管理、资金保障、科技服务、市场规划等方面全过程、全方位为产业发展服务。

龙头企业带动。重点支持经营效益好、特色产业突出、带动致富能力强的农业企业，发挥其连接市场和贫困户作用。以河北益彰酿造食品公司、王致和腐乳制品公司等龙头企业为主，建设了酿酒专用高粱、非转基因大豆、鲁花花生、漫河西瓜等20多个脱贫致富产业园区，搭建了贫困群众脱贫致富平台。

农户自主参与。让贫困户借力发展，鼓励农户特别是贫困户带土地、带资金通过入股、托管等方式整合到合作社，由合作社整合加入脱贫产业园区，开展统一规模种植管理经营，实现土地高效利用，取得较好收益。同时，鼓励贫困户到园区、合作企业务工，实现就近就业。

发展合作经营。全县610个村都建成了由村"两委"或村"能人"牵头的村级农民合作社，充分发挥其联系市场、企业和农民的桥梁纽带作用，提升了农业组织化程度。

科技示范引领。实行了院县合作机制，县政府与河北省农科院、河北农业大学等科研院校签订了技术合作协议，推广优质品种和先进种植技术。

金融资金保障。用足用好政企银户保政策，金融机构优先将资金用于支持农业产业发展，优先满足带动能力强的龙头企业、农业园区的资金需求。

搭建发展平台是产业持续发展的基础，细化运作管理是实现持续发展的关键。阜城县在不断凝聚六方合力的基础上，标本兼治，进一步破除一家一户生产经营管理水平低、产业发展规模小、组织化程度低问题，在全县细化推行了"八统一分"统分结合、集约管理模式，鼓励贫困村、贫困户将耕地整合给园区、合作社、种植大户规模经营，贫困户耕地实现了高效利用，他们从"地"上看到了新奔头、有了新劲头。

为使"六位一体"落到实处，全县实施了"八统一分"策略：（1）统一优良品种。统一种植河北省农科院培育的冀酿1号、冀酿2号酿酒用高粱，冀豆12号、17号、中黄13号非转基因大豆，衡谷13号谷子等农作物新品种。（2）统一测土施肥。专门订定由河北省农科院根据土壤特性研制的专用肥料，提升农产品品质，改善种植环境。（3）统一灌溉。打造高标准农田林网，统一推广喷灌、滴灌等节水灌溉技术。（4）统一病虫害防治。实行统防统治、无人机作业，采用先进生物防治技术，达到农药零残留安全标准。（5）统一技术指导。发挥院县合作优势，河北省农科院定期派出专家技术服务人员进行技术指导，及时解决生产管理中遇到的问题。（6）统一收获运储。园区统一购置了大型播种机，建设了大型烘干塔、粮食储存仓库。（7）统一品牌标识。2016年以来，打造"阜星牌"大豆，"阜星牌"高粱，"益彰牌"系列酱油、醋，研制了"阜星"高粱酒，申请了"三品一标"品牌。（8）统一销售。与贵州茅台、衡水老白干、王致和腐乳制品等企业建立了合作关系，签订保护价收购合同。"一分"就是保障分户管理收益。保障贫困农户承包土地收益是最底线。土地性质、农户承包的主体地位没有改变，种植户没有失地顾虑，农产品全部收益给农户，农户自愿参与统一管理。

"八统一分"管理模式，让农户放心、省心，真正享受到了先进管理模式带来的实惠。

"六位一体""八统一分"产业扶贫模式充分挖掘了农业发展潜力，激发了各方积极性，为促进农业农村健康发展，实现乡村振兴打下了坚实基础。到目前，阜城县复制推广"六位一体""八统一分"产业扶贫模式的农业园区发展到71家。新的扶贫模式为农业农村发展增添了更多活力，体现在以下四方面：

发挥出了产业发展，园区带农户，能户带弱户，小投入、大回报作用。到2019年，全县发展23.6万亩瓜菜，带动脱贫9.6万户；2018年新发展高粱6万亩、大豆8万亩、花生2万亩，覆盖农户2.6万户，受益贫困户3800户。产业园区或种植基地通过吸纳无劳动能力的贫困户参与，无劳动能力的贫困户自愿将土地委托给园区或种植能手代耕，同时，享受着扶贫产业补贴（按每人2亩地算，每人每年600元），加上种植农业产业品种每人增收1400元，每个贫困人口每年通过产业增收2300元~2900元。

有效解决了规模种植农产品销售等问题。实现了"订单农业的经营模式，规避了农户单打独斗闯市场的风险，真正实现了"政府引导＋企业对接市场＋村级合作社组织＋金融部门支持＋院校技术指导＋农户积极参与"，吸引了加工企业到原材料种植基地投资落户，形成了产业链。同时，拉动农特产品初拣、储存、冷链、物流、电商的快速发展壮大，最终达到安全农产品统一品牌、精包装分销、产地优势占据市场，实现了农产品优质安全，从土里到嘴里的全产业链闭合。

打造了农业可持续发展双赢模式。对投资企业，农民将土地整合、托管到园区，节省了企业流转土地的费用，每万亩每年节省投资1000万元；分户收益和大型机械的使用，节省了公司雇佣劳动力成本，每万亩每年节省300万元；在服务种植和产品收购再销售的环节中，取得适当的服务收入和收销差价，获得了较好的盈利。对农户，每亩比农户自己传统耕种降低种子、肥料、雇佣机械等费用150元；每亩减少农户劳动力投入5个工时，可就地打工，按人均日工资60元，新增打工10天计算，每个劳动力每年可增收600元；种植户所得收入是种植玉米、小麦等传统作物收益的两倍。公司与农户实现了双赢、可持续发展，进而提升了市场竞争力，为占领市场份额打下了基础。

进一步激发了农业农村发展的活力。一是为乡村振兴打下了产业基础。乡村振兴战略要有产业，产业发展要有特色，有了特色才会有更好的市场，有了稳定的市场才会有收入的提升。2016年以来，创建了"漫河牌"西瓜、"阜兴牌"杏梅、"伊强牌"樱桃西红柿、"艳普牌"甜瓜、"霞口"鸭梨等国家、省闻名的农业品牌，开发了益彰酱菜、恒通面粉、汇鹏鸭梨汁、红高粱酒等10多个农产品深加工品牌，产品畅销京津石等大中超市。二是加速了现代农业的进程。大规模、大型农业机械的作业、先进农业技术的应用，既利于种植结构的有效调整，又真正发挥出扶贫产业后续巩固提升、贫困户长期稳定增收的巨大作用。三是激发了干部群众发展积极性。贫困村干部群众不仅有了产业增收根本保障，有的还参与更多的经营管理活动，获得更多收入保障。2020年，阜城县有2万农户14万亩耕地实行"六位一体""八统一分"产业扶贫模式，全县耕地全部实现规模化、集约化种植管理经营，耕地发挥出最大效益，农业产业成为农民家门口的"提款机"，农民脱贫增收奔小康得到更加有力的保障。

什么是阜星模式

阜城农业产业化扶贫，开启了一种全新的扶贫模式，其中阜星科技现代农业园区发挥了举足轻重的作用，可谓功不可没。

阜星科技现代农业园区在阜城县，1989年出生的殷三强任总经理。他旗下有河北省益彰食品酿造有限公司、阜星科技现代农业园区、河北悍隆商贸有限公司、星创天地等公司，走的是一条纯农业产业发展之路。

殷三强作为一个农业产业化龙头企业的总经理，为了充分发挥龙头的作用，在农业科技方面不断创新扶贫模式探索了新路子。殷三强认识到，就阜城县而言，要使贫困人口脱贫，关键在于依靠现代科技，依靠市场等资源优势，选准突破口，找准好项目，才能实现农民真正意义上的脱贫，逐步达到小康目标。他决心调整工作思路，调整工作重心和布局，把企业的触角延伸到贫困户，依靠科技创新，与贫困群众开展合作，改变种植结构，促进农民增收。从此，他和他的团队拉开了精准脱贫攻坚的序幕。

一、定向帮扶。该公司积极开展"千企帮千村活动"，定向帮扶王集乡白马刘村、崔庙镇的苟家坊、前砖门村、后砖门村、刘胡村5个村。在白马刘、苟家坊推广种植夏播大豆800亩，在前砖门村、后砖门村、刘胡村推广种植优质高粱1700亩，在每个贫困村成立了粮食种植合作社，并与种植户签订了保护价收购协议，确保每个贫困户的优质粮应季收购。通过产业扶贫，帮助5个贫困村419名贫困户实现了稳定脱贫。

二、开展农民股份合作制试点。2015年，全县率先引进了"大豆黄桃间作"种植模式，采用"企业＋合作社＋贫困户"的方式，与19个村681个建档立卡贫困户签订了发展林果大豆套种模式股份分红合作协议，由财政扶贫资金给贫困户每亩入股1000元，每户最高5000元，每年按10%分红到贫困户，同时公司按高于市场收购价的价格收购所种植的优质大豆，使贫困群众每亩增收1300元，让贫困户实现了当年种植、当年受益的目标。公司每年给贫困户协议分红10%，在每一年的7月底按时全部发放到位。2016年发挥扶贫资金效益，采用"龙头企业＋贫困户"的扶贫模式，为每户贫困户入股到园区，园区每年按照甲方入股金额的9%给予入股贫困户每年定期的股金红利。通过这个方式，2016年至2018年园区共带动全县288个村、3565户贫困户有效脱贫致富。

三、创建阜星扶贫模式。根据县扶贫办"六位一体""八统一分"扶贫举措，2016年殷三强主导成立了阜星农业科技有限公司，建立了阜城县阜星科技现代农业园区，园区总投资2.8亿元，占地面积24560亩。园区已于2016年11月份被河北省政府认定为省级现代农业园区。公司采取"六位一体""八统一分"的经营模式，与中科院、河北农林科学院、河北农业大学等科研院校签订了长期技术合作协议，是集农业种植、服务，农产品深加工、销售，科技研发、技术推广、人才培养、农业示范等一二三产业高度融合的现代化农业园区。

四、通过改革经营模式，降低了种植成本，增加了农民收入。崔庙镇园区内4个贫困村，按照"八统一分"经营模式，其生产成本每亩可节省170元；按照种植玉米与种植高粱进行比较，可实现亩增收480元的目标；按照阜城县关于农业园区贫困户种植大豆、高粱的扶贫政策，每亩可获得250元补贴；协调县扶贫办从产业扶贫资金中为每户出资1万元入股园区，每年按10%比例分红，每户每年分红1000元，连分5年，5年后还本。2017年园区内4个贫困村、179个贫困户全部脱贫。

五、强化农业园区投入，提升为贫困群众服务功能。阜平科技现代农业园区建有占地面积100亩的现代化高标准农业园区功能服务区，为园区种植区提供一系列保障服务，设有2000平方米的农民培训中心、农业展览中心、电子商务中心、虫情测报中心、检验检测中心等部门；建设了日烘干能力800吨的粮食烘干设备、20000平方米的粮食晾晒场、5000吨的粮食仓储设施、1000平方米的大型农机具设备库房、1000平方米的石磨面粉、大豆油等特色食品加工车间，先后购置了专用播种机、专用收割机、植保无人机、农药喷洒机、喷雾机、大型拖拉机、植树机等现代化大型农业设备，从种植到收获基本实现了现代化操作流程，从根本上解决农民种植销售粮食的后顾之忧。

公司长期与中科院、省农科院建立技术合作关系，中科院、省农科院先后10余次委派相关行业知名专家为贫困村农民免费进行了专业培训，受训人员达1200多人次，培育农机手50余人、农技师50余人。与中科院合作，免费开展了生物治虫试验，已对崔庙镇、王集乡、霞口镇等16000余亩高粱进行了赤眼蜂生物防止工作，治虫效果良好。在保定高碑店新发地农产品物流园投资100多万元成立了悍隆商贸有限公司，主要从事阜城县名优农特产品销售业务，如阜星红高粱、非转基因大豆、漫河西瓜、甜瓜等产品。在自身收益的同时将阜城农产品积极地推向了全国市场。公司产品、园区产品已通过阿里巴巴、一亩田、淘宝、京东、工行融易购等多个平台进行销售，与贵州省仁怀市酒业协会建立了原粮供应的长期合作关系，保证了高粱的销售渠道，与北京二商龙和集团、衡水老白干集团、今麦郎集团等企业建立了长期战略合作关系，扩大了产品销售，提高了全县农产品知名度。

通过红高粱产业，2018年有效带动全县10个乡镇、121个村、5538户种植绿色免施农药酿酒高粱8.6万亩，可收获高粱3.2万吨，带动全县303户贫困户种植高粱1457亩，亩均增收500元。园区食品加工车间、食品检验检测、行政办公、日常用工等多个岗位先后吸纳打工农民200余人，人均月工资2000元以上，带动大小物流运输车辆500多车次。

阜星模式扶贫对企业和农民都有利好。土地流转"零租金"，确保了投资企业发展和农户增收。以1万亩计算，企业每年可节省土地流转资金投资1000万元。大型机械的使用，可节省劳务费支出300万元。对农户而言，比起传统耕种可降低种子、肥料、雇佣机械等费用150元，每个劳动力每年可增收600元。大规模化的种植，既是乡村振兴战略的产业支撑，也是打造乡村旅游的观光工程，再造出一二三产业的有机融合，真正发挥出扶贫产业后续巩固提升、贫困户长期稳定增收的巨大作用。可持续发展"双赢"模式，公司在服务种植和产品收购再销售的环节中，取得适当的服务收入和收销差价，获得盈利。种植户所得收入，是种植玉米、小麦等传统作物收益的两倍，从而达到公司与农户"双赢"的可持续发展模式，进而稳定地占领市场份额。此举将农民与企业紧紧捆绑在一起，有效激发了农民的致富内生动力。

随着阜星经营模式不断创新，农特产品生产基地规模迅速壮大，吸引了深州、南皮、饶阳、安平、黄骅等地共20多家企业（合作社）参加，与广东企业分别签订了瓜菜、鸭梨、大豆、葡萄、蜜桃种植订单，订单金额达5.1亿元；新建了200亩冷链仓储农产品物流园，签约饲养3000头澳牛合作项目。

这几年，在衡水市通过农业产业化扶贫，许多村民搬进了新盖的居民小区、过上了城里人的生活，有的农民买了小轿车；工作都在村里的产业园，实现了就近就业。

在衡水市第四期农村产业开发扶贫培训班上，当采访武邑县审坡镇清凉店村驻村"第一书记"祝红彬时，他说："产业扶贫是一种内生发展机制，目的在于促进贫困个体（家庭）与贫困区域协同发展，根植发展基因，激活发展动力，阻断贫困发生的动因。听了全市这次产业扶贫培训课后，要转变扶贫观念，要加强所在村与全县农业方面的龙头企业和产业带头人联系，让清凉店村早日走上产业致富之路。"

衡水在6个贫困县全部实现脱贫时，已全面启动农业产业扶贫新路，确保农村贫困人口脱贫不返贫，实现致富奔小康。衡水市扶贫再次出发，冲向更高目标。

第十三章　张家口，使命之歌

"雪沃中原肥劲草，寒凝大地发春华。"

张家口市地处河北省西北部，属于高寒地区，霜冻期长，大部分区域处于燕山山脉和太行山脉腹地，土地贫瘠，自然条件恶劣，外加开放滞后，使张家口很多农村人口处于深度贫困。党的十八大以来，以习近平同志为核心的党中央，创造性地实施精准扶贫、精准脱贫，张家口市委、市政府切实有效地开展了脱贫攻坚。然而，受自然条件和全市经济条件限制，到2015年，张家口尚有1723个贫困村，虽然2015年实现19.2万人稳定脱贫，但仍有43.89万人口生活在贫困线以下，贫困村和贫困人口数量均居全省之首。

2015年7月31日，国际奥组委宣布北京获得2022年冬季奥运会主办权，这也是中国第一次举办冬季奥运会，张家口作为联合主办城市，是2022年北京冬奥会雪上项目主赛区。张家口站在这个历史性的时间点上，向世界打开了一扇开放的窗口，吸引着世界各国人民的目光。正如张家口市委书记回建所说："从这个意义上说，张家口的减贫成果是外界观察中国减贫的一扇窗口。提高脱贫致富的质量，成为摆在我们面前的重要考题。"

面对这个重大的历史机遇，面对如此艰巨的脱贫攻坚任务，张家口如何完成新时代赋予的政治使命？又如何向世界充分展示消除贫困的中国成就？如何展现美好幸福的中国形象？

提纲挈领，做好全市扶贫顶层设计

2017年春节前夕，习近平总书记在张家口考察时指出："要把生态补偿扶贫作为双赢之策，让有劳动能力的贫困人口实现生态就业，既加强生态环境建设，又增加贫困人口就业收入。"生态资源是张家口发展旅游业的基础条件，更是在此基础上脱贫致富的根本所在。按照习近平总书记的要求，张家口市委、市政府坚持脱贫攻坚与全局工作相结合，跳出"就扶贫抓扶贫"思维定式，认真落实"六个精准""五个一批""坚持五个结合"要求，强化靶向定位，推动刚性落实，确保各项政策措施落地生根、取得实效。强化责任落实，凝聚起脱贫攻坚强大合力，认真落实脱贫攻坚主体责任，建立起党政一把手负总责的脱贫攻坚责任制，市县乡村四级书记一起抓，推行市级领导包县区、区级领导包乡镇、乡镇干部包村、机关干包户的"四包"责任制，压实了各级领导的主体责任和党员干部结对帮扶责任。

张家口市委、市政府总体把脉脱贫攻坚，以建成首都水源涵养功能区和生态环境支撑区为引领，坚持脱贫攻坚、生态建设、新型城镇化和绿色产业"四方联动"，以更高质量的发展实现更高水平的脱贫。在实践推进中，分级负责、分类推进，市级重点解决结构性贫困问题，县级负责解决经营性贫困问题，县乡村负责解决生产性贫困问题，特殊贫困个体全部纳入社会保障，不搞一刀切、齐步走。在工作抓手上，以发展全季、全域旅游为突破口，在坝上地区建设草原公园和国家示范牧场，在坝下地区建设农业公园，在市域范围内建设旅游铁路，加强零度以下资源开发，统筹解决好"后三年"和"三年后"可持续发展问题。

"道虽迩，不行不至；事虽小，不为不成。"如何深入开展精准扶贫，2017年全市又制定和出台了强而有力的具体举措：

一是大力推进产业就业扶贫，夯实稳定脱贫和可持续发展基础。把产业就业扶贫作为治本之策，因地制宜、因村因户施策，对准"穷根"精准"滴灌"。强化产业辐射带动，坚持产业规划到村、项目安排到户到人，围绕特色种养、特色林果、光伏、旅游、电商、家庭手工业六大扶贫产业，建立市、县两级脱贫攻坚项目库，提高贫困户产业项目覆盖率。

二是打好统筹施策组合拳，全力提升贫困地区发展水平。针对贫困村"空心化"问题突出实际，统筹推动易地扶贫搬迁、农村危房改造、"双基"提升工程、"空心村"治理，加快建设特色小镇和小城市，有序推动农村城市化。加快易地扶贫搬迁进度，坚持移民社区、产业园区一体推进，同步跟进医疗、教育等公共服务，确保搬得出、稳得住、能致富。

三是积极推动生态扶贫，努力实现绿富双赢。按照"短期扶贫靠造林、中期扶贫靠管护、长期扶贫靠产业"的工作思路，引导和扶持贫困人口参与生态保护和修复工程建设，发展生态产业，促进贫困人口增收脱贫。

四是大力发展教育扶贫，着力阻断贫困代际传递。围绕控辍保学、精准资助、职技培训三大重点，落实多元扶持与资助政策，确保贫困家庭学生不因贫失学。

五是全面加强政策保障供给，切实兜住保障性扶贫底线。针对老弱病残等特殊贫困群体，完善保障性扶贫政策，做到应保尽保、托住底线。

目标确定，蓝图绘就。
迎着凛冽寒风，带着使命，带着暖心政策，各级领导奔赴扶贫主战场，张家口市一场新的阶段性脱贫攻坚战役就此打响。

精准发力,突出农业产业化带动

2017年8月28日一大早,张北县博天糖业有限公司的工人们就忙碌了起来。在工厂的西南两个大门外,数十辆满载甜菜的大货车停靠在马路上,甜菜种植户们正按照订单顺序有条不紊地交售着一年的收获。

"我今年种了12亩甜菜,收了7万多斤,可以卖2万多元,平均每亩收益1800元,比种粮食增加了一倍多。"张北县小二台镇叶家营村贫困户常占全算账说。

张北县地处坝上高寒区,光照充足、昼夜温差大,非常适合甜菜生长。张北县委与制糖企业博天糖业协商,根据当地实际情况规划了订单种植、土地流转、参与务工等三种产业带动扶贫模式,为坝上地区探索出一条切实可行的脱贫之路。仅一年时间,整个坝上地区甜菜种植面积比上一年增加20多万亩,带动建档立卡贫困户1.3万户、3.5万人参与种植加工,人均增收2360元。

张家口市通过深度调研,高标准谋划产业扶贫项目6286个,总投资达到31.4亿元,基本实现了对全市27万农村贫困人口的全覆盖,也让所有贫困村实现了集体资产的全覆盖。

这当中,涿鹿的葡萄、杏扁,宣化的田园综合体,万全的鲜食玉米,崇礼的大棚彩椒,沽源的富硒燕麦、富硒豆荚,蔚县的金鸡蛋、金烟叶、金小米,怀安的特色种养,康保的脱水蔬菜,赤城的乡村旅游等,都起到了突出的引领和带动作用。

据阳原县委书记孙海东介绍,仅2016年一年的时间里,阳原已投入3亿多元发展养驴业,覆盖了全县70个村、7986个贫困户、13892名贫困人口。阳原县正在加大力度进行扶持,2019年存栏达到3万头,2025年能达到10万头。

在阳原县东井集镇拣花堡村的旺地牧业有限公司养驴场,66岁的村民张廷茂一边在食槽添加草料,一边说:"我在这里当饲养员已有两年多，每月能够挣到2200元工资。场里还将驴粪免费给我们贫困户作种地的肥料，种出的玉米、黍子以及秸秆都可卖给驴场做饲料，还能收入5000多元，一年总收入能够超过3万元。"

2017年以来，张家口市重点做好政策指导"五个一"和精准对接"五个一"，切实助力贫困地区农民脱贫致富。确定的扶贫主导产业，重点抓好科技支撑的构建和实施工作。政策指导"五个一"，即制定一个特色种养业扶贫计划、成立一个产业科技扶贫专家组、组建一支农业科技服务队、组织一次特色种养技术培训、编写一套产业扶贫技术手册或明白纸。精准对接"五个一"，即进行一次精准调研对接、每村明确一名技术指导员、设计一套产业技术指导方案、开展一次技术培训、为每个贫困户发放一本技术明白纸。

以张家口张北县为例。针对贫困村产业带动能力弱、基础设施落后等问题，张北县进一步强化举措、精准发力，持续补短板、强基础，努力提升产业扶贫帮扶实效。

做强产业促增收。做强传统产业，重点推进国家级马铃薯种薯示范园等项目建设，积极推广马铃薯全产业链开发、甜菜订单农业、食用菌入股分红等扶贫模式；扩大光伏扶贫覆盖面，将实现128座单体300千瓦光伏扶贫电站并网，新建14座村级分布式光伏扶贫电站，实现建档立卡贫困户光伏扶贫全覆盖；大力发展乡村旅游业，打造旅游扶贫示范村3个，在中都草原和野狐岭要塞周边、草原天路沿线设立贫困户农副产品售卖点15个；组建扶贫造林绿化合作社12个，可辐射带动98个贫困村、5000余人实现增收。

完善设施补短板。持续加大投入，全力推进农村基础设施和公共服务设施建设。2019年建设4个集中安置区，实现总量近1万人易地搬迁；深入开展农村安全饮水大排查行动，实施23个贫困村安全饮水巩固提升工程。以"厕所革命"、垃圾及污水处理、燃煤置换、农村公路建设为重点，加快田园综合体建设，着力打造一批产业特而强、功能聚而合、形态小而美的特色小镇。

创新机制求实效。张北县建立完善扶贫项目动态运行机制，设立精准扶贫项目库，严把项目准入关，全面提升产业扶贫的帮扶实效；进一步完善"政府＋企业＋金融机构＋贫困户"的利益链接机制，通过土地流转、扶贫资金入股合作社等多种形式，最大限度地把贫困户链接到抗风险能力强的产业链上；促进资源、资产、资金深度整合，实现脱贫攻坚与新型城镇化、绿色产业发展、生态建设同步推进。

到2019年，张家口市已有创美农业开发有限责任公司、蔚县林和农业科技有限公司、张家口萝川贡米有限公司、河北欣奇典生物科技有限公司、蔚县烟叶经销总公司等几十家农业产业扶贫公司在张家口贫困地区建成并发挥扶贫作用，这些公司如一颗颗闪亮明珠在张家口高寒地区展现着动人光彩。

光伏发电，科技兴农照亮梦想

张家口全市19个县、区中有12个国定和省定贫困县区，脱贫攻坚任务十分艰巨。

张家口市处于国家二类光资源富集地区，发展分布式光伏发电项目有独特优势。

2017年1月，习近平总书记到张家口市考察。得知该市张北县小二台镇德胜村结合实际，发展农业产业化，引进光伏项目兴建集中式农光互补扶贫电站，帮助贫困户增收，习近平总书记很高兴，希望把这种切实可行的事抓紧做起来。

自2015年在赤城县试行光伏扶贫试点以来，张家口市积极探索新能源产业扶贫路子，建立多元投资机制、吸纳贫困人口就业、优化分配方式，稳定带动群众实现增收脱贫，发展新能源产业成为张家口精准扶贫的有效手段和重要方式。

"光伏扶贫电站建设主要有三种形式——村级光伏扶贫电站、集中式光伏扶贫电站、屋顶光伏扶贫电站。"张家口市能源局局长郭俊峰介绍说，针对三种形式的不同特点，张家口创新融资模式，采取政府全资、企业全资、"政府＋企业"、北京对口帮扶、企业捐赠等方式进行建设，充分调动新能源企业积极履行社会责任，有效破解了项目建设资金难题。

在创新融资模式上，阳原县抢抓河北省重点支持深度贫困县发展村级光伏电站全覆盖机遇，充分运用美丽乡村新能源示范资金，并创新采取"驻村＋光伏""百姓筹，政策补"等多元投资机制，全力发展分布式光伏扶贫产业。全县163个贫困村的村级光伏电站已全部建成，覆盖贫困户9720户。

赤城县则充分发挥扶贫小额信贷作用，采取"金融＋光伏"的模式，引导贫困户通过贷款获得建设资金，大力发展屋顶光伏产业。贫困户每户在银行获得贷款3.64万元，在自家屋顶安装5.2千瓦的光伏电站1座，政府部门前三年给予全额贴息。赤城县已安装屋顶光伏电站91座，规模达到473.2千瓦，户年均增收2000元。

"张家口还因地制宜建设农光互补、牧光互补、林光互补等扶贫电站，既有效避免了电网改造难、电站选址难、运营维护难等问题，又达到了充分发挥土地综合效益的目的。"郭俊峰说。

在位于张北县馒头营乡胡家坊村的128座村级分布式光伏扶贫电站易地联建项目基地，一眼望不到边的光伏板在阳光的照耀下格外抢眼。

张北县县长李鹏举介绍，该项目是以128个村为单位统一建设，每村单体规模300千瓦，总建设规模3.84万千瓦，创新运用"易地联建、逐村报建、分表计量、统一输出、整体运维"的建设模式，并网后将呈现出"新融资模式、新技术支撑、节约土地、降本增效"等示范作用。

张北县在2016年至2017年就开始建设第一批32个村分布式光伏扶贫电站项目。在建设过程中，他们发现存在电网改造难、投入大，电站选址难、变压器安全输送电距离远，运营维护难、村级电站容量往往数倍于当地负荷，容易引起光伏逆变器频繁脱网等问题。经多次请专家"会诊"，最终确定了128座村级电站均采用"易地联建"的建设模式。

"易地联建项目采用'企业全额捐建''企业捐助＋扶贫资金配

套''全额扶贫资金'三种模式筹集项目建设资金，实现了村级电站资产和收益全部归村集体所有，全部收益用于扶贫，确保了扶贫成效覆盖范围的最大化。128个村16957户34118名建档立卡贫困人口实现全覆盖，人均增收1500元。"李鹏举说，易地联建模式也确保了电站发电收益的最大化，更主要的是在土地利用上，128座易地联建村级电站全部采用高支架方式建设，1500亩占地中有近1000亩以上的土地可以得到二次利用。

除了创新融资模式和建设模式，张家口的新能源产业扶贫也注重创新技术标准。2017年8月，张家口市发改委明确提出，新建项目一定要达到2017年"领跑者"技术标准，即多晶硅电池组件和单晶硅电池组件的光电转换效率分别不低于17%和17.8%。

康保县村级光伏扶贫电站对标"领跑者"项目，设备选型均达到"领跑者"技术标准，成为张家口市光伏扶贫的典型案例。据康保县扶贫办公室副主任戴建军透露，康保县以"领跑者"标准打造的村级光伏扶贫电站将以每年7000余万元的稳定售电收入贡献于当地脱贫事业。

"以前在外面打工一天挣不到100元，现在在村里的光伏扶贫电站做安保和清洁工作，一天150元，我们老两口如今过得挺好。"康保县忠义乡郭家围村的贫困户黄成满说。

"康保县贫困村多达165个，贫困发生率达16.8%。"康保县县长魏红侠说，"考虑到贫困发生率高和致贫原因特殊，康保脱贫必须立足于资源禀赋，将开发式扶贫与保障式扶贫并用。"康保县将光伏产业扶贫视为重中之重，全县已建成162座村级光伏扶贫电站，总装机41.52兆瓦。

此外，为有效解决部分村级电站运营寿命周期缩短、集体资产损失、盈利不足等问题，张家口市指导县区及时建立健全了建、管、用相结合的运行维护服务机制。

"实践证明，新能源产业扶贫为贫困县区脱贫攻坚培育了新产业，为壮大贫困村集体经济开辟了新路径，为解决贫困群众稳定脱贫提供了新手段，成为精准扶贫的有效手段和产业扶贫的重要方式，成为贫困群众脱贫增收的有效途径，增强了贫困地区发展活力和动力。"张家口市委书记回建说。

2015年以来，张家口市把光伏扶贫作为产业扶贫的主攻点，科学谋划扶贫电站建设，截至2018年12月底，张家口可再生能源总装机容量达到1345.47万千瓦，年发电量突破200亿千瓦时，其中，累计建成并网光伏扶贫电站123.7126万千瓦，覆盖88838户贫困户，户均年增收3000元，占全部建档立卡贫困户的39%，稳定带动了群众增收脱贫。

发挥产业优势增加就业岗位。"我们的大草滩成了致富滩！"68岁的张北县二台镇波罗素村贫困户李兆生激动地说，"去年我一个人就分得7000多元的承包费，秋冬闲时又在电站打扫卫生，两个多月挣了5000多元，活儿不重。"

波罗素村是国泰绿能公司张北100兆瓦光伏扶贫项目所在地。项目负责人曹东介绍说，该项目拟将前三年收益全部用于支持当地脱贫攻坚事业，三年后按照股权比例持续分配项目收益，确保国有资产保值增值。同时，国泰绿能公司从2019年起，从当地雇用人员夏秋季进行锄草工作，并探索在板间草地试验种植一些经济作物，为退化草场的再利用蹚出一条新路。

张家口市市长武卫东表示："新能源产业扶贫应该因地制宜，发挥产业化优势，针对有劳动能力的贫困户，从建设到运维，尽可能地创造就业岗位，促进二次创业，进一步推动当地产业升级，彻底改变过去'输血式扶贫'的模式，逐步转变形成'造血式扶贫'的良性发展态势。"

由亿利资源集团投资建设的张北县德胜村村级光伏扶贫电站，采取了"政府政策性支持，企业商业化投资，农民市场化参与"的合作机制。电站投运后，可实现贫困户每人每年从发电中获得3000元收益、持续20年、精准脱贫2000人。而除了上面光伏板的发电收益之外，板下土地还可以由贫困户承包种植蔬菜、灌木苗圃等。这样一来，电站既可让农户获得经常性收益，也可以解决当地就业，创造增补性收益。

"村民们赚到了'三金'，一是土地的租金；二是光伏电站的收益；三是在项目内打工的工资。算下来人均年收入在万元以上。"德胜村党支部书记叶润兵说，除了建设光伏电站，德胜村还在探索建设光伏冬暖棚、春秋棚以及露天大田在内的现代农业光伏协同设施，实现多产业优势融合，最大限度地提高土地利用效率，为村民提供更多的就业机会。2019年5月10日在得胜村采访时，叶书记介绍说："去年全村有100多名村民在光伏基地种药材、种花卉、搞旅游，人均增收2万多元，村集体实现收入100万元。"

在大力实施光伏产业扶贫的同时，张家口市依托脱贫攻坚和生态建设、新型城镇化、绿色产业发展"四方联动"扶贫开发新机制，完善利益联结机制，积极探索发展生物能源，实现绿色产业精准扶贫。

由达华工程管理（集团）有限公司与中科院广州能源研究所进行对接实施的总投资4360万元的涿鹿县达华致远公司日产1万立方米规模化大型沼气项目正在建设当中。该项目将果蔬等有机废弃物转化成生物燃气，规划建设发酵罐6座，总容积1.2万立方米，日产沼气10780立方米，生产出的沼气通过气瓶组和运输车销售给涿鹿县金鸿燃气有限公司。该项目可年产沼渣有机肥1.47万吨，沼液肥0.61万吨，主要供应农业公司或种植合作社使用。安装2台500千瓦燃气发电机组，可实现上网发电。

"该项目建成后，除了生产出的沼气可供周围居民炊用外，还将优先安排有劳动能力的贫困人口参与原料收购、运输、破碎、加工、成型及管护等工作，项目所产生的燃料收购款、生物质原料收益等均可以为相应家庭带来稳定的收入来源。"达华集团新能源项目负责人张铁英介绍说，该项目还可以消纳秸秆等农产品废弃物，避免村民私自燃烧造成环境污染，同时消化杏肉渣、葡萄酒渣等废弃物，大大解决由此造成的环保问题。

据张家口市扶贫办统计，通过新能源产业为村集体创造的收益，全市创新分配方式，设置了卫生清洁员、村级光伏电站管护员、林木管护员、治安巡逻员等多个公益岗位，共安置22640名建档立卡贫困劳动力就业。

生态扶贫，点亮绿色新希望

河北省张家口市林业局日前亮出2018年生态扶贫成绩单：全市林业

生态工程建设雇用建档立卡贫困人口2.17万名，人均年增收5000余元；选聘生态护林员近3万人，年人均增收3700元；发展经济林面积46.84万亩；流转贫困户土地5.56万亩，人均年增收1100多元，各项工作均超额完成任务。

2018年，张家口市林业局以生态扶贫工作统领全市林业各项工作，确定了"短期扶贫靠造林、中期扶贫靠管护、长期扶贫靠产业"的精准扶贫工作思路。

张家口市实施"项目化、企业化、林场化"造林，推广企业承建、村民自建等模式，组织动员贫困人口参与林业生态工程建设，获得短期工资性收入。精准测算每项任务可承载的贫困人口数量，做到任务精准到乡镇、资金精准到农户、收入精准到人头，实现林业生态建设工程带动脱贫。

紧密结合建档立卡贫困人口年龄结构和身体条件实际情况，张家口市将生态护林员选聘年龄放宽到70周岁以内，为部分贫困人口提供了中长期稳定的工资收入。2018年，张家口市为选聘生态护林员发放工资共计1.1亿元。

2018年初，张家口市提出，在年度人工造林项目中，经济林栽植面积不低于20%。在推进大规模造林绿化的同时，巩固发展扁杏等优势经济林产业，鼓励发展油用牡丹、枸杞、黑果花楸、文冠果、小杂果等特色经济林。2019年，全市苹果、扁杏、枸杞、杂果、文冠果、黑果、花楸等经济林面积达到46.84万亩。全市林下经济经营面积达47.9万亩，开工建设44个林下经济示范村、988个林下经济示范户、15个现代林果示范园区和观光采摘园，为贫困人口带来持续增长的长期效益。

此外，张家口市积极拓宽林业增收渠道，鼓励社会资金投资林业产业，引导贫困户通过入股分红、合作经营、劳动就业、自主创业等多种形式参与，增加经营性收入和财产性收入。

河北省文联扶贫工作组在阳原县大田洼乡大田洼村建成了"长梁花海"景观农业园区，依托泥河湾小长梁国家遗址公园、打造大田洼村"花海"旅游品牌，做好当地古堡保护，支持农家乐，推进乡村文化旅游，做大做强生态文化旅游产业。走进花园大棚，俨然看到了花的海洋，粉色的波斯菊、红色的金盏菊、紫色的鼠尾草等竞相开放。原本种植玉米、谷子等传统作物的土地上，一时间变得花团锦簇、姹紫嫣红。贫困户在园区打工实现了脱贫致富。

扶贫反腐：哪壶不开烧哪壶

2017年至2018年，中央纪委和河北省纪委通过走访调研、专项检查和巡视巡察，发现张家口市及蔚县、康保县扶贫领域违规违纪问题突出，主体责任缺失，工作作风不实，脱贫攻坚任务落实不到位。习近平总书记等中央领导作出重要指示，一针见血地指出了扶贫工作中存在的问题，对抓好扶贫领域腐败和作风问题专项治理提出了明确要求。河北省委、省政府高度重视，对相关责任单位和责任人作出严肃责任追究。

问责力度之大，让人印象深刻。张家口市委书记和市长被责令向河北省委作出深刻检查，并在全省通报；分管脱贫攻坚工作的市委副书记和副市长被给予党内警告处分；市纪委原书记因履职不力被调离岗位；重点被点名的蔚县和康保县，两个县的县委书记均被免职。

一时间，张家口站在全国舆论的风口浪尖。

带着这样的一个负面标签，如何在世界舞台上展示张家口？张家口市副市长燕旺林说："张家口已经退无可退了！"

直面问题痛定思痛。面对扶贫攻坚工作凸显的问题，张家口市委、市政府没有选择避而不谈，而是摆出"哪壶不开'烧'哪壶"的姿态，把作风建设摆在突出位置，认真组织开展扶贫领域作风问题专项治理，摸清作风建设薄弱环节，落实专项整改措施，用作风建设的成果促进各项扶贫举措的落实。

"正视问题""勇于担当""深刻反思""痛定思痛""知耻而后勇""痛下决心""背水一战"频繁出现在张家口市各级领导干部关于脱

贫攻坚的讲话中。

　　张家口市深入学习贯彻习近平总书记重要批示精神，全面落实省委、省政府"四查、四看、四治理"要求，深刻反思扶贫领域存在的突出问题，狠抓作风整顿，迅速开展扶贫领域腐败和作风问题专项治理，建立了县区、市直部门、乡镇及驻村工作队"四位一体"自查自纠体系，组成9个督察组、12个巡察组开展"点穴式"明察暗访，15个市直部门组建39个核查小组进行专项核查。建立了问题整改台账，明确了责任部门、责任人和整改完成时限，坚持四级书记抓、党政一把手负总责，对自查不全面、整改不深入、问题解决不彻底、制度建设不到位等问题彻底整改落实，并在第一时间公布了专项治理办公室及市直有关部门举报电话、电子信箱及举报箱地址。共收到十八大以来扶贫领域问题线索3165条，已于2018年6月底前全部办结，共处理5071人，其中党纪政务处分3150人，移送司法机关110人。

　　脱贫攻坚，同高标准完成冬奥会筹办、建设好首都水源涵养功能区和生态环境支撑区一起，在张家口市第十一次党代会上被列为三大历史任务。

　　2018年1月4日，张家口市委十一届三次全会审议通过的《关于讲学习转作风抓落实的决定》，作出十八条硬性规定，聚焦不严不实，下狠心治理干部政治上的麻木症、精神上的呆滞症、动力上的缺乏症，从根子上解决"不能为、不想为、不敢为"的问题，力促党员干部精神面貌、工作作风实现脱胎换骨的变化。

　　作风的改变，使张家口市脱贫工作面貌一新。蔚县把扶贫脱贫工作领导小组会开到村，开到户，开到田间地头。同时在全县驻村干部中推行"吃派饭"群众工作法，通过碗碰碗、心贴心的交流，用革命老传统架起了干部群众沟通的桥梁，收集贫困户各类意见建议等7625条，看得见、摸得着、实实在在地为贫困户办实事910件。曹子水村是蔚县深山区最远的贫困村，道路极其不便，正常情况到县城需3个小时。冬天大雪封山时，帮扶工作队队长刘有宏长期驻村不能回家，只好把下岗妻子带到村里，共同参与扶贫。他们自己种菜养鸡并引导农户庭院种植，同时帮助村民把蔬菜带出深山售卖，并拉清单为每家每户换购油盐酱醋等日用品。

张北县玉狗梁村村民在驻村扶贫第一书记卢文震的带领下，每天练瑜伽已经成了习惯。70岁的老太太，之前由于老寒腿和腰椎间盘突出，在火炕上躺了6个冬天，现在也下炕练起了瑜伽。玉狗梁村的"乡村瑜伽"一时红遍网络，吸粉无数，推出的土豆、莜麦"爱心订单式扶贫种植认购"活动，不到10天就征集到了20吨的订单。2018年"五一"，来自北京的某车友会87人来到玉狗梁村，向村民捐赠土豆种子1.2万斤，还签订了3年的秋天收购土豆协议。玉狗梁村还结合城市里的瑜伽人特别喜欢藜麦这种全营养的食品，以"扶贫众筹"模式重点发展藜麦，在藜麦还没有播种的时候，就已经收到了来自全国各地近60亩的订单。

张家口市委书记回建说，广大党员干部，尤其是市、县、乡党委领导干部带头，切实把责任扛在肩上，勇于挑最重的担子，敢于啃最硬的骨头，善于接最烫的山芋，奋发作为、干事创业，全市上下团结一心，铆足脱贫致富奔小康的干劲，高标准完成"三大历史任务"，扎扎实实交出"两份优异答卷"，确保到2022年冬奥会举办之时，作为重要窗口，向世界展示我国全面建成小康社会成果，展示美丽中国形象。

六个精准，攻城拔寨脱贫攻坚

尚义县王二来村利用多年种植蔬菜习惯，推行"资金捆绑使用、产权集体所有、能人租赁经营、农民入股分红、全村共同富裕"模式促农增收，2019年仅大棚租金一项，人均获取红利近500元，全年人均增收上万元。这正是张家口市精准扶贫攻坚的一个缩影。

张家口市是河北省及北京周边贫困人口最集中的地区，是全省扶贫开发攻坚的主战场。全市13个县中除怀来县外，都是国定、省定集中连片特殊困难地区县、扶贫开发重点县。

"扶贫攻坚贵在精准，重在精准，成败之举在于精准。"张家口市市委要求各地要切实把扶持对象搞精准、项目安排搞精准、资金使用搞精准、措施到位搞精准、因村派人搞精准、脱贫成效搞精准，做到"一把钥匙开一把锁"，确保全市贫困群众"三年稳定脱贫、五年同步小康"。

精准掌握扶贫动态。以贫困村为基本单位，设立村级信息监测管理系统，逐户建立贫困户收支台账，常年记录，每年底在村内公示，接受监督。各县建立贫困户信息监测管理专门机构，动态监测贫困村扶贫项目实施、扶贫任务完成、收入增长以及脱贫目标实现等情况，实现"五清"，做到"六有"，即底数清、问题清、对策清、责任清、任务清；有村情档案，有问题台账，有需求清单，有村级规划，有领导联系、单位帮扶、干部驻村工作台账，有增收计划和脱贫时限，真正把贫困对象摸清找准。全市1723个重点村和1991个非重点村，94.76万贫困人口全部实现建档立卡。

精准培强扶贫产业。张家口市以提升40条扶贫产业带为重点，积极探索特色农业扶贫、移民搬迁扶贫、家庭手工业扶贫、就业扶贫等模式，专项扶贫项目率先实现精准投放、精细管理。大力实施"雨露计划"，对建档立卡贫困户进行全面技能培训。重点抓好赤城县光伏试点和蔚县等7个县的旅游扶贫试点，抓好万全县、怀安县金融和康保县电商扶贫试点。年内每个重点县建成两个特色鲜明、功能多样的现代农业示范园区，发展10个以上家庭手工业示范村，抓好10个以上股份合作制典型，每个重点村至少与一家龙头企业实现产业联结。

精准改变贫困面貌。张家口市按照"渠道不变、资金不乱、用途不变、各负其责、各记其功"的原则，扎实推行基础设施、科教、电商、光伏、旅游和"互联网＋扶贫"等扶贫开发新模式，产业扶贫、易地搬迁、危房改造等项目优先安排，资金优先投放，实现基础设施、公共服务项目进村入户，切实解决贫困群众的吃水难、行路难、住房难、上学难、就医难、配电难、增收难等问题。近四年来，已累计实施"水、电、路、讯、房"等基础设施建设项目8708项，建成基础设施完善、村容村貌整洁、硬软件配套齐全、生产生活功能完备的中心村镇300个。

精准配置扶贫资源。张家口市把建档立卡贫困户作为主要工作对象，各类社会扶贫资源向建档立卡贫困户聚集。协调7个中直单位、111个省直单位以及160个市直单位发挥驻村帮扶工作队作用，集中解决重点、难点问题。进一步推进企业参与扶贫攻坚，开展"村企共建"。引导社会组织扶贫，支持鼓励社会团体、基金会、协会、民办非企业单位等各类社会组织与贫困村一对一、与贫困户手拉手帮扶；发挥工会、共青团、妇联等方面力量，参与支医助教、文化下乡、科技推广等扶贫活动。深入开展"春雨行动"，多方募集资金，支持家庭手工业和整村脱贫。

精准破解资金瓶颈问题。大力实施"金融扶贫富民工程"，建立融资担保、风险补偿、小额信贷等机制，建立金融机构与扶贫部门联合调研、共同论证、联席会议、信息共享、密切配合的长效联动机制，共同研究确定金融扶贫支持的重点区域、重点产业、重点项目和扶持对象。金融部门切实将金融资金流向贫困地区，将服务网点向贫困乡镇和贫困村延伸，进一步创新金融产品和服务，实施扩大支农再贷款、缩小存贷差等手段，为贫困户量身设计金融产品和服务。扶持有劳动能力、有致富愿望、有贷款需求的建档立卡贫困户，每户提供不超过5万元、期限3年的小额信用贷款，解决贫困群众贷款难问题。

精准发挥正面引导作用。进一步完善对县区领导班子和领导干部扶贫业绩考核、对行业部门扶贫工作考核以及对帮扶单位和帮扶人员扶贫绩效考核，明确精准扶贫考核的内容、指标，强化考核结果的运用，建立精准扶贫考核奖惩机制。把贫困村和建档立卡贫困户实现稳定脱贫的各项任务和增收减贫目标分解到各级各部门，落实到具体责任人，实行定位、定量、定时的精细化考核。把建档立卡的质量与到村到户到人项目的衔接情况、动态管理情况等，作为考核扶贫工作成效、工作水平的主要依据和资金分配因素之一，与业绩考核、项目安排直接挂钩，确保扶贫取得实效。

"未来几年是张家口重大历史机遇最为集中的时期，筹办冬奥会、推进京津冀协同发展、建设可再生能源示范区，将为张家口发展带来一系列最直接、最现实、最深远的积极影响。"张家口市委书记回建表示，完成三大历史任务是战略重点，必须作为今后几年的主攻方向，要确保如期高标准高质量完成。

坚持把筹办冬奥会作为一项精品工程来打造。张家口市提出，一切规划和建设聚焦服务于办好冬奥会这个中心任务。科学编制各类规划，按照"全力保障赛事需求、充分考虑赛后利用"的原则，注重系统性，坚持专业性，突出地域性，确保筹办工作从空间、功能、要素上实现协调有序、平稳高效推进。高标准推进场馆、基础设施和配套服务设施建设。对所有筹办工作按年度计划梳理分类，实行项目化管理，确保时间可控、资源可控、质量可控。大力发展冰雪产业，规划建设冰雪产业园，打造以冰雪旅游、装备制造、产业服务为一体的冰雪产业链。

坚决打赢精准扶贫、精准脱贫攻坚战。张家口是我省贫困人口最集中的地区，为此，张家口市提出精准识别贫困对象，建立政府与贫困户"双认定"机制，确保贫困人口一个不漏。精准建立扶贫台账，全面落实"五证一册"，做到致贫原因清、收入来源清、扶贫对策清、脱贫目标清、帮扶责任清。科学选择扶贫路径，针对坝上县区农村人口流失严重、深山区交通不便、一些区域土地贫瘠等实际情况，创新扶贫开发模式，统筹推进产业扶贫、易地搬迁扶贫、生态扶贫、教育扶贫和社保兜底扶贫。张家口市有坝上康保、沽源、尚义、张北和深山区阳原五个省定深度贫困县，占全省深度贫困县的一半。为此，张家口市提出统筹各类资源，用足用好涉农政策，对深度贫困县优先推进易地搬迁，优先满足土地指标需求，优先扩大社会保障范围。每年列支公共预算收入的1%作为专项资金，每年安排60%以上重大生态工程项目资金指标用于深度贫困县，支持深度贫困县建设投融资平台。精选市域内实力较强的企业结对帮扶99个深度贫困村；建立"抓乡促村考核县"责任落实机制，严明军令状、建立晾晒台，促使各级干部把工作抓实，把任务完成好。

为进一步打造首都水源涵养功能区，张家口市提出坚持不懈推进山水林田湖草综合治理和保护修复，加快实施水生态修复、水源地保护、水土流失治理、节水灌溉等工程，大力推进洋河、桑干河、潮白河、闪电河综合治理。持续推进造林绿化，大规模开展植树造林。全力打造城市绿核、乡村绿带、山体绿洲。确保到2022年全市森林覆盖率达到50%以上；PM2.5平均浓度降至25微克/立方米以下，达到世卫组织第二阶段标准。建立市县乡三级领导干部包联生态工程责任制，实行生态环境损害终身追责制。坚持落后产能应去尽去，"僵尸企业"应退尽退。2020年底，471家矿山企业有序退出，实现了无矿市目标。

电子商务，走线上攻坚的快捷路

河北省商务厅出台深度贫困县电商扶贫工作方案，在康保县、沽源县、尚义县、张北县、阳原县、丰宁满族自治县、围场满族蒙古族自治县、隆化县、阜平县、涞源县10个深度贫困县进行电商扶贫，其中张家口的康保县、沽源县、尚义县、张北县、阳原县在扶贫新方案榜单中，利用提高电子商务在深度贫困地区的可持续发展能力，来改善当地居民的生活条件。

长期以来，各深度贫困县虽然拥有特色产品资源，但缺乏有效的整合和推广。由于没有完善的农村电子商务公共服务体系，电子商务人才缺乏，电子商务对提高深度贫困县产品市场竞争力的作用不强。

为此，河北省在10个深度贫困县开展四个专项行动。

示范创建行动。加强康保、阜平、围场国家电子商务进农村综合示范建设，推动其余深度贫困县列入国家电子商务进农村综合示范，进一步完善10个县农村电子商务公共服务体系。

资源整合行动。通过深度贫困县电商资源对接会等形式，将更多电商培训、运营、产品追溯、包装设计等服务资源，整合引入深度贫困县电商公共服务体系的公共服务中心，为各类电商从业主体提供一站式服务，促进农村电子生态服务体系的形成。将购物、金融、缴费、政务等更多便民服务资源引入贫困村电子商务服务站，实现一站多能。整合邮政、快递、物流等资源入驻公共物流配送中心，建立农村物流网络和设施的共享机制。

对口帮扶行动。选择京东商城、苏宁云商、移联网信、大槐树电商、聚民惠等五家省内外大型电商企业与深度贫困县结成帮扶对子，进行对口帮扶。

运营强化行动。以农商互联对接会等形式组织和引导贫困地区农民合作社与电商平台对接，指导其根据消费需求变化及时调整生产结构，将当地特色农产品打造成适销对路的网络商品，推动贫困县特色产品上网营销。

方案提出后，通过一系列措施，2018年，所有深度贫困县都建立起完善的农村电子商务综合服务体系，电子商务在贫困地区的各行业得到广泛应用，电子商务在带动贫困地区创业、就业和产业发展方面开始发挥重要作用。2018年，10个深度贫困县电子商务年交易额达到240亿元，同比增长20%以上，每个县都打造两个以上适合网上销售的特色产业品牌，每个村培养两名以上电子商务业务骨干。

在全市突出实施深度贫困地区脱贫、非贫困地区脱贫、金融扶贫、电商扶贫、健康扶贫、内源扶贫、社会帮扶"七大攻坚"行动。

2018年，全市实现17.8万贫困人口脱贫，994个贫困村出列，4个贫困县区脱贫摘帽。

德胜村，不负总书记嘱托

2017年1月24日，春节前夕，张北草原雪沃纵横、霜天寥廓，习近平总书记踏着皑皑白雪走进张北县小二台镇德胜村。从电视新闻的画面看，村民住的全是土坯房，房子低矮老旧，通过镜头一眼就能看出德胜村的落后与贫穷。当时，总书记与村民一起看年货、炸年糕、算收支账，找脱贫致富路。在座谈时，习近平总书记对村干部说："火车跑得快，全靠车头带，脱贫攻坚的火车头就是党支部。"

德胜村"两委"班子带领全体村民，牢记习近平总书记的嘱托，奋力开展了脱贫攻坚。现在德胜村已发生了翻天覆地的变化。

变化之一：土地长出了"铁杆庄稼"

2019年8月，我们来到德胜村采访时，村支书叶润兵带着我们参观了土地上长出的"铁杆庄稼"。叶润兵所说的"铁杆庄稼"指的是光伏发电项目。

德胜村先后在荒滩地建成了总占地面积24亩100千瓦和400千瓦电站各一座，现已全部并网发电。这两座光伏电站，每年发电量75万度，两座光伏电站实际收入72万元。收益40%用于电站运营和公益事业，60%用于扶贫。"深度贫困户每人每年受益3000元，巩固户每人每年受益1000元，其余用于扶贫公益岗位。"德胜村党支部书记叶润兵说。

采访时，看到德胜村的光伏电站都建在三米高的铁架之上，我们问叶润兵书记为什么要建这么高，他说："光伏电站占用的土地原来是村集体所有的荒滩地。光伏电站建得高，这样不影响地上农业作物生长，常规农业机械也可以正常使用。这些荒滩地经过土壤改良后，还可种经济性更高的作物。"叶润兵介绍说，"现在顶上发电，地上种植中草药。这种'生态修复＋发电＋种树＋种草＋养殖'的特色生态光伏扶贫模式很适合德胜村未来的发展方向。"

德胜村东南，站在光伏电站的观光塔上，叶润兵指着茫茫一片光伏板，告诉我们，每片光伏板都能随着太阳转动，有太阳就能发电。他时不时在看手机，他说，他的手机上随时能看到村里光伏电站发了多少电。

变化之二：小土豆变成了"金蛋蛋"

过去德胜村每户都种土豆，小打小闹，收入不稳。

当年，习近平总书记在德胜村徐海成家同村干部和村民代表进行座谈时，询问微型薯种苗的生产情况。总书记问："马铃薯是个大产业，马铃薯原种育种这一项有希望做大吗？"当时张北县全县马铃薯育种占到全国1/5，算了算账，大家回答总书记说"有希望"。

既然有希望，那就得干。当年开春以后，合作社利用村党支部争取的扶贫项目资金，建起280个大棚。贫困户以每个每年1000元的价格优先承包。叶润兵带着村干部跑县里市里，引进两家专业公司，由他们负责提供瓶苗、免费技术服务等。

德胜村通过"公司＋合作社＋农户"的模式，积极联系对接龙头企业，与"中国薯网"聚合农业公司签订50个微型薯大棚的订单。德胜村马铃薯注册了"御富德胜"商标，并成功通过了国家绿色认证，德胜村还入选了第八批全国"一村一品"示范村。

现在德胜村建起的280个微型薯大棚，已经成了德胜村脱贫致富的主导产业，全村种植微型薯的农户达到180户。2018年，仅此一项，村民人均收入就有4790元；村集体收入113万元，人均纯收入达到12500元。

德胜村将微型薯种植发展成了大产业，将不起眼的小土豆变成了"金蛋蛋"。

变化之三：农民迁新居搞民宿游

现在到了德胜村，到处是欣欣向荣的新气象，原先低矮破旧的土坯房已不见踪影，代之而起的是一排排新民居。96栋粉墙黛瓦的二层小楼，在蓝天白云映衬下，美得像一幅油画。

在村民刘桂荣的新家中，我们看到他的家与城市的楼房一样宽敞明亮，厨房、卫浴、冰箱、彩电一应俱全，客厅里还摆放着空气加湿器。刘桂荣高兴地说："真没想到，这辈子还能住上这么宽敞明亮的二层小洋楼，真是又干净又舒心，感谢党的扶贫政策好。"

"要把扶贫开发、现代农业发展、美丽乡村建设有机结合起来，实现农民富、农业强、农村美。我们就朝着这个方向干。"叶润兵说。

村民住进了新居，为了村民收入多样化，德胜村还搞起了农业旅游。

目前，村党支部和驻村工作组筹资铺设了6公里水泥路，打通了通往草原天路的连接线。村里建起了瓜果采摘大棚，还计划着开发"光伏＋旅游"。

在德胜村新民居东侧建成了40套风格多样的精品民俗民居。下一步，还将建设酒吧风情街、餐饮小吃街、儿童活动中心等，引进100户名誉新村民，以此带动德胜村民俗旅游业发展，提升德胜村村民的综合素质，把德胜村打造成乡村振兴的新样板。

张北县德胜村建光伏电站、种植微型薯、盖起新民居、发展农业旅游……2018年底，德胜村喜摘"贫困帽"，实现全村脱贫出列。

在德胜村采访，我们感到了村党支部的火车头作用发挥得很好，村民们个个斗志昂扬，奋发有为，形成了一股勇往直前的冲天豪气。

日新月异，沧海桑田。德胜村没有辜负总书记的希望与嘱托。

好风借好力，攻坚正当时。张家口市以习近平新时代中国特色社会主义思想为指导，全面落实精准扶贫、精准脱贫基本方略，认真贯彻党中央和省委、省政府决策部署，围绕"两不愁三保障"总体目标，采取超常规的举措，拿出过硬办法，举全市之力坚决打好打赢脱贫攻坚战，确保如期完成脱贫攻坚任务，交出冬奥会筹办和本地发展两份优异答卷。

第十四章　承德，攻坚之战

承德市位于河北省东北部，总面积3.95万平方公里，总人口347万，辖11个县区和1个国家级高新技术产业开发区、1个御道口牧场管理区，205个乡镇、2458个行政村。承德贫困人口多、贫困程度深，全市8个县（市）中，有7个是贫困县（市）；河北全省10个深度贫困县，承德就占了3个。承德扶贫可说是河北全省坚中之坚，困中之困，难度之大自不必说。

承德作为京津冀水源涵养功能区，同时又是脱贫攻坚的主战场，承德担负着保护生态与脱贫攻坚的两大重任。

脱贫攻坚战役打响以来，承德市委、市政府切实把脱贫攻坚作为重大政治任务、头号民生工程，在精准摸底、精准识别、建档立卡的基础上，综合分析贫困原因，号脉开方、对症下药，不断创新扶贫举措，"政、银、企、户、保"利益联动、"三零"扶贫模式等先进做法在全省乃至全国推广，八措并举打好扶贫"组合拳"，实施"绣花式""滴灌式"扶贫，扶贫开发工作成效考核时在全省连续两年蝉联第一。2018年，承德共有14.31万贫困群众实现稳定脱贫，全市贫困发生率下降到2.52%。2019年，实现所有贫困县脱贫摘帽。

不让一个贫困群众掉队

不驰于空想，不骛于虚声。为全面解决基层基础工作中存在的"户、策、卡"问题，从2018年4月份开始，承德集中用两个月时间，通过"查、定、规"的方式，采取"备、训、访、帮、档、验、录、示"八字工作法，推行"四个一"机制，在全市开展扶贫脱贫基础工作规范提升专项行动，紧紧围绕纠三错、提两度，共走访调查"四类重点户"12.28万户、29.25万人，实现了精准识别、精准帮扶、精准管理、精准施策。6月21日至22日，全省脱贫攻坚基层基础工作规范提升现场会议在承德市召开。省委书记王东峰、省长许勤做出重要批示，对此项工作给予了高度评价。

我们不妨看看，承德市成立的推进扶贫脱贫基础工作规范提升专项行动工作小组由哪些领导组成。原来，这个小组由省人大常委会副主任、市委书记周仲明，市长常丽虹任组长；市委副书记张泽峰，市委常委、农工委书记吴清海，市委常委、组织部部长路立营，副市长王成任副组长；同时，组建了综合协调组、督导问责组、宣传工作组三个工作组。由此可见规格之高，力度之大。真可谓是顶层设计，高位推动。

先期在隆化县茅荆坝乡田家营村做样板试点。选择田家营村主要基于三点：该村一是深度贫困村，贫困发生率44.4%，属于高发生率村，具有典型性和代表性；二是村子大、人口多，贫困户较多，致贫原因错综复杂，利于发现问题，且具有综合性；三是交通相对便利，便于指导和观摩学习。市委、市政府要求"问题在这里一次查清、方法在这里一次找到、模式在这里一次生成"。通过一个多月的摸索、总结、提炼，在田家营村总结出了"八字工作法"，形成了"三清单、五模板"（任务清单、问题清单、政策清单，样册、样档、样表、样信、样牌）。为了能让田家营村模式在全市各扶贫村复制推广应用，制定了《承德市扶贫脱贫基础工作规范提升行动方案》，明确围绕"一目标"（扶贫脱贫基础工作规范提升工作目标），开展"三自查"（查识别是否精准、查政策是否落实、查档案是否规范），落实"五到位"（责任落实到位、精准识别施策到位、核实收入账到位、档案规范到位、压力传导到位），努力做到"问题一次查清、一次解决、一次整改到位"。

接着市里统一制作"三个清单""五个模板"。各县区结合实际，细化完善本地的清单和模板。以村为单位，由县区包乡镇领导牵头负责，乡镇包村领导具体负责，乡镇包村干部、驻村工作队和村"两委"干部组成工作专班实施。同时市里统一组织扶贫脱贫攻坚基础工作规范提升专项行动大培训，主要围绕"三个清单、五个模板"，点明问题，讲清政策，明确任务，教会方法。

深入贫困户、低保户、分散供养特困人员，脱贫不稳定户，低收入边缘户、大病户、重度残疾人户家中走访。采取"五必问"，即：一问家庭成员的基本情况，详细了解各项基本信息；二问贫困原因；三问家庭收入来源和刚性支出；四问政策落实情况，重点了解"三保障"等政策落实情况；五问帮扶计划，了解脱贫举措制定情况。村工作专班在走访贫困户时，需填写政策落实表、收入登记表、贫困户登记表、入户情况核查表四个表格；在走访低保户、分散供养特困人员，以及脱贫不稳定户、低收入边缘户、大病户、重度残疾人户时要填写收入登记表、入户情况核查表；走访座谈结束，要征求被访户意见。被访户无意见后，让其在相应表格签字备书，做到全程留痕。走访之后，由工作专班和帮扶责任人负责，分别制定贫困村帮扶规划和贫困户帮扶计划。一是制定完善贫困村帮扶规划。根据贫困村的贫困状况和发展现状，扶贫政策落实情况，制定贫困村的帮扶规划。二是制定完善贫困户帮扶计划。根据贫困户致贫原因，找准稳定增收脱贫渠道，逐一制定切实可行的帮扶计划和精准脱贫计划，做到一户一策。

实施归档管理。统一市、县、乡、村、户五级脱贫攻坚档案和行业部门专项扶贫档案管理标准，科学整理，做到账账、账物、账卡相符。确保档案内容齐全完整、填写规范、数据真实、线上线下信息一致。档案整理完成后，逐级核查验收。市规范提升专项行动领导小组抽调专人，成立核查验收组，对每县区抽查两个乡镇，每个乡镇抽查一个村进行全面核查。之后，精准录入系统。市扶贫部门做好协调指导工作。县（市、区）扶贫部门牵头，各乡镇具体负责组织实施，将各类扶贫信息分类存档，按时准确录入建档立卡信息系统。最后采取"一台、一码、一信、一牌"，全方位公示公告，在全市1933个村设立脱贫攻坚工作公告牌，推进阳光平台建设。精准施策建立了"三个一"：一张全域产业扶贫图，逐县逐乡逐村制定扶贫产业规划；一户一套产业就业扶贫帮扶措施；一户一个产业就业帮扶责任人，推动各项扶贫政策有效落实。

通过"八字工作法"夯实了基础工作，使贫困村、贫困户脱贫路径更加精准。通过规范提升专项行动，符合贫困户标准的做到及时纳入、不符合标准的贫困户及时清退，没有达到脱贫标准的脱贫户及时回退，有效避免了错评、错退、漏评情况的发生。对贫困人口精准识别实现了应纳尽纳、应退尽退。另外，干部对政策知晓度明显提升。通过对各级干部进行培训、考试等形式，强化各级干部对扶贫脱贫政策的学习，有效促进干部对脱贫攻坚各项政策的理解运用和把握能力。干部群众对政策知晓度大幅提升，群众满意度显著提升，实现了扶贫路上不让一个贫困群众掉队。

创新承德扶贫模式

这些年，承德大力实施产业扶贫，加快发展林果、蔬菜、食用菌、中药材、马铃薯、养殖业、小杂粮、手工业、乡村游等九大特色扶贫产业。采访发现，承德产业扶贫之所以能取得成功，其扶贫模式的创新功不可没。

承德市在脱贫攻坚中面临"三大难题"：一是现有的贫困户基本都是"老大难"，缺少资金投入，无法迈出发展产业的第一步；二是很多贫困群众还是担心市场风险，迫切需求风险更小、门槛更低的帮扶带富方式；三是很多贫困群众致贫是由于常年患病，或家里有病人、孩子，不能外出务工挣钱。针对这种情况，承德市委、市政府通过顶层设计，要求凡是有贫困村的乡镇,都要打造一个以上的脱贫示范产业(园区),让贫困户通过免费承租实现投入"零成本"、经营"零风险"、就业"零距离"。在全市依托各类经济合作组织,振兴乡村产业,用"三零帮困"扶贫模式根除贫困户就业的后顾之忧。

"前几年振邦公司来这里建了一个农业园区,用大棚种葡萄和草莓。生产用的种苗、肥料和水电钱也先帮我们垫着,还免费给我们提供生产技术。2018年我承包了振邦的一个大棚种葡萄,收入4万多元,全家脱了贫。"姜瑞令高兴地说。

振邦公司是平泉市闫杖子村的闫志远返乡创建的。见到闫志远,发现他是个30多岁的年轻人,身穿T恤衫、牛仔裤、运动鞋,显得朝气勃勃。

闫志远说:"公司在市委、市政府的支持下,建立了农业园区,把大棚赊给贫困户承包。公司聘请专家进行技术指导,收获的果蔬产品由公司收购,承包户真正零风险,只要照着做就能挣到钱。"

利用"三零帮困"模式,破解贫困户缺乏资金、不懂技术、无销售门路的困局,真正让贫困群众脱贫无忧。2015年以来,"三零帮困"模式在承德市得到了全面推广。仅平泉市一地累计发展百亩以上园区112个,直接带动7900户贫困户、16300名贫困群众脱贫,贫困户户均年增收2.7万元。

"一地生四金"则是承德的又一大创举。

土地流转有"租金"、务工赚"薪金"、股份合作分"股金"、种植得"现金"。这种精准扶贫模式,帮助贫困户找到了致富门路,激发出他们的内生动力。

在滦平县大屯乡路南营村采访时,见到了村民孙志国,他说:"我们把地租出去,一年能拿到上千元的租金。在附近的养牛场打工,一年挣几万块钱的薪金。扶贫贷款入股,一年又有几千块钱的分红,日子过得越来越有盼头了!"孙志国谈起未来的生活,一脸笑容,那种笑充满了蜜意。

2014年,承德兴春和农业股份有限公司在孙志国居住的路南营村,投资兴建了生态循环农业示范园,从奶牛、蛋鸡养殖业起步,发展现代休闲观光农业，形成集"种、养、加、游"于一体的生态循环农业产业链。

公司运营，农民收益是如何实现保障的呢？农民将承包地成片集中流转给园区发展规模经营，园区按照每亩土地产粮700公斤、每公斤1.64元计算，每亩每年给农民租金1150元。园区已流转周边农民土地1900亩，涉及2个贫困村293户贫困户，户均年获得土地流转收益3400元。

收了"租金"，农民还可通过自己到园区务工就业挣"薪金"。滦平县成立了劳务合作社，负责对贫困群众进行劳务技能培训、安排贫困群众到园区务工、双方协调签订劳资劳务合同。贫困群众上岗后，男工年均工资收入3万元，女工年均工资收入2万元。如今，已有512名贫困农民入园打工，占园区务工总数的80%以上，待园区扩建工程完成后，还可吸纳800余名贫困劳动力。

兴春和公司采取"股份合作"的形式，将扶贫资金作为贫困户股金打捆用于园区建设，每年按不低于入股扶贫资金10%的比例分红。现已投入入股扶贫资金1558万元，共吸收2897户贫困户入股，这些贫困户年获得分红收益共155.8万元。

兴春和农业股份有限公司董事长郝玉芬介绍，兴春和的蘑菇销量非常好，这也就为农民获得"现金"提供了机会。园区采取与周边贫困户长期合作的方式，与农户签订食用菌种植合作合同。"每个贫困户每年种植蘑菇四五茬，每年还能挣3万至6万元。"郝玉芬说。

"土地租金＋打工薪金＋入股分红＋发展乡村旅游"挣现金，"一地生四金"的扶贫模式，在承德推广开来，让贫困户走上了脱贫致富之路。

利用自然资源，引进大企业开发，实现"龙头带动"模式，激发贫困户脱贫动力。

"你看，长军温泉山庄、长虹温泉山庄……这么多小宾馆、农家院，都是因为温泉而兴起。"采访时，我们乘车走在承德市隆化县茅荆坝乡政府所在的路上，乡宣传委员陈明哲指着两旁的农家院说。

一路上，透过车窗，我们看到名字里带有"温泉"两字的农家院、小宾馆一个紧挨着一个，一公里多的路段上，粗略数一下，有几十个之多。

陈明哲给我们介绍说:"茅荆坝温泉水质好,森林覆盖率高,距离避暑山庄只有80公里,来游览的客人越来越多,很多贫困户靠在农家院打工、出售山野产品脱了贫。"

当问到茅荆坝为什么这么火,陈明哲告诉我们茅荆坝温泉声名鹊起,与当地的一家龙头企业"枫水湾温泉城"密切相关。经陈明哲的引见,我们见到了负责枫水湾温泉城经营管理的总经理杨建军,他介绍说:"公司2008年来当地开发温泉旅游,随着我们的开发经营,茅荆坝的温泉名气越来越大。温泉森林休闲康养,已经成为这个区域的大产业了。"杨建军一边指点着温泉城的设施,一边介绍依托温泉扶贫的情况,据他讲,目前温泉休闲康养产业有400名员工,90%是当地人,贫困户优先录用;为保证特色餐饮,每年在当地采购100万元以上的鸡鸭菜蛋等农副产品,又增加了当地居民的收入。

"这还不是最主要的,我们一年接待游客21万人次,其中一半游客在外面吃住,你看看我们周边有多少温泉宾馆、农家院,给周边群众增加了多少收入,无法估算。"他说。

长军温泉山庄坐落在茅荆坝乡茅荆坝村,由李长军、潘秀珍夫妇开办,山庄拥有一栋4层楼房,共有30多间客房和一个游泳池。"我们本来在村里开小卖铺,看到来的游客多了,就筹资办起了温泉山庄。"潘秀珍说。他们投资开办了长军温泉山庄后,通过分红和直接雇用的方式,带动十多户贫困户脱了贫。

隆化县突出"龙头牵动",着力推广"龙头企业或合作社+农户"模式,对七家镇—茅荆坝乡区域23个行政村、488平方公里进行了整体规划,集中力量打造"热河皇家温泉美丽乡村省级片区",有效带动了隆化东部6个乡镇贫困人口稳定增收。

承德市通过龙头企业带动旅游扶贫,农家乐发展到2000多个,农家乐旅游收入占到全部旅游收入的14%。在发展乡村游、农家乐的过程中,带动了贫困户增收致富。

在龙头企业的带动下,贫困户可以采用流转土地、自身劳动力或者资金等方式入股企业，贫困户收入和企业、合作社的经营绩效息息相关，增强了他们的参与感，摒弃了"等、靠、要"的思想。

产业扶贫不仅带动了当地贫困人口增收，使他们摆脱了贫困，而且也改变了他们的思想价值观，让他们懂得了只有靠劳动才能致富。

打造旅游扶贫名片

水的源头、云的故乡、花的世界、林的海洋——承德如诗如画的风景名不虚传。

承德以发展休闲、生态、民俗等特色乡村旅游为重点，以景区配套、产业联动、特色产品、业态创新为途径，创新旅游扶贫模式，2018年全市乡村旅游接待游客突破1900万人次，实现综合收入125亿元。

承德市创新全域旅游扶贫机制，统筹推进脱贫攻坚、乡村旅游、美丽乡村、现代农业、山区综合开发，深入挖掘贫困地区旅游资源，重点支持一批基础条件好、市场前景好的乡村，着力打造十大旅游扶贫片区，加快脱贫致富奔小康的步伐。依托千里御道、坝上草原和民俗文化，打造覆盖50个贫困村的木兰秋狝旅游扶贫片区；围绕丰宁坝上草原风光、奇峰异洞等旅游资源，打造丰宁生态民俗文化旅游扶贫片区；利用坝上草原风光，定位"京郊马术小镇、草原游乐天堂"，打造京北第一草原旅游扶贫片区；围绕7家茅荆坝生态温泉区等风景名胜区，打造覆盖17个贫困村的隆化热河皇家文化旅游扶贫片区；依托金山岭长城旅游资源及周边风景区，引进落地总投资近500亿元的八大休闲文化旅游项目，打造金山岭旅游扶贫片区；依托美丽乡村，打造生态休闲、农家游等旅游扶贫片区，在兴州、东营子村等贫困村，打造兴州美丽乡村旅游片区；依托雾灵山景区、大水泉红河漂流、六里坪森林公园等旅游资源，打造兴隆生态休闲旅游扶贫片区；紧紧围绕"环市区、环县城"半小时车程以及现有的景区，打造集花果赏摘、农事体验、户外运动为一体的环市区观光采摘农家游片区；依托万塔黄崖寺、明代万里长城、蟠龙湖、都山和千鹤山等旅游资源，打造宽城满族风情旅游扶贫片区；依托辽河源头水源涵养风景区和契丹民俗文化，致力打造覆盖18个贫困村的平泉辽河源契丹文化旅游扶贫片区。

打好旅游牌，承德可以说是举全市之力在创新。国家"一号风景大道"贯穿围场、丰宁，绵延180公里，通过实施六大组团、20个精品旅游项目，彻底改变了承德坝上旅游赏林观草的单调模式，串起一条处处皆景、业态完备、全域可游的生态富民之路，有效带动了坝上区域16个乡镇、5个分场、112个行政村共16.6万人，辐射带动坝下区域33个乡镇、283个行政村共38.7万人发展乡村旅游业，带动6.2万贫困人口脱贫致富。

走在承德境内，我们到处可以看到风景，更加感受到当地发展旅游脱贫的决心与勇气。

围场县践行"绿水青山就是金山银山"发展理念，深入实施生态扶贫系列工程，培育生态产业，加强生态建设，释放生态红利。借助"塞罕坝""红松洼""御道口"等国内外知名生态旅游品牌，深入挖掘木兰围场的自然生态、人文景观和文化底蕴，立足森林、草原、湿地等生态景观，依托森林旅游产业，以"美丽御道""百里画廊"为主线，积极营造良好的旅游环境，筹资5.3亿元成立围场满族蒙古族自治县文化旅游公司，组建"万家客栈"乡村旅游发展平台，发展加盟户160户，户均纯收入达万元以上。积极推动林业与旅游、教育、文化、健康养老等产业深度融合，鼓励建设循环农业、创意农业、农事体验于一体的田园综合体二个，打造生态经济沟四条，新建或改造农业采摘园10个，培育乡村旅游示范户120多户。

在围场县，你感到大地上的每片森林、每一座青山、每一条绿水都是金钱的化身。

走在承德的土地上，时光在蓝天丽日下热烈地展开。那份在手心里荡漾的蓝与绿，那个温馨宁静却曾经无处安放的故乡，那些小草、露珠、蝴蝶和从日光中滴下的诗情，一起翩翩起舞，仿佛从远古归来。在承德，你就想去拥抱我们的大地、我们的天空、我们的未来，当然还有我们最初藏在绿色森林里的花儿一般的梦想。

让贫困群众走出困境

2018年承德易地扶贫搬迁141个集中安置项目完成，累计搬迁入住47774人，其中建档立卡贫困人口25388人，占省下达任务18404人的138%，占"十三五"总任务30461人的83%。

为确保如期完成目标任务，承德市坚持把易地扶贫搬迁作为"一把手"工程，建立了"一把手"负责制，完善推进落实机制并建立了责任追究办法，进一步强化县级统筹推进主体责任、乡镇组织实施主体责任、村级具体管理主体责任，强力推动任务落实。同时，对每个集中安置小区都实行"七人小组"工作专班机制，全程负责，一盯到底。规划、国土、住建等部门开辟绿色通道，优先办理各项手续，财政、审计部门负责资金使用监督管理，各部门分工负责、协调联动，保障了搬迁项目快速建设。为促进度，抓好落实，承德市实行"半月通报、月调度，半年观摩、年终考核"的工作推进机制，及时研究解决搬迁工作中遇到的具体问题，有效推进了搬迁工作开展。

在实施过程中，强化政策执行，严格管控精准推进。承德市坚持"集中安置为主、分散安置为辅"的搬迁原则，对搬迁人口进行精准分类，严格控制分散安置，防止出现分散安置"拿钱走人、花完返贫"问题，全市建档立卡贫困人口集中安置率达到70%以上，确保了搬迁质量。严格执行新建安置房每平方米造价2400元和人均建房面积不超过25平方米标准，各县（市）对易地扶贫搬迁项目统一工程造价、统一招投标、统一材料采购、统一施工管理，发改部门牵头指导、乡镇党委政府直接组织实施、村民委员会全程监督，全市90%以上易地扶贫搬迁项目造价控制在每平方米2400元以内。

为确保实现贫困群众"搬得出、稳得住、能致富"，承德市强化规划引领，完善配套"两区同建"。围绕"一环六带"产业布局和"5个百万基地"建设，因地制宜实施"产业增收"工程和"基地富民"工程，为集中安置小区配套建设了142个产业园区，对不具备建设产业园区的16个安置区建设脱贫产业项目。在统筹推进水、电、路、信、网等基础设施的同时，与城镇建设、美丽乡村建设、旅游景区建设同步规划。对坝上和接坝地区、深山区的"空心村"实施自然村整体搬迁，全市自然村整体搬迁254个。

采访时，当我们和村民聊起搬进新家的感受时，村民喜悦之情溢于言表。那种笑发自内心深处，那种笑如山泉一样甘甜而纯洌。"感谢共产党！感谢政府，从没想到能住上这么好的房子。"这是我们采访时听到的最多的一句话。

"采菊东篱下，悠然见南山。"这是陶渊明对田园生活的向往，这也是人类最诗意的栖居方式，承德扶贫搬迁将陶诗描述的画面嫁接到了老百姓的眼前了！

习近平总书记指出："要把握脱贫攻坚正确方向，确保目标不变、靶心不散，聚力解决绝对贫困问题，加大对非贫困县、贫困村内贫困人口的支持，要严格执行贫困县退出标准和程序，确保脱贫成果经得起历史检验。"承德脱贫攻坚做到了"咬定青山不放松"，我们有理由相信：承德脱贫攻坚，一定经得起历史检验。

行走在承德如诗如画的自然景色中，沉浸在脱贫致富的村民笑声里，心情像五月暖阳催开的花朵，心中一种诗意升腾，于是这样的诗句从心中跃然纸上：

> 葱郁林海绿色风，塞外明珠众不同。
> 农家小院春光美，苍莽山村道路通。
> 项目带动擂战鼓，旅游扶贫行画中。
> 千门万户乔迁喜，国富民强华夏梦。

第十五章　沧州，渤海涌春潮

渤海之滨，天高云淡，春潮汹涌，惊涛拍岸。

沧海之州，众志成城，拼搏奋斗，脱贫攻坚。

沧州地处黑龙港流域，由于地势低洼，泄水不畅，加之受季风气候和低洼冲积、海积平原地理条件的影响，历来是海河平原旱涝灾害最频繁的地区，也是黄淮海平原盐渍危害最严重的地区之一。由于自然条件恶劣，贫困人口众多。沧州有3个国定贫困县，4个省定贫困县，全市共有建档立卡贫困人员19.95万人。2018年7个贫困县在全省率先整体脱贫摘帽，其中盐山县作为全省首个脱贫摘帽县接受国家第三方评估，并以零错退、零漏评、高满意度得到国务院扶贫办的高度评价，中共河北省委书记王东峰、省长许勤等领导给予肯定批示。中央媒体报道沧州扶贫脱贫的先进做法达60多次。

沧州何以取得如此骄人成绩？在采访时发现，沧州脱贫攻坚不仅有广大扶贫干部的积极作为和奉献，而且争取了社会力量广泛支持和参与，贫困户脱贫内生动力得到充分调动和提振。

沧州脱贫攻坚之战，如同渤海春潮，一浪高过一浪……

人物篇："两人两牛"的故事

在沧州市扶贫开发办采访时，市扶贫办副主任杨金华打开手机，给我们看了一张照片，照片上的人眼和嘴角扭曲变形，严重脱相。这是谁？怎么这样了？杨金华说照片上的人是南皮县扶贫办主任孙国臣，因过度劳累，前不久得中风致使脸部变形。说到孙国臣，杨主任又讲起沧州市扶贫干部中"两人两牛"的故事。

"两人"，即"铁人"和"能人"；"两牛"，即"孺子牛"与"老黄牛"。

"铁人"——孙国臣

孙国臣是2014年调南皮县扶贫办当主任的，上任之后他每个星期都要到贫困乡去了解情况，摸清底数，通过两个月统计，他掌握了全县还有19941户61133名贫困人口。看到如此多的贫困人口，孙国臣感到头都大了，当时县里扶贫资金有限，如何才能帮助贫困户脱贫致富？白天他跑资金，搞调研，晚上潜心钻研全国扶贫资料，从中学习别人的经验。为了方便，他索性以办公室为家，每周坚持五天在办公室学习，每天坚持学习、思考，他有关扶贫的学习笔记记了六大本子，有中央和省市扶贫精神，有扶贫案例，有扶贫办法。他每天都要学习思考到深夜。

他结合县域情况，全面权衡资金、人员因素，最后他想到要老百姓脱贫，还得立足增收。最终他把自己的想法向县委、县政府主要领导汇报后，迅速在全县开展了发展特色农业产业，并制订了帮助84个贫困村发展特色支柱产业计划。为了使计划能落实到位，他请求县委、县政府支持，县委书记和县长一致同意，并实行了县级干部每人分包一个贫困村、乡科级干部和一般干部每人分包三个贫困户，每位包村包户干部，制订帮困计划，谋划帮扶项目，细化推进举措，切实做到"不脱贫，责任不脱钩"。功夫不负有心人。2015年，全县投资3066万元在84个贫困村发展"一村一品"特色支柱产业，建设了畜禽养殖小区121个、蔬菜大棚26个、食用菌棚120多个，植树造林3万亩，带动2237户贫困户增收脱贫。

由于工作量大，孙国臣经常忙得吃不上饭喝不上水。据扶贫办张斌讲，2016年12月的一天，他已吃过晚饭，孙主任叫他去办公室送他到县政府开个紧急会议，会议从晚上7点半开到了9点多，孙主任对张斌说："咱们赶紧先吃点儿饭吧，肚子一直在抗议了，吃完饭还要回单位整理资料。"冬天晚上9点多，大多数小饭店已经关门了，转了一大圈儿，幸好还有一家叫"十元饺子六元面"的小店铺还开着门，于是他们进了小店要了两份饺子。饺子刚好上来，这时，孙主任的电话响了，他边打电话，边示意张斌快趁热吃，但是张斌因为晚上已在家吃过饭，压根就不想再吃东西，张斌没吃。一连接了两个电话后，孙主任劈头盖脸地对张斌发起了火，"叫你快吃，一会儿还要回办公室整理材料，你咋装着没听见？"这时，张斌才说自己吃过饭了。孙国臣听说张斌吃了，自己拿过一份饺子一口一个狼吞虎咽吃起来，一连吃了几个后对老板说："老板，麻烦您盛碗饺子汤。"老板走过来说："我还是给您去做壶开水吧，饺子汤太咸了。""没关系，先来碗饺子汤吧，我……我……噎得慌。"看到原来热气腾腾的饺子冷了，好心的老板说把饺子重新加热一下，孙国臣说算了，说吃了还要回办公室做事。两盘冷饺子很快让孙国臣吃得干干净净，回到办公室孙国臣的声音变得沙哑了。后来张斌才知道孙国臣从早起一直忙到晚上，一整天连水都没顾得上喝。

2016年起，全国上下脱贫攻坚，全面推行了立档建卡制度。孙国臣肩上的担子更重，工作更忙了，一次次地考核，一次次地评估，一次次地整改，一次次地安排部署，每天基本要工作到晚上12点，由于长期加班加点，高度紧张地工作，他的头发掉了，眼睛花了，还得了高血压和糖尿病。

孙国臣的故事在全县群众传开，大家都称他为"铁人"。两年多时间，他让一个原来有着14516名贫困人口的深度贫困县的11000多名贫困群众脱贫增收，过上了幸福的生活，也使全县的贫困发生率降到了2%，达到县脱贫摘帽的条件。2017年11月1日，国务院扶贫办宣布南皮县脱贫摘帽,听到这消息后,这位被人们一直称为"铁人"的汉子却掉下了眼泪,这一天他等待得太久太久了。这是孙国臣调扶贫办以来第一次掉泪,再苦再难的日子他没掉过泪,挨饿受冻时他没掉过泪,累了病了他也没掉过泪,而这次他却落泪了,是高兴、是欣慰,也是激动……

脱贫摘帽之后,为了防止贫困群众返贫,为了持续增收,孙国臣的工作更加繁忙。2018年11月20日省扶贫考核组来南皮考核时,由于连日加班,孙国臣累病了,脸部面瘫,眼歪嘴斜,说话都说不清楚了。在南皮县采访时,见到孙国臣时,发现他边治疗边工作一直到现在。

这就是拼命三郎"铁人"孙国臣。身先士卒,率先垂范,是他的一贯作风。他的风范感染了身边的每一个人,身边的人又传递着他的精神。所以,在南皮县扶贫办,只要他一声令下,干部个个便会奋袂而起,雷厉风行地动起来,人人不甘示弱,个个奋力争先,你会被他们的朝气与活力、精神与气质所感染,更为他们艰苦创业、乐于奉献、忘我拼搏、开拓进取的团队精神所感动。真是强将手下无弱兵!

"能人"——何洪月

听说何洪月是扶贫能人,于是我们想法见到了他。何洪月是盐山县卫计局驻前闫村第一书记,他之所以被老百姓称为能人,是他在扶贫工作中,实施精准扶贫,坚持把老百姓的日子当自己的日子过。他是这样帮扶贫困户脱贫的。

王新义是盐山县常庄乡前闫村的一名再普通不过的村民。家里上有80岁的老母亲,下有两个读书的孩子,2015年妻子被查出患有乳腺癌,虽然经历了病痛和治疗的折磨以后,妻子没有了生命的危险,但家里的日子却变得非常拮据,一度使王新义变得消沉了。

何洪月在走访时了解了王新义家的情况后,按程序把他家评为了一般贫困户并实施帮扶。

"了解他的情况后,我们首先在思想上开导他,鼓励他心态要放平放静,以一颗平常心来对待一切,既要巩固治疗他妻子的病症,又要想法把日子过好。"何洪月说，条条大路能脱贫，把心态调整好了，鼓起重新生活的勇气，才是关键。

在心理开导的基础上，工作队又把他家的增收紧紧抓在手上，通过增收来逐步增强王新义一家脱贫的信心。

"聊天中，我们了解到他在几年以前曾跟着盖楼的建筑队安装过电路照明，懂得用电常识，所以就协调村'两委'安排他当了村上的电工。"这样，王新义每月就可多收入200元的工资，且不耽误他做其他工作。

不仅如此，在前闫村北边的常毛线公路南侧，何洪月又给他找了一处闲置的民房，鼓励其经营活鱼生意。"通过市场了解，在常庄乡只有王新义一家经营活鱼，平时他的鱼主要卖给红白事、定亲下礼、周边饭店用，他自己偶尔也用三轮车载着活鱼到周边村上赶集，一个月平均下来又多收入1500元。"何洪月介绍说，驻村以后，工作队根据情况制定了"三金"扶持政策，即帮助贫困户土地流转挣租金、外出打工挣薪金、在企业入股分红挣股金，并依据贫困户的自身情况来实施帮扶。

除了帮助王新义挣取薪金，工作队还联系到县扶农办，帮助王新义家绑定1.2万元资金入股到市级龙头企业恩际生物公司，这样全家5口人一年就能分红8000元。此外，还利用起金融扶贫的政策，协调县扶农办让其无担保、无抵押、无利息、无风险在邮储贷款5万元入股到乡里养殖肉驴的洪佳浩公司，一年可分红2500元。就这样，在工作队的帮助下，经过了10个月左右的时间，王新义摆脱了贫困。

"通过按时上他家拉家常，了解他家的生产、生活等情况，我们发现这两口子的致富愿望还非常强烈。"何洪月说，王新义还希望工作队能多给他想条致富门路。

考虑到王新义致富的内因和外因比较具备，针对目前人们对饮食安全比较高的要求，工作队又把致富的目光瞄准到了石磨面粉上。

"现在市面上的面粉有的添加了增白剂、增白粉等一些化工产品，严重影响了人们的身体健康。"何洪月说，多番考察后，工作队又根据本地小麦适口性强、不打农药这一特点，鼓励王新义上一台石磨在家磨全麦面。不仅如此，还帮他订制精美包装礼盒，联系超市进行代销。同时，指导王新义安装了轧面条的机子，用各种蔬菜汁和面加工出口感好、富营养、适宜老人儿童享用的全麦面条，也加上精美包装盒一同放到超市出售。

"每盒里面有六袋全麦石磨面粉，市场出售每盒20元，根据出售的多少和快慢来决定补齐产品。同时也可给周边的群众加工，石磨面每斤加工费0.3元，石磨面条每斤0.5元，每月可增加收入2000元。"何洪月又算了这样一笔账。

"现在王新义的产品已经出售，资金正慢慢回笼。挣来钱了，人也变得精神了，家里物什也整洁了，夫妻关系和睦了，孩子上学成绩也变好了。"何洪月说。

何洪月帮扶的前闫村贫困人口共有8户20人，他通过协调光伏公司给每个贫困户免费安装35平方米的光伏发电设施，签订的合同是前10年每户每年收益1000元，第11年收益1500元，后9年每年每户收益4000元，公司共支持20年，20年每户能实现收益47500元。

为了帮助贫困户王书军脱贫，何洪月帮助上了"纯绿豆粉皮作坊"，并为纯绿豆粉皮产品分别设计了精美包装盒，当作馈赠亲朋好友的礼品，放到超市出售，年销售收入2万元。

经过多方跑办，村里贫困人口除无劳动能力的3人以外，全部安排就业，且收入稳定。

何洪月和工作队同志们就是这样把贫困户的日子当成自己的日子来精打细算地过，才确保前闫村的8户贫困户脱贫出列。

"孺子牛"——陈景昭

他是河北省海兴县扶贫开发办公室党组书记、主任，2015年12月任现职至今。他使一个扶贫工作全省相对落后县，一跃成为全省扶贫工作先进县。2017年7月海兴县顺利通过了国家贫困县退出评估验收，一举摘掉了戴在头上23年的国家级贫困县帽子，成为全国首批脱贫摘帽县。中央电视台、新华社等中央新闻媒体相继报道了海兴县脱贫攻坚经验做法,全国各地30多个县(市、区)来海兴学习脱贫攻坚经验。陈景昭同志荣获2016年"全省脱贫攻坚贡献奖",海兴县荣获2018年"河北省脱贫攻坚先进集体奖"。

采访陈景昭时,感觉他的气场大,你会被他身上的闯劲和创新精神感染。

他说:"一把手不仅仅是一个单位的组织领导者,还是工作的决策者,如果缺乏担当精神,工作就很难打开局面、更难上水平。"他刚一上任,通过深入研究扶贫政策和市场需求,顶着各方面压力,就果断终止了一批投资风险大、效益难保障、市场无前景的种植养殖项目,启动了光伏扶贫、种养加扶贫龙头企业扶贫等一批风险低、见效快、收益稳的产业扶贫项目,化解了风险后遗症。在刚刚开展精准扶贫工作初期,海兴县也存在因信息数据无法及时准确掌握而造成极个别贫困户纳入不精准的问题,按照国家政策要求,这些不符合政策的"贫困户"必须剔除。虽然承担着被剔除农户因情绪激动而出现的缠访闹访等影响稳定的责任,但为了做到识别精准,他力主在全县开展了贫困户大排查、大清理活动,为精准扶贫工作打下了坚实基础。作为全国首批申请脱贫摘帽县,当时没有经验可以借鉴,而每一项举措都事关能否实现既定摘帽目标,责任大、担子重,他在吃透上级精神和深入了解县情的基础上,主持制定了海兴县《关于坚决打赢脱贫攻坚战的决定》等8个专件,明确了全县实现脱贫摘帽的指导思想、组织保障、措施方法,规划出了脱贫攻坚的时间表、路线图,为海兴县顺利脱贫摘帽做好了顶层设计。

陈景昭说:"创新是一个部门工作水平提升的根本路径和关键举措,作为单位'一把手'就应该有敢为人先的锐气。"鉴于全县贫困人口中因病致贫返贫突出的问题,在推行贫困人口基本医疗保险、大病保险和医疗救助"三重医疗保障"政策时,提出并实施了对贫困人口大病保险提高封顶线、合规医疗费用降低起付线、提高住院补偿标准等举措,并代表海兴县在全省扶贫工作会议上做了典型发言。后来,他在调研中发现,只有基本医疗保险、大病保险和医疗救助这三重保障,贫困群众的医疗负担仍然非常沉重，住院费用有很大一部分不在报销范围内，同时家庭成员既增加了陪护费用，又减少了误工收入。针对以上问题，他反复调研核算，于2016年推出了贫困人口医疗商业补充保险。由县财政出资，为所有建档立卡贫困群众和低保、五保人员购买商业补充保险（含意外伤害险），对新农合目录外住院医疗费用进行补助，对发生意外事故造成残疾、身亡的，按情况给予补助，大幅减轻了贫困群众医疗负担，有效阻断"因病致贫、因病返贫"病根。海兴县"3＋2"（基本医疗保险、大病保险、医疗救助＋商业医疗补充保险、意外伤害保险）健康扶贫模式，在四川召开的全国健康扶贫工作会议上被专家称为"海兴模式"在全国推广。2018年，他又总结推出了"小微产业从业一批、公益岗位安置一批、就地务工吸纳一批、个人创业发展一批、劳务输出转移一批"的"五个一批"就业扶贫脱贫工作机制，增强贫困群众"自身造血"功能，使全县贫困劳动能力普遍实现就业。这一做法分别在国务院扶贫办《扶贫简报》2018年第56期和河北省扶贫办《扶贫专报》2018年第12期上刊发，并在全省总结推广。

  为了全县农业扶贫产业高质量发展，陈景昭积极和农业部门同志一道运筹谋划。在2019年春节后上班的第一周，他就邀请了全国知名产业扶贫专家、衡水市扶贫办副主任李双星来海兴举办农业产业扶贫专题培训讲座，组织县里致富带头人、种养大户到衡水市阜城县学习新型农业产业经营管理模式，并与海兴县对接确定了一批黄桃、金银花、优质高粱、大豆等规模化产业扶贫项目，为海兴县扶贫产业转型升级打开了新通道。他高度重视贫困群众增收致富，谋划实施了全省第一批扶贫龙头企业合作项目、集中全扶贫模式电站项目和村级光伏扶贫电站项目，仅集中式全扶贫模式电站项目每年就获得收益700万元，使全县贫困户和贫困村有了稳定的收入保障，在全省光伏扶贫产业上下了先手棋。在全县9个贫困村发展了1500亩的秋雪蜜桃、香酥梨特色种植园区，为这些村和贫困户带来可观的经济收益。他还通过电商企业、手工业、公益性岗位等多渠道帮助贫困群众增加收入。他高度重视扶志扶智工作，组织实施了上百次贫困群众劳动技能培训班，实现了对全县84个贫困村和所有有劳动能力贫困群众技能培训的全覆盖。

当问到陈景昭的干劲从何而来,他这样回答:"从事脱贫攻坚工作,是党和人民交给我的光荣使命,我必须干出成绩、做出贡献才能无愧于心。"是的,正是无愧于心的想法,给了他原动力,从事扶贫工作以来,他从未正常休过一个公休日、节假日,晚上加班至两三点钟是常事。

古人说,天行健,君子以自强不息。陈景昭工作时,要求干部队伍要有"四个精神"状态,即:要果断摒弃不思进取小进即满;要果断告别四平八稳按部就班;要果断克服心浮神惰不紧不慢;要果断去掉感觉良好疲沓迟缓。与此同时,要心存忧患寝食难安;要紧张起来一路追赶;要精神抖擞干劲冲天;要只争朝夕一往无前。

"老黄牛"——李荣福

采访李荣福时,虽是星期六,李荣福也在加班。听说要采访他,他略显紧张地说:"我没有什么好说的,基层同志们辛苦,我只是在做我该做的事。"

李荣福1961年出生,已58岁。现任沧州市扶贫开发办公室计划监测科科长,负责全市规划项目、贫困识别监测和脱贫成效评估考核等工作。他先后被省里评为"扶贫开发先进个人",获得过市里"脱贫攻坚贡献奖"。

他始终坚持把工作当成事业来对待,把事业当成学问来研究,把学问当成工具来运用,不断提高自身政策理论水平和业务素质。特别是结合推进实施精准识别、精准帮扶等脱贫攻坚工作,深入学习习近平总书记脱贫攻坚系列重要讲话精神,认真研读《习近平扶贫论述摘编》《摆脱贫困》等重要文献,细致研读党的十九大,十九届三中、四中全会和中央、省市扶贫开发会议精神。同时,全面系统地学习了中央、省市打赢脱贫攻坚战三年行动部署和贫困退出细则及扶贫成效考核办法等相关政策,在自己学懂弄通、吃透精神、把握实质的基础上,他加班加点赶制了《脱贫攻坚相关政策解读》等不同类型课件,先后多次深入基层指导县乡围绕脱贫攻坚责任、政策和工作"三落实""挂图作战、挂图指挥",聚焦脱贫退出验收考核"两不愁三保障"以及漏评、错退和群众满意度等核心指标，逐项查找不足、补齐短板，要求层层压实责任，夯实基础。为使精准识别、精准帮扶、精准脱贫政策落到实处，下乡督导检查从不打招呼，一竿子插到底，特意挑选条件差、偏远的村走访，直接进村入户，哪家的房子破就进哪家，看产业、查收入、问政策落实。

为贯彻落实沧州市委、市政府提出"统筹解决贫困老年人集中供养问题，助力打赢脱贫攻坚战"的构思，他第一时间组织各县（市、区）进行调查摸底，并在广泛调查摸清底数的同时，会同市民政部门研究起草了《关于加快推进贫困县养老服务机构建设实施方案》，明确坚持政府主导、统筹规划，全面改善贫困老年人集中供养服务设施条件，确保让他们安度晚年、享受幸福生活。全市共投资3.8亿元先期在贫困县新建十八家区域性医养结合养老服务机构，最大限度地满足了贫困老年人入住养老需求，大幅提升了贫困老年人的生活水平和幸福指数。此做法，得到了河北省委、省政府的充分肯定，要求在全省总结推广。

老骥伏枥，志在千里。近年来，李荣福先后走访了各县（市、区）的所有有扶贫任务的乡镇和所有贫困村。在他的世界里，从来没有节假日的概念，白天时间不够用，就利用晚上到县乡讲学授课，"夜晚扶贫会"成为广大一线帮扶干部和贫困户了解政策、掌握技术、赢得市场的制胜法宝。每年，在田间地头听过他讲课的干部群众超过万余人次。"5＋2""白加黑"的优良作风和为民情怀，换来了扶贫事业突飞猛进的发展，更重要的是畅通了干部与群众间的沟通桥梁，赢得了民心民意。市、县、乡许多干部群众都晓得市扶贫办有个"老黄牛式"的干部李荣福。有人说："你这么大岁数了，身子累得一身病图个啥？"他总是笑着回答："千百年来的贫困能在我们这一代人得到彻底解决，是我们这一代扶贫人的光荣和责任，老百姓摆脱了贫困是我们最大的图头！"

沧州市扶贫战线上的"两人两牛"故事，仅是扶贫干部队伍的一个缩影，还有许多扶贫干部奋斗在脱贫攻坚第一线，他们都在践行党的宗旨，他们的事迹同样感人。

产业篇：挖掘脱贫新动力

多年来，沧州的决策者一直紧紧盯住脱贫攻坚主战场，坚持以敢打必胜的决心、久久为功的韧劲、驰而不息的精神，重点聚焦贫困县和非贫困县贫困人口，啃硬骨头、涉险滩，通过产业扶贫一系列措施的推进，坚决打赢脱贫攻坚战。

产业兴旺是扶贫攻坚的关键和根本出路，也是激活农村地区活力、实现农民增收致富的有效载体。

沧州的决策者深知，在尊重贫困户农业产业发展自愿性基础上，突出县域经济发展特色，推广特色产业引领、园区带动、龙头企业带动等农业产业扶贫模式，既符合沧州区域特点和发展实际，也迎合众多贫困户的现实需求和长远谋划。

基于此，沧州市全力打造一批贫困人口参与度高的龙头企业带动的种植养殖产业，建成一批对贫困户脱贫带动能力强的农业经济实体和农民合作组织，形成一批特色农产品生产基地，培育一批现代农业园区，在全市构建产业有龙头、主体有活力、发展有规模、贫困户能受益的农业产业扶贫格局。

全市抓产业就业这一主攻方向不放松，积极探索通过园区基地、龙头带动、光伏扶贫、家庭微工厂等多元模式，全市4万余贫困户实现了产业就业多元叠加全覆盖扶持和可持续稳定增收。

全市园区基地高标准，广泛覆盖。大力发展"牧、菜、菌"三大特色扶贫产业，7个贫困县共建设10个省级、41个市级现代农业园区，亩产值达到1.5万元，覆盖贫困村196个，带动贫困群众1.1万人。仅2018年，全市7个贫困县蔬菜播种面积达81.47万亩，总产量301万吨，总产值近40亿元。

听说青县有超级"大棚"，我们驱车前往进行了采访。

"青县的大棚和别的地方不一样，首先就是'大'，不仅面积是普通大棚的四五倍，而且产量也高。"一说起自己的超级大棚，河北青县甜瓜种植大户孙一强就忍不住给自己打起"广告"。在2018年5月举办的第三届京津冀蔬菜产销对接活动中,孙一强获得瓜菜类"薄皮脆大王"的称号。"这些得益于青县农民自发创造的超级大棚,都是大家自己用竹竿搭建的,成本低,农民们都盖得起。"孙一强说,"日光温室一亩地成本要七八万元,而超级大棚只用不到一万元。我家有四个大棚,收入比在外打工高很多。"

"一般的温室大棚有厚厚的土墙,土地闲置面积大,但我们的大棚的土地利用率能达到95%以上,农民的收入自然就高了,一年就能收回成本。"青县农业局局长霍传东说,2015年他在曹寺乡调研时,就发现当地两家信用社和一家邮政储蓄银行的存款达到8亿元,相当于村民一人2万元。"曹寺乡没什么工业,这些都是农民的种地收入。"

目前,青县的一批农民开始通过合作社尝试升级超级大棚:一方面将竹木结构改为钢架结构,扩大空间,机械起隆,增加自动通风设施,发展观光采摘和科研展示;另一方面,给大棚加一层"保温被",让农作物上市时间更加提前,进一步提高市场采购价。

吴桥被列入省级扶贫开发重点县以来,当地积极探索以特色产业项目为引领的农户脱贫致富新路,全县建起55个瓜菜、蘑菇、禽类和畜牧类特色产业项目区,带动6000余户低收入农户增收致富。

吴桥县安陵镇吕家寨村的吕学岗,是产业扶贫的直接受益者。"在县扶贫部门的帮助下,俺搞起了肉鸡养殖,一年能出5栏,纯利润能有七八万元,现在的日子比起以前强多了。"

龙头企业求双赢,强劲带动。组织工商企业、能人大户与291个贫困村进行结对共建,合作项目326个,总投资达26.3亿元。以温氏公司为龙头,在盐山、献县、南皮、东光、海兴发展生猪产业扶贫,以台湾大成公司为龙头在孟村回族自治县发展肉鸡产业扶贫,以乐寿公司为龙头在献县发展肉鸭产业扶贫,以正大公司为龙头在海兴发展饲料产业扶贫。

特别是引导支持广东温氏集团在盐山、南皮、献县、东光等县扩大投资4.79亿元,建成年产34万头种猪场三个、12万吨饲料厂一个,在建50万头种猪场四个,辐射带动197个贫困村、3960个贫困户参与养猪及务工收入。南皮县依托温氏公司,通过政府精准扶贫资金、贫困户免息扶贫贷款资金,合资入股建设现代养猪场,贫困户入股分红获得收益。99户养殖大户与1131户贫困户签订入股分红协议,吸收贫困户904.8万元扶贫资金入股,年均增收2000多元。

2007年,台湾大成公司在孟村回族自治县投资兴建"肉鸡一条龙"项目。近年来,孟村回族自治县和大成公司探索"公司+合作社+农户"方式精准扶贫,为贫困户保驾。

"2018年筹集55万元,建成一座两万只规模鸡舍,一年多就收回全部投资。"正在喂鸡的河北省孟村回族自治县高寨镇大文台村脱贫户刘风强说。

刘风强是受益者之一。他说:"我们村有2000多口人,80%以上的家庭与肉鸡项目有关,有的养鸡、有的送饲料、有的在屠宰场打工,去年全村挣了上千万元。"

刘风强从2017年开始养鸡,1.8万多只鸡每两个月出栏一次。"公司'保价',每只鸡保证养殖户最低利润2元,养得精细能赚4元以上。"刘风强说。目前,他和儿子又投资70万元,正在建设一座3万只规模鸡舍。

采访时了解到,刘风强养的是"保价契约鸡",大成公司承担市场风险,负责统一供雏、供料、防疫、回收、结算;合作社负责养殖指导、垫付养殖资金,承担资金风险;农户只需专心养殖,市场低迷也能实现保底收益。

孟村县通过大成公司带动,使贫困户扶贫资金入股分红、养殖场占地支付贫困户租金、优先吸纳贫困人口打工,贫困群众可以分股金、收租金、挣薪金。这一模式覆盖全县50个贫困村、76个非贫困村,2494个贫困户参与分红,每年仅租金收益就有近250万元。

光伏扶贫抓机遇,整体推进。抢抓政策窗口期,大力推广发展光伏产业,为贫困户送去长期"阳光收益"。在海兴、盐山、南皮发展了总装机容量14.26万千瓦的集中式和村级光伏扶贫电站已实现并网运营;在东光、献县、吴桥、河间等县(市)300多个村建设5000余户分布式光伏项目。

全市1.3万贫困户受益，年均收入3000余元。

在南皮县康官屯村采访时我们看到了一处废弃砖瓦窑上建起的光伏发电站，引起了兴趣。

在南皮县康官屯村，负责光伏项目建设的南皮县城投公司相关负责人介绍说，康官屯村"渔光互补"光伏发电项目每年可发电584万度，塘里养鱼10万尾。发电和养殖所获收益不仅可以用来补贴贫困群众，每年还能为村集体增加10多万元资金。

"之前，这里是一片废弃砖瓦窑，改造后的坑塘进行'渔光互补'光伏发电，成为乡村一景，变成了村里的'聚宝盆'。"康官屯村党支部书记张泽起高兴地说，曾经让村"两委"头疼的脱贫难题，因为这一项目的引进迎刃而解。

通过塘上建光伏发电、塘下养鱼的模式，南皮县探索出一条"渔光互补"产业扶贫新路径。2018年以来，南皮投资6247万元，建起村级光伏扶贫电站23个，涉及康官屯、大三拨等23个村。电站联村并建，全部建设在砖瓦窑坑塘中，分别选址在南皮县垃圾处理厂、康官屯村砖窑、小集村南砖窑、小集村北砖窑坑塘，其中南皮县垃圾处理厂建设电站9个，康官屯村砖窑坑塘上建设电站6个，小集村南砖窑建设电站3个、小集村北砖窑坑塘建设电站5个。每个电站装机容量300千瓦，可控制60户光伏发电系统。

电站所得收益一部分充实到村集体收入中，用于农村基础设施建设；一部分用来补贴贫困户，按照每户每年累计发放3000元的补贴标准，连续补贴二十年，可对全县2610户建档立卡贫困户实现全覆盖精准扶贫，为贫困户创造了长期稳定的收入来源。截至目前，23个村级光伏扶贫电站实际运营已满一年，发电总量为821万千瓦时，累计收益968.78万元。

据了解，南皮村级光伏扶贫电站项目如采取传统方法需要建设用地345亩，而运用"渔光互补"模式，依托村集体坑塘建设光伏项目，实现了建设用地零占用。

南皮县扶贫办相关负责人介绍说，光伏扶贫不仅是产业扶贫中的中坚力量，更可以与农业、旅游等其他产业融合发展，帮助贫困群众更快走上致富路。

家庭微工厂带动，燎原齐放。针对大量留守妇女、残疾人或老年人等半劳力、微劳力群众，积极开展"居家就业"行动，大力扶持工艺插花、服装服饰、毛绒玩具、渔网渔具等乡村加工类小微工厂发展，让贫困户不离家门、不弃亲人，就近找到致富门路。盐山县支持发展居家加工企业300多家，带动贫困家庭600多户。

就业培训出实招，注重实效。通过引导企业吸纳、政府购买服务、培训就业等措施解决贫困劳动力就业2.4万人，有劳动能力和就业能力的贫困人口就业率达95.95%，人均月收入2500元。

产业扶贫，给贫困群众带来的是实实在在的增收。

相关统计数据显示，沧州市在50626户贫困户、95138名贫困人口中，已获得种植养殖、产业扶贫项目扶持的贫困户达到11888户、23493人。其中，全市扶持贫困村注册合作社总数569家，入社贫困户6000户，带动7642名贫困人口脱贫。

春种一粒粟，秋收万颗子。近年来，沧州脱贫工作步履坚实、成效显著，产业扶贫发挥了更大作用，2017年4.48万农村贫困人口脱贫，2018年，7个贫困县在全省率先全部摘帽。

站在沧州大地上，我们为沧州市脱贫攻坚发展产业扶贫表现出的励精图治和百折不挠的创业精神感动，我们祝福沧州扶贫产业做得更大更强。

社会篇：万众一心齐攻坚

世界上有两种光芒最美丽耀眼：一种是阳光；一种是奉献精神。

沧州在脱贫攻坚战役打响后，不仅注重顶层政策设计，加强农业产业开发，还注重社会力量的参与，在沧州形成了万众一心脱贫攻坚奔小康的良好局面。

沧州市工商联在发动企业界参与脱贫攻坚时，是想尽了办法，创出了新路。

市工商联坚定执行省工商联"万企帮万村"活动，在本市提出了"千企帮千村"项目。首先市工商联领导从我做起，以上率下。工商联常委班子每人捐款5000元，执委捐款3000元，起了好的带头作用。

市工商联副主席郭文荷说起发动企业参与扶贫时，他有个形象比喻，他对企业家们讲：企业家像军人，养兵千日，用兵一时，打仗是军人的光荣使命，如果军人在战时，没有参与战争，算不上一个好军人。企业是如何发展的，是靠党的好政策，现在党中央在全国搞脱贫攻坚，这是一场硬仗，如果作为企业家这时不参与进来，将终生遗憾。

2018年，全市有109家企业参与了脱贫攻坚，受帮扶村达497个，企业投入资金总额597.5万元。

在吴桥县，我们见到了河北富宸食品有限公司总经理张亮。张亮说："作为市级扶贫龙头企业，脱贫攻坚我们责无旁贷，带动农户脱贫就要让贫困户动起来，我们要让小亮扶贫鸡帮贫困户啄开致富门。"

据介绍，"小亮扶贫鸡"项目是河北富宸食品有限公司为促进贫困户稳定增收而启动的产业扶贫项目，该公司为贫困户无偿提供养鸡围栏材料、鸡苗等，贫困户只负责喂养，待鸡苗出栏后，富宸食品再以高于市场的价格回收成鸡，进行深加工，彻底为贫困户解决销路问题。

富宸食品为贫困户提供的扶贫鸡苗以华北柴鸡为主，还有土元鸡、乌鸡等品种，全部是一个月以上打过预防针的优质鸡苗，具有抗病性强，成活率高等特点。养殖周期大约五个月，成鸡体重可达4斤左右，价值50元～60元，扣除养殖成本，每只鸡纯收入为40元～50元。"岁数大了不能出去打工，喂鸡这活儿咱干得了，不用自己买鸡苗，还有技术员上门指导，真是好事呀！"王型村贫困户王连功说。

"授人以鱼，不如授人以渔。"养殖期间，富宸食品组建强有力的养殖技术指导小分队，分乡包村入户，无偿为贫困户提供一线技术指导，把药品送到农户家中，把良方交到农民手里，让贫困户彻底成为养殖的行家里手。

2019年"小亮扶贫鸡"项目已经惠及28户贫困户，涉及全县88个贫困村,华北柴鸡存量达5万只,每户增收4000多元。富宸食品有限公司为项目支出达300万元。

在沧州,了解到另一种企业扶贫的方式,令人耳目一新。

他们采取的是"企业+公益岗位"模式。主要方式是政府设立解决贫困人口就业为主的公益岗位,企业出资购买服务,这样既解决了扶贫,又在贫困人口中树立起了劳动致富的价值观和人生观。

据了解,大元集团积极参与"百企帮百村"精准扶贫行动,专门成立以李建国为组长,工会主席、党委办公室负责人为副组长的扶贫工作领导小组。通过多次走访调研,结合当前扶贫脱贫工作的要求和贫困人口的特点,提出从加强乡村建设的高度,以农村社会管理创新为突破口,采用设置农村环卫清洁员、治安巡逻员、环境监测员等公益性岗位,按需设岗、以岗定人,建立岗位救助、实名服务、动态监管的长效精准帮扶机制。按照这样的帮扶模式,大元集团已经在盐山县组织实施捐助资金28.2万元,解决就业贫困群众284人。通过公益岗位、危房改造、修桥铺路等形式分别为沧县捐助100万元,为青县捐助30万元,为南皮县捐助20万元,为吴桥县捐助20万元,总计捐款近200万元项目帮扶资金。

为了确保贫困人口受益,达到捐赠者的意愿,在沧州市工商联的指导协调下,大元集团与各乡镇府、县民政局签订捐赠协议,捐款汇入县民政局指定捐款账户中,县民政局向大元集团开具公益捐赠发票。捐款由政府向贫困户根据劳动情况发放,大元集团监管,同时接受有关部门和社会监督。实现了公开透明管理,保障了捐赠方与受捐方的利益。

大元集团作为沧州市龙头建筑企业,积极参与精准扶贫工程,2018年至2020年,投入产业扶贫专项基金共计1500万元。目前,集团正积极探索"三区同建"项目,通过产业扶贫,助力农村贫困人口实现脱贫。

十里香股份有限公司与盐山县孟店乡流洼寨村、小庄乡赵庄村结对帮扶,投入帮扶资金15万元,为两村进行了卫生治理和道路硬化,还为村里15名贫困大学生捐助了7.5万元学费。

在沧州,医疗扶贫也是一大亮点,沧州市中心医院的扶贫行动更是可圈可点。采访时,我们有幸见到了沧州市中心医院院长温秀玲。

与温院长虽然谈的是一些医疗方面的事,但精辟见解闪现的思想火花,显示出她丰富的知识和才气、阅历与睿智。她说:"医生是为患者活着。""医生的职责就是让患者有质量地生活。"听到这些我们闻所未闻的话,感受到了一个医生语出惊人的哲学思考和生命洞见,同时也从这些只言片语中感受到了她的人格魅力。

温院长任职的沧州市中心医院一直就坚守在医疗扶贫的道路上,一路播撒着爱和温暖,传递着光明和信心。从村委会大院、乡村大集、农家炕头,到城市社区、福利院、荣军院、养老院,沧州城乡每一处有贫困群众的地方,几乎都有中心医院人留下的足迹;从"健康专家进社区""我为家乡做贡献""精准扶贫,医疗惠民",再到"为贫困母亲义诊""健康知识大讲堂""爱心资助宏志生""科室对口帮扶",中心医院发起实施的扶贫惠民活动一个接一个。

2013年2月9日,中心医院召开"善行沧州,爱进乡村"医疗助脱贫工程启动大会,实行"院长包县,科主任包乡镇,普通职工包村"原则,责任细化到人到组。随即,12日,扶贫小组的大夫们来到了这次医疗助脱贫工程的首站——南皮前七里村,在鸡犬相闻的乡间巷陌,为那些习惯了"小病拖,大病扛"的乡亲们展开了医疗卫生服务。这些平常去沧州瞧一次病往返需要折腾一天,有的甚至活了大半辈子都没离开过自己那一亩三分地的乡亲,根本想不到大医院的专家会来到自己的家门口,面对面地给自己诊疗开方,惊奇、兴奋、温暖之情一时弥漫在这个充满浓浓烟火气息的小村落里。

中心医院还根据贫困人口分布情况,制定了免费体检方案,年内为全市贫困人口、五保户人均体检一次,并根据体检结果进行定期随访和健康指导;针对贫困户、五保户,医院修改惠民结算系统,制定实施就医优惠政策:在医保报销后的个人承担部分,再减免50%费用。

2017年4月,国务院下发了《关于推进医疗联合体建设和发展的指导意见》,推动医疗资源下沉,病人双向转诊,逐步缓解看病难。按照国家医联体建设的有关要求，中心医院精心谋划、全面开启了沧州市医疗联合体全覆盖建设。

放大引领辐射作用，组建非隶属性市—县医联体。2017年5月5日，中心医院召开医联体建设信息发布会，携手任丘市人民医院、泊头市医院、献县人民医院等15家县级二级医疗机构组建非隶属性的医联体。在学科建设、人才培养、科研教学、远程医疗、结果互认等方面开展全面深度扶持和保障，按照当地百姓就医需求，帮助县级医疗机构有针对性建设特色优势专科，选派优秀专家到县级医院进行义诊、手术、查房、疑难病例会诊、学术讲座，将工作常规化、制度化开展，逐步提升县级医院医疗水平，真正落实分级诊疗制度。

为了进一步下沉优质医疗资源，建立县市直属分院。中心医院选择在沧州市下属县级市河间市、盐山县建设全部由本院出资建设、运营管理的直属分院。河间分院项目概算总投资6亿元，建筑总面积10.49万平方米，设计床位850张，将是河间市乃至周边地区首屈一指的具有三甲水平的高标准、高等级、现代化的二级甲等医院。河间市紧邻雄安新区，河间分院将为雄安新区在建设、起步阶段的人力健康资源提供优质的医疗保障。

为了提升农村医疗水平，沧州市中心医院与全市168家乡镇卫生院联合成立"沧州市中心医院——乡镇卫生院医学技术协会"，并以此为平台，从技术、人才、管理等方方面面帮扶乡镇卫生院，由此开启了"卫生支农，技术帮扶"的善行之旅。

不唯毕其功于一役，而求长远服务于群众。10多年来，沧州市中心医院为缓解基层医疗薄弱状况和基层群众就医难，先后派出义诊帮扶专家3万人次，诊疗病人140万人次，帮扶手术4万例，免费培训基层卫生技术骨干10万人次，培养出一大批骨干乡医、村医，大批乡村医生在沧州市中心医院的培养下，成为当地的名医，使当地群众的普通病常见病有效地在当地得到诊治，大大减少了进城就医的不便和费用，给各县市贫困边远乡村留下了一支"不走的医疗队"。

在沧州市中心医院，有个叫"阳光暖暖"公益医疗团队，当人们听到这个名字的时候，心头都会涌起一股股暖流。它的创建者是沧州市中心医院心血内四科的医生宋坤青。后来，心胸外科医生张玉辉、骨一科医生赵跃江、中医科医生李泽钊等都加入了这个免费医疗公益团队。他们凑钱购置了血糖仪、血压计、心电图机等设备，利用节假日探望孤寡老人，并为老人们建立健康档案；走进乡村，来到乡亲们家门前，定期、定点组织义诊、体检；来到社区、学校，举行健康公益讲座……宋坤青说："每次为百姓看病，就像回家一样，即便是素昧平生的人，感觉他们也都像自己的父老乡亲一样亲切。"

公益医疗队的张艳丽救助了肾移植患者2名、先心病患者1名、重度再生障碍性贫血患者1名、重度肌无力患者1名、先天性并指患者1名、骨髓炎患者1名等10余名患者，通过组织多种活动共筹集爱心救助基金60余万元……在公益医疗队中，她从一名普通志愿者，成长为公益医疗队的秘书长。这些年，她为一些患者重获健康生活操碎了心。

"卫生扶贫，是国家'精准扶贫'战略的重要一环。沧州市中心医院作为区域性医疗服务中心，应当在其中承担更大责任，发挥更大作用。"身为全国人大代表，温秀玲显然有着超越一院、一地而心怀全国的视野和襟怀。在宁夏，在北京，在天津，在承德，在保定……都有沧州市中心医院救助的患者——庞瑞月、郑伊诺、孔德晨、小党红、小月月、小雨、小莹莹、张雅惠、刘新利、刘永刚、高玲玉……虽然医院只记录了他们的名字，采访时也没能见到这些患者本人，但我们相信这一串串名字向世人诉说了"医者仁心"的故事。

企业是动用组织的力量扶贫，南皮县"爱心协会"扶贫更多的是发动群众参与。"爱心协会"是县城志愿者于2016年自发成立的，参与者多达2378人。

2017年10月17日（国家扶贫日）实施以来，坚持"授人以鱼，不如授人以渔"的发展理念，想方设法帮助贫困家庭掌握一定的生产本领，增强自身造血功能，从根源上脱贫致富，助力全县脱贫攻坚。

爱心协会成员为10村10个贫困户各购买了两只母"波尔"山羊，让该村志愿者和有兽医资质的志愿者共同帮助该户饲养繁殖山羊。待母羊产崽后，养殖户送回一只给爱心协会，爱心协会再去市场购买另一只波尔山羊，然后再把这两只波尔羊送给另一个贫困户让其饲养繁殖。就这样，滚动发展，循序渐进。

采访时了解到，除一户山羊夭折外，其他均生长良好，非常健壮，且有三户饲养的山羊产仔，并有两户已完成养殖协议，将产出仔羊循环送给了另外贫困户。另有两户的爱心山羊已受孕待产，其他户的羊均长势健壮。

2019年南皮县爱心协会"援夕行动"再次启动，主题是"百床新被褥温暖百户贫困家庭"。爱心协会的志愿者们秉承扶贫济困、崇德向善、乐善好施、助人为乐的服务理念，通过会内募捐得来的善款，牺牲自己的公休日时间，亲力亲为，精心做成100床新被褥。

1月10日启动现场，100床新被褥摆放整齐，志愿者们精神高昂。随着协会负责人一声宣布"活动启动"，60多名志愿者有序分装，送往全县各乡镇村的急需贫困家庭中。

1月20日，南皮县爱心协会"爱心白菜过大年"活动在县委北广场如火如荼举行。60多名爱心志愿者将3万斤爱心白菜发放到低保户、五保户、残疾人、环卫工、下岗职工、特困职工、建档立卡贫困户等"七大群体"1000多户家庭手中，让他们感受到社会的温暖和关怀。

同时，部分志愿者将爱心白菜和志愿者翟凤东提供的大葱，驱车送到6个乡镇20个村不便出行的50多户贫困户家中，祝他们过一个喜乐、幸福的春节。

据介绍，"爱心白菜"是南皮县爱心协会十大爱心项目之一，协会与南皮县玉田蔬菜专业合作社联手，让贫困户种植大白菜，待成熟后于春节前携手回购（有的年份是合作社全部免费赠送，有的年份是合作社只收一点儿农民工成本费），然后免费发放给"七大弱势群体"。这样，既让贫困家庭在生产中提高了收入，也让"七大群体"收到了实实在在的情意。四年来，南皮县爱心协会已发放八次"爱心白菜"，共计16万斤。

南皮县爱心协会的志愿者们集小善为大善，助力了脱贫攻坚。他们付出了时间，付出了精力，付出了金钱。他们把爱的种子撒在了素昧平生的陌生人中间。

采访时，当问到爱心协会会长南宝通如何理解慈善，他说，慈善本身就是一种快乐，一种满足，我没有能力改变世界，但我能用爱心去温暖这个世界。

是的，慈善不是简单的施予，它是人类社会中最伟大和最崇高的事业，当我们真心实意地去做关于慈善的任何事情的时候，总是能在其中找到让我们幸福与快乐的真谛的。我们要懂得慈善的真实内涵，只有这样我们的国家才会昌盛，我们的社会才会和谐，我们的人生才会璀璨升华且不留下任何遗憾。

沧州全社会参与脱贫攻坚形势喜人，它不仅发动了社会群众，而且激发了贫困户的内生动力。

南皮县寨子镇小安村李岐德60多岁了，家有老母亲。以前住着19世纪板打墙老式房子，30多岁时从外省娶了一个媳妇，可没过多久，媳妇嫌他家太穷又没有致富的出路，留下一个闺女跑了。从此他就过上了破罐子破摔的日子。

脱贫攻坚战打响后，村支书苑中峰带头建了6个养猪棚，先把李岐德招进去工作，最先他靠打工每年能挣2万多元，工作中他掌握了养殖技术，每年能挣5万多元，新盖了房子，买了家电，把家里装饰一新，村民们都夸他靠自己努力改变了人生。前年李岐德获得了"河北省脱贫攻坚奖"。

大浪淀乡五拨台村的杨文波，父亲得癌症、母亲得哮喘，家庭经济拮据，一度让他失去了生活信心，觉得日子没法过了，整天萎靡不振。他媳妇是高中生，动员他去建大棚种黄瓜。沧州市给排水扶贫工作组的同志听说他要种黄瓜，就主动做他的工作，叫他不要种大路菜，最后他选种了甜瓜。甜瓜丰收后，通过微信朋友圈宣传，他的甜瓜很快卖完，2017年一年他收入达到了8万元。日子如芝麻开花节节高。2018年他获得了沧州市

"脱贫攻坚奋进奖"。

在任丘市采访时，见到一位老太太在织渔网，问当地人才知道她家是贫困户，本来扶贫工作组考虑她年纪大了没有给安排就业，她完全可享受政策兜底，什么也不用干，但她因为年轻时就会织渔网，非要来工作不可。她说现在政策好，不愁吃不愁穿了，可不能光等着政府救济。令我们没想到的是这位老太太已90岁高龄，每天她织渔网可挣6块多钱。

听了老太太的故事，被她的勤劳所感动，那种感动发自内心深处，如一股甘冽的清泉浸润着心田。扶贫扶起了人们脱贫的志气，致富的目标一定能实现。

"雄关漫道真如铁，而今迈步从头越。"贫困是一座阻碍我们奔向小康社会的大山。自古以来，不知多少奋进者因为成功翻越这座陡峭山峰成就了梦想，也不知多少寻梦者因为惨遭失败而抱憾离去。

征服一座山峰，需要的是勇气与力量。

决胜一场战役，需要的是胆识与担当。

今天，精准扶贫的号角在沧州大地吹响，脱贫攻坚在沧州大地频传捷报。所到之处，我们感受到沧州古老而神秘的土地热烈与不安，沧州大地正绽放新的风采，扶贫攻坚正步履铿锵，涌动时代春潮……

第十六章　环京津脱贫春意浓

"天昏地暗沙尘暴，惊乱人间头裹纱。"此诗虽不是写北京遭遇沙尘暴，但足以表达北京前些年遭遇沙尘暴天气时的情形。

北京的沙尘暴从哪里来？从内蒙古高原刮来。北京的沙尘暴靠谁来防？靠河北北三县。

当我们打开地图，就能看到，河北张家口、承德、保定三市像是一条臂弯环抱着北京，承担着为北京阻风沙、保水源的生态涵养功能。

特别是近10年来，随着三北防护林体系建设加快，环京津水源涵养地逐步完善，防风沙屏障效果显现，北京天蓝水绿，焕然一新。

虽然河北与北京、天津山水相连，唇齿相依，然而，由于京津两地生态涵养之需，牺牲了河北发展；加之原本自然条件恶劣，京冀之间，至今仍赫然横亘着一道发展断崖，致使张家口、承德、保定三地28个贫困县呈新月之状连片环绕首都，犹如"貂皮大袄上的补丁"。繁荣与贫困，发展与落后，让人一目了然。

环津京贫困带是国家确定的14个集中连片特困地区之

一,贫困程度与宁夏"西海固"可画等号,是河北省脱贫攻坚的主战场和核心区。

环京津28个贫困县,其中10个为深度贫困县,这些贫困县居住着河北省一半以上的贫困人口。习近平总书记在该区域考察时强调,要多给贫困群众培育可持续发展的产业、可持续脱贫的机制和可持续致富的动力,把发展生产扶贫作为主攻方向,努力做到户户有增收项目、人人有脱贫门路,确保贫困人口如期脱贫。

处京畿,保生态——产业选择要服从大局,发展受限;邻京津,不平衡——人才和资金受"虹吸效应"影响,活力不足。面临严峻发展困局,环首都贫困县脱贫摘帽、同步奔小康成为河北脱贫攻坚战的难中之难、坚中之坚。

燕赵之地,自古多慷慨悲歌之士,河北省紧抓京津冀协同发展的历史机遇,破贫困坚冰,填发展鸿沟,以前所未有的勇气和魄力,唱响了环京津脱贫之大风歌。

造林,塞罕坝让农民吃上"生态饭"

放眼环首都28个贫困县,大多地处潮白河、滦河、永定河、拒马河等河流发源地和上游地区,其中6个县属于限制开发的国家重点生态功能区,多数县处于京津风沙治理区,担负着涵养水源和阻挡风沙的生态功能。大部分县域山区全面禁牧、严控耗水农业,关停了污染工矿,不少农村因没有产业而深陷贫困泥淖。近年来,这些贫困县纷纷加快新旧动能转换步伐,加大环境污染治理力度,随之而来的调整阵痛,又使贫困程度进一步加剧。

既要担当守护绿水青山的使命,又要完成脱贫攻坚战的政治任务,面对双重压力,河北该如何在环京津贫困地区突破困局?

造林,成就绿色梦想,给世界一个"绿水青山就是金山银山"的奇迹。

半个多世纪前,塞罕坝还是"黄沙遮天日,飞鸟无栖树"的荒寒之地。56年过去,河北在塞罕坝营造出世界上面积最大的一片人工林。从卫星云图上看塞罕坝112万亩人工防护林,牢牢扼守在内蒙古高原浑善达克沙地南缘。徜徉在林海之中,我们看到了花的世界、鸟的乐园、树的海洋。如此大手笔,这是一代又一代塞罕坝人忠于使命,艰苦奋斗,久久为功的创造成果;这是塞罕坝人肩扛修复生态,保护生态大旗,铸造的一个生态文明建设范本;这是塞罕坝人践行习近平总书记"两山"理论重要思想的生动写照。

塞罕坝林场的有林地面积,由最初的24万亩增加到目前的112万亩,成为世界上面积最大的一片人工林。森林覆盖率由12%提高到80%。塞罕坝林场的林木总蓄积量,由建场前的33万立方米增加到1012万立方米,增长了30倍。单位面积林木蓄积量,是全国人工林平均水平的2.8倍。

塞罕坝上万顷林海,与承德、张家口等地的茂密森林连成一体,筑起一道绿色长城,成为京津冀和华北地区的风沙屏障、水源卫士。

塞罕坝林场改变了什么?

净化了空气。森林是地球之肺,一棵树,就是一台制氧机。塞罕坝的森林每年可产生氧气55万吨,可供近200万人呼吸一年。森林中"空气维生素"负氧离子的含量,最高达每立方厘米8.5万个。

调节了气候。与建场初期相比,塞罕坝及周边区域小气候得到有效改善,无霜期由52天增加到64天,年均大风日数由83天减少到53天,年均降水量由不足410毫米增加到460毫米。

保护了生物多样性。如今,塞罕坝生物多样性得到恢复,栖息着陆生野生脊椎动物261种、鱼类32种、昆虫660种、植物625种。其中,国家重点保护动物有47种,国家重点保护植物有9种。

减缓全球气候变暖。中国工程院院士、林学及生态学专家沈国舫说,这片森林"对减缓全球气候变暖具有重要意义",每年可吸收温室气体二氧化碳75万吨以上。

"草木植成，国之富也。"中国林科院评估结果显示，塞罕坝森林的生态价值，是木材价值的39.5倍；森林生态系统每年产生超百亿元的生态服务价值。据测算，塞罕坝森林资源的总价值，目前已经达到200亿元。

更加令人欣喜的是，这片绿色，早已向承德扩展。在塞罕坝百万亩林海的示范带动下，承德市加速推进造林绿化，承德市森林面积达3360万亩，森林覆盖率由新中国成立时的5.8%提升到现在的56.7%，增长了9倍，成为华北最绿的地区。承德市委书记周仲明说："华北唯一一个不缺水的城市，是承德。承德一年产生水资源量达37.6亿立方米，流向京津的界面出水量达22亿立方米。"

习近平总书记说："绿水青山可以源源不断地带来金山银山，绿水青山本身就是金山银山，我们种的常青树就是摇钱树，生态优势变成经济优势，形成了浑然一体、和谐统一的关系。""绿水青山就是金山银山"的重要思想，已在"美丽高岭"落地生根。

今天的塞罕坝，绿水青山带来真金白银，绿色发展之路越走越宽。郁郁葱葱的林海，成为林场生产发展、职工生活改善、周边群众脱贫致富的"绿色银行"和"聚宝盆"。

塞罕坝林场让我们收获了什么？

森林旅游收入。春天，群山抹绿，雪映杜鹃；夏天，林海滴翠，百花烂漫；秋天，赤橙黄绿，层林尽染；冬天，白雪皑皑，银装素裹……塞罕坝一年四季风光旖旎，皆有美景。塞罕坝已成为华北地区知名的森林生态旅游胜地。目前，来自世界各地的游客年均50万人次，一年门票收入4000多万元。

塞罕坝林场在保证生态安全的前提下，合理开发利用旅游资源，严格控制游客数量，已有十几年未曾批准林地转为建设用地，生态得到了最好保护，塞罕坝奉献给人类的是绿色，那是生命的底色。

绿化苗木销售收入。近年来，各地生态环境建设力度空前加大，绿化苗木需求大增。塞罕坝林场建设了8万多亩绿化苗木基地，培育了云杉、樟子松、油松、落叶松等优质绿化苗木。1800余万株多品种、多规格的苗木，成为绿色"聚宝盆"。林场的绿化苗木，销往京津冀、内蒙古、甘肃、辽宁等全国十几个省（区、市），每年收入超过1000万元，多的时候达到2000多万元。

清洁能源收入。最近5年，林场利用边界地带、石质荒山和防火阻隔带等无法造林的空地，与风电公司联手，建设风电项目。可观的风电补偿费反哺生态建设，为林场发展注入活力。

森林碳汇有望上市"变现"。植树造林者种植碳汇林，测定可吸收的二氧化碳总量，将其在交易市场挂牌出售；碳排放单位购买二氧化碳排放量，来抵消其工业碳排放。碳汇交易，是通过市场机制实现森林生态价值补偿、减少温室气体排放的有效途径。塞罕坝的造林和营林碳汇项目，已在国家发改委备案，总减排量为475万吨二氧化碳当量。如实现上市交易，保守估计可收入上亿元。

造林，不仅保障了京津免受沙尘暴袭击，涵养了水源，同时为当地老百姓脱贫致富创造了条件。森林旅游、绿化苗木等绿色产业的收入，已经超过半壁江山。随着绿色发展提速、产业转型升级，塞罕坝人更有效地保护了绿水青山，收获了金山银山，实现了生态良好、生产发展、生活改善的可喜局面。

周边的群众，靠山吃山，靠水吃水，也从这片绿水青山中长久受益。林场创造了大量就业岗位，特别是森林旅游的发展，带动了周边地区的乡村游、农家乐、养殖业、山野特产等产业发展，每年可实现社会总收入6亿多元。

塞罕坝林场像一块"绿宝石"佩戴在中国的版图上，向全世界展示着她绚丽多姿的风采。

更加令人欣喜的是，这片绿色，早已向河北铺开。作为京津风沙源治理工程的重要组成部分，张家口塞北、承德丰宁千松坝、围场御道口等地大力植树造林，阻挡风沙南下进犯华北。在首都正北方，形成了一道宽约30公里、长约360公里的绿色生态屏障，构筑起更为牢固的京津冀生态防护林体系。河北省的森林覆盖率，已由新中国成立初期的3.8%增加到现在的32%，防沙治沙重点区域内的张家口、承德两市，由沙尘暴加强区转变为阻滞区。

联合国环境规划署宣布，中国塞罕坝林场建设者获得2017年"地球卫士奖"。获此殊荣，当之无愧。

采访时，当我们从塞罕坝林场走出，又聚焦到了也是由植树变富的河北丰宁千松坝。二道河村党支部书记于永河告诉我们："现在好了，游客也多了，过去可是鸟不拉屎的地方。"

二道河村过去怎么了？二道河村又经历了怎样的变化？带着疑问，我们进一步了解了二道河村。

原来，二道河村地处半农半牧区，坝上高寒，薄薄一层土不长庄稼。种点莜麦、杂豆，靠天收，"种一坡、收一车，打一笸箩、煮一锅"。

1990年，由于粮食收成不好，二道河村民开始养羊，头两年就出了万元户。看到村里有人靠养羊发了财，于是大家一哄而上，家家户户都养羊，最多的一户养了两三百只，少的也有几十只，二道河村成了远近闻名的"万羊"村。不仅本村的来放，邻县的也来。牲口多了，草不够吃，羊饿极了就刨草根，带沙土一起吃，草原上到处坑坑洼洼。渐渐地，千松坝的草越来越稀，山坡上光秃秃的，草退沙进，草原开始出现沙化。

后来，风沙频频侵扰千松坝。于永河回忆说，那时一年四季没好时候，冬春风沙大，屋里一股子老土面儿味，外面尘土飞扬，面对面都看不清脸。夏天来一场雨，山坡被山洪冲成了条条深沟，水土流失，沙化加剧。

几年时间，二道河村附近的小坝子乡榔头沟村就被风沙吞没，村民迁徙，村庄消失，人们尝到了沙化之痛。那时，通往千松坝的喇嘛山口风沙肆虐，常年趴着推土机，随时清理被风沙掩埋的道路。二道河村由于沙化，有的村民忍无可忍，干脆搬到外地投靠亲友。当时二道河村也想全村搬迁，可没地方去。村民只得忍受着沙化的威胁，过着提心吊胆的生活。

过度放牧，不仅没有使村民富起来，而且富了的也返贫了。

治理风沙，刻不容缓。1999年9月，千松坝林场成立，覆盖3个乡，规划区3710平方公里，封山育林，植树造林，禁牧限养。二道河村地处核心区，治理风沙首当其冲。于永河知道治沙是好事，可心里还是犯嘀咕："种树就要禁牧，断了老百姓的财路，他们能答应吗？"

当他在村里做动员工作时，村民个个都反对，一时间，当村主任的于永河也搞得无从下手。见村里没动静，当时负责千松坝造林的县林业局副局长商海华，直接跑到于永河家里"督阵"。商海华说："你这样拖下去，害自己也害子孙。造林治沙，势在必行。"

一边动员，一边动手，千松坝林场先在集体的荒地上栽树。林场要栽树，一些村民阻止。有人放牧，护林员就赶牲口。一次，双方为此发生冲突，有村民动手，派出所拘留了参与"闹事"的村民，其中有于永河的姑表侄子。家人数落于永河，别人当村支书都救济亲戚，你当村支书，竟让人把你侄子抓走！就为这，亲戚和老于闹了十多年别扭。

东边不让栽，就栽西边。为照顾村民利益，禁牧损失栽树来补，林场让村民参与种树，打工挣钱。村集体和农民出地造林，林木收益按比例分成。看到种树也可以赚钱，村民心气渐渐顺了。几十亩、几百亩，逐步推进，第一批共1万亩栽上松树苗。如今二道河已有八成宜林地披上绿装，共3万亩。

18年来，千松坝人工造林85万多亩，工程区沙化及水土流失面积减少近150万亩。沙尘天气由当年年均15天，减少到现在的年均不到3天。当地水资源总量增加138万立方米，滦河主源头及滦河、潮河的部分支流由过去的断流恢复为常年流水。造林，不仅改善了自然环境，也给当地农民增加了收入。千松坝造林拉动苗木产业和务工经济，农民劳务收入共1.2亿元。

绿水青山就是金山银山。2014年，千松坝林场完成全国第一单跨区域碳汇交易，收益254万元，二道河村集体分得28万元。

20个春秋冬夏，千松坝变绿了。有了树，好致富。丰宁离北京180多公里，坝上草原被称为"离北京最近的草原"。"2010年前后，林子起来了，游客明显多了。"较早开农家院的村民于万军说。于万军曾是放羊倌，卖羊一斤不过10元。自从开了农家院，烤羊肉每斤30元，他干脆把几十只羊都卖了，一心一意开农家院。如今，他家的轿车已经换了好几次，越来越气派。

可是千松坝许多美景藏在深山，想看也看不到。河北一家企业在丰宁修高速公路时，看中了千松坝，随后成立了旅游公司。5年来该公司共投入1亿多元，改造林区原有防火路、通村路等。山路蜿蜒，直入云端，目前共150公里，辐射8个村共2000多户。更多景点被串了起来，"京北第一草原"被"画"上了"京北第一天路"。二道河等附近村组以道路、林草资源入股，景区门票收入按比例分给村集体和村民……

天路迎宾朋，风景变创收。2018年千松坝、柳树沟森林公园的游客比去年增加一倍。于万军的老农家院不够用了，2018年新盖了三层楼，可同时接待100多人。如今，二道河村的农家院增加到46家，户均净收入10万元以上。村里共有800匹马供游客驰骋山林，每匹马一个夏天至少"驮"来1万元……

近年来，承德和张家口探索发展生态经济，在保护生态的前提下谋划经济发展，于绿色经济中找出路。群众虽"砸了旧锅"，却能端起更好的绿饭碗，环境越来越好，日子也越过越富。

"绿水青山就是金山银山"理论在塞罕坝林场和千松坝林场得到了有力证明，我们发现保护生态与发展经济之间并不矛盾，只要把准群众需求、找对方法，自然可以"四两拨千斤"。两地林场通过持续造林"唤醒"生态屏障，村民也脱贫致富吃起了"生态饭"。

造林，造出了好生态，好生态带来好风景，好风景孕育出脱贫好日子！

种植，打造特色农业

在2017年12月5日召开的河北省扶贫脱贫工作会议上，省委书记王东峰明确要求全省各级干部认真贯彻落实习近平总书记对河北扶贫脱贫工作的重要指示，牢固树立以人民为中心的发展思想，紧紧抓住国家实施区域协调发展和乡村振兴战略的重大机遇，大力实施"五个一批"工程，突出抓好深度贫困地区脱贫攻坚，集中治理扶贫领域腐败和作风问题，确保2020年，全省现行标准下184.3万农村贫困人口实现稳定脱贫，7366个贫困村全部出列，62个贫困县全部摘帽，解决区域性整体贫困，坚决打赢扶贫脱贫攻坚战。

京津及周边廊坊等市约有5000万常住人口，每天消费着巨量的农产品，而且对优质特色农产品和休闲观光农业的需求与日俱增。环首都贫困地区地理气候条件优良，是世界公认的养殖黄金地带，且有着天蓝地绿水清土净的生态优势。

不只市场大，北京还云集着中国农业大学、中国农科院等一大批农业高等科研院所。现代农业科技活水外溢，专家扎根农家，环首都贫困地区的农业生产性资源即可被充分激活。

产业和就业的空间在哪里？辩证地看，环首都贫困地区与京津两市发展落差大，但巨大的落差也意味着巨大的市场、巨大的潜力。

思路一变，天地转换。河北找准以农业为根本的绿色产业发展之路，2016年，河北农业厅（省农工办）编制《河北省"十三五"产业扶贫规划（2016~2020年）》、印发《环京津地区特色产业精准扶贫推进方案》，指导环京津贫困县根据资源禀赋、区位条件和产业基础精选主导产业。有了规划和方案，环首都各贫困县找准了方向、明确了思路、坚定了信心，立足产业基础，结合河北自身生态优势、首都科技优势和京津市场优势，一条可持续带动脱贫致富的燕山——太行山食用菌、中药材、冷凉蔬菜、休闲旅游特色产业带业已形成。

"小蘑菇"圆致富梦

在平泉县卧龙镇八家村采访时见到村民王占成，他说："我申请了一个大棚种食用菌，估计能把家里为治病欠下的债还清，明年就能脱贫了。"

几年前，王占成由于脑出血成为贫困户。2017年起，他在当地的产业园区开始种食用菌，当时只承包了一个小棚，但效益很好。加上劳务工资，一年净挣了4.7万元。

20世纪80年代末，平泉县开始发展食用菌产业。近年来，这个县在加快转型升级步伐、推动食用菌产业持续发展的同时，积极创新产业扶贫模式，把扶贫开发与区域发展有机结合，取得了明显成效。承德金稻田生物科技有限公司以工厂化方式生产杏鲍菇。由于所用的原料主要为玉米芯、棉籽壳等农林废弃物，减少了面源污染。从原料进厂预处理、装袋、灭菌、销售等各个环节均在厂区内高效集约运行，达到标准化水平，实现了降本增效。作为劳动密集型企业，该公司直接带动了上百个贫困户实现脱贫。

依托不断发展壮大的食用菌产业，平泉县探索了"三零"精准扶贫模式，即由政府整合政策资金、金融部门提供贷款资金作为贫困户入股入园本金，使贫困户投入"零成本"；通过坚实的产业基础和利益联结机制以及科学防控措施，使贫困户经营"零风险"；通过实施现代农业产业园区和易地扶贫搬迁社区"两区同建"，或引导龙头企业、合作社在贫困村周边建设产业园区，让贫困户参与产业发展"零距离"。

这种扶贫模式不仅有效解决了贫困户在资金、技术、风险承担能力等方面的困难，也把贫困户深度嵌入到产业发展的链条中去，使贫困户能够参与、分享产业链的增值收益。

在平泉县绿河现代食用菌产业园区，"三零"扶贫模式得到了进一步细化。对具有劳动能力和发展意愿的贫困户，在产前投资、产中培训和产后销售由企业承担的前提下，引导他们入园区领养领种，获得生产收益；对不具备劳动能力的贫困户，采取资金或土地入股的模式，获得入股分红或租金收入；对仅能从事轻体力劳动的贫困户，由企业吸纳就业，获得劳务收入。

在这一过程中，企业也解决了融资问题，推动了食用菌产业的发展。目前，平泉县食用菌产业产值达到54亿元，带动贫困户脱贫比重达到60%以上。

药材种植，另辟生财之道

河北承德市滦平县两间房乡苇塘村，过去家家户户种棒子，但因地块破碎，土壤贫瘠，收入不高，辛辛苦苦干一年，一亩地只能赚两三百元，日子过得紧巴巴。

但山里有"宝贝"，这就是野生中药材，平时农闲时村民都上山挖药材，但都低价卖给小商贩了。

2014年，县里引导苇塘村发展中药材种植，全村种了500亩黄芩。村民李学平种了10亩黄芩。"早上4点，我跟老伴到地里采叶子，9点县里的茶厂就来收了。黄芩的嫩尖、叶子、花和根都能卖钱，一共挣了2万元。我还打算栽苹果树，发展果品药材套作，一份田有两份收入。黄芩让村民生活变好了，已经有40多户贫困户摘了穷帽。"

付营子乡邢家沟门村，三年前，县扶贫办给邢家沟门村送来金银花苗子，提供技术指导，还有补贴，村里种了1000多亩。为了保证销路，村里和山东一家中药材加工企业签订了合同，每年11月份，公司派人来村里收。现在村民一亩金银花能赚四五千元。

黄芩、金银花、柴胡……过去山里不起眼的中药材正成为河北省承德市滦平县独具特色的脱贫产业。截至目前，滦平县形成了17条千亩以上中药材特色沟域，7个省级中药材种植园区，14万亩中药材种植基地。

滦平县当地土壤有机质含量高，是全国最适合种植中药材的地区之一，境内野生中药材达600多种，有悠久的中药材种植、采摘的传统。在清朝，滦平就被誉为"皇家药庄"，尤以地道药材"热河黄芩"最为著名。

河北省提出了打造"中医药强省"战略，将其列入重点扶持产业。为了抓住机遇，滦平县将中药材产业确定为县里农业工作一号工程，以规模化带动产业化，对接市场需求。由于滦平县紧邻京津，区位优越。凭借地理位置，一方面可承接京津地区产业、科技和医疗等资源；另一方面中药材产业也能满足大城市在医疗、养生、养老、旅游等方面的需求。

五道营子满族乡五道营村村民吴殿来前年初老伴突发脑出血去世了，孩子们在外打工，家里就剩他一人。吴殿来说："我都60多岁了，出去打工没人要，家里的几亩棒子赚不了钱，一度觉得生活没了指望。"

金沟屯镇下营子村村民杨建国患有再生性贫血，不能从事体力劳动，常年在家养病。孩子在外上大学，每年要花1万多元。沉重的药费和学费，就像两座小山压在一家人身上。

滦平县是国家扶贫开发重点县，2017年经过河北省组织的建档立卡"回头看"后，全县尚有贫困人口3.1万人，都是难啃的硬骨头。滦平县破解之道就是建立一条紧密的利益链接机制，把贫困户紧紧地绑在产业链条上，让他们能真正分享产业发展的红利。

村里了解到吴殿来的情况，优先安排他到中药材种植基地打工。他的4亩多地流转给合作社，每年有3000多元的收入，2019年在基地干了四个多月，挣了1万多元。杨建国同样靠中药材脱了贫。他的地流转给大户，老伴给合作社打工，还以9000多元的扶贫资金入了股，每年按10%分红。这样两位老人生活都有了盼头。

越来越多的贫困户实现了"一地多金"。有租金，鼓励贫困户把土地流转给龙头企业统一经营，亩均获益850元。有薪金，优先安排贫困户到基地务工，年人均工资性收入可达2万多元。有股金，利用扶贫资金入股，按10%分红，每年每户可获股金1200元；利用"政银企户保"金融扶贫贷款入股，每户入股5万元，每年每户按照6%分红，年分红3000元。有现金，鼓励农民发展农家乐，发展手工艺作坊等，年户均增加收入3万元。

发展脱贫产业，更重要的是要增强贫困户的内生动力，实现短期脱贫和长期增收的衔接。滦平县当地涌现出不少有能力、有意愿、有条件种植中药材的合作社和贫困户，县里组织实施科技人员包乡、包村、包点，组织技术骨干深入田间地头，将实用技术传授给种植户，让他们成为产业发展的直接参与者。

全产业参与，全过程收益。截至2019年，中药材产业已带动1万户贫困户增收，占全县建档立卡户的40%以上，成了脱贫的"主力军"。

"中药材产业扶贫，滦平要唱三部曲：选准、带好、做强。在做好前两步的基础上，接下来我们继续做大做强中药材产业，实现扶贫效果的长久持续。"滦平县县长于山说。

于山介绍，滦平加快产业融合发展，一方面延伸产业链条，从单纯的卖药到现在卖药茶、药片、药枕等多元产品，让中药材火起来。另一方面，加快产业融合，从单一种植到"中药材＋旅游""中药材＋养老""中药材＋医疗"等。

中药材加工不断发展。位于下营子村的久财农牧开发有限责任公司，是当地一家农业龙头企业。在企业的电商体验中心，可以看到黄芩、黄芪茶的线上销量不错。公司有关负责人介绍，公司严把中药材质量关，种植黄芩、黄芪、射干等50多种中药材。引进标准化绿色生产，减少化肥农药用量，覆盖物联网，实现产品全程追溯。依托优质中药材，公司引进茶叶生产线，加工药茶、药膳调理包等。

滦平县坚持产地初加工与深加工相结合，药材加工企业异军突起，目前引进中药材加工企业13家，年加工能力达12万吨。全县所有中药材实现分级、晾晒、包装等，拉伸了产品价值链条，增加岗位近万个。

休闲旅游、康体养老等新业态涌现。在五道营子乡的观景平台，游客可驻足观看由中药材打造的太极八卦图、抢花图。五道营子乡乡长说："没想到这个由种植大户和当地政府合力打造的景点，竟然引发了旅游热潮。夏季，一辆辆从京津来的大巴停在我们村，旅客们驻足观赏、拍照，很是热闹。"

游客多了，人气旺了。五道营子乡借助美丽乡村项目，改造道路、房屋，美化墙体，提升乡村"颜值"。全乡共开设了40多座农家院。"乡里还打算建游客接待中心、公共卫生间，甚至还要给景区上星级。"乡长对未来充满憧憬。

滦平是京津重要水源地，保护绿水青山义不容辞。他们借助中药材产业，打造田园综合体，现已建成了药材湿地公园、花海长堤、百草山庄等景点，形成一片中药花海。同时，充分利用北京雄厚的医疗资源，实现中药材与医疗、养老行业的融合。滦平与北京17家医院建立合作关系，打造药养谷，游客可逛药园、赏药花、品药茶、吃药膳。

产业做大做强，离不开科技支撑。滦平成功创建国家级农业科技园，建立院士工作站以及北方道地中药材研发中心，编制中药材种植地方标准。2020年，滦平中药材种植面积突破20万亩，仅此一项可实现人均增收1250元。

大白菜提档升级，增加了附加值

蔚县草沟堡乡地处太行深山，平均海拔1800米。这里生态优越，充沛的降水、肥沃的土壤、清新的空气，保障了2万多亩高山旱地上出产的大白菜品质上乘。然而，由于交通不便、信息闭塞，这里是蔚县最贫困的乡镇。2016年，草沟堡乡建档立卡贫困人口达3620人，占户籍人口的27.5%。

草沟堡乡是环京津贫困山区的一个缩影。经年累月，走不出大山的农民守着青山绿水过苦日子。2017年4月，原农业部《农村工作通讯》副主编周学勤被选派到蔚县挂任副县长，他和省厅挂职干部、县乡干部一起蹲在基层抓、围着产业转，推动草沟堡高山旱地大白菜提档升级，带动贫困农民增收致富。

大白菜是草沟堡的主导产业，6月底定植，9月初开始陆续采收，比山下的露地白菜早上市近两个月。草沟堡大白菜品质优、口感好。不过，优质不一定能卖出优价，甚至不一定能卖出去。正常年景，大白菜能卖三四毛钱一斤，遇到行情不好，4分钱一斤也无人问津。

说起种菜卖菜的经历，草沟堡乡白庄子村党支部书记白刚眼眶湿润了："太难了，以前百姓种菜全靠自己瞎摸索，靠天吃饭。最惨的一次，成堆的白菜扔在院里没人要，最后全喂了牲口。"在白庄子村走访了一些村民，他们都有相似的经历。

针对眼前的困局，周学勤引进了北京富平创源农业科技发展有限公司，推广生态信任农业，在种植过程中严格遵循生态信任农业标准与规程，在销售上直接对接渠道终端，甚至是消费者。经多次沟通，草沟堡乡与富平创源农业科技发展有限公司决定共同推行生态信任农业，并在白庄子村做出示范。

周学勤带着富平创源公司副总经理代明亮、产品供应部总监李访，从北京出发，经数小时车程来到草沟堡，见到了时任乡党委书记夏树多、乡长贾焕勇和村支书白刚。

经过大家商议，一致决定：2017年按照生态信任农业理念，做一块不用化肥、不用化学农药的高品质大白菜试验田，通过与消费者直接对接的方式建立信任关系，从而实现大白菜的高效益销售。

通过协商成立了合作社，白庄子村18户农户加入了试验田，每户出1亩多地，通过换地整合，最终确定了20亩种植条件较好的土地。

为了保证蔬菜品质，试验田从种植、维护到经营、销售全部由合作社和富平创源共同参与决策。所有定植、除草、打药等务农工作，由合作社成员分工完成，谁干活儿就给谁记工，等卖完大白菜统一结算工钱。合作社的出资额度和利益分配以土地占比为依据，工钱按当地人工行情价计算。由大家推选出专门的负责人来购买农资、出纳共同资金。

9月，试验田大白菜上市，大家商定，试验田的大白菜以"草沟堡"品牌，按棵出售，分为散货、家庭简包装、礼品精包装三种形式，通过当地市场、富平创源公司、北京高端农产品市集、微店直销等线上线下渠道销售。

9月1日，草沟堡生态大白菜营销对接会在种植基地的地头上召开，优质大白菜以最快捷的方式摆在了北京、天津、石家庄的市场上……

悉心经营的草沟堡生态大白菜每斤收购价达到了1.2元～1.6元，每棵菜平均能卖到四五块钱，亩产4000棵～5000棵，虽然成本从每亩的800元左右涨到了2000元，但每亩收益还是达到了1.8万元～2.3万元。

看到这样的收益，白庄子村民的脸庞露出舒心的笑容。

扶贫是一个系统的升级工程，不仅要协调好资金、管理、就业等不同目标，还要推动农村经济的规模化、组织化和市场化。企业与农户不仅要在脱贫问题上成为利益共同体，还要在长远目标上成为发展共同体，如此才能真正激活脱贫致富的内生动力。在产业链上脱贫攻坚，让企业当"火车头"，也要让农户买得起票、上得去车，尽可能参与产业项目的经营发展。

众人拾柴火焰高，环京津特色家业的发展离不开农业专家的支持。"环首都贫困地区发展农业产业，要善于发挥京津冀科研院所集中的优势，以科技创新支撑产业发展，提升市场竞争力。"农业农村部总经济师魏百刚说。通过整合京津冀农业科研力量，按照"一个主导产业一个专家组"的思路，环京津28个贫困县已组建96个特色产业专家组，其中农业部专家139名、北京天津等地专家116名。正是这批专家给了农民科技力量，使农民实现了脱贫致富。

靠种植，打造特色农业，在环京津脱贫攻坚时，发挥了积极作用。

搬迁，脱贫进入快车道

滦平，一个临近北京的国家级贫困县，在易地扶贫搬迁工作中，跑出了"加速度"，创造了"新经验"。2016年启动5805人易地搬迁，建成9个集中安置小区；2017年启动12909人集中搬迁；2018年8月搬迁群众全部入住，安置搬迁户5208户18714人。

付营子镇邢家沟门村魏平老家，3间土坯房，50多平方米，斑驳的土墙，掉漆的门窗，矮小而简陋。他家堂屋也是厨房，一方灶台，一张桌子，墙壁早已熏得乌黑，难辨本色；卧室里一个大土炕，被子破旧，两个木箱，一条长桌，墙上糊满报纸。

"前些年爹娘在时，身体都不好，在床上一躺17个月，看病吃药花销大。两个娃那会儿还都上学。"说起过去，魏平有些无奈，"家里六七亩地都种玉米，一亩地年收入不到1000元。我在建筑工地做小工，一年下来也就能挣1万多元。"

因为家里穷,儿子都娶不上媳妇。他的大儿子已23岁。两年前,儿子领回女朋友。姑娘头天来,第二天就走了。魏平无奈地说:"谁愿意往这穷山沟里钻?"

外面人不愿来,沟里人出去难,尤其是孩子上学。沟里孩子上学,都得到沟外的村小或镇上的中学。一下雪,孩子们就上不了学。

根据滦平县的易地扶贫搬迁方案,搬迁户每人可至多建设25平方米住房。建档立卡的贫困户每人只需自筹3000元,非贫困户每人自筹1万元。像魏平这样的贫困户,一家4口人,1.2万元就能住上100平方米的房子。

魏平第一个报名。现在魏平一家4口人住上了100平方米,一年多挣四五万元。魏平激动地说:"一万二住一百平,上哪找这样的好事?儿子再带姑娘回来,我也不怕了。"

魏平的底气不仅来自房子,还有收入变化。村里引进了一家农业公司,嫁接珍珠油杏。

魏平将自家6亩地都流转了,一亩地年租金600元。自己到公司上班,看树、剪枝、整地、打药,月收入4000元。这一年就有了5万多元的收入,是原来的近3倍。

要让村民搬得出、稳得住、有事做、能致富,就必须"百姓出川、项目进山",在产业发展上下功夫。滦平一方面发展现代农业园区,让村民收获租金、股金、薪金;一方面发展特色旅游,实现农区变景区、田园变公园、农房变客房、劳动变运动、农产品变商品。此外还组织技工学校等培训力量,让农民成长为懂技术的劳动者。

付家店乡三道沟门村也是搬迁村,刚启动搬迁项目时,村民疑虑重重:"能有这样的好事?""不会又有什么变化吧?""搬出去以后怎么办?"……

这个村的安置区紧邻公路,学校、医院和商铺等配套设施也齐全。一座座新小院有模有样,钢筋水泥结构牢固,房屋宽敞明亮。

村里成立了乐农生态种植专业合作社,种植药用山楂10万株,间作黄芩1000亩,预计到2021年村集体收入可达20万元,贫困户年人均可支配收入达到4000元。

于淑云说，搬迁当时真是纠结。她家不是贫困户，生活条件在村里还算可以。丈夫和儿子都在北京打工，每年收入有4万多元。4亩玉米也有几千元收入。两年前刚花了4万元把老房子进行了装修，再出4万块换新房，压力不小。种地不方便了，4亩耕地都在老村里，搬到中心村后，地咋办？

其实，她的种种疑虑，政府都做了安排。种地不用愁，村里成立了合作社，建起了"山楂树下"中药材种植基地。土地流转过来，再去合作社上班，又挣租金又挣工资。同时，村集体将搬迁户原有房屋统一收回并流转，和北京宋庄艺术园区合作开发建设，并优先雇佣原房主到园区工作。

现在，于淑云一家搬进了100多平方米的新房，她进了村合作社工作，收入不仅稳定，而且收入也增加了。她说："现在村庄是新的，生活是新的，人也成新人了。"

安纯沟门乡李栅子村曹海琴说起搬迁的事，她乐坏了。

她一家四代7口人，危房一住30年。

"我们这儿有句话：就算来了老天爷，李栅子也难脱贫。沙包地，靠天收。594口人，300多劳力都打工走了。"村主任胡海龙边说边朝村民曹海琴家走去。

"嫁过来快30年，儿子都28岁了，这房就没变过，也不知啥时候建的。经常是外面下大雨、里面下小雨。"曹海琴说。

屋里光线差，晴天也显得昏暗，曹大姐赶忙开灯。堂屋右边是88岁大爷（丈夫的叔叔）的屋子，堆满了杂物。左边是儿子儿媳房间，也是"最新"的。一张大土炕和一个柜子占去大部分空间，房顶上糊的白纸有几处因漏水已发黄。"儿子儿媳和俩孩子，四个人在这炕上住。"

"你和丈夫住哪？"

"在堂屋凑合住，白天把铺盖收起来。"

49岁的曹海琴家是建档立卡贫困户，54岁的丈夫刘殿伍是主劳力，农忙时务农，其他时间在北京打工，一年到头能拿回3万多元。他去年被确诊为皮肤癌，做完手术很快返回工地。儿子在北京打零工，收入只够糊口。

"家里7口人,老的老,小的小,病的病,都需要钱。换房,想都不敢想。"

不敢信!搬出山区住小区,两套才花两万一。

"要说这搬迁,可是天上掉馅饼的好事!"提起易地扶贫搬迁,曹大姐顿时高兴起来,"我们家四代7口人,选了2套房,一共175平方米,才要2.1万元。县里楼房便宜的也得五六千元一平方米,175平方米就得100多万元。"

乡集中安置区位于安纯沟门乡中心村,距离乡政府1公里,靠近省道,离县城仅15公里。规划建设29栋住宅楼,安置713户2474人。安置区内配套建设幼儿园、卫生院、商业中心、村民活动中心等,集中供水、供电、供暖。2016年9月开工,2017年年底前完工交房。

滦平县易地扶贫搬迁高效率得益于"全员参与"。搬迁有县城安置、集中安置区安置、主村安置、分散安置四种方式,往哪里搬、建什么房、谁来建,都由村民说了算。以村为单位,由村民选举产生搬迁委员会,全程参与工程建设,代表搬迁户审议设计方案,选择确定施工单位,管理资金使用。

滦平易地搬迁5000户造福万人。这些实现了易地搬迁人的生活也是环京津所有搬迁贫困人口的生活缩影。在滦平县采访时,我们看到每个搬迁户都是幸福的,也是甜蜜的。幸福如春风一样洋溢在他们每个人的脸上,变成了春天里的花朵,次第开放。

旅游,成为脱贫新"引擎"

旅游扶贫是国家脱贫攻坚战略的重要组成部分,是一种造血式的产业扶贫开发方式。通过开发当地的特色旅游资源,形成特色旅游产品,构建旅游产业链,吸引外部旅游消费市场,带动当地贫困群众就地参与旅游经营服务,助力脱贫、推动发展。与许多产业相比,旅游产业是拉动经济转型升级的强大引擎,不仅本身能创造有效供给,而且具有产业链长、就业容量大、门槛低、层次多、方式活、见效快的鲜明优势,而与其他扶贫方式相比,旅游扶贫具有源源不断的强大市场动力支撑,只要开发适当,不仅可以给贫困地区带来好"风景",也可以带来经济效益可观的好"钱景"。河北省着眼环京津贫困带旅游资源丰富的特点,着力开展旅游扶贫,使旅游成为脱贫新"引擎"。

或位于燕山、太行山深山区,或分布在高寒的坝上高原,河北保定、承德、张家口等地有20多个贫困县。在脱贫攻坚战略和京津冀协同发展战略的推动下,这一地区正加快摆脱贫困,打造北京"休闲度假的后花园"。走访这些地区,感受到这里在蜕变。

保定市涞水县,挨着北京房山、门头沟,但发展滞后:全县80%为山地丘陵,五年前有10余万贫困人口,占总人口1/3多,现在贫困人口约2万人。

当我们来到涞水县一渡镇龙安村,首先映入眼帘的是龙安村的龙安广场。簇新的大戏台挂着4个大红灯笼,将戏台前的篮球场映照得愈发明亮,两边有设备齐全的卫生室、活动室、图书室。据村主任宋玉庆介绍说,这里原来是个大坑,堆满了垃圾。2000多人的村子过去没有公共活动空间,前年才建起这个像样的活动场地。

一渡镇与北京房山区张坊镇接壤,但全镇65%是丘陵山地,人均3分耕地,喝不上自来水,住土房,用茅厕,村子破烂不堪。一渡镇这两年搞起了薄皮核桃、磨盘柿子等特色农业,北京的企业来这里建起旅游地产等项目,村民们在家门口就能找到工作。

"计鹿村虽与北京西南郊仅一个多小时车程,但原来没什么出路。"在计鹿村当了16年党支部书记的郭秀龙说。由于地处深山,农民种植的玉米、土豆只能靠天收,年产量几百斤。直到2015年,计鹿村仍有八成以上村民人均年收入低于2300元。过去,村里的土路只能勉强过一辆汽车,路两旁是散发恶臭的水沟,家家住着破败不堪的瓦房。

2016年,瞄准北京大量休闲度假的需求,河北在北京西部建起覆盖涞水、易县、涞源三个环首都贫困山区县的京西百渡休闲度假区。这个度假区涉及地域面积6000平方公里，新打造旅游项目87个，风景道206公里，沿路涉及91个村庄，重点新打造的旅游专业村41个。

作为京西百渡休闲度假区的一环，计鹿村建起圣诞小镇，还配套滑雪场。郭秀龙说，村貌换新颜后，村里已陆续开了20多家民宿和饭店，还有六七十人到圣诞小镇打工，月薪保底1800元。

据了解，京西百渡休闲度假区覆盖的3个贫困县，靠旅游产业已带动当地9.4万人就业、3.6万人稳定脱贫。

从京西到坝上，一个环首都休闲度假旅游圈正在形成，带动这片地区"美起来"，让贫困农民"富起来"。

"原来种十几亩地，辛辛苦苦一年才有五六千块钱收入，现在年收入是原来的四倍。"64岁的张家口市尚义县十三号村村民潘正光说，自己通过在家门口打工获得薪金、流转土地获得租金、入股窑洞宾馆获得股金，每年有两万多元收入。

十三号村位于风光旖旎的大青山脚下，处于"草原天路"西段的入口处，村里这两年陆续开办旅游公司、盖起窑洞宾馆，接待全国各地几万名游客，村民们也成了收租金、分股金、挣薪金的"三金农民"。

东坡村地处坝上丘陵地带，海拔高，常年干旱，全年无霜期不足90天。孙军和驻村工作组反复商量后决定，把零散种植的传统农业改造成生态农业，建起了农业旅游园。走进这个近千亩的生态农业旅游园，一片荒地上盖起户外珍禽园，60多只观赏孔雀在踱步。一个废坑被改造成8亩鱼塘，水上有玻璃栈道，两万条草鱼和鲤鱼在水中嬉戏。养殖场里有100多只杜泊羊。2018年村里种了近800亩"懒汉作物"菊芋，不需要太多水，三四个人用机械就种完了。村里正在建厂，要深加工菊芋的茎、叶、花、根。以土地加入合作社的农户，原来每亩年产值不足100元，现在可拿到每亩200元的租金，还有产业分红，每人年收入有望达3000元。

为打造绿色生态环保的乡村生态旅游产业链，构建京津冀休闲农业与乡村旅游圈，河北省已推出了40条"夏纳凉"系列休闲农业与乡村旅游精品线路和9个精品品牌。

河北近年来抓住乡村旅游来弥补农村发展不平衡的短板，坚持乡村旅游发展与促进扶贫脱贫紧密结合，通过创新体制机制，努力改变传统农业，充分利用旅游这一新兴的引擎产业，拓展农业的多维功能，促进农业与文化旅游产业的深度融合，优化乡村旅游发展环境。

涞源县的风凉沟曾是远近有名的贫穷山村。2014年，引资开发白石山景区，在"老乡的田间地头"做旅游产业发展文章，在"老乡的房前屋后"做美丽乡村建设诗篇，为农民持续稳定增收提供了坚实的产业支撑。如今的风凉沟村，坑洼的砂石路变成了平整的柏油路，破平房变成了小洋楼，"三蹦子"换成了小汽车，漆黑的夜晚变成了明亮热闹的夜市……优美的风景、便利的交通、周到的服务，引爆了旅游市场，慕名而来的游客纷至沓来，不仅促进了村里的集体增收，而且每个农家院的年收入都在20万元以上，风凉沟变成了"丰粮沟"。

承德作为全国全域旅游示范市创建单位，选择了包括"三权"流转、资产转股金、龙头企业带动、景区带园区、大户带动的"两转三带"乡村旅游与旅游扶贫模式，以点带面，形成了带动效应。承德重点打造的15个特色旅游小镇、100个乡村旅游示范村，正在发挥着得天独厚的优势，形成了产业发展的链条。仅2018年，乡村旅游接待游客数占了承德市游客总数的26.4%，乡村旅游收入达到95.6亿元。

2016年以来，河北乡村旅游发展的一大特色就是借助省市旅发大会为平台。旅发大会打造的极具乡村旅游特色的保定"京西百度旅游休闲度假区"旅游项目，使10余个乡镇80多个村的面貌发生了质的改变。各市的旅发大会带动河北560多个美丽乡村建设快步推进，涌现出了粮画小镇、农耕时代、农业公园、田园综合体、乡村庄园等特色鲜明的观光体验区，形成了一条老乡走向富裕的康庄大道。

河北围绕实施乡村振兴战略，尊重乡村规律，遵循乡村特点，从适合发展旅游的特性施策，找回老乡心底的岁月与乡土风情，让乡村来满足老乡生产、生活的需求，做旺乡村旅游而同步实现小康。

一曲大风歌唱彻环京津脱贫攻坚全过程，大地之上到处传来春华秋实的兴奋。

环京脱贫攻坚，河北找准产业优势、汇聚八方力量、解决资金难题、完善利益联结，河北省环首都贫困地区致贫"坚冰"消融化成了清泉，滋润着环津贫困地区的农民，使贫困地区的人们斗志昂扬地奔向了小康路。

春日不远，花开可期。当来自太平洋的东南季风拂过华北平原，从京津冀上空经过，往东北向吹来时，燕赵大地上必将开出更美的花，结下更大的果。我们期待，这片土地上的农民会淡去关于贫困的记忆，收获满仓的幸福。

我们共同祝愿环京津大地有一个灿烂的明天。

第十七章　石家庄，决战决胜

　　石家庄市下辖灵寿、赞皇、平山、行唐、元氏、井陉等县，这些县地处太行山深处或在半山区位置，贫困发生率相对较高，其中灵寿、赞皇、平山还是国家级贫困县。通过前些年扶贫，这些县的贫困家庭和贫困人口大多数已经脱贫，但有些因学致贫、因病致贫、因残致贫问题凸显，这成了石家庄市贫困户的主要成因。

　　石家庄作为河北省省会，又是一个富有红色基因的城市，西面的太行山在抗日战争时期是晋察冀腹地，平山团、灵寿营，无数的人民子弟兵，为救国图存血洒太行。境内的平山县西柏坡，曾经是解放战争时期中共中央所在地，党中央和毛主席在此指挥了震惊中外的辽沈、淮海、平津三大战役，召开了具有伟大历史意义的七届二中全会和全国土地会议。西柏坡素有"中国命运定于此村"的美誉，西柏坡同时见证了"新中国从这里走来"！在平山出生的曹火星写过唱响全国的革命歌曲《没有共产党就没有新中国》。

　　站在这样的历史坐标和时间节点上，石家庄市委、市政府坚定不移地落实党中央和国家扶贫战略思想，将这些山区县作为脱贫攻坚主战场，分批下派扶贫干部7023人次驻村入户，以共产党人不忘初心、牢记使命的责任担当，带领全市贫困群众咬定青山不放松，精准把脉，精准施策，找准穷根，以踏石留印、抓铁有痕的韧劲，以艰苦奋斗、奋发图强的干劲，扶真贫，真扶贫。

黄沙百战穿金甲，不破楼兰终不还。石家庄突围破难题，启程新赶考，打响了教育、产业、助残脱贫攻坚"三大"战役，奏响了脱贫攻坚的决胜之歌——

教育，阻断贫困代际传递

习近平总书记说："治贫先治愚。要把下一代的教育工作做好，特别是要注重山区贫困地区下一代的成长。下一代要过上好生活，首先要有文化，这样将来他们的发展就完全不同。义务教育一定要搞好，让孩子们受到好的教育，不要让孩子们输在起跑线上。古人有'家贫子读书'的传统。把贫困地区孩子培养出来，这才是根本的扶贫之策。"

黄钟大吕，振聋发聩。习近平总书记的重要讲话为教育扶贫指明了方向。

补齐山区教育短板

育才造士，为国之本。

石家庄市委、市政府以讲政治的高度，以战略性和发展性认识教育扶贫的重要性。教育关系千家万户，是最大的民生工程。让贫困家庭孩子不仅能上学，还能上好学，是人民群众的迫切希望，也是政府义不容辞的责任，更是阻断贫困代际传递长远之计。石家庄市委、市政府将教育扶贫提上了重要的议事日程。从2011年起，投资8.4亿元，经过两年多时间，在6个山区县兴建和改造了82所中小学，建成了设备设施齐全、教学功能完备、环境优美的义务教育标准化学校，全面提升了教育硬件设施，教育环境焕然一新。一幢幢崭新的教学楼在太行山中落成，一个个生龙活虎的山村少年重返课堂。石家庄市山区教育之花呈欣欣向荣之势，整个太行山区重新燃起教育的希望之火。

石家庄市教育局先后制定出台了《石家庄市教育脱贫行动实施方案》《山区教育扶贫工程实施方案》等50多个规范性文件,构建起了涉及学校建设、资金奖补、结对帮扶、贫困生补助、生活保障、毕业升学等多个方面的制度保障体系。有9.64万义务教育阶段的小学和初中生受益,建档立卡贫困家庭学生从小学、初中、高中乃至大学,真正享受吃、住、行、书费全免的优惠政策。

然而,硬件提升并不标志教育能取得决定性成果,教育尚需学校管理、师资和教学的全面提高。面对出现的新情况,石家庄市委、市政府多次出台扶贫鼓励性政策,师资培训向山区学校倾斜,每年组织百余名国家特级教师、省市名师、教研员组成"名师团队",采取"名师带动""研训一体""菜单培养"等方式,使5600余名山区老师得到培训;多次邀请人大代表、政协委员走进太行山中进行山区教育专题考察,建言献策,对找良方。

一次特别的考察

2013年全市两会期间,石家庄市人大邀请了部分代表走进了太行山深处,对山区教育进行了专题调研。石家庄外国语教育集团(以下简称石外教育集团)党委书记强新志随团出行,作为市区优质教育机构负责人、资深教育专家,当他看到市委、市政府对山区学校建设大规模投入而为之感叹,但同时为落后的教学方式、方法和薄弱的师资力量深感忧虑。如此好的办学条件怎样与学校管理与师资相匹配?怎样才能让山区孩子享受到优质教育?怎样让教育改变人生、改变家庭,阻断贫困的代际传递,摆脱贫困、拔出穷根?一个个问号浮现在他的脑海。山区教育与城市教育的反差之大,教育发展不均衡的现状深深刺痛了一个教育工作者的责任心。在反复的思考中,他意识到教育一枝独秀不是春,大家好才是真的好。

一年之计,莫如树谷;十年之计,莫如树木;终身之计,莫如树人。

面对太行苍苍莽莽的十万大山,面对山区学子们一双双渴求知识的眼神,强新志深层次理解了市委、市政府提升山区教学硬件,阻断贫困代际传递的策略，他心中教育扶贫的热望像核爆一样点燃。

　　回到单位，他火急火燎组织召开了党委会，在会上，他向与会党委班子讲了山区见闻及教育扶贫的重要意义，唤起了党委成员们强烈的共鸣，唤起了共产党人的初心使命。大家纷纷献计献策，一个十年帮扶计划出台，九大帮扶工程蓝图绘定。

　　石外教育集团，有其独特的办学优势。21个国家、162所学校联动，建立起了广泛的海外联系与校际关系，形成了开放办学的态势。这一切赋予了石外教育集团国际化的教学氛围和教学手段。石外教育集团有能力承担教育扶贫的重担。

　　路虽远，行则将至；事虽难，做则必成。强新志带着执念，与山区12所中小学签订了手拉手、面对面、订单式、紧密型、全方位、常态化、有目标、长期做的义务帮扶十年计划，带着一群无私奉献者风雨兼程踏上了教育扶贫之路。

　　石外教育集团党委一班人共同认识到：九大帮扶工程，实施校长素质提升成为帮扶重中之重。

　　提升校长素质的解决方案在争论中破壳：集中培训、外出考察、挂职锻炼、实践指导、课题研究。他们一步一个脚印地加以实施。

校长很关键

　　2013年暑期，经过精心准备之后，第一个来自山区6县的教育局局长及12所中小学校校长培训班在石外教育集团开班。第一堂课强新志亲自走上讲台，现身言传身教。讲台上的他慷慨激昂，发出了他教育扶贫的声声呐喊。

　　他说，一所学校要有好的前程，首先要有一位高素质的校长。因为学校领导者的高度，决定着教师的高度；教师的高度决定学校教育的高度。学校就是一个舞台，校长是领跑者。校长跑得多快，老师就会跟着跑多快；校长是远洋航船的船长，要指挥学校这艘航船乘风破浪远航，达到理想的彼岸，校长本身就必须具有很高的素质。因此，要创建一流的学校，必须先有高素质的校长。校长的领导工作，在对象上涉及老师、学生、家长、社会各界、上级部门、党政领导等。在内容上包括学校行政管理、校园建设、教学管理、后勤管理、日常工作、中心工作等等。要想使一个学校办得红红火火，发展迅速，管理一流，质量一流，社会赞誉，老师称心，家长满意，富有特色，需要有一个领导艺术水平较高的校长。

就这样，培训课堂上所有校长的献身教育事业的热情之火被他点燃。这让他看到了山区教育的希望与梦想。接着他以多年从事教学管理者的身份向大家苦口婆心地讲解如何才能当好校长。

提高业务水平。校长应具备广博的知识、深厚的理论功底和独到的真知灼见，这样才能有效运用知识指导实践。这样的校长，才能得到广大教师由衷钦佩和全力支持。而要实现这一目标，必须在学习上倾注足够的热情，做出相应的努力。除参加上级主管部门正常的业务培训外，还要经常自学教育杂志上刊登的先进教学经验和方法，并坚持写业务学习笔记，做一个终身学习的楷模，构建并优化自己的知识结构，使自己成为一个知识丰富、业务精湛的人。作为校长，要始终奋战在教育教学的第一线，除了抓好全校的教育教学工作以外，还应努力搞好一个班的教育教学工作，指导一个教研组，抓好一个备课组。

增强亲和力。学校就是一个团队，校长就是这个团队的核心和灵魂。能否使整个团队形成一股凝聚力，心往一处想，劲往一处使，直接关系到整个团队的精神状态和工作干劲。俗话说：一个篱笆三个桩，一个好汉三个帮。任何一项管理工作和教学任务的完成都需要多个环节的合作与支持。为了能使整个教学团队团结一心，众志成城，作为校长的人格魅力和人格力量应起着关键作用。学校的发展，既需要有丰富教学经验的教师骨干起好"传、帮、带"的作用，又要不断发现教坛新秀，培养生力军。发现人才、吸引人才、留住人才，可以采用多种方法。比较普遍的做法有"事业留人、情感留人、待遇留人"。校长应该在"情感留人"上多下功夫，校务工作民主、公开，增强透明度；学校管理上建立一整套严明完备的管理规章制度。这种制度应该具有竞争机制和激励机制。对政教处、教务处、总务处等部门的职责做出具体而详细的规定，既有明确分工，又要相互配合；使学校的各项工作进入良性发展态势，真正做到依法治校。

加强决断力。现在学校都实行了校长负责制，校长代表校领导班子负责决断学校的经济权、人事权和行政管理权。如何才能做到科学决断呢？主要是处理好民主与集中的关系。作为校长在民主方面要做到三点：一是努力拓宽民主渠道，充分倾听各方面的意见和建议。对学校重大问题、重要工作、重大项目的实施决策和人事安排等要坚持倾听学校领导班子的意见，不搞一言堂和个人说了算。二是要敢于放权，充分发挥班子成员的积极作用，在校领导班子之间要形成一个相互尊重、相互信任、相互支持、相互谅解的良好氛围。三是要充分尊重广大教职工。校长要经常深入到教职工中去，倾听他们的心声。"千人之诺诺，不如一士之谔谔"。对于校长来说，正面意见要听取，反面意见也要听，能够做到从谏如流，择其善而从之。

增强协调力。学校就是一个社会的缩影，与各级教育管理部门和机关单位存在着错综复杂的人事关系和工作关系。如果其中某一个环节处理失当，都有可能会对学校的全局工作产生重大影响。学校领导有时作为指挥者角色，有时则充当润滑剂的角色。

校长能够参与一线的教育教学及教科研工作，在业务上起指导作用，更能够做到"以己服人"。管理者在群众中的威信不是短时期能够树立起来的，培养融洽的上下级人际关系必不可少。在工作中要做到不偏不倚，严格按照学校的规章制度办事，不掩盖缺点，不偏袒亲属，直面学校存在的各种问题。

校长还需要树立公仆意识和服务意识。当好服务员的角色，既充当老师们的服务员，又是学生们的服务员。积极为学校的建设筹集资金，加强学校的基础设施；加强教学后勤和总务后勤部门的管理，提高服务质量；积极改善办学条件和教师职工的工作条件，改善福利待遇，运用好待遇留人。

开发创新力。一个民族需要创新，一个学校也需要创新。随着教育改革与高考改革的步伐不断加快,作为学校管理者,要具备与时俱进的思想品质,发挥创造性思维,运用新的教育方式和管理模式管理学校。

一要弄清求实与创新的辩证关系,把创新建立在讲科学、求实效的基础上。由于受习惯势力的影响,有些人讲求实,往往因循守旧,不针对本单位的具体情况,制定工作措施;讲创新,有时注重在形式上做文章,不重实效。在工作实践中必须弄清二者的辩证关系;求实意在务实,一切从实际出发,讲究工作效率和实效;创新就是发展。在务实的基础上摸清规律,用新思想、新方法解决新问题。如果把二者割裂开来或各执一端,不坚持在务实的基础上创新,用创新的精神去务实,就失去了各自的生命力。

二要注重调查研究,善于从广大教师中汲取营养。投身于教师的社会实践,是提高领导者决策能力的源泉,决策者个人的知识能力是有限的,只有将自己置身于教师之中,通过调查研究,虚心听取教师意见,取长补短,才能使自己观点接近正确决策。调查研究是决策准备阶段的基础工作,调查研究的功夫下得如何,从根本上制约着决策的精度和质量。学校领导者必须坚持把决策的重心放在深入群众和调查研究上。

三要学会在"上情"与"下达"上做文章。把上级的指示、要求、指标具体化。上级的指示要求、指标,通常是从全局角度提出来的,具有普遍的指导意义,但不是解决具体问题的现成答案,如果照抄、照搬,必然是事倍功半。这就要求我们在贯彻上级精神时,必须结合实际,拿出具体的意见和办法。

最后他总结说,校长提高领导能力的关键在于提高自己的业务能力,只有提高业务能力,才能增强学校凝聚力和创新力。校长提高领导能力,必须要有"工夫在诗外"的自觉性,使自身的综合素质得到提升,实实在在练就一套适应新的教育形势的真本领,带领全校教职工,创办一流名校,成就自己的教育事业。

强新志讲话完毕,全场响起雷鸣般的掌声。那掌声是一种认同,那掌声是一种共鸣,那掌声是校长们内心深处响起的第一声春雷。强新志体会到掌声蕴藏着巨大的能量,体会到山区校长们集体的力量和信心。

动人以言者，其感不深；动人以行者，其应必速。

按照既定设想，石外教育集团紧锣密鼓地组织校长们南下上海、北上北京，甚至组织校长走出国门，吸取外地和外国的先进教育经验，增长了见识，开阔了视野，改变了观念。与此同时，石外教育集团还邀请专家在北京12所学校校长培训，专家到每所山区学校与学校干部职工和老师进行专题座谈、专业指导，互相交流，根据办学条件、贫困程度、师资生源等不同，制定不同的教学方案。邀请山区校长到石外教育集团挂职、现场对他们进行实践指导，共同与石外教育集团老师开展课题研究。根据不同学校环境和教学条件，规划教育文化理念，使山区学校文化形成整体框架，同时又使每所学校文化理念独放异彩。这些举措，成效明显，使12个校长能力得到提升，办学水平显著提高。

采访井陉障城中学时，校长王利锁说，经过石外教育集团帮扶后，他将所学用于教学管理中，障城中学通过三年实践努力，从县城倒数第一跃居到第二名。障城中学离县城50多里地，地处大山腹地，相对封闭。他感叹，如果没有石外教育集团的帮扶，学生将大面积流失，学校也可能不复存在。

校园里浸染文化的馨香

古人说："关乎人文，以化成天下。"

校园文化是一种氛围、一种精神、一种品位。

校园文化在学生形成性格、品行、操守、举止、态度、境界、品位、胸襟、抱负、仪态气质方面有潜移默化的作用。

校园文化更是学校发展灵魂，是凝聚人心，展示学校形象，提高学校文明程度的重要体现。

石外教育集团为了提升山区帮扶学校的整体水平，首先抓了校园文化建设。集团抽调文化建设方面的专家，集中精力到所帮扶的学校实地考察，反复研讨，仔细推敲，精心提炼各校文化建设的核心思想，并指导抓好日常提升工作。经过一段时间努力，12所帮扶学校文化建设如百花齐放，满园春色。

行唐县实验中学，核心理念为：多彩教育。建姹紫嫣红校园，让生命流光溢彩。

平山县第二中学，核心理念为：尚德教育。崇尚德以修身，博学笃志而冶情。

灵寿县第二中学，核心理念为：爱与责任。用爱去唤醒，用责任去担当。

元氏县第七中学，核心理念为：三自教育。树勇气做真正自己，砺意志达成功彼岸。

赞皇县第二中学，核心理念为：三立教育。幸福人生斯是始，育人宗旨立为先。

井陉县障城中学，核心理念为：幸福教育。建设温馨家庭，成就教育桃花源。

行唐北河志和小学，核心理念为：志和教育。志存高远，和美发展。

…………

这些本土构成、不离主题的文化核心理念，如行云流水，阳光空气，以多彩文化内涵，丰富的文化定力，影响着老师和学生，指引着学校办学方向。

文化教育就像太行山中一朵朵鲜花在学校盛开，透出沁人心脾的文化芳香，熏陶着万千学子。

种子教师绽开芬芳

山区教师素质提高是教育扶贫的关键。石外教育集团把培养一支政治素质高、业务能力强、立志扎根山区、献身教育事业的教师队伍，作为教育扶贫的先手棋。教师培养分三种：暑期山区教师集中培训抓全员，一对一百名"种子教师培养计划"主要抓骨干，同步教学抓日常。

2016年8月6日，这是一个在常人眼中再普通不过的日子，然而对行唐县山区北河志和小学当老师的杜尚真而言，却是一个极不平凡的日子，因为她这天早上要从家里出发去石外教育集团参加暑期教育扶贫师资培训班。她说头天晚上激动得一夜未眠，因为她对这个日子寄予了很大的希望，她说这天是双数，寓意着好事成双，特别是"8"意味着她热爱的山区教育事业要"发"，"6"暗示着她在石外教育集团的培训班上，万事顺意，六六大顺。

在晨光中，杜尚真迈着喜悦的步伐，踏着崎岖的山路走向县城，再坐公共汽车去参加培训。她的心情好得就像一首诗，像一幅画。

杜尚真上学时报考的是师范学校，改变家乡教育落后现状是她从小立下的志向，也是她父辈们的共同理想。然而，当她毕业后被分配到北河志和小学时，她发现大山阻隔了城市现代文明，给山区带来的不仅是物质和经济上的贫困，更重要的是教育资源的严重失衡。这让杜尚真感到理想与现实的落差。抱负无法实现的痛苦无情地折磨着她。杜尚真在严酷的现实中寻找答案，从失落中奋起的杜尚真清醒地认识到要为山区孩子们当好点灯人和守望者，必须提高自己的职业素养。

那天，来自山区四县12所中小学的728名教师，都在向石外教育集团集结，为了一个共同梦想，一起参加培训班。教育专家的主题讲座、石外教育集团86名名师课堂观摩，来自美国、丹麦、加拿大、英国等国外教学观摩，让山区教师感受到最前沿的教学方式，提升了驾驭课堂的实际操作技能。就像杜尚真在培训日记中写的那样："培训不仅使我学到了上课的先进方法，更重要的是先进的教育理念，培养出了山区老师的眼界和格局。"

就这样，一批批山区教师培训后都是收获满满，回到讲堂放飞着自己的教育梦想。

郑文是灵寿二中的一位"种子教师"，从教十年，在"种子教师"培养时，她的辅导老师是石外的教育集团张老师，对她"一对一"帮助，她们一起备课，一起教研。她每次走上讲台讲课时，张老师就像学生一样坐在下面，他仔细听她讲课，等她讲完，从讲课节奏、声调语气、肢体语言等运用上给她提出意见和建议，指导她改进。张老师把多年的教学经验毫无保留地传授给了她。

没有爱，就没有教育。张老师还告诉郑文，教育不只是传授知识，更要学会爱学生。班里有一位后进生叫小辉，学习很吃力，思想消极，郑文跟他谈过几次，也做过思想工作，但都没有效果，这种情况让她很头疼。后来，她咨询了张老师。张老师说："你要真正走进学生的内心，把他当作自己的孩子去呵护，去帮助。"于是，她尝试着打开小辉的心门，走进他的内心，倾听他的心声。一天晚自习，她发现小辉的衣服破了，于是把他叫到办公室，帮他补衣服，补完衣服后发现小辉脚上没穿袜子。后来在郑文的一再询问下才了解到，这孩子没有妈妈，爸爸常年在外打工，回家后没人管。那晚，他们谈了很久，小辉抓着郑文老师的手哭了。那一刻，小辉的心门打开了。第二天，郑文给他买了几双袜子，帮他制订合适的学习计划，每天鼓励他，让他一点一点进步。不久张老师来校送教下乡，还专门给小辉带了几本书和一份小礼物。小辉非常感动，郑文也很感激张老师，是张老师的指导，让她才走进了小辉孤独的内心，给他带来了温暖与希望。

郑文说，她现在上课特别有精气神，课讲得神采飞扬，学生反响强烈。在教育部组织的"一师一优"课评比活动中，郑文获得了部级优课奖。当她得知获奖的那一刻，她激动地流下了热泪，于是她先拨通了张老师的电话报喜，要把这份喜悦第一时间与最敬佩的张老师分享。

就是这样，石外教育集团培养出了140多名"种子教师"在各自的学校开花结果，长枝散叶，带动了其他老师的共同进步，实现了师资水平矩阵式提升。

跋涉，我们看到了每个老师的艰辛付出；前行，我们领会到了石外教育集团的无私奉献；行动，我们见证了山区教育坚实的基础。

石外教育集团的老师都有山区帮扶的经历，这是情怀，这是责任与担当。五年时间里教师培训累计达16.95万节课次，行程达18.12万公里，培训教师2961人次，培训种子教师140人。五年教师培养，使12所山区学校先后有270名老师在国家、省、市、县的优质课评比中获得不同奖项600多个。153名教师被评为省市县骨干教师和名师称号。教育扶贫覆盖6个山区县的31个乡镇700个村，惠及74446个贫困家庭。

阳光小讲台获得能量

2017年春季的一天，石外教育集团的马得强来到了平山第二中学，他要与该校的教师贾秋莉共同给学生们上一堂课，他们共同完成的这堂课叫"同课异构"。这堂课由贾秋莉先上，他按照一贯做法，讲了章节要点，分析了公式定理，提出了学生掌握的重点，一堂课就顺利完成。然而，马得强走上了讲台，先举了一个与讲课内容相关的生活常识，引发学生思考，再讲如何用数学的方法去解决，再细讲数学的原理，让学生们用所学知识去解决问题。他讲课风趣幽默，趣味横生，老师与学生融为一体，同时互动，紧紧抓住了学生的求知欲望，调动了学生学习新知识的积极性。开放式教学，整堂课轻松活泼，渗透力极强，学生注意力集中，全部能接受老师讲解的知识。这堂课，贾秋莉静静地坐在课堂一角听着、记着，分析和总结自己和马老师的差距与不足，提高了驾驭和调控课堂的能力。为了山区孩子，石外教育集团多批次派出老师到山区讲课，他们不辞辛苦，任劳任怨，无私奉献。山区学校的老师们为了提高自己教学水平，虚心求教，废寝忘食，孜孜不倦。

"阳光小讲台志愿支教活动"则是石外教育集团教育扶贫的另一创新之举。高中学生利用两周时间到山区学校，他们走进班级，开展励志主题教育班会，与山区学生讲人生、谈理想、聊未来。他们走进课堂，走上讲台，传知识、讲学法、激兴趣。他们与山区学生同吃同住同锻炼，谈思想、交朋友、定目标。阳光小讲台志愿支教活动不仅改变了山区孩子，也唤起了城市孩子的社会责任感。

赞皇第二中学张梓琼，家住院头镇曹家庄村，爸爸、妈妈都是农民。她们小村离县城有40多里地，读小学在院头镇，到赞皇二中之前，她很少到县城里去，更不用说是石家庄了。

她说当老师通知自己要到石家庄外国语学校的时候，兴奋得一晚上没有睡觉，因为她将第一次去大城市。石家庄外国语学校安排她与张子默结对，之后她去了张子默的家。因为第一次到大城市，第一次进入城市的家庭，她很紧张，子默拉着她参观家里的每个房间。子默的妈妈跟她说道："梓琼，不要认生，把这里当成自己的家。"渐渐熟悉之后，她和子默开始一起做作业，子默很快就完成了作业，看她还在思考，便开始跟她沟通学习的情况，把自己背单词的方法（谐音法、联想法）教给了她，还跟她讲如何去提高自己的学习效率等等。

张梓琼讲："石家庄外国语学校的丹麦友好学校师生团到我们学校交流。英语老师问我们能不能用英语与外国人交流，大家都很自信地说没有问题，然后一堆英语就冒了出来。但是那天当丹麦的学生从车上下来与我们打招呼的时候，我们除了小声的议论，所有的人都只会摆手，一句英语也说不出来了，我的大脑也是一片空白。丹麦的学生用图片和英语给我们介绍他们的国家以及在丹麦是如何学习和生活的。通过图片，还有偶尔听懂的几个单词或一句话，让我脑子里的英语又回来了。当他们说到安徒生和乐高积木的时候，我对丹麦的了解从地理书上，逐渐地立体了。之后，我们同丹麦的学生一起去操场做游戏了，在参与游戏的过程中，我跟他们彼此熟悉了，偶尔也能用英语和他们进行简单的交流，直到此时，我才知道原来英语真的可以与人沟通，而不仅仅是考试。和丹麦学生依依惜别的时候，听到他们说'Welcome to Denmark.'，我心里默默地说道：'世界那么大，我想去看看'！"

张梓琼还说："阳光小讲台志愿支教的两个姐姐，她们一个考上了武汉大学，一个考上了南开大学。她们在自己学校进行了两周的'阳光小讲台'支教活动，同吃、同住、同学习，给我们上英语课、历史课、班会课，总是很细心、耐心地辅导我们。她们都那么优秀了，可是每天还是那么努力。朝夕相处的日子里我们渐渐成了知心朋友，不愿跟父母说的，甚至心里的烦恼统统都告诉了她们，她们帮我分析，告诉我方法，鼓励我去面对。志愿活动结束了，分别的时候，梦瑶姐姐对我说了一句：'我在武汉大学等你！'我紧紧抱着她，眼含泪花，在她耳边轻轻告诉她，我一定会去武汉大学找你的！"

一个山区孩子从学习交流中看到了希望，获得了能量，一个美好的未来期许着她的如花人生。

为了孩子，石外教育集团帮助山区学校建立了机器人、剪纸、海量阅读等特色课程和校园足球、经典诗文、播音主持等社团，同学们都积极参加到这些活动中。每年石外教育集团举办"五月鲜花城市少年宫展演活动"，山区孩子能与城市的孩子们同台演出，在这些活动中山区孩子不仅学到了丰富的课程，更掌握了一些专项技能，让他们体会到了成长的快乐，得到了全面发展。

石外教育集团扶贫帮到了点子上，扶到了关键处。帮扶的每所学校都取得了进步，元氏县中学，荣获"河北省依法治校示范学校"称号；井陉障城中学、赞皇第二中学、灵寿北庄完小被评为"河北教育系统先进集体"；行唐实验中学、灵寿北庄完小、元氏第七中学荣获"平安和谐校园"称号，灵寿第二中学、井陉障城中学、元氏第七中学、赞皇第二中学被评为"石家庄教育国际交流先进单位"；赞皇第二中学、行唐实验中学、灵寿第二初级中学、平山北冶小学、灵寿北庄完小分别评为市县级"文明单位"。

在石外教育集团帮扶下，学校、学生都发生了显著变化。2018年6所山区学校的普高上线率比石家庄市区高出10个百分点。教育扶贫覆盖6个山区县的31个乡镇700个村，使17903名山区学生享受到了优质教育资源。

顶层设计，释放政策红利；

敢创敢试，锻造脱贫尖兵；

勇于创新，探索改革新路；

勇于担当，树起一面旗帜。

石外教育集团扶贫，推动了山区教育发展，为全国提供了山区教育扶贫范本。5年中上百家媒体800多次报道他们的做法，高度赞扬石外教育集团的社会责任担当精神，被《人民日报》评选为"大国攻坚决胜2020精准扶贫能力建设优秀案例"。2018年10月17日，我国第五个扶贫日，石外教育集团荣获了国家"脱贫攻坚组织创新奖"。

县委书记的教育情怀

说起石家庄教育扶贫,我们不得不提到灵寿县委、县政府重视、关心和支持教育事业发展的故事。

2013年5月2日,宋存汉同志调任灵寿县委书记的第三天,就到部分学校进行调研。他来到灵寿中学,随机走进一间教室,只见讲台陈旧得像一件古董,学生课桌椅子年久失修,摇摇晃晃。当他看到一个学生的课桌上居然有个窟窿,心中一惊。再仔细询问这个学生怎么写作业,这学生拿着一本书垫在窟窿上写起了字。经过详细了解后得知,学校目前是负债运转,这里缺钱,那里欠账,到处都是窟窿。这样怎么能办好教育?

十年树木,百年树人。教育关乎民生,教育关乎脱贫,教育关乎未来。

随后,灵寿县委、县政府召开由县四大班子相关领导和有关部门参加的教育工作座谈会,共同商讨如何发展好灵寿的教育事业,形成共识:发展教育事业是彻底拔除穷根,阻断贫困代际传递的治本之策,必须优先发展教育事业。县委、县政府首先果断拍板:坚决克服全县财力紧张,捉襟见肘的困难,给灵寿中学拨款76万元,先将学生的课桌椅全部换掉。经过紧锣密鼓的筹备,招标采购等程序以最快速度加紧推进,在最短的时间内,灵寿中学课桌椅齐刷刷焕然一新,这让老师和学生们备受鼓舞,无比欢欣,个个精神抖擞,斗志昂扬。

接下来,县委、县政府下定决心,再穷不能穷教育,再穷不能穷孩子,全力支持教育发展。灵寿是典型的"吃饭财政",许多民生事业都需要财政支持。但是在这种情况下,教育发展所必要的、必须的资金一定要给。县委县政府专门针对灵寿中学设立了县长教育奖励基金,奖励在教学工作中有突出贡献的老师。

有了县委、县政府的关怀和支持,灵寿中学的领导和老师们全身心投入到教育教学工作中,把学校当成家,把学生当成自己的孩子,尽心尽责抓管理,殚精竭虑搞教学,可谓是:俯首甘为孺子牛,挥蹄勇做千里马。六月份学校所有老师都自愿不回家,没白天没黑夜地一起与学生们同吃同住，同教同学，一派热火朝天的气象。2013年高考，灵寿中学文化课本一上线人数42名。2012年的时候，全县仅有4人上了文化课本一线，经过一年的努力，高考成绩显著提高。

为总结经验和成绩，激励教育工作者进一步鼓足干劲，取得更大的进步，县委、县政府召开了全县高考总结表彰大会，奖励灵寿中学150万元，并对在高考中做出突出贡献的优秀教师进行表彰奖励。在发言的获奖代表中有一个叫付世亮的教师，灵寿中学文化课上本一线的42名学生中，居然有30人都是他担任班主任班级的学生，另外，他的班级中其他12名学生也都上了本二线。那年他被奖励10万元并破格提拔为灵寿中学分管教学工作的副校长。县委、县政府发出通知，大力宣传付世亮老师的感人事迹，号召全县各级党员干部和广大教育工作者向他学习，全县教师备受鼓舞，尊师重教氛围蔚然成风。榜样的力量是无穷的，现在付世亮在抓好学校教学工作之外，依然每天上课，依然当着班主任，在三尺讲台上坚守育人初心，践行树人使命。他为灵寿县老师们树立起了一个标杆，大家你追我赶，为灵寿教育事业默默贡献着力量。

近几年，灵寿县委、县政府持续加大对教育的投入，各项政策不断向教育倾斜，全县教育工作者更是自我加压、信心百倍地无私奉献。灵寿县高考升学率呈递增态势发展，到2020年，高考普通高中本科上线1111人，文化课强基计划（本一）上线258人，比2013年增长了216人。尤其是灵寿中学高考600分以上人数达22人，实现新的飞跃；中职高校对口本科上线59人，职教中心、农技中专毕业生分别摘得全省旅游专业、建筑工程专业状元桂冠。灵寿县教育实现质和量的飞速发展。

高中教育飞速发展的同时，灵寿县委、县政府也没有放松对义务教育的投入和政策支持。积极推进集团化办学改革和中国好课堂教学改革，实施农村义务教育学生营养改善计划和乡村教师支持计划，职称评聘向贫困村教师倾斜，提高乡村教师生活补贴标准，留住更多优秀人才在贫困村长期任教，一系列举措也促进了义务教育质量的逐年提高，2020年，全县中考市属重点中学上线481人，比2013年增长了365人。

百年大计，教育为本。这是一个国家级贫困县的县委、县政府的教育扶贫情怀和责任担当。

一个不能少

习近平总书记强调，要保证贫困山区的孩子上学受教育，有一个幸福快乐的童年。

走进灵寿县第二初级中学，映入眼帘的是优美的校园，这里绿树成荫，远离热闹的城区，环境非常幽静。高大的教学楼和学生公寓拔地而起，标准的运动场绿草如茵，运动跑道划过优美的弧线，让人心旷神怡。谁能想到教学设施如此完备的学校是为山区贫困家庭学生建的呢。

灵寿县委、县政府为了解决学生上学难问题，确保实现家庭经济困难的学生资助金"一分也不能欠"、控辍保学"一个人也不能少"两大目标，建立了县长、教育局长、乡(镇)长、村主任(居委会主任)、校长、家长、师长控辍保学工作"七长"责任制，形成政府、学校和社会齐抓共管、常抓不懈的工作机制，将控辍保学工作纳入乡（镇）政府、村(居)委会干部和校长的目标管理和年度工作考核内容。组织教职工全员参与，深入到建档立卡贫困家庭，逐人逐户进行走访，通过书面材料、口头告知等形式对教育扶贫政策进行全方位宣传和解读，做到扶贫"有温度"。实行"一村一档"制度，即以村为单位建立从学前教育到高等教育建立贫困家庭学生档案，并依据扶贫系统数据动态调整情况，进行实时更新，确保建档立卡所有学生全部登记造册，实现"应助尽助"，提升了群众满意度。

2016年至今，全县教育扶贫资助对象共计8289人，为了这些学生安心学习，解决这些学生家长的后顾之忧，县委、县政府对贫困学生进行了从小学到高中全程资助，几年来，共资助建档立卡贫困家庭学生4680人次。

2015年，灵寿县委、县政府投资1.2亿元的山区教育扶贫工程项目学校灵寿县第二初级中学全部竣工投用，将山区5个乡（镇）的初中阶段学生全部转移安置到该校就读。学生走出大山，享受到优质教育资源，接受到现代文明的熏陶，学生生活习惯得到改变，学生整体素质得到提升的同时，山区学生家长从照顾孩子的负担中解脱出来，致力于脱贫致富奔小康。

原来陈庄镇中学的杨轶帆和杨钰琪兄妹人转移到第二初级中学就读后，父母在学校附近开办了毛巾厂，计划在县城安家置业。据统计，2015年共有83名学生家长跟随孩子脚步，走出大山务工、经商，家庭收入有了明显提高，贫困面貌也得到不断改变。

仇玉洁出生在一个偏远的小山村，家有五口人：奶奶、爸爸、哥哥、她和妹妹。爷爷因患脑血管疾病住院，最终去世，看病花光了家中积蓄，还借了很多外债，是典型的因病致贫家庭。妈妈不堪生活重负，悄无声息地离开了家，爸爸去北京打工养家糊口，年迈的奶奶照顾兄妹三人，而奶奶年事已高，吃药打针是家常便饭，奶奶既要照顾三个孩子还要耕田种地，十分辛苦。哥哥在正定中学就读重点高中，每年花费也不小，妹妹刚上小学，所以家里生计只靠爸爸微薄的收入来维持，十分困难。仇玉洁被转移安置到灵寿县第二初级中学后，吃住、学费全免，回家还能领取交通补助。生活有了保障，小姑娘性格变得开朗活泼了，学习成绩也明显好转。她说："在努力学习的同时我也不忘参加学校组织的各项活动来提升自己，在班级中我担任生活委员，一直以来都以勤勤恳恳的态度做事、踏踏实实的原则做人，得到同学和老师的肯定。二中是让我的梦想开花的地方。"

段雪敏同学，上有两个姐姐，弟弟天生脑瘫，父母打工挣的钱几乎都用在了给弟弟治病上，但弟弟并无好转，至今生活无法自理。就在雪敏上小学四年级时，一场紧张的期末考试结束后，她叔叔来接她，竟是去医院，到了之后才知道母亲去世了。面对巨大的打击，她心里在问，我该怎么办，弟弟该怎么办。妈妈去世后，她像变了个人似的，封闭自己，不再主动与老师和同学说话，她的世界只剩了孤独和恐惧。学校老师了解到她的情况，虽多次帮助她，但不见效果。有一次学校与石外教育集团搞活动，老师们特意送她到石外教育集团小学部参加了集体活动，班上的同学非常热情，送了好多礼物，主动拉她一起做游戏。那时，她体会到了温暖，特别温暖。她发现自己的世界不只有孤独，原来除家人以外还有人关心她。从此她也开始慢慢改变对同学朋友的态度，主动和他们聊天，逐渐变得开朗，后又多次去到石外教育集团参加艺术节、读书节、运动会等活动，六年级时被老师同学推举为班长，学习成绩也日渐提高，很快告别小学，升入初中。

从小懂事的段雪敏想在离家近的地方上初中，好照顾弟弟，减轻父亲的生活压力。灵寿县第二初级中学的老师得知她家庭情况后，多次到她家做工作，将她安排到第二初级中学上学，并全部免除学费和吃住费用。中学生活开始后，她的成绩在班里忽上忽下，总是不知道该向哪个方向去努力，老师们就给她开小灶，帮她制订科学的学习计划，她说每当想偷懒时就想想自己的目标，学习劲头就上来了。初二的下半个学期，她的学习成绩开始有了提升，由班里的前几名进入年级前几名。初二期终考试她居然考取了年级第二名。后来学校又送她到石外教育集团学习，回学校后，在全市摸底考试中，她考取了优异成绩，成了学校年级的学习尖子。

罗雪莲同学家住在灵寿县寨头乡七油沟村。她的父亲多年前因病去世，而母亲已改嫁他人，她只得与外公外婆生活在一起。外公外婆上了年纪，身体不好，腰酸腿疼，常年服药，家里没有任何的劳动力。在老师的鼓励下，她明白只有知识才能改变命运。罗雪莲没有被生活的重担压趴下，而是学会了坚强。在校期间，她从来不迟到，不早退，上课认真听老师讲课，积极地回答问题。她非常勤奋好学，刻苦钻研，遇到不会的及时找老师和同学帮忙解决，成了一名品学兼优的学生。

侯国伟同学因家庭贫困，厌倦学习和人生，他眼里的世界一片漆黑。亲情和管理的缺失，使他伤感、无助，像一匹脱缰的野马，孤独、暴烈。他的班主任老师就像家人一样关心他，总是给他讲一切免费上学的机会是党和政府给的，他穿的衣服都是好心人捐赠的，一块冰冷的石头渐渐被老师焐热了，使他感到了人间温暖，学习也渐渐努力了。初中毕业后，他考取了县职教中心，学习畜牧专业。采访时，侯国伟说："我要加强学习，争取考上大学，还要去学畜牧专业，学成后，回乡里搞养殖发家致富，回报社会和关心过我的好心人。"

灵寿县有很多孩子因家庭贫困上不起学，县委、县政府用县第二初级中学这所扶贫项目学校给这些孩子以人生托底。我们看到灵寿县第二初级中学给了贫困孩子以希望，给了家庭以希望，给了社会以希望。一系列的教育扶贫措施，得到上级的充分肯定，赢得了学生家长的普遍赞誉，2016年6月12日，河北省教育扶贫工作现场会在灵寿县召开，交流推广了灵寿县的经验做法。

贫困县办大教育

灵寿县委大院，是网红大院，2014年5月13日被中央电视台新闻联播誉为"最美县委大院"，一排排平房还是20世纪五六十年代的建筑，在院子里边走边采访时得知，灵寿已有两所大学搬迁入驻，计划未来要引进更多大学落户灵寿，建成一个大学城。如此大手笔，让笔者惊诧不已，一个贫困县是如何办大学的？

2013年以来，灵寿县委、县政府加大招商引资力度，积极对接驻省会高校，多方跑办，优化土地审批流程和手续，开辟绿色通道，几年来，已相继吸引了家庄医学高等专科学校和石家庄科技信息职业学院两所高校搬迁入驻。两所大学的正式落户使灵寿县在带动贫困人口就业、坚决打赢脱贫攻坚战的道路上又迈出了坚实的一步。

石家庄医学高等专科学校，是教育部批准、河北省教育厅主管的一所民办全日制普通高等专科学校。学校地处京昆高速路口，交通便利，风景如画，建有教学大楼、实验实训大楼、图文中心、餐饮中心、风雨操场、会议中心、校园水系等等，设施完备，功能齐全，是一所高标准、现代化的大学校园。学校搬迁至灵寿新校区后，有效带动了周边村庄贫困劳动力的就业致富。据不完全统计，石家庄医学高等专科学校入驻后，所邻的同下村、新兴村400余劳动力在校园内或周边从事餐饮、交通运输、保洁、百货日用品等行业服务，带动人均年收入增长近3万元。大学的搬迁入驻，不仅提升了灵寿县的文化品位，拉动了县域消费经济，更主要的是解决了大批农村劳动力的就业问题，加速了农村人口的脱贫致富奔小康。

目前，石家庄铁路职业技术学院、石家庄工程职业学院、石家庄经济职业学院等高校也与灵寿县委、县政府签署了战略合作协议，在灵寿建设新校区，相关筹备工作正在有序推进。相信在不久的将来，这些大学也将正式在灵寿安家落户，对灵寿县包括人才培养、产业发展、文化积淀等方面的经济社会发展会带来多重利好影响，极大推动灵寿县新型城镇化和城乡融合发展。

不仅仅是大学的搬迁落地，中小学教育资源的扩建也在加快推进，灵寿县第三初级中学、松阳中学、第一实验小学等新建项目也正在加紧筹备，琅琅读书声飘满县城的日子指日可待。

教育扶贫是功在当代，利在千秋的事业。2019年，石家庄全市教育扶贫受助学生达154.5万人次。从石家庄教育扶贫总体实施，到各县(市、区)落地生根，教育给贫困的山区孩子插上了飞翔的翅膀，我们可预期教育事业必将硕果累累，造福于民。

产业，脱贫根本之策

2017年春节前夕，习近平总书记在张家口慰问基层干部群众时讲道："要因地制宜探索精准脱贫的有效路子，多给贫困群众培育可持续发展的产业，多给贫困群众培育可持续脱贫的机制，多给贫困群众培育可持续致富的动力。要把扶贫开发、现代农业发展、美丽乡村建设有机结合起来，实现农民富、农业强、农村美。"

产业扶贫是脱贫攻坚的重中之重，也是亟须破解的大难题。石家庄市委、市政府深入学习贯彻习近平总书记扶贫重要论述，紧紧抓住产业扶贫这个根本，坚持因地制宜，科学扶贫，以战略性思维布局，不好高骛远，选择既适合当地经济发展、又能带动老百姓脱贫致富的产业，扎扎实实让土地和农民在脱贫攻坚中发挥最大价值，下足精细、精确、精微的"绣花"功夫，坚决打赢、打好脱贫攻坚这场硬仗。

走进原村——札札弄机杼

春和景明，阳光明媚的初夏时节，我们走进了赞皇县原村土布基地。

那一道道泛着自然之光如同彩练般的棉线，那一台台经时间浸润带着岁月之痕的织布机，那一匹匹纯手工织就散发着泥土气息的布料，给人强烈的视觉冲击，让人叹为观止。

"吱扭吱扭""咣当咣当"……纺车和织布机的声音在屋子里响起，白发苍苍的老人正熟练地操作着纯木制作的纺车和织布机。面对这些"老物件"，仿佛时光倒流，穿越到了老旧时光之中。

来到土布生产车间，数十架纺车依次排开，投梭、拉扣、踩踏板……在"织娘"们熟练的操作下，条纹醒目的老土布如同变魔术般生产出来。看起来很土的手工粗布，其实纺织工艺极为复杂，从采棉纺线到上机织布，需要经过轧花、弹花、纺线、打线、浆染、沌线、落线、经线、刷线、作综、闯杼、掏综、吊机子、拴布、织布等大大小小72道工序。

在这里，传承千年的手工布艺，倔强地突破现代工业的重重包围，它似一棵经风历雨的原生野花，娇小而孤傲地绽放着稀世的美丽，唤醒了我们的童年记忆，重温那种最原始的温和与温暖，让我们感受朴实无华的温馨和温情。

在这里，我们看到织好的布匹，老纺车和细腻布料的对比，颠覆了人们对传统土布"粗、简、俗"的印象。原汁原味的原村手工土布，让传统文化的韵味得到生动呈现和高度升华。

赞皇是个古县，土布纺织历史悠久。几十年前，县里许多农村家家都还织布，甚至晚上都能听到织布声。后来，随着纺织工业的发展，机器纺织逐渐取代了传统织布，村里人为了谋生，大都外出打工。织布渐渐从人们的生活中消失，土布也淡出了人们的视线。

原村土布基地，又让赞皇土布梅开二度，重生繁荣。这里又发生了怎样的故事呢？

在原村土布基地，我们见到了原村基地的创始人崔雪琴。

崔雪琴出生在织布世家，小时候经常看见母亲纺线织布，在母亲的熏陶下，她对传统织布手艺有着深厚感情。2005年，经母亲点拨，开始尝试做土布生意。但一个又一个的问题接踵而至，木纺车哪里有？织布机在哪里？锭子、梭子、植物染料又在哪里？崔雪琴开始四处寻找老式纺车和织布机。在太行山区蜿蜒的山路上，她骑着自行车，翻山越岭跑了临近五个县十多个村庄，快一个月过去了，连一台织布机也没找到。有一天她高烧39℃，连病带饿晕倒在村子里。苏醒过来后崔雪琴流泪了，心想："为什么这么多磨难找到我？我不服，越艰难越不服。挖地三尺我也要找到它们！"

崔雪琴每天在不同地方踅摸老物件。苍天不负有心人。终于，这村找来一架快散架的纺车，那村淘来一台搁置许久的织布机……几个月东拼西凑，崔雪琴终于找来七架手摇纺车和五台木结构的织布机。2006年，崔雪琴在赞皇县土门乡大桥庄村开始操练织土布，一开始大家都不太会，摆弄起那些老物件，由于手法笨拙，线纺出来粗细不匀，织出的布经纬不一。经过一个多月反复实践练习，终于将布织成了，再经过一番染色加工，拿到市场上试销，虽说是投石问路，没想到销路还不错。老土布受到市场认可，这坚定了崔雪琴的信心。

因为她外出卖布时，几次遇到同村出来打工的乡亲们，听说他们干的全是重活累活，有时干了活还拿不上钱。于是她想，自己织的土布有销路，多少能挣到钱，要不行就把乡亲们组织起来织布赚钱。一来可传承手艺；二来可带着乡亲们在家挣钱，要干好了没准还能脱贫致富。

她这种朴素的想法，给了自己动力。2007年，在当地政府和有关部门的帮助下，崔雪琴成立了河北原村土布专业合作社。从此，原村土布在"吱扭""咣当"的织布声，由过去的独奏变成了多重奏。

纺线织布不受时间、地点、年龄限制，特别适合农村妇女就业。80多岁的老奶奶来了，20多岁的小媳妇也来了，有的是送完孩子上学，有的是干完地里庄稼活，有的照顾好家中老人才到基地纺线织布。最初是本村人，后来有外村人加入，再后来有的家庭制造了纺车开启了家庭纺线，最后将纺线交到合作社统一织布。就这样，十里八乡的妇女在崔雪琴的带领下，开始走上了稳定的脱贫增收路。

在原村土布织布车间，83岁的秦荣妮在织布机上忙活着。她说，自己13岁就会织布，2011年到合作社，凭着"老手艺"不光能挣钱，身体还比以前好了，如今眼不花、耳不聋，"很多人劝我歇歇，我说一歇就得病啊。"

说起合作社给老百姓带来的收益，74岁的王占菊老人总是无法掩饰内心的激动："年轻的时候就喜欢织布，现在孩子都已经成家立业，家里就剩我和老伴了，也没有太多家务活，自从合作社成立以后，俺就第一个报名参加了织布，让俺多年不做的'老手艺'又派上了新用场，现在每月还有1000多元的收入，也不需要儿女们的钱养老，还能让孩子去打工挣钱。俺家的日子越来越好。"

合作社目前已有手摇纺车1000架，土布织机350多台。从种棉到纺线，从织布到制成品，合作社不仅有了完整的产业链条，产品更是从简单的床单、衬衣增加到服装服饰、家居用品、婴儿用品等六大系列300多个品种。其中，通过搓棉绳、垫底子、纳底子等16道工艺精心制作而成的手工土布布鞋，被评定为"石家庄特色旅游商品"。

专业合作社结束了分散的家庭经营，使土布走上了集中化生产的快车道。经过十几年的发展，该合作社由当初一个手工土布作坊发展为集手工土布生产、加工、研发、销售、旅游、文化为一体的多元化组织，目前已拥有固定资产2000万元，年销售额达3000多万元。

如今，原村土布已经拥有总厂和6个纺织加工基地，合作社已发展为从彩棉种植到纺织加工为一体的"专业合作社＋基地＋农户"的联合组织，涉及赞皇县6个乡17个村，有会员1300户，解决劳动力就业岗位2500多个，实现了村民在家门口就业，甚至80多岁的老人也挣上了工资。

经过多年摸索，2012年，赞皇县原村土布专业合作社企业标准诞生。在原村土布专业合作社企业标准的基础上，2015年，河北省手工土布面料地方生产标准出台。严格落实生产标准，促进了产品质量的提升。

崔雪琴还加强了土布非遗文化保护。2013年，赞皇原村土布纺织技艺被列为河北省非物质文化遗产代表性项目。赞皇原村土布专业合作社也成为当地保护非物质文化遗产的先进典型。

2013年，崔雪琴出资100万元，在浙江杭州建立设计工作室，聘请浙江科技学院老师担任设计师，从品种到款式对土布产品进行全面革新。

有了质量的保障，优秀的非遗文化就要敢于和时尚碰撞。2017年，由原村土布专业合作社制作的土布服饰亮相意大利高档成衣展览会，引起多位国际时尚设计大师的关注与赞许。

2018年在刘家庄村兴建了原村非遗文化产业园。文化产业园占地总面积326亩，集绿色农业观光采摘、土布文化博物馆体验、住宿休闲、生产加工等产业于一体。博物馆内70多年前的文件、100多年前的织布机、300多年前的土布收纳柜等物件，都见证着原村土布的历史与变迁。特别是，博物馆内创造性地增设了文化投影演示区，在这里可以近距离地了解土布文化，见证传统与时尚的碰撞、体验经纬交错的创意时光。

该产业园项目建设过程中共流转土地400亩，帮助29户贫困家庭实现稳定增收；施工过程中，帮助21户贫困农民直接增收30多万元。开园后已使68户贫困户实现就业与增收。

当地村民更是对文化产业园的未来充满期待。原村非遗文化产业园还依托当地浓厚的历史文化资源，发展"合作社＋产业园＋文化＋旅游＋基地＋农户"的文化产业模式，并结合周边景区开辟原村文化休闲旅游精品路线，将吸纳更多的农村贫困妇女就业，拓宽原村非遗文化的传承与发展渠道，带动赞皇县文化扶贫产业的进一步发展。

参观原村非遗文化产业园时，崔雪琴说："我们不仅仅是在做产品，更是在传承一种文化、承担一种责任。"

原村土布，已使赞皇2000多名山区贫困农民，实现了每年每人8000元到23000元的收入。

原村土布，是山村飞出的金凤凰，它将随着时代变迁飞得更高。

陈秀英——缔造甜蜜事业

赞皇县南潘村有个养蜂奇人叫陈秀英，已经60多岁了。说她是奇人，因为在她身上发生过许多传奇故事。

陈秀英10岁时,父亲得了黄疸型肝炎,家里人想尽一切办法给父亲看病都没看好,时间不长就发展为肝硬化、肝腹水,丧失了劳动力,不能下地干活了。因为当地医疗条件差,家里经济拮据,父亲就再也不想看病,怕花钱。父亲拖着有病的身体,在家做些简单的家务,想的是活一天算一天了。

有一天,父亲的同学来看望他时,送来一箱蜂让他养养,主要是为了让父亲解闷。当时一箱蜂在贫穷的山村里也算是贵重礼物,父亲拖着有病的身体照看蜜蜂。父亲在养蜂的过程中渐渐掌握了一些技术,也找回了生活的乐趣。那时,陈秀英上小学了,每天放学后就守着蜜蜂,邻家的孩子或同学有时也到她家看稀奇,但都躲得远远地看,陈秀英一点儿不怕蜜蜂,而且她敢与蜜蜂近距离接触,别人都说蜜蜂是她的亲戚。

其实,陈秀英并不是不怕蜜蜂,而是想帮父亲养蜜蜂。为了掌握蜂群的生活习性,她每天都会蹲在蜂箱前观察,甚至跟着蜜蜂,观察蜜蜂采蜜。久而久之,她能肉眼看出蜜蜂的喜怒哀乐,分别出哪只蜜蜂是门卫、哪只蜜蜂是清洁工、哪只蜜蜂有心事、哪只蜜蜂有喜事。对这些蜜蜂,她就像对待自己的朋友。雨天,她会盖上薄膜,为蜜蜂遮雨;冬天,她会披上棉被,为蜜蜂御寒;有事没事,她都会跑到蜂箱前,看看蜜蜂们是否安全,以防有什么动物钻进去搞破坏。父亲看到女儿爱上了养蜂,很是欣慰,有空就给她讲些养蜂知识,时间一长她成了父亲的养蜂帮手。就这样,耳濡目染,陈秀英掌握了不少养蜂技术,也让青春岁月里的陈秀英与蜜蜂结下了奇缘。

守着一箱箱蜜蜂的父亲,吃了不少自然王胎,而且时常被蜂蜇。两年过去了,父亲的病竟奇迹般地好了。

蜜蜂在陈秀英家里,得到了精心照顾,蜜蜂家族也繁荣昌盛起来。家里的蜂变多了,后来分成了两箱。最初采的蜜只是送些给亲戚朋友吃,没有卖过,后来蜂蜜多了,有时就送给乡里乡亲们,人家吃的次数多了,也觉得不好意思,便或多或少象征性地给几个零钱。

陈秀英是一个非常懂得感恩的人，她觉得父亲的病是蜜蜂给治好的，使她们家有了希望，她觉得自己就得好好善待蜜蜂；同时，她也从家里卖蜂蜜中，看到了养蜂的商机。

于是她立下了志向，长大了养蜂。

初中毕业后，她真的就在家里专门养蜂了。由于非常用心，她掌握了不少养蜂技术。

地处太行山深处的赞皇县俗有"七山一滩二分田"之说，山场面积大，荆花、槐花、枣花等资源漫山遍野，为养蜂提供了得天独厚的条件。特别是后来，为大力发展农经作物，全县大枣种植面积达45万亩，蜜源更加丰富。赞皇县花种多、花期长，阳光充足、日照时间长，空气清新、全是负氧离子，没有任何污染。陈秀英说："赞皇养蜂有得天独厚的自然条件，不养就浪费了这么好的条件。"结婚后，陈秀英购买了10箱蜜蜂，把养蜂当作事业干。

那时，赞皇县的蜂农分散在大山深处，信息闭塞，养蜂技术和养殖观念都很落后，养蜂基本是"靠天收"。陈秀英经常与一些蜂农交流，发现蜂王产量少，蜜蜂抗病力和采集力都低。好多人辛苦一年，赔本是经常的事，有的人家甚至因为蜜蜂莫名其妙死了，血本无归。

1994年，她得到一个消息，我国要举办蜂疗培训班，她立即报了名。走出大山，开拓了陈秀英的视野，她才明白养蜂在大学里有专业课程，南方养蜂人居然成立了公司，蜂蜜有注册的商标，在大城市里开有专业商店，有的还做起了与蜂蜜相关的产品，形成了产业链。

这次学习，不仅使陈秀英学会了技术，而且知道养蜂也可以商业化运作。于是她想，自己先蹚出一条路来，以后就可以带着更多乡亲发展养蜂了。

于是，回家之后，她把家中库存的蜂蜜运到了省会石家庄，租了一间房子准备开商店。谁知道，来到城市，才发现城市不是那么好立足的，她认为最好的蜂蜜却无人问津。偶尔有人看看，说她是"三无"产品，没人敢吃。于是，每天她背上蜂蜜走街串巷，但收入还是没几个。交房租，吃饭、坐车，把卖蜜的几个钱全花光了。每天她只好就着蜜吃从家里带来的馒头。

陈秀英想，知道的人多了可能就有人买了，怎么才能让更多的人知道呢？做广告自己没钱。但她想，总不能就这样回家去了哇！她有一种死都要死在城市的想法。

有一天，她在长安公园里看到一个人在地上练习书法，看到人家写的字那么漂亮，就想请他帮忙写招牌挂在自己店门上。她说明了情况，写字的说你也不易，于是就给她写了"蜂蜜销售处"几个字，她也没有钱给人家，就送了两瓶蜂蜜。招牌挂起了，的确吸引了不少人来问，销售量真的上去了。不久城管找上门来了，卫生部门也上门来了，工商人员找上门来了，税务部门找上门来了，她发现在城市生活越来越不容易。

说起这段辛酸往事，陈秀英两眼泪光。

这时有人给捎信说，家里养的蜜蜂有的死了。她急忙回家，发现主要是管理不善。她想，如果是家里有专业养殖，城市里有专人销售，这样不是更好吗？

陈秀英意识到自己这样单打独斗，成不了气候，搞不好就会赔本。意识到这一点后，陈秀英决定把养蜂户集中起来，抱团发展。

说干就干。陈秀英骑上自行车，带着干粮，走村串户，到山里的各养蜂户家，把加入养蜂协会的好处一遍遍讲给大家听。因为养蜂户好多人住在山野里，她就到山中找，饿了啃馒头，渴了喝泉水。她的不懈努力，感动了不少养蜂人和当地村民，也得到了县里有关部门的支持。1995年1月15日，赞皇县养蜂协会成立，陈秀英当了会长。

当了养蜂协会会长，她肩上的担子更重了。为了蜂农们的致富梦想，陈秀英多次邀请全国各地的养蜂专家和养蜂能手到县里进行技术指导，还先后输送了16名蜂农到福建农林大学蜜蜂系深造，订购了《蜜蜂杂志》《中国养蜂》等20多种养蜂书刊，供蜂农们学习，定期组织到蜂业服务部进行经验交流，并多次印制蜂群管理和病虫害防治材料。为保证蜂产品质量，给蜂农制定了《免疫程序》《兽药使用制度》《消毒制度》《饲养管理制度》，蜂农的养蜂水平得到大幅提高，大多数都掌握了全套养蜂技术，促进了全县蜂农人才成长。

同时，协会免费分发给蜂农改良品种，通过蜂具改良、蜂种改良等措施，蜂农从过去每箱蜂收入三五十元，增加到每箱蜂收入1000元以上。

技术促进蜂农提高了产量，蜂农的日子比蜜更甜。

随着市场的扩大，陈秀英意识到，要使产品在市场中站稳脚跟，必须打造自己的品牌。1997年，他们为蜂产品注册了"蕊源"商标，实行统一包装、统一销售，提高了产品的市场竞争力。"蕊源"蜂产品还凭借过硬的质量通过了农业部无公害农产品认证。2004年，陈秀英正式成立了石家庄赞皇县蕊源蜂业有限公司，坚持"以科学求发展，以质量求生存，以市场为依托，以诚信为宗旨"的经营理念，企业也越做越大。为适应市场需求，近两年，他们还在淘宝、天猫上开起了网店。如今，"蕊源"蜂产品的销售，已形成了实体直销店、超市品牌专柜、网店销售等多元化销售网络。

陈秀英经常带着赞皇的蜂农参加全国各地的蜂产品推介会、订货会，广开市场，向客商介绍自己的产品，足迹踏遍大半个中国，与各地客商签订了长期购销合同。

陈秀英常说，养蜂是一项健康的产业，是一份甜蜜的事业，蜜蜂带给大家的不仅是财富，更是幸福。为把养蜂产业发展壮大，自2012年起，赞皇县养蜂协会每年都举办"枣花·蜜·蜂"旅游文化节，人们在现场沐浴枣花的芬芳、品尝蜂蜜的甘润，越来越多的人了解了这项甜蜜的事业。

为让养蜂产业形成完整的产业链，陈秀英和她的团队开发出多种蜂蜜、花粉、蜂王浆、蜂胶、蜂蜡等产品，还建立了质量追溯系统，确保了产品质量。

为传播蜂业文化，陈秀英在赞皇县蕊源蜂业有限公司厂区，建起了一个集蜂文化、蜂疗、科普、旅游为一体的蜜蜂文化博物馆。博物馆分设蜜蜂文化展示区、蜜源植物及蜜蜂养殖科研区、蜂产品加工观光区等六大功能区，不仅向人们展示蜂产品的生产过程，还要告诉人们蜜蜂与人类文化的渊源、蜜蜂生物学知识，以及现代养蜂科学技术和蜂产品的相关知识。第一年接待游客5万多人次，第二年接待游客7万多人次，直接带动了赞皇县除蜂产品以外的大枣、核桃等农作物的增收，同时成为众多中小学生物学教学的课外活动场所和爱科学、学科学的学习园地。

陈秀英表示，他们将继续通过建立蜜蜂农业园，邀请专家学者授课，申报"赞皇蜂蜜"地理标志认证，加大与贫困户利益联结关系，举办蜜蜂文化节，扩大蜜蜂博物馆影响力，联合中国蜜蜂研究所和河北农业大学等科研院校成立太行山蜜蜂产业发展研究院。

走进赞皇县永丰村的蕊源蜂业有限公司，厂房里先进的检测仪器、现代化的生产加工设备和配套的冷藏设施正在运转，蜂蜜、蜂胶、蜂王浆、蜂巢，经过科学加工成为深受消费者喜爱的养生佳品。公司还建立了质量追溯系统，通过产品留样品和包装上的识别码，可以追根溯源，以确保产品质量。

靠质量好、价格合理，"蕊源"蜂蜜渐渐有了稳定的客户群，销售规模不断扩大。

截至2019年，赞皇养蜂协会会员已经发展到1260多户，养殖量达5万群，蜂产品产量达到1800吨。

"如果没有养蜂协会，我只能是种地，家里不可能盖起新房，更别提买汽车了，孩子上学都是问题。"褚科峰前些年是贫困户，如今通过养蜂，年收入8万元左右，不仅盖起了二层小楼，还买了小轿车，日子过得好不滋润。

66岁的院头镇河东村蜂农曹大爷满脸自豪地跟笔者说："咱老了，出去工作也没人要了，我就在家养了50箱蜂，平均每天能挣到80块钱，一年下来也能挣个三四万元。养蜂又自由，既锻炼了身体又把钱挣了。"与曹大爷聊天时，他还说，"我这钱就像是捡的。"问他为什么这样说，他笑呵呵回道："山是野的，花是野的，蜂是野的，蜜也是野的，你说我这不是捡来的吗？"像曹大爷这样在村里养蜂的老人比比皆是，一年收入几万块钱。

曹大爷们的钱当然不是捡来的，挣钱像捡钱一样容易，这说明政府扶贫政策做到了因地制宜，养蜂这产业对了路。

67岁的韩国辰，老伴儿患有静脉曲张，又做了心脏搭桥手术，三个女儿都已出嫁，生活的重担全部压在韩国辰肩上。"我们老两口，全得靠我一个人。"

2015年，他在赞皇县养蜂协会的帮助下开始养蜂。通过免费的技术培训和自己的刻苦钻研，他的蜜蜂事业越做越大，由2015年的几箱蜂变成现在的50多箱，每年的收入达到2.5万元。韩国辰成为黑石村第一个脱贫户。

蕊源蜂业有限公司已发展成为集生产、经营为一体的综合性企业，有蜂蜜、蜂王浆、蜂胶等多种纯天然优质蜂产品，年销售额突破3200万元，带动了全县11个乡镇、150多个行政村、1300个贫困户靠养蜂脱贫致富。如今，在赞皇县，流传着"家有两箱蜂，脱贫不用愁；家养五箱蜂，奔小康肯定能"的谚语，养蜂业已成为赞皇县农民脱贫致富的新亮点。目前，陈秀英和她的公司正在把赞皇申报成"中国蜜蜂之乡""中国蜂产品标准化生产基地"。

陈秀英也因此荣获"全国劳动模范"，2018年获得"河北省脱贫攻坚奖奉献奖"。

家门口的"微工厂"

赞皇县的扶贫产业，不仅规模大，更重要的是将"农业、农村、农民"三者有机结合起来了。

采访时，我们来到了赞皇县利通商贸有限公司。在大山里，看到气势如此恢宏的一片厂区，着实让人感到十分震撼。仔细一问，才知道这家公司以发展核桃、核桃仁初加工及购销为主导产业，装备有先进的全自动电脑色选机、大型比重机、比重振动筛、全自动包装设备等国内先进设备。拥有年产2万多吨的核桃仁加工车间、产品冷藏库、技术服务中心、产品网上推广等基础设施及独立的外贸进出口公司。公司业务辐射全国多个核桃主产区，年销售核桃果达4.5万多吨，销售额达4亿元，属于华北地区最大的核桃供应商。

"我们县结合本地实际，通过注资建设资产收益扶贫项目，探索打造了'政府＋村级组织＋平台公司＋企业＋贫困户'的资产收益扶贫模式。"赞皇县扶贫办的同志介绍道，县里拿出财政支农资金，量化到全县28个贫困村、1159户贫困户，并与企业签署了8%的保底收益。按照《赞皇县资产收益扶贫项目收益分配使用办法》，其中，60%的收益用于贫困户分红，每个贫困户每年能拿到593.6元的分红，剩余40%的收益归村集体支配，重点用于壮大集体经济，促进扶贫公益事业发展，实现了扶贫系统化。

靠核桃加工，又是如何实现扶贫系统化的呢？带着疑问，我们深入到了公司兴建的"微工厂"寻找答案。

在院头镇胡家庵村的秦秀英家，看到了胡家庵村的扶贫微工厂。一间几十平方米的大屋里，十几名妇女，人手一把锥子和一个夹子，守着一堆核桃果，忙得顾不上说话。"大家伙儿能靠掰核桃挣钱，县里和利通商贸有限公司可使了大劲！"秦秀英说，"现在村里都是60岁到70岁的'半劳力'，要技术没技术，要力气没力气，县里和利通商贸公司合建扶贫微工厂，公司代加工核桃仁，正好让乡亲们有了活儿干。"

梁家湾村，也建有一个扶贫微工厂。在微工厂大门上方，写着"自己动手能致富，小小核桃来引路"14个红色大字。走到里面，一间300平方米左右的大屋里，近20名工作人员，有的用一把特制的锥子剥核桃，有的在用一个机器夹核桃，都忙得顾不上说话。走到一位中年妇女身边问了问，她说自己叫魏素芹，54岁。顾不上聊天，人家要忙着工作。

见我们采访，身边的一位女同志主动说话了："每天给老人孩子做完早饭就来'微工厂'收货、剥核桃、发货，每个月能有2400块左右的收入。"

这位叫刘翠芳，是梁家湾村村民。每天安顿好老人和孩子以后，来到"微工厂"上班，这是刘翠芳的新生活。

刘翠芳是建档立卡贫困户，最早在村里的幼儿园工作，每个月能有1700元左右的工资。最近几年，刘翠芳家里的老人年龄渐长需要照顾，两个孩子上学后开销也渐涨，地里还有枣树、核桃树需要打理，幼儿园工作繁琐，腾不出时间照顾老人和孩子，而且1000多元的工资收入也有点儿捉襟见肘了。左右权衡后，刘翠芳选择到"微工厂"上班。

梁家湾村核桃加工"微工厂"里，建档立卡的贫困户还有40多名，他们上班时间灵活，主要从事剥核桃果皮、初步分拣核桃仁等加工工作。

说起核桃加工，利通商贸有限公司经理张雪锋介绍说："加工核桃仁的贫困工人每加工一斤核桃仁，除正常工资外，我们还会额外补助0.2元的加工费，贫困户种植的核桃我们也会以每斤高于市场价0.2元的价格收购。"

在"微工厂"处处充满了劳动的快乐和光荣。

你看，魏素芹坐在机器前，左手拿起一个核桃，放到机器的夹子中间，右手转动一个把手，"咔嚓"一声，核桃应声而裂，随即掉进下面的袋子里。她速度很快，差不多三四秒就完成一个。她一边劳动，一边还哼着小曲。

一打听，才知道魏素芹曾经在十几公里以外的一家公司打工，但因为无法照顾孩子，所以选择了家门口的扶贫微工厂。这样，她可以一早去地里干活，8点多回家给孩子们做饭，然后到微工厂上班，11点半做午饭，下午1点多再回到微工厂，直到晚上6点多才回家。"地里活、照顾孩子、挣钱都不耽误。"魏素芹笑着说，自己家已经脱贫，这两年还新买了冰箱、换了电视，日子越过越红火。既照顾了家，又挣了钱，难怪她那么高兴。

赵彦军是赞皇县利通商贸有限公司核桃仁分拣车间的一名工作人员，2017年她的丈夫因病在省级医院住了两个多月。出院后半年左右的时间里，由于需要进一步治疗，又花掉了六七万元，使得家里的生活举步维艰。

丈夫丧失了劳动能力，仍需吃药，两个孩子还在上学，生活的重担压在了赵彦军一个人身上。2018年5月，为了缓解家里捉襟见肘的经济状况，赵彦军来到利通商贸有限公司上班，"在这里工作我每个月能挣差不多3000块钱。"赵彦军说，中午公司管饭，跟她一样的贫困户，公司每月还补助200元。"比我以前每个月多挣1000多块钱，真是帮了我的大忙。"赵彦军颇为感激地说。

在赞皇县利通商贸有限公司与赵彦军一起工作的还有80人左右。厂长王利斌介绍，生产车间每天有100多名工人进行分拣作业。而核桃仁初加工车间能直接安置贫困劳动力200余人就业，年人均收入在2.4万元以上。

脱贫攻坚战役打响以来，赞皇县委、县政府通过探索"政府＋村级组织＋平台公司＋企业＋贫困户"的资产收益扶贫模式，将财政涉农资金投入到实体企业形成资产，产生收益反哺贫困群体，有效带动了贫困户增收，村集体增收，产业增强，企业获利。

引入核桃加工"微工厂"后，昔日的贫困村梁家湾村，村集体收入每年增加五六万元，村集体经济不断发展壮大。扶贫"微工厂"作为产业扶贫的探索，为赞皇县高质量打赢脱贫攻坚战提供了新思路。2018年，赞皇县又投入8000多万元，谋划发展华岱腰果等8个产业扶贫项目，打造以核桃加工、蘑菇产业等项目为主的核心扶贫产业集群。

资料显示，政府与利通商贸有限公司在赞皇县共建有扶贫微工厂56个，主要分布在阳泽乡、院头镇、土门乡等贫困村、贫困户相对集中的乡镇。通过这个扶贫微工厂平台，实现了产业拉动、就业带动，项目辐射110多个行政村，1490多名贫困人口实现了就近就业，使2000多户建档立卡贫困户实现了脱贫。

科技扶贫显身手

2001年，赞皇县被国家林业局（现为国家林业和草原局）命名为"中国赞皇大枣之乡"。大枣是中国地理标志产品，到2019年，全县种植大枣45万亩之多，如何把大枣这篇文章做大，促进农民脱贫致富，是县委、县政府作答的扶贫考题。

2014年，当地有个叫肖建军的人在赞皇县经济技术开发区注册了河北枣能元食品有限公司，引起了政府部门的高度关注，因为，赞皇枣农多，种植面积大，虽然用枣酿酒、制作成蜜枣在一定程度上消化了部分当地的大枣，但很有限。每年销售仍是个难题，如果出现滞销，将给县域经济带来损失，还要出现伤农事件。枣能元食品有限公司能否带来助销呢？一打听，原来该公司正是想解决当地大枣销售难的问题。政府部门在公司创建之初就给予了大力支持。

公司刚成立，困难就来了。红枣的营养成分非常高，但枣皮人体不能消化。做成饮料的话，如果枣皮枣肉不能完全剥离，不仅影响饮品的口感，也不利于营养的吸收。

为了解决枣皮枣肉剥离这个技术难题，在公司生产车间还没有建设的时候，肖建军请来了中国农业大学、河北农业大学等高校的教授，并招聘了7名食品加工专业的大学生，组成了科研团队，历时3年，经过近千次试验攻克了枣肉和枣皮分离难题，并将这项"浆渣分离"技术申报了国家专利。同时，在生产过程中他们将传统煲汤工艺和韩国进口的现代超临界萃取技术相结合，既完整保留了红枣的天然营养成分，同时形成了更易于人体吸收的有机因子。

攻克了技术难题，生产设备又成了困扰企业发展的难点。当时国内没有成型的生产线，他们只能摸着石头过河。从意大利、德国、韩国等地进口设备逐步组装调试，由于一些设备无法适应浆渣分离技术，企业为此损失了近百万元。

后来，在科研团队的努力下，采用关键设备定制、部分设备进口的办法，成功组装了中国第一条红枣果肉食补养生饮品生产线。2014年10月，生产线正式投产。2015年，该条生产线成为全国第一条拥有7项专利技术与几十项创新成果的红枣果肉食补养生饮品生产线。

第一批红枣果肉饮品经全国试销以及市场盲测，口感营养认知度获好评，填补了中国红枣果肉饮料的空白，在中国南方北方等不同地域都受到广大消费者的喜爱，成功打开了市场。

经过5年多的发展，公司的生产技术已经逐步完善，生产设备也是优中选优。如今实现了全自动化生产，年利用红枣2000吨，年产饮料6000万瓶。

肖建军从未忘记乡亲们，公司与县里的产枣大村和合作社签订保护价收购协议，在一定程度上解决了赞皇大枣的销售问题。而且，在收购的时候每斤价格高于市场价0.2元，"不欠账""不打白条"，帮助广大枣农解决了销售难题。

"2019年,公司以高于市场价收购了赞皇50多个贫困村的5万斤大枣,还定点帮扶了968户贫困户,为他们提供短期用工,总计帮助他们增收近200万元。"肖建军笑着说。

赞皇县坚持把产业扶贫作为脱贫攻坚的主攻方向,发挥作用的产业扶贫项目共涉及林果种植和加工、特色养殖、光伏、资产收益、特色手工业、电商扶贫、旅游等七大类223个,对贫困村、贫困户的覆盖率达100%。

因地制宜,决战决胜。当前,产业扶贫项目已经成为赞皇县全面打赢脱贫攻坚战的加速器,群众的"钱袋子"伴随着产业扶贫项目的不断发展越来越鼓,越来越满。

黄连沟——溢满鲜花的芬芳

走在省会石家庄裕华路这条迎宾大道上,可见道路两边,花团锦簇,万紫千红,灿烂瑰丽,一派勃勃生机。但路人绝对想不到,这里的许多盆花来自平山县一个叫黄连沟的贫困山村。

黄连沟村位于革命老区平山县西部深山区,由黄连沟、老坟沟、河西三个自然村组成。全村共101户301人,贫困户47户145人,2015年人均纯收入不足2500元,贫困发生率48.17%。

2016年初,石家庄园林局扶贫工作组进驻了黄连沟村。调查发现全村面积3124亩,山场面积为2460亩,耕地面积才186亩,人均耕地仅有0.3亩。村经济收入主要以传统种植业为主,每年打的粮食难以糊口。因此,村里有劳动能力的人都外出打工去了。村里留守的没有一个壮劳力,基本都是老年人、妇女和儿童。常年生活在村里的人就80个左右。外地村民都说:养女莫嫁黄连沟。

驻村第一书记左晗伟看到黄连沟的现状,感到扶贫任务太艰巨,他回局把村里情况向局领导做了汇报。2016年4月局党组会在黄连沟召开,专题研究扶贫工作。会前,党组一班人对黄连沟的山山水水进行了实地考察,目的是要搞清楚黄连沟有什么条件,有什么优势,怎么才能做到因地制宜。经过跋山涉水实地考察,发现这里土地虽少,但土质肥沃,村庄紧邻滹沱河下游，水源充足，适宜搞花卉种植。党组书记刘金文说："我们扶贫，关键要落实在'精准'上，扶贫要做到'两个结合'，一是扶贫与专业结合，二是产业与土地结合，发挥我局园林专业优势搞产业，让产业带动就业和脱贫，最终实现老百姓劳动致富。"

扶贫思路确定，但实施难。黄连沟人均耕地不足3分，土地资源稀缺。刚在村里说要搞种花，老百姓一百个不同意，说这点土地种粮都不够吃，种了花还怎么种粮？有的说，种花卖不了，又耽搁了种粮，那不成了添油不亮灯吗？为了破解土地瓶颈，工作队广泛征询党员、村民代表、园林专家意见，挨家挨户做工作。最终选择利用村边废弃砖厂用地搞花卉种植。

项目确定，土地确定，工作组又为建基地的资金发愁。跑县里，跑镇里，最后把建设温室大棚的资金争取到位。一个多月两个现代化的温室大棚在废弃砖厂旧址上建成。

种植花卉受温度、湿度、光照、病虫害等多方面因素影响，技术含量较高。为了让村民尽快掌握技术，工作队邀请正定花卉基地和园林花卉专家每周一次到村进行培训指导，并组织技术人员到山东青州、保定、石家庄等地考察花卉种植和温室大棚管理，学到了技术，拓展了视野，坚定了信心。为强化管理、规范花卉种植，制定了花卉种植操作规程、温室大棚管理制度，建立了成活率与工资挂钩的绩效考核机制，保证了温室大棚的规范化管理，确保每个技术规程的管控。

作为精准脱贫项目，收益必须"精准"到户。工作队帮助村里成立巨森农业专业合作社，实现统一管理运作，贫困户以扶贫资金入股，其他村民自愿出资参股，扶贫资金所得收益除预留发展基金外，全额精准分配到贫困户，项目用工也优先聘用贫困村民。大部分贫困户能够获股金、薪金、土地租金。在2016年成功试种万寿菊、串红10万株。在同等价格和保证质量的前提下，园林局协调引导园林企业优先采购。花卉种植成功了，村民守着家挣了钱，贫困户看到了脱贫的希望。村民中串门聊天、玩扑克、打麻将的少了。

2018年8月底，已建成现代化温室大棚6个，5000余平方米；建成简易大棚6个，5000余平方米；种植花卉12个品种、290万株，这些花卉后来全部栽植到了省会裕华路两侧绿地和滹沱河生态区内。

驻村第一书记左晗伟形象地说，扶贫项目选择，就得像庄稼地里的庄稼，有泥土的孕育、阳光的熏染、风雨的沁润，自得泥土的气息、阳光的芳香和风雨的清爽，才能让扶贫项目像稻穗、麦穗和玉米，饱满、沉实，才能让农民得到实惠。

眼下，园林局正在实施三大基地建设：一是花卉种植基地。计划拓展花卉基地种植品种，培育更多家庭常用花卉绿植，打造吸引游客观花、赏花、买花的好去处。二是莲藕种植基地。引导莲藕种植大户继续扩大规模，发展荷塘渔业，完善观光体验设施，包装"活水雪莲藕"品牌，打造集观花、摄影、垂钓、体验等功能于一体的观光休闲区。三是现代农业采摘园种植基地。计划投资210万元，建设一个占地300亩，引导村民种植寿桃、苹果、樱桃、石榴25000余株的采摘园。

黄连沟山好水好、交通便利、荷塘景色优美，且毗邻黑山大峡谷、猪圈沟、驼梁三大景区。工作组依托这些自然优势，正在带领黄连沟村瞄准"现代农业观光园"的目标迈进，继续做大做强"美丽产业"。

黄连沟村2018年已实现了整体脱贫。"哑巴吃黄连，有苦说不出"，黄连沟村民过去因贫困，过着吃黄连的日子，现在有党的扶贫政策，黄连沟以花卉种植的"美丽的事业"而脱贫致富，吃黄连的日子一去不复返了。

石家庄市委、市政府主导在县域范围，培育主导产业，发展县域经济，增加资本积累能力；在村镇范围，增加公共投资，改善基础设施，培育产业环境；在贫困户层面，提供就业岗位，提升人力资本，积极参与产业价值链的各个环节。从这一角度看，产业扶贫可看成是对落后区域发展的一种政策倾斜。

通过在太行山中采访，经过调查、类比、辨析，我们感受到石家庄市抓住了产业扶贫的根本之策，做好了"三农"大文章，将农民与土地紧密关联，真正做到了因地制宜、精准扶贫，彻底变"输血"式扶贫为"造血"式扶贫、变"开发式"扶贫为"参与式"扶贫，增强贫困地区内生发展动力，提高了贫困人口的自主脱贫能力，促进贫困人口增收，实现稳定脱贫，如期实现全面建成小康社会目标指日可待。

助残，托起希望的明天

中国贫困残疾人占我国贫困人口的三分之一，加之自身身体障碍和外界环境的影响，贫困残疾人在基本生活、医疗、康复、就学、就业等方面仍面临诸多突出困难，亟待解决。做好贫困残疾人扶贫工作，成了脱贫攻坚的重点和难点。

石家庄市行唐县敢为人先，首创集创新创业指导、就业服务和康复于一体的残疾人扶贫模式，在全国创造了一个残疾人扶贫范本。

贾茹——筑梦"双创园"

行唐县位于太行山东麓，是一个千年古县，又是国家级贫困县。全县有3.2万残疾人，占全县总人口的7.23%，高于全国平均水平，行唐县现有建档立卡贫困人口13211人，其中因残致贫2933人，占贫困人口的22.2%，是第二大贫困群体。

一个国家级贫困县，要解决残疾人就业本来就很困难，要实现贫困残疾人脱贫可谓难上加难。

为了帮助残疾群众走上致富路，县委决定相关部门联合开展走访调研。在调研的过程中，发现一家服装工厂，工厂有200名员工，一半是残疾人和当地的贫困户家属。这家服装厂经理叫贾茹，非常有爱心。县委、县政府看到服装厂自身在安置残疾人方面有一定经验，也有发展前景，便确定依托这家服装厂安置更多残疾人就业。并将服装厂改名为行唐县如军科技有限公司，其目的是为了企业扩大规模，打造县域残疾人自己的高科技品牌。

2017年，县委、县政府带领如军科技有限公司，同北京市科学技术委员会进行了多次协商沟通，就最新研发的抗菌、除霾材料签订了专利技术协议，共同生产防护型褥疮垫、轮椅坐垫、防雾霾口罩和冰箱除味盒等系列产品。2017年9月，行唐县委带领公司一起参加了中国残联在北京国家会议中心主办的"2017年中国国际福祉博览会暨中国国际康复博览会"，在展示公司高科技产品的同时，让企业通过参加展会，开阔视野，提高企业知名度，提升他们的创业信心，激发动力，增强发展后劲。

企业科技的进步，提振了贾茹的事业心，更激发了她奉献社会的强烈公益心。贾茹萌生了建一个实体，用于残疾人就业、就医、康复、托养。她亲自找到县委书记说，残疾人需要的是发自内心的被认可，被尊重，甚至被需要，而不仅仅是施舍有限的衣食。她告诉书记，在厂里就业的残疾人毕竟是少数，要让更多残疾人都能自食其力，活得更有尊严，就要有一个能为残疾人提供就业并生活的地方。

令贾茹没想到的是，县委书记杨立中当即表示肯定、赞同和支持。但话题一转："这件事非常难干。关键是坚持，图一时新鲜，今天干起来，明天关门，会给残疾人造成第二次伤害。要干，必须坚持。"

事后，杨书记又请示中国残联，得到答复："非常好！全国目前还没有这样的模式，中国残联一定支持！"

"行唐县残疾人双创园"筹备、选址、购置设备等按计划实施。地址选在独羊岗乡，行唐县又拿出500万元作为产业扶持资金，争取省残联12万元补贴，选派优秀干部协助创建。

2018年5月19日，残疾人"双创园"诞生。

"双创园"设有康复生活区、就业培训区、工作疗养区、励志教育功能分区，残疾人既可以在这里参加就业培训，又可以实现康复疗养。

"双创园"是一个充满人间大爱之地。

"双创园"是残疾人梦想起飞的地方。

贾茹是行唐县南桥镇故郡村人，现在是"双创园"负责人。贾茹是一个有故事的人，她的故事里写满了悲悯和爱心。

小时候，贾茹父母在县城开了一个邻街小卖部，卖的都是些生活日用品。父母经常带着她在小卖部。有一年冬日，她见一个衣服破旧的残疾人来到了小卖部门口，没有说买东西，但就是不肯离开，那个残疾人不时张望她家小卖部货架上的东西，她随着残疾人的视线看过去，好像是盯上了货架上的那种小包饼干。她想可能这个人是饿了，又没钱买。于是，趁父母进里屋收拾东西时，她从货架上取下一小包饼干，要送给那个残疾人，那人两眼充满感激，迟疑地看着她，没有说话，没接她给的东西。这时，她小声说："拿着吃吧，不要钱。"听她这么说，残疾人才接过饼干，看了看她，走了。后来，她家小卖部的门前，乞丐和残疾人就多了起来，他们知道，柜台里面那个小女孩从来不会让他们失望。贾茹自以为神不知鬼不觉，其实父母都看在眼里，父母经常开玩笑："只要贾茹在小卖部，货物就会变少。"贾茹听了父母的话，还以为是父母在表扬她东西卖得快。后来长大结婚，贾茹在市场卖菜，每次进货时看到残疾人或者行动不便的老者，她都会悄悄多给人家一些钱。丈夫有时不免会埋怨她："你这样做咱不就赔钱了？"贾茹总是安慰："没事，这个菜咱就当不赚钱了，你看那些残疾人多可怜！"

时间久了，这个卖菜姑娘的爱心远近闻名，而她的生意也越做越大。后来自己办起了超市，员工多以残疾人为主。

有了一定经济实力的贾茹，2013年成立了昊腾服饰有限公司，开始大力倡导社会公众助残扶弱的事业，又创立昊腾爱心工程"军霞工厂直营库房"。公司先后投入大量资金在河北市场不同区域设立直营库房免费铺货，帮助无数残疾人依靠自己的努力走上了自立自强之路。

贾茹就这样一直走在助残扶贫的路上。

残疾人"双创园"就像一个大家庭，所有人都像亲人一样对待每一名残疾人。园区的工作人员经常和他们一起沟通聊天，关心他们的思想变化。园区每个月还会为残疾人举办一次生日会、举行一次发工资仪式，并且不定期举行演讲比赛和文艺演出，让他们在温暖中重建健康心态，阳光面对生活。

采访时，走进园区，看到了形形色色的人，听到了让人感动的故事。这里的故事都充满了爱心，让你感动！这里的人都有一种自强不息的精神，催人奋进！

故事一：王玥找到自己

走进园区，看到一个活泼可爱的小姑娘，以为是哪个员工上班时带来的孩子。一打听才知道她竟然是"双创园"的员工，叫王玥。

21岁的王玥，石家庄新乐市人，因患有类风湿病，20多岁的她身高只有110厘米。身体的残疾不仅让她过早辍学，找工作也四处碰壁，她说："感觉自己不仅是家里的累赘，也被社会抛弃了。"

2018年，她听说相邻的行唐县正在为残疾人办"双创园"，支持残疾人创业。抱着试试看的态度，2018年5月19日，她来到了这里，没想到园区很快就为她进行了培训，找到了合适的工作岗位。

刚进双创园时，贾茹就注意到她清晰、悦耳、标准的普通话。一个偶然的机会，贾茹想，何不把她量身打造成一个双创园的主持人？于是从那时起，王玥就有了两个新身份：主持人和讲解员。她曾三次登上行唐大剧院，面对台下1000多名观众，与来自电视台的主持人同台主持。有一天，王玥骑着电动车等绿灯，旁边的一群人突然指着她欢呼："哎哎，你就是那个双创园的主持人吧？我们在大剧院见过你！"

"那一刻，别提多自豪了。"王玥胖乎乎的小脸笑成一朵花。

这几年，王玥跟随贾茹到央视和省市电视台都录制过节目，还作为讲解员和主持人多次接待外宾。对于王玥，双创园是成就梦想的地方。"贾园长经常带我们出去玩，看风景，看人群，让我们跟外面的世界联通……在这里，我感觉自己根本不是残疾人。"

由于疾病，如果只看身高，你可能会觉得这是一位"二三年级小学生"。"当我用在园区挣的工资给我妈买了衣服，我妈到处跟村里人说'我终于指望上我闺女了'，开心、自豪。"王玥说。

"进了园区后，我每天都在笑。"王玥说。现在，王玥主要从事直播。她已经在某网络平台注册了账号，并收获了4000多名粉丝。"我以前都是发自己生活中的事，没有目的性。"王玥说，自从学习了怎样当好网络主播后，她给自己定位为"搞怪"，背景图由以前的背影照片，更换为正面图片，并以猫咪的形式呈现在大家面前。不仅如此，她还称自己是"一个热爱生活的小精灵，时刻为你分享快乐"。

她还告诉我：贾茹妈妈和蔼可亲，其他伙伴们对自己也特别友好。她希望通过网络能让更多人了解他们这个群体，把更多的正能量传递出去，更希望自己有能力带动贫困残疾人朋友们一起脱贫致富。

王玥的笑发自内心深处，她的笑声像一片春天的阳光，暖暖的。

故事二：小净站起来

一处破旧的农家院，一个女孩正在地上快速爬行。她爬到鸡棚前，艰难地立起上身，把食物倒入鸡棚里，几只鸡蜂拥而上……这段视频，让许多人感慨唏嘘。那个爬行的女孩就是付学净。

付学净1998年出生在一个贫困农民家庭，出生时就先天性脊柱裂导致双足内翻，从未有机会站立起来。她第一天去上学时，实在无法忍受同学们异样的目光，最终辍学。因为她，哥哥一直娶不上媳妇。

20年来，只能依靠爬行的付学净从未因此而自暴自弃，日常生活中，她学会了洗衣、做饭、收麦子、掰玉米等各种家务活、农活，农忙时节，孝顺懂事的她还会帮着父母爬到房上晒谷子。除此之外，她还通过电视、广播学会了读书识字、上网和使用微信。

2018年5月19日，她慕名来到了"双创园"。她一爬到贾茹办公室门口，贾茹吓了一跳，立即上前想扶起小净，但怎么也扶不起来。贾茹流泪了。

听了家人的介绍后，贾茹二话没说，让她入园，正式成为这里的一名工作人员。而这也成了她命运中一个重要的转折点。

在残疾人"双创园"，小净的工作是"图文标注"，从事这份工作的残疾人，每天只需坐在电脑前面，简单地用鼠标在摄像头拍下的各种人像图片上，标识出双肩、双胯四个点位即可，动作快的残疾人一天可以处理几千张图片。小净在接受了相应的培训后，第二天上机便标注了近1000张的图片，以这样的工作量计算，她当天的收入可以达到50元，这是小净第一次靠自己的能力获得了收入，这也让她一下子对自己的未来充满了信心。

小净不光在工作上进步飞快,原本不太爱说话的她也开朗了很多,工作地点、宿舍、各种活动场地总能听到她那爽朗而又开心的笑声。在小净入园一个多月的时候,刚刚找到人生努力方向的她,又收获了另一份天大的惊喜,在行唐县委、县政府的支持下,残疾人双创园负责人贾茹带着小净通过石家庄市肢残协会的帮助,小净被送进了石家庄市第三医院,进行手术治疗,在家爬行了20年的小净终于有希望在现代医疗技术的帮助下,站立行走了。

小净说,当她第一次站起,以平视的目光看到这个世界时,她觉得这个世界好大好大。

小净还准备第二次手术,到时,她就会像常人一样行走。谈到手术成功后她的梦想时,小净说,她最大的梦想就是,回到双创园,争取通过自己的努力,当个小组长,然后用自己的收入,带着妈妈去三亚看海。

2019年,付学净获得了河北省脱贫攻坚奖中的奋进奖,这是莫大的鞭策与激励。这个奖属于她,也属于双创园里的每一个身残志坚的人。

故事三:董玉娜当上了培训老师

"作品上热门的条件,第一个要素就是封面、标题……"在行唐县残疾人双创园新媒体运营中心见到董玉娜时,她正坐在轮椅上,给伙伴们上课。

27岁的董玉娜是行唐县南翟营乡北翟营村人,2018年双创园成立之初就来到了这里,之前从事图文标注工作,后来,园区培训网络主播,她踊跃报名参加。"总觉得网络主播很简单,往镜头前面一坐,跟大家话话家常。"董玉娜说,然而,自从她参加了园区举行的网络主播培训班才知道,里面有很多"门道"。

"在平台上直播有很多注意事项,比如个人形象、言谈方式、直播时的状态、直播背景环境等等。"董玉娜说,如果想让自己的作品上热门,需要在作品清晰度、作品的内容、发布作品的时间等九个方面予以注意。

由于学习认真,领悟能力强,董玉娜进步很快,并逐步成为大家的"董老师"。"我们大家是互相学习、互相进步的。"董玉娜腼腆地笑了笑说。

故事四：张素玲精神越来越好

48岁的城寨乡南庄村张素玲，她精神二级残疾，患病27年，常年靠药物维持，病重时需要全家人照顾。她家里有3口人，曾是当地建档立卡贫困户，丈夫农闲打零工，儿子读初中。2018年4月双创园开园前即入驻，她在园区学会了简单的缝纫技术，每月收入1500元，渐渐地犯病的次数越来越少，"我现在精神越来越好了，医生说我只要3年内不犯病就还有康复的可能。"

如今，张素玲从家庭的"累赘"变成了家里的"半边天"，丈夫也能够安心打工了。

故事五：王金虎自立自强

56岁的王金虎患有先天小儿麻痹症，找工作屡次受挫后，一直依靠着父母生活。可自从来到双创园后，他的生活有了很大的变化。

"以前就是破罐子破摔，从来没干过活儿，所以刚来的时候，俺什么也不想干。"王金虎红着眼睛告诉我们说，可在双创园看到比自己更严重的残障人士都在努力工作，自己就慢慢开始学着干。如今，从钉扣子、缝衣服到剪纸、扎花，他样样拿手，成了双创园里有名的巧手匠。"最多的时候我3天挣了800元呢。"说到自己的工作，王金虎充满自豪感。

"园区不仅为他们提供吃住、工作、生活、学习、康复等服务，更会关怀每个残疾人的心理，为他们制定合适的工作，让他们感受到这里是一个温馨的家园。"贾茹说，有的重度残疾人可能一个月只有200多元的收入，可这是他的劳动所得，是他个人价值的体现。

就在王金虎的旁边，有一个残疾人，坐在轮椅上，正在插花。一细看，发现他只有左手，没有右手，连右胳膊都没有。我看到他一只手插花动作极其艰难，就在他身边悄悄地观察，他用一只手往花枝上插那一朵花，用了足足有5分钟。如果换成正常人，插一朵花，可能只需要一秒钟就可以完成。没有敢问他怎么落下残疾的，怕提及他的伤心处，只有悄悄看看，想象残疾朋友的生活之艰辛，心里为他送上默默的祝福。贾茹说，给这样的残疾人开发一个工作岗位太难了。所以，双创园所做的不是单纯给钱给物，而是为他们搭建一个平台，这种自我"造血"的模式，让残疾人对生活有了新盼头。

双创园的残疾朋友，有的不能走，有的什么也看不见，有的智力障碍，有的还重病缠身……然而，你从他们的神情上看，好像什么事没有发生一样。他们开朗、活泼，一个个脸上都洋溢着微笑。双创园真的是好大一个家，家里虽然不繁华，但处处充满了爱。

目前，行唐县残疾人双创园共住进了147名残疾程度、类别各不相同的残疾人。

"园区不仅给来这儿的残疾人提供安身和就业的机会，也没忘了俺们这些园外的人。"行唐县余底村身患小儿麻痹的董保安说。他通过在园区培训，在余底村家中成了"扶贫助残巧手坊"的负责人，带着20余名残疾人及建档立卡贫困群众给双创园做手工活儿，成了三里五乡的创业名人。自打成了巧手坊的带头人，每天能挣三四十元钱，不光残疾人，就连留守在家的老人、妇女也都纷纷到他这里要活儿，让他一下子对生活有了信心！

如果你走进双创园，你会发现残疾人的幸福密码。这些密码都是由尊严、明媚、阳光、活力、快乐和希望组成。

走在双创园，你随处都可以看到许多的不可能在这里变成了可能；走在双创园，你会感受到顽强的意志涤荡着一切陈旧观念，开辟出一条奔腾不息的生命河流；走在双创园，你在一次次感动之后又得到了精神的洗礼。

希望，在明天

行唐县在决战脱贫攻坚进程中，坚决落实习近平总书记"全面建成小康社会，残疾人一个也不能少"的重要指示精神，聚焦解决贫困残疾人"无业可扶、无力脱贫"问题，以残疾人"双创园"为依托，坚持"四手"同向发力，走出了一条"政府＋企业＋社会＋残疾人（贫困户）"的助残脱贫新路。

"中国梦，是追求幸福的梦，也是每一个残疾人朋友的梦。"行唐县在残疾人扶贫工作上做了有益的探索和实践。

"康养＋扶贫"模式。设立职业康复生活区，可为200名建档立卡贫困残疾人提供职业康复机会，通过免费吃住、免费康复诊疗、参与计价劳动，每人每月可增收600余元。

"工疗＋扶贫"模式。设立工疗区，可满足80名有就业意愿和就业能力的各类残疾人及符合条件的贫困群众就业及辅助性就业需求，增进他们的身心健康，培养他们的劳动观念，激发他们的内生动力，帮助他们实现稳定增收。

"培训＋扶贫"模式。设立就业培训区，对不同类型的残疾人和建档立卡贫困户开展针对性就业培训，通过多种技能培训让他们掌握更多就业、创业的本领，增强他们就业、创业竞争力和成功率。

"典型＋扶贫"模式。设立励志区，通过开辟宣传栏、举办讲座、互动交流、先进事迹报告会等方式，深入挖掘、认真总结、广泛宣传三届残奥会行唐籍冠军米娜的励志精神，使"自强不息、身残志不残"的信念深植于全县残疾人心中。

"手工＋扶贫"模式。选择贫困残疾人数最多、就业意愿强烈的71个村为中心，设立扶贫助残"巧手坊"，每村确定一名联络员，负责场地租赁、人员组织，并由"双创园"负责提供设备、技术指导和订单分配，帮助残疾人和农村留守妇女足不出村实现就业。目前这些中心联络点的项目对接及相关培训已经全部落实到位，仅"手工拉花"一个项目就可以为超过3500个就业岗位，提供人均每月500元~1500元的收入。双创园还将以这些中心联络点为基础，向全县330个行政村辐射，最终形成以点带面的行唐县脱贫攻坚新格局。

创建网上"365创业商城"，将企业和残疾群众连在一起，将产品下行和劳务输出结合在一起，为残疾人提供就业岗位300余个；建立就业培训中心，设置13个培训教室，对不同类型的残疾人和建档立卡贫困户开展针对性就业培训，让其掌握更多就业创业本领，切实增强就业创业的竞争力和成功率，目前已累计培训残疾人和贫困群众4200余人。通过集中供养，使150余名家属放心外出务工；通过辐射带动，使938名残疾人实现自力更生。在"双创园"的带动下，行唐县及周边市县的6000多名残疾群众走上了脱贫致富路。

2018年，残疾人"双创园"接受"万寿论坛"非洲国家代表团考察，得到中联部、中残联和省市领导高度评价，国务院新闻办中外记者会介绍了行唐做法。2019年，残疾人"双创园"荣膺"全国残疾人之家"称号，负责人贾茹被评为"全国扶贫助残模范"、荣获"全国脱贫攻坚奉献奖"，受到党和国家领导人亲切接见。

而今，在探索电商扶贫模式的基础上，行唐县残疾人双创园又推出了"我在村里有块地"的社会扶贫项目，通过整合贫困户手里的土地，借助有偿助残理念推动消费扶贫，以一亩地带动一户残疾人贫困户致富。"我在村里有块地"项目已经流转150亩土地。到时候，主播们可以走到田间地头，用他们掌握的专业电商知识培训这些农户，使他们可以通过线下共同劳作、线上直播互动等方式，让志愿者随时了解认购地块的种植情况，并可以同认购地块的所属贫困户沟通，零距离传递爱心，让每一位志愿者和残疾人一起，种下希望，收获生命的意义。

谈及下一步的计划，贾茹告诉笔者，今后，她将扩展线上模式，或利用网络平台，或通过抖音、西瓜等视频直播残疾朋友们的产品，以及他们的日常生活，让更多人了解他们，把产品销售出去。"我还想把园区的模式推广到全市、全省，甚至全国，为残疾人谋福利。"贾茹说，自己只有一个目的，就是让更多残疾人走上富裕的道路。

驻村，凝聚力量决战决胜

到2020年，我国现行标准下的农村贫困人口实现脱贫，是党中央向全国人民做出的庄严承诺，是共产党人的历史使命。2016年，在脱贫攻坚到了攻城拔寨的关键时期，石家庄市委、市政府派出驻村干部5266人，其中第一书记1621人，进驻全市585个贫困村。

这是一支精锐之师的集结检阅，也是大战之前的誓师动员。石家庄扶贫干部像冲锋陷阵的战士，义无反顾地冲到了扶贫前线，进村入户，给贫困户送去了党和政府的关怀；精准施策，点燃了贫困户脱贫奔小康的梦想。

进　　村

2016年2月27日，正值万物复苏、春寒料峭之际，石家庄市委统战部的吴俊磊与两名同事，怀着一颗爱民的赤子之心和肩负着对党无限忠诚的使命，奔向了平山县境内的树石村。他是驻村第一书记。

车子从市区开出，十几分钟后就上了高速，把三颗如同车轮跳动的心带进了山峦起伏、群峰林立的太行山深处。一个多小时，下了高速，车子几经拐弯抹角，就到了树石村。吴俊磊放下行李，步出农舍，环视四周，莽莽的群山，村子的破败不堪让心情直线下滑，感到世界一下狭小了许多，不知身在何方。吴俊磊缓过神来，镇定思绪，把激情藏进胸怀，把梦想扎进心底。

当晚，吴俊磊躺在农家木床上，枕着壁缝间吹进的寒风，通宵难眠，他一直在想扶贫从何抓起……

进村的第二天，吴俊磊按照头天夜里想到的思路，及时召开了工作队员和村"两委"班子全体人员会议，讲了工作队进村的任务和扶贫的重大意义，要求村"两委"班子要与工作队拧成一股绳，根据政策因地制宜，结合实际研制一套切实可行的扶贫方案。他在会上也表达了要甩开双臂以拥抱大山的姿态，敞开心胸以扑向大地的情怀，决心带领全体工作队员和村支"两委"班子，以坚实的脚步踏遍树石村的山山岭岭，田间地头，细心精准地查寻本村的贫困根源。

有的村干部表现出不以为然的态度，说村子自然条件差，有能力的都脱贫了，余下的要么家里有病人，要么缺少劳动力，要么孩子上学，这些问题不是说说就能解决的。

他说，既然有问题，就得想办法解决问题。

走到田间地头，才能走到老百姓的心头。吴俊磊就与队员一道，连续用了10多天的时间，带领村"两委"班子，跋山涉水，走村串户，徒步走访了48个贫困户。每走一户，就会听到一个不同的"致贫"故事，因残、因病、因祸……个个扎心。贫困像大山一样沉重，贫困户自身没有能力摘掉贫困帽子，小康对他们来说更是一种可望而不可即的梦想。

全村48个贫困户的家庭情况，吴俊磊了如指掌。虽然他一时半会儿，还没想出好办法，但吴俊磊坚信：有党的领导就能消除贫困。

建好村里党支部

"习近平总书记在河北省阜平县考察扶贫开发工作时指出：'农村要发展，农民要致富，关键靠支部。'"

"我驻村只有两年的时间，就是再努力也是暂时的，俗话说得好：'火车跑得快全凭车头带。'只有把村级组织建强，才是农村发展的硬道理，农村有一个好支部，是百姓幸福的根本。"

这些话摘自吴俊磊的《民情日记》，从中我们不难看出他对习近平总书记关于农村党支部建设的理解之透彻。

吴俊磊日记里这样写，现实中他也是这样抓的。

树石村共有党员38人，占到全村人口的十分之一，党员人数不算少，但经常在家的党员也就20多人。支委开会都难，更不要说对党员的日常管理教育了。面对瘫痪状态的党支部，吴俊磊想必须下一番功夫来抓。

万事开头难。吴俊磊心里清楚，要想开好头，就要在党员作用发挥上下功夫了。

吴俊磊刚到村时，一边走访贫困户，一边从百姓口中了解村干部的情况，当他得知，新旧村干部矛盾重重，导致一些工作开展起来阻力不小。吴俊磊分析，其实他们这些人在村里同饮一井水，有的还是亲戚连亲戚，没有多大的利害关系，可是大家见面不说话，背后说坏话，搞得村里乌七八糟，弱化了党支部的战斗力。如何消融台上台下干部隔阂，让他费尽了心思。

有一天开会时，他试探性地对现任书记秦建兵说："秦书记，我有一个想法，想把在村里任过职的，为村里事业做出过贡献的村干部和你们在职干部组织起来聚聚，你们有没有这个胸怀呀？饭菜的钱我出。"这话看似不经意，实则经过深思，吴俊磊想看看大家的态度。没想到这个激将法起到了作用，现任村干部一致同意。

吴俊磊趁热打铁，话锋一转，说："不过，请还得现任的村干部去请，我要去请怕他们会认为市里来的领导下命令。"

可能是碍于工作组刚来的情面，在村里任过职的村干部悉数被请到了工作组的驻地。饭桌上，吴俊磊说："今天是个群英荟萃的日子，在座的都是咱村里曾经的和现在的村干部，都为村里做出过贡献，都是有功之臣。我们工作组的同志初来乍到，人生地不熟，以后还要仰仗大家。所以，我作为第一书记先敬大家一杯，顺便定一下今天的规矩，就是自我检视，不指责不埋怨别人。"说完，他把一杯酒一饮而尽。

看到吴俊磊的豪爽，其他人会喝的不会喝的都端起杯子，一起干杯。接着，大家打开了话匣子，离任干部客观评价现任干部工作，还诚恳地提一些建议。现任干部由衷地反省自己工作的过错，祥和、团结、热烈的氛围充斥席间。久违的感情回到了身边，场面其乐融融，大家久久不愿散去。

看到这样的气氛，吴俊磊抓住时机开宗明义说道："从今天开始，我们就在一个锅里抡马勺了，咱先定个规矩，不管以前是啥样，但从今以后，包括我在内，大家不能在扶贫资金上有个人想法，在工程建设上，村干部不能参与承包，不能在规章纪律上出问题。"

这是吴俊磊到村第一天给村干部立下的"约法三章"。

自从那次特别的聚餐之后，工作中，离任的再也不为现任的干部使绊子。现任的也不提过往陈谷子烂芝麻的事，都把心思用在村里搞发展上。有村民戏称吴俊磊摆了一次"鸿门宴"，团结了两拨人。

干部团结了，村党支部的号召力有了，战斗力增强了，只要党支部决定要干的事，大家都齐心协力，奋勇当先地去完成。

抓好支部一班人，又抓党员教育，做到了既抓班子，又带队伍。

驻村两年多，他先后组织在村党员中开展了丰富多彩的党日活动。80多岁老党员秦新丑在举起拳头重温入党誓词时，两眼噙满激动的泪水。通过几次活动，激发了村里党员的身份意识，促进了各项工作的顺利开展。在吴俊磊的一再推荐下，一个在村里离任的村干部被乡党委安排到邻村任书记一职，两个年轻同志被发展为党员，为党支部增添了新鲜血液。村基层组织在脱贫攻坚战役中得到了历练，更加坚强。

在村中心一个活动广场的南墙上，一条"全心全意为人民服务"的标语引起了笔者浓厚兴趣，这样的标语看上去不时髦，然而字体刚劲，它能猛烈地唤醒一个共产党员的宗旨意识。原来，这是党的十九大以后，吴俊磊专门安排人写的一条标语。吴俊磊认为，这个标语是我们党宗旨的核心体现，永远不过时。标语写好时，他还专门把村干部召集到标语前深情地说，我们地处新中国走来的地方，党中央在西柏坡留下了"两个务必"和"赶考"伟大精神，这是我们党的宝贵财富，我们一定要做好传承。我们就是要让村里的每个党员干部看到标语时，能够时时反省自己是不是牢牢记住了"为人民服务"，是不是做到了"全心全意"。让每个村民看到标语，能够用这条标语监督我们工作组和村"两委"的工作。

一条传统标语发挥了潜移默化之功，村里的脱贫工作渐渐深入人心，村干部的威信树了起来，基层组织焕发出较强的战斗力，在2018年的换届选举中，现任村干部全部连任。

村支部这个"火车头"开足马力疾驶在脱贫攻坚的轨道上，领着党员和村民，一路摇旗呐喊，以决战决胜信心，奔向小康的幸福生活。

老百姓的顶梁柱

2017年初春的一个周六，一个多月没有回家的吴俊磊回家准备换洗衣服。那天早上5点钟，还在睡梦中的他，接到了树石村村民秦美平的电话："吴书记，天塌了哇，我们可怎么办哪？"

仔细一问，才知道秦美平的丈夫秦战文昨天晚上突发胰腺炎。

"现在病人在哪里？"

"已送到了省人民医院。"

听到这话,吴俊磊惊得一下从床上坐起,忙着穿衣,从家里拿了2000元钱,出门打车直奔医院。

到了医院,忙去病房,看了看秦战文,把2000元钱塞到秦战文手里,便火急火燎一般找主治大夫,找医院领导开辟绿色通道,想尽快给秦战文动手术。病房里有人看到他风风火火的样子,对秦战文说:"看你家兄弟多上心哪,真是手足情深。"跟着来的村民说:"哪是他兄弟?这个人是我们村的扶贫书记。"病房里的人听村民这么一说,有些不太相信,大家纳闷一个扶贫干部为什么这样为一个村民生病着急。

其实,秦战文两口子年轻时,过的是村民们羡慕的生活。秦战文能干帅气,秦美平勤劳漂亮。村民们都说他们是天造的一对,地设的一双。可是,结婚没多久,因为一场车祸,秦美平高位截瘫,而且留下了脑震荡后遗症,完全丧失了劳动力,常年坐在轮椅上。由于缺乏必要的康复训练,至今没有站起来,而且得了糖尿病,又引发并发症,眼睛几乎失明,只有微弱光感。雪上加霜的遭遇,致使这个家风雨飘摇。

吴俊磊驻村之后,了解到秦战文家的情况后,在分包贫困户时,他果断地选择了秦战文家做帮扶对象,想给他重点帮扶。

在吴俊磊的周密安排下,很快进行了手术,而且手术做得非常成功。之后,吴俊磊又联系了佛教慈善总会给予了资助,联系医保部门及时报销了住院药费,联系民政部门给予大病救助。看到秦战文家里果园苹果滞销,就联系亲戚、同学、朋友、单位同事,动员各方力量把苹果全部卖完,让这个家庭重新燃起了生活的希望。

见到秦美平时,她正坐在轮椅上,在自家小院里晒太阳。听说我们是来采访的,她抢着说:"吴书记可是一个党的好干部,老百姓哪有困难他就出现在哪里,他是我们的顶梁柱。"秦美平内心的激动和感激难以掩饰。

我就是你的儿子

树石村有个叫秦庆海的老人,73岁,有一个女儿,一个儿子,还有一个从小抚养大的侄女。女儿、侄女已经出嫁。儿子长期混迹社会上,与家里失去了联系。这是秦庆海最大的心病,因为孩子不争气,秦庆海恨自己管教无方,也无他法,逢人从不提及儿子的事,就当他死在了外面。

吴俊磊到村的时候,秦庆海老伴在平山县城做保姆,勉强维持两个人的生活,虽然拮据,但日子也算过得去。

然而,秦庆海突然得了一场大病,给这个家庭笼罩上了阴云。

2017年快过春节的时候,身体一向很好的他,由于腰疼,住进了医院,在检查中查出得了肺癌。得知这一消息,吴俊磊专程到县医院看望秦庆海老人。老人一见到吴俊磊,就一下子来了精神,拉着他的手说:"吴书记,你看你忙成那样还专门来看我,我没事,医生说过两天就可以回家养着了,你不用担心我,赶紧回家过年吧。等你回村了咱再唠。"

因为瞒着秦庆海,吴俊磊半开玩笑地说:"你看你,就这点儿小病还来医院,是不是发懒了,赶紧好起来回家做好吃的,我过年了回来吃。"回到市里,吴俊磊牵挂着老人的身体,那个春节吴俊磊过得惴惴不安。

春节过后,吴俊磊一到村里就径直来到秦庆海家,进了屋子,吴俊磊笑着说:"我说你没事就没事吧,你家做什么好吃的了?我还等着吃呢。"

秦庆海却没有接他话了。吴俊磊感到气氛不对,也一时想不出话题。

沉默了一会儿,老人直截了当地说:"吴书记,不用安慰我了,我知道你们是好心,你到村里也一年多了,你是个大好人哪!我的病我也知道了,年纪大了,也该走了,只是这几年,那个儿子也不知道死哪里了,活了大半辈子了,留下了没有儿子的下场,我要是有你这样一个孩子,就是现在死也没有遗憾哪!"

言者无心,听者有意。吴俊磊深刻理解了老人的感慨,就上前拉着老人的手说:"如果你们愿意,从今天起我就做你们的儿子,你们的事情我来管。"说着要行跪拜大礼,两位老人嘴上说使不得、使不得,拉起了吴俊磊,三个人抱在了一起。

突然,秦庆海放声大哭起来,这是多年压抑情绪的宣泄。那天中午,吴俊磊在老人家吃了一顿认亲饭。打认了吴俊磊这个干儿子之后,老人的精神明显好了起来，吴俊磊也成了秦庆海家的常客，时常去嘘寒问暖。

为了这个义父，吴俊磊联系了省医院，进行了居家关怀支持治疗，因为一些药物不常用，卫生院没有进，就联系了卫生院院长，定期为老人购进所需要药品，提高了报销比例，减轻了家庭负担。他为老人买回来躺椅，让老人在夏天能够在外乘凉。村里唱戏，他就推老人看戏，只要老人怎么开心就怎么来。虽然每次看望老人，老人都说你忙，不要天天过来，可是如果有一天不过去，老人就显得没着没落。就这样，老人熬过医生判断的不过百天的期限。在吴俊磊结束驻村工作、回到市里不久，老人安详地离开了，吴俊磊没有食言，以一个儿子的身份参与了后事料理。

"庆海哪辈子修来的福气呀，攀上吴书记这个亲戚。"村里老百姓至今一提起这个事情无不从心底佩服。

驻村两年多，吴俊磊竭尽所能为老百姓排忧解难。孤寡老人行动不便，就主动帮助他们植树种地；残疾病人康复需要器械，就自掏腰包买来助行器，送到百姓家中；百姓有了大病，就积极联系医院就医；孩子没有学上，就四处联系就读学校；村民的苹果滞销，千方百计帮助找销路……真心换真情，拉近了与村民的感情。村里的一人一事、一草一木渗透在了骨子里。吴俊磊的慈怀之心，善德之举，在时时刻刻感动和激励着树石村的老百姓。

管你到底

说起村民秦贵法，吴俊磊是爱恨交加，恨他不改倔脾气，爱他懂孝敬老人。

在秦贵法很小的时候，父亲因病早早去世了，母亲改嫁他乡，由爷爷奶奶养大成人，娶妻成家。现在爷爷去世了，家中只有他、媳妇和年迈的奶奶。

由于亲情的缺失，秦贵法从小变得敏感，在村里像一匹脱缰的野马，孤独、暴烈。酒，成了他排遣一切的良药。酒里逃避，酒里麻醉，酒里欢愉，酒里疗伤。哪里有酒，哪里醉。在村里口碑不好，人们都不愿理他。

虽然结婚后，他变得勤奋了，可在骑摩托车时，又出了车祸，导致眼睛失明，不能下地干活。秦贵法再次变得颓废，"等、靠、要"的思想特别严重。

等，就是不管你怎么发动、怎么劝说，他就是不做，反正政府不准饿死人，你们扶贫干部有责任，你们不做不行。靠，就是什么都靠政府，什么都有政府兜底、政府买单，他不怕。靠山吃山，靠政府吃政府，心安理得，谁叫你是人民政府？要，就是没有了，就向你政府要，要了你政府还不能不给，不给你就不爱民不亲民，你就等着兴师问罪。秦贵法的眼里，要得越多，就越有本事。

到村里后，吴俊磊看到秦贵法的家里有老人，只有媳妇一个劳动力，他虽然眼睛不好使，但身体健康，手脚都好，便动员他做事挣钱，一是想让他减轻媳妇的负担，二是想让家里老人生活好些。

吴俊磊对他说："贵法，有了党的关怀和温暖，有了脱贫致富的思想、政策和理念，就是最大的财富、最大的钱。扶贫不仅仅是扶钱，更主要的是扶志，'等、靠、要'是没有志气的表现。只要你想干事，未来就很有希望，我和工作队的人会全力支持你、帮助你。"

通过几次谈话，好歹做通了工作，秦贵法愿意做点儿事。但真要做了，又不知道做什么好。于是吴俊磊通过熟人关系，联系了市残联，把秦贵法送到市里参加了盲人按摩培训班，想的是回去后在镇上开个按摩工作室。

吴俊磊与工作队的同志们把他送到市里的残联培训班，学了3个月按摩。回到家，秦贵法对吴俊磊说，在培训班上没有学好，能不能再找个地方实习实习。吴书记再找关系给他联系了石家庄开发区一家按摩店。可是没有10天时间，店里经理打电话说秦贵法脾气怪，店里师傅说他手法不对，叫他按摩筋，他偏不，非说自己学的就是要按骨头，搞得前来做按摩的人受不了，提了一大堆意见。这还不要紧，他还骂教他的师傅。

结果只得把他接回村里，在家里给他做了一张按摩床，先给村里人实习按摩。

有一天，市里来了督查组的人，问秦贵法工作组表现如何，他无中生有，胡乱编了一大堆坏话。气得老百姓出来打抱不平，说："人家吴书记那样帮你，你竟然说些昧良心的话，对得起人家吴书记吗？"

晚上，秦贵法杀了一只鸡，让媳妇去叫吴俊磊到家来吃饭，说不来不行。吴俊磊怕他出什么幺蛾子，搞得家庭不和，便带着工作队去了，想看看他究竟想做什么。

听到吴俊磊他们去了，秦贵法说："听说考察后，你们就要走了，我怕吴书记走了，我的事没人管，所以……"

听了这话，吴俊磊几个人又好气又好笑，说："人家是来督查我们，就是要让我们把你的事办好。"

佛争一炷香，人争一口气；无志山压山，有志人上人。打那次以后，秦贵法积极学习，按摩的手法娴熟了，在村里开了个按摩店。

吴俊磊发现，秦贵法虽然脾气有些古怪，但特别孝敬奶奶。后来，把他树立成孝老爱亲的榜样，带动了村民们尊老爱幼。

危难之处显身手

2017年7月18日，一场暴雨袭来，给树石村生命财产造成重大威胁。灾情就是命令！吴俊磊和工作组队员带着村干部冲进了雨幕之中，他们设置安全警示标志、排除危房隐患、转移安置受灾群众、转移受灾羊只、对村上游水库进行排险加固。两天两夜里，工作组与村干部一道，两小时一巡查，困了打个盹，饿了吃泡面，一直坚持到洪水开始回落。暴雨过后，吴俊磊将灾情向单位汇报，紧急组织近万元的救灾物资在第一时间运抵村里，筹集扶贫救灾资金10万元下拨树石村，极大地鼓舞了村民战胜灾害的信心和决心。老百姓都说："只要看到吴书记在，我们心里就感到踏实。"

2017年深冬的一个晚上，有人报告东山矿山还有人在偷采矿石，吴俊磊马上带领村干部赶到现场，发现两辆大车装满了矿石，正准备开走。见有人来阻拦，非法采矿者骂骂咧咧，气焰十分嚣张。吴俊磊毫不畏惧，上前拦住了去路，并大声训斥：

"一而再再而三地违法偷采，无法无天了，偷人东西还理直气壮，也太无耻了吧？"最后报警后，将车扣押在派出所。非法采矿者得到应有制裁。

回到驻地，已经深夜1点多了，回想起刚发生的一切，大家才觉得后怕。当时身后可是悬崖呀！大家问吴俊磊为什么不怕，他说："我真的不知道自己怎么会有这么大的勇气，敢面对冒险之徒挺身而出，仔细琢磨，我总感觉，在机关，身边都是党员，容易淡化自己的政治身份，这次参加扶贫工作，还任村第一书记，身边大都是普通群众，多了无数双眼睛的注视，使命感油然而生。关键时候必须有担当，责无旁贷地要成为百姓的主心骨。"

村书记秦建兵说，这件事情现在回忆起来还是那样惊心动魄。

这一事情在十里八乡迅速传开，都知道树石村来了一个"硬核"书记。

送电读秒时

平常生活中，除了运动员会遇到读秒时间，我们看到就是发射卫星需要读秒点火。但吴俊磊扶贫也遇上了读秒时间。

那是2016年12月31日，村里光伏发电项目经过几个月争取资金、选址、场地施工、设备安装调试，终于迎来了并网发电的关键时刻。因为根据国家光伏发电项目补助政策，如果超过年份，优惠补贴就要每度电少补助2角钱。树石村这个项目如果超期，一年就会少得补助1万多元。

冬日早晨6点，寒风刺骨，吴俊磊就带着施工人员来到了并网工地，忙碌起来，直到中午12点才完成了并网的准备工作。

一个激动人心的时刻就要到了，马上就可并网发电，也意味着村里贫困户又多了一份保障。

可是老天好像故意作弄人，当合上电闸后，光伏设备上的表已经开始工作显示发电，有电量产生，可是供电计量表一动不动。这就像大冬天一盆冰冷的水从头上浇下来，现场施工的人个个都是透心凉。施工人员一下慌了，表现得不知所措，吴俊磊的心更是像悬在半空放不下来。

大家不吃午饭，忙着一点一点查找问题。

这可是他操碎了心的项目，这是贫困户的救命项目。吴俊磊实在接受不了这种功败垂成的打击了，他不敢盯着手忙脚乱的施工人员，他怕自己发火，于是站在一边去。

"吴书记，电表动了，一度电、两度电，到五度电了！"听到并网成功的消息，吴俊磊的眼泪夺眶而出。

这一天，对吴俊磊来说太重要太重大。吴俊磊说，这一刻真的不亚于天宫2号上天哪。

自2016年2月驻村以来，吴俊磊共争取各类项目资金580余万元，建成蔬菜大棚18个，食用菌大棚2个，光伏电站2个，全部项目完成后，整村年收益超过16万元；完成村文化广场建设、村民活动中心修缮的相关工作，硬化通村路、入户路共计7.5公里，安装太阳能路灯70盏；开展了安全饮水、村内环境整治和危房改造工程。2018年5月，投资200万元建设的树石高速公路连接线建成通车，把树石村带向了高速发展新里程。

《人民日报》报道了吴俊磊的事迹，文章里这样写道："一个党员一面旗。驻村扶贫两年，瘦了30斤。打通断头路，建蔬菜大棚，创建竹文化产业园，建设村民文化中心，两年多来，树石村48户贫困户人均收入5249元……"

"2016年度河北省优秀驻村第一书记""2017年度河北省优秀驻村第一书记""河北省脱贫攻坚奉献奖""在急难险重任务中表现突出的优秀共产党员"，这一张张奖励证书，是各级党组织对吴俊磊脱贫攻坚的充分肯定！

采访时，在多个村里看到来自石家庄的扶贫工作队，他们远离都市的繁华，在穷乡僻壤像点燃的蜡烛一样燃烧着自己，默默奉献着光和热。他们坚守初心，牢记使命，为民服务的宗旨意识化成了脱贫攻坚的心泉血脉，访贫问苦，留下了他们长长的身影；田间地头，印下了他们深深的足迹；坎坷山路，洒下他们辛勤的汗水；潺潺小河，流淌着他们无私奉献的热血。贫困户的收入，有他们真诚的付出；宽阔的道路，见证了他们的智慧……

承诺，正在变成现实

站在新的历史起点上，我们听到"没有共产党就没有新中国"的嘹亮歌声，依然唱响祖国的大地。过去，中国共产党穿越历史的丛生荆棘，带着人民走向光明。今天，中国共产党以"而今迈步从头越"的豪情壮志，改革开放，奋发图强，让中国屹立于世界民族之林。

实现脱贫攻坚大国目标，是最大的民生工程，是共产党向人民的庄严承诺。

脱贫攻坚是一部筚路蓝缕的创业志，也是一部蒸蒸日上的奋斗史。

石家庄市委、市政府从2016年以来累计派驻工作队2338支，驻村干部7023人次，培训驻村干部17950人次，汇聚磅礴力量，带领导贫困地区老百姓，以夙兴夜寐、奋发有为的状态，奋战在脱贫致富一线，2019年实现了全市脱贫目标。

2020年4月的一天，我们采访到了石家庄市委常委、宣传部长王韶华，他主管扶贫已经多年，他说，我们近年派驻的扶贫干部是"好钢用在刀刃上"，是各个单位的精兵强将，驻村第一书记皆选拔优秀党员干部，是一支支敢打硬仗、富有情怀的生力军。

采访交谈当中，王韶华对诸多扶贫干部的情况如数家珍，他知道原村土布的每一道制作工序；他清楚蜜蜂合作社贫困户销售情况；他知道贫困村黄连沟新种了一百多亩莲花；他张口能叫出双创园里残疾孩子的名字，能体味到孩子们拿到一份工资的欣喜；对于他的扶贫联系点平山县树石村，他更熟知乡邻、买豆腐的贫困户，是否还在新修的马路上排水，得病的贫困户是否出院，我们越听越暗暗感到吃惊，那里分明就是他自己家乡的村庄啊……若非一次次、一遍遍脚踏泥土，怎能观察到禾苗的欣欣向荣？

今天，脱贫攻坚创造了历史上最好的减贫成绩，中华民族千百年来的绝对贫困问题有望得到历史性解决。我们见证，那些因病致贫、因残致贫、因弱致贫的人们重拾生活的信心，昂首阔步走在迈向致富的康庄大道上。

后　记

当《扶贫礼赞——河北省脱贫攻坚纪实》一书即将付梓出版之际，回想起两年多的采访、写作过程，想到了三个关键词，那就是"学习、感动、感谢"。

说句心里话，刚接到写作任务时，心中甚为不安，因为笔者没有一线扶贫经历，要写好全省脱贫攻坚这样宏大的题材实非易事。怎么办？先从学习入手。首先，重点学习了《习近平扶贫论述摘编》等书籍，习近平总书记关于扶贫的论述和脱贫攻坚的系列重要讲话，内容丰富，思想深刻，对推动扶贫工作有着重要的指导意义。在学习过程中，我们从思想上认识到，党的十八大以来，以习近平同志为核心的党中央高度重视扶贫工作，把扶贫摆在治国理政突出重要的位置，提出了一系列非常重要的新理念、新思想，进行了一系列重要的理论和实践创新，以空前的力度，推动扶贫工作取得了历史性成就和决定性进展。这是我们写作的根本指导思想。第二，学习中央以及河北省有关扶贫工作的相关文件，系统了解全省扶贫工作情况，从而确定了我们写作的重点。第三，认真查阅了近几年中央及省内外媒体对河北省扶贫工作的相关报道、全省扶贫工作简报等，从中了解到全省各地先进典型的先进做法、先进人物事迹及取得的扶贫成功经验。通过全景式的把握，找准了写作重点，确定了写作主题。

习近平总书记2012年底到河北省阜平县考察扶贫开发工作时指出，"没有贫困地区的小康，就没有全面建成小康社会"；2013年11月，习近平总书记到湖南湘西考察时，首次提出了"精准扶贫"的重要思想；2015年6月，习近平总书记在贵州考察时，又提出了扶贫开发工作"六个精准"的基本要求。理解"精准扶贫"的要义，用我们老百姓的话说，就是"对症下药，药到病除"。2015年，习近平总书记在云南考察时指出，"扶贫开发是我们第一个百年奋斗目标的重点工作，是最艰巨的任务"；"扶贫开发要增强紧迫感，真抓实干，不能光喊口号，决不能让困难地区和困难群众掉队"。中国的贫困人口全部脱贫，在中国具有划时代的意义，中国扶贫取得的成就是举世瞩目的。

在采访中，我们遵循着习近平总书记一系列重要讲话精神，结合河北省扶贫开发和脱贫攻坚工作实际，遴选全省扶贫工作中出现的先进人物和典型事迹，于是，在太行山中几十年如一日坚持扶贫的河北农业大学教授李保国，带领15万贫困人口脱贫致富的扶贫干部李双星，回村带着乡亲们脱贫的村党支部书记陈春芳、刘金国，拼搏奋斗、把扶贫当自己事业来干的驻村第一书记张端树等进入了我们的视野；10多年全力投入教育扶贫的强新志，用原村土布生产带动农村老太太纺线织布的崔雪琴，带领贫困户养蜂、做着"甜蜜的事业"的陈秀英，为残疾孩子们当妈妈的贾茹，还有成千上万个扶贫第一书记们，他们躬身前行，默默奉献的精神鼓舞着我们。为了采访这些扶贫先进人物，我们深入村庄农户家中，深入挖掘他们的感人事迹，常常被他们的奉献精神所感动，仿佛走进春天的原野，满眼是万木争春，百花绽放。

我们看到：在这场举世瞩目轰轰烈烈的脱贫攻坚战役中，有多少领导干部率先垂范走到了扶贫一线，有多少农业科技工作者贡献出了聪明才智，有多少扶贫干部勇于担当忘我奉献，有多少社会群众出钱出力无私无怨，有多少贫困人口自生动力告别了贫穷的昨天！

一批曾经的"贫困样本"蝶变为"脱贫样本"，展示出河北脱贫攻坚的智慧、奇迹和贡献。

在写作过程中，我们还阅读参考了大量关于河北省扶贫工作的新闻报道和纪实文学作品，在此，一并致以我们最诚挚的谢忱！

由于时间紧，任务重，面对河北省轰轰烈烈的扶贫工作，虽然我们尽量做到点面结合，但仍会有不周之处，还望读者批评指正。

2021年6月